Weiterer Titel des Autors:

Die Toten vom Jakobsweg

Über den Autor:

Vlastimil Vondruška, geboren 1955, hat in Prag Geschichte und Ethnologie studiert. Danach arbeitete er im Nationalmuseum und betrieb gemeinsam mit seiner Frau eine Werkstatt zur Nachbildung von historischem Glas. Heute widmet er sich ganz dem Schreiben und hat neben zahlreichen wissenschaftlichen Werken über 30 historische Romane veröffentlicht. Mit einer Gesamtauflage von über einer halben Million Exemplaren gehört er zu den erfolgreichsten Autoren Tschechiens. Besonders beliebt ist die Serie um Ritter Ulrich von Kulm und seinen Knappen Otto.

Vlastimil Vondruška

DIE SIEBTE LEICHE

Historischer Kriminalroman

Aus dem Tschechischen von
Sophia Marzolff

BASTEI LÜBBE TASCHENBUCH
Band 17606

Dieser Titel ist auch als E-Book erschienen

Vollständige Taschenbuchausgabe

Deutsche Erstausgabe

Für die Originalausgabe:
Copyright © 2017 by Vlastimil Vondruška
Titel der tschechischen Originalausgabe: »Adventní kletba«
Originalverlag: Moravská Bastei MOBA, s. r. o., Brno.

Für die deutschsprachige Ausgabe:
Copyright © 2017 by Bastei Lübbe AG, Köln
Textredaktion: Wolfgang Neuhaus, Oberhausen
Titelillustration: © akg-images/Album/Oronoz;
© Johannes Wiebel | punchdesign unter Verwendung
von Motiven von shutterstock/m.bonotto; shutterstock/B art
Umschlaggestaltung: Johannes Wiebel | punchdesign, München
Satz: Urban SatzKonzept, Düsseldorf
Gesetzt aus der Garamond
Druck und Verarbeitung: C. H. Beck, Nördlingen
Printed in Germany

ISBN 978-3-404-17606-9

5 4 3 2 1

Sie finden uns im Internet unter
www.luebbe.de
Bitte beachten Sie auch: www.lesejury.de

Ein verlagsneues Buch kostet in Deutschland und Österreich jeweils überall dasselbe.
Damit die kulturelle Vielfalt erhalten und für die Leser bezahlbar bleibt,
gibt es die gesetzliche Buchpreisbindung. Ob im Internet, in der Großbuchhandlung,
beim lokalen Buchhändler, im Dorf oder in der Großstadt – überall bekommen Sie Ihre
verlagsneuen Bücher zum selben Preis.

Meinem Lieblingsdetektiv
in der Literatur gewidmet,
dem altchinesischen Richter Di

PERSONEN

Ulrich von Kulm: königlicher Prokurator und Verwalter von Burg Bösig
Otto von Zastrizl: Ulrichs Knappe
Sesem von Kraschow: Burgherr
Severin: Prior des Klosters Tepl
Luthold: ein Mönch aus dem Kloster Tepl
Ritter Lorenz: Eigentümer eines Rittersitzes in Koschlan
Johannides: Landedelmann aus Netschetin
Bohuslav: Burgkaplan
Heinrich: ein rätselhafter Student
Jutta: Gemahlin des Sesem von Kraschow
Nickel: Sohn des Sesem von Kraschow
Beatus: ein Mönch aus dem Kloster Plaß
Bonifaz: ein Gaukler
Lena: eine Magd
Hannes: Burgvogt von Kraschow
Else: Magd im Badehaus der Burg
Jakob: Schankwirt der Burg
Hedda: Köchin und Ehefrau des Schankwirts

Wir schreiben die zweite Hälfte des dreizehnten Jahrhunderts. Böhmen gehört zu den mächtigsten Königreichen Europas. Zeitgenossen bezeichnen Přemysl Ottokar II., den böhmischen Herrscher, ein wenig missgünstig als den »eisernen und goldenen König«. In den Minen von Kuttenberg werden gewaltige Mengen Silbererz gefördert und die Gewinne in den Ausbau des Militärs gesteckt, sodass die gefürchteten böhmischen Heere von einem blutigen Sieg zum anderen eilen und der böhmische König mit den Habsburgern um den Titel des römischen Kaisers wetteifert.

Doch hinter der glänzenden Fassade tun sich Risse auf. In der böhmischen Heimat ringt Ottokar II. mit dem widerspenstigen Adel seines Landes, der sich an die schwache Regierung der Vorgänger gewöhnt hat und sich nun an Ottokars harter Hand stört. Zwar bekriegen die Adelsherren sich untereinander, doch ihr gemeinsamer Feind ist der König, gegen den sie nicht minder erbittert kämpfen. Jeder von ihnen verfolgt das Ziel, an Besitztümern anzuhäufen, so viel er nur kann, und so viel Macht wie möglich an sich zu reißen. Es ist eine gefährliche, unruhige Zeit.

Um seine Macht zu festigen, gründet Ottokar II. neue Königsstädte und lässt Burgen errichten. Eine davon ist Bösig, eine Festung in Nordböhmen. Mit deren Errichtung und der

Aufsicht über das rebellische Umland hat Ottokar den jungen Ritter Ulrich von Kulm betraut. Als Prokurator des Königs vertritt er den Herrscher, befehligt eine königliche Garnison, treibt Steuern ein, sorgt für die Sicherheit auf den Wegen und für die Durchsetzung des Landrechts.

Doch so gewissenhaft er seine Aufgaben auch erfüllt – die Jagd auf Mörder und Diebe und die Aufklärung ihrer Verbrechen ist Ulrichs große Leidenschaft, bei der er seinen detektivischen Spürsinn und seine erstaunliche Kombinationsgabe ausspielen kann, um die Übeltäter ihrer gerechten Strafe zuzuführen.

I. KAPITEL

Dieses Jahr ließ der Herrgott sich Zeit mit der Ankunft des Winters. Zwar hatte es nach Sankt Martin ein wenig Schneefall gegeben, aber die weiße Pracht war schnell zu Matsch geschmolzen. Dann begann die Adventszeit; das Land bereitete sich wie jedes Jahr auf den Winterschlaf vor – und noch immer fiel kein Schnee. Die kargen Stoppelfelder glichen den Wangen eines verhärmten, unrasierten Greises, der vergeblich auf den erlösenden Tod wartet, und die Äste der kahlen Bäume ragten wie die Klauen eines Skeletts in den fahlen Himmel. Die schneelose Dezemberlandschaft bot ein Bild der Ödnis und Verlorenheit. Erst am Morgen des Barbaratages wirbelten feine Schneeflocken durch die klare Winterluft. Es wurde merklich kühler; noch aber herrschte kein starker Frost. Nichts deutete auf einen Wetterumschwung hin.

An diesem Tag machte sich Ulrich von Kulm, seines Zeichens königlicher Prokurator, nach der Frühmesse mitsamt seiner Gefolgschaft auf den Weg nach Plaß, um das dortige Zisterzienserkloster zu besuchen. Doch kurz vor Liblín, wo sie das Flüsschen Beraun überqueren wollten, schlug das Wetter plötzlich um. Der Himmel verdüsterte sich in Windeseile. Ein wütender Sturm zog auf, und es wurde bitterkalt.

Und dann kam der Schnee. Zuerst war es nur ein leichtes Gestöber; dann wurden die Flocken dichter, bis wahre

Schneeschleier vom Himmel fielen, und der unbarmherzige Wind peitschte Ulrich und seinen Gefährten die schweren, nasskalten Flocken in die ungeschützten Gesichter. Bald schon brauste unheilverkündend ein Schneesturm durchs Tal, dessen bewaldete Hänge die Beraun säumten.

Der weiß gewandete Mönch, der Ulrichs Gruppe vorausritt, drehte sich im Sattel um. »Bei diesem Wetter, königlicher Prokurator, kommen wir nicht durch die Furt!«, rief er, um das Heulen des Sturms zu übertönen. »Aber ein Stück weiter flussabwärts, bei Kozojed, gibt es einen Holzsteg. Für Fuhrwerke ist er zu schmal, aber zu Fuß lässt er sich gut überqueren. Wir müssen nur absitzen und die Pferde am Zügel führen. Der Umweg kostet Zeit, aber anders kommen wir nicht über den Fluss.«

Doch Ulrichs kleines Gefolge musste schon früher von den Pferden steigen, als der Mönch erwartet hatte, denn bald darauf wütete der Sturm so wild, dass niemand mehr im Sattel bleiben konnte. Die Söldner hüllten sich tief in ihre Mäntel und wickelten sich Tücher um die Gesichter; nur die Augen ließen sie frei. Bald setzten sich Schneeflocken und Eiskristalle auf den Brauen und Wimpern der Männer ab und gefroren zu kleinen spitzen Nadeln. Alle stolperten müde und mit gesenktem Kopf neben ihren Pferden her und kämpften mit vorgebeugtem Oberkörper Schritt für Schritt gegen den brüllenden Sturm an, der das Weiterkommen zur Qual machte. Doch kehrtzumachen und den Rückweg anzutreten wäre blanker Unsinn gewesen. Wohin hätten sie sich wenden sollen? Die nächste Ansiedlung hatten sie Stunden zuvor passiert. Dann waren sie nur noch durch einsame Wälder gezogen, zwischen kahlen Hügelkämmen hindurch. Die Landschaft ringsum war menschenleer.

Beatus, so hieß der Mönch aus dem Zisterzienserkloster

Plaß, deutete nach vorn. »Da ist der Steg!«, rief er atemlos gegen das Tosen des Sturms an. Schemenhaft zeichneten sich die Umrisse eines großen Baumes in den wirbelnden Schneeschleiern ab.

Als sie näher kamen, blieben sie ernüchtert stehen. Der Steg sah wenig vertrauenswürdig aus. Unter ihm toste die Beraun; das schnell ansteigende, schmutzigbraune Wasser schlug gegen die Stützpfeiler, dass die gesamte Konstruktion bebte und ächzte.

Doch Bruder Beatus machte sich keine Sorgen. Er kannte den Weg gut und hatte hier schon oft die Beraun überquert. Der alte Steg hatte immer schon so baufällig ausgesehen, und noch nie war hier einem Reisenden etwas passiert. Beatus bekreuzigte sich und schritt beherzt voran, sein Pferd an der Leine. Tatsächlich gelangten er und sein Tier ohne Schwierigkeiten über die morschen Bretter auf die andere Seite. Dort blieb Beatus stehen, reckte den Zeigefinger in die Höhe und bedeutete den anderen, dass immer nur einer den Steg überqueren sollte.

Ulrich von Kulm gab sich einen Ruck, stapfte los und gelangte ebenfalls rasch und ohne Zwischenfall auf die andere Seite. Zuversichtlich folgte ihm sein Knappe Otto von Zastrizl. Er hatte den Steg zu Hälfte überquert, als ihn ein lautes Knacken verharren ließ. Es hörte sich an, als wäre irgendetwas unter ihm und seinem Pferd zerborsten. Der Steg schwankte ein wenig, beruhigte sich dann aber. Der Knappe riss sich aus seiner Erstarrung und schritt schneller aus, zerrte sein Pferd hinter sich her und atmete auf, als er wohlbehalten auf die andere Seite gelangte.

Einer der Söldner, der das königliche Wappen auf seinem Umhang trug, war der Nächste. Er hatte nur wenige Klafter zurückgelegt, als erneut das beängstigende Knacken zu hören war. Im gleichen Augenblick senkte sich der Steg und bog sich nach unten durch, um gleich darauf wieder nach oben zu schwingen wie eine von unsichtbarer Hand gespannte Bogensehne.

»Zurück!«, rief Ulrich dem Söldner zu, aber der tosende Wind, das Rauschen des Flusses und das Knarren und Ächzen des Stegs ließen seine Stimme nicht bis zu dem Mann durchdringen. Noch einmal bog der Steg sich durch; im nächsten Moment brach er mit lautem Krachen in zwei Teile. Auf der anderen Seite lösten sich bereits Bretter und Balken und versanken in den eisigen Wassern der gischtenden Beraun.

In panischer Angst machte der Söldner kehrt und wollte zum Ufer zurück, doch das Pferd, das er an der Leine hielt, scheute, stieg auf die Hinterhand und schlug mit den Vorderhufen aus, sodass der Mann zur Seite springen musste, um sich in Sicherheit zu bringen. Dabei kippte er über das halb zerborstene Geländer und stürzte in die Tiefe. Die wütende Strömung erfasste ihn augenblicklich und riss ihn mit sich fort. Es dauerte nicht lange, bis der Unglückliche im dichten Schneetreiben um die Flussbiegung herumgetrieben wurde und den Blicken aller anderen entschwand. Dem Pferd gelang es gerade noch, auf dem Steg zu wenden und sich mit einem gewaltigen Sprung auf die Uferseite zu retten. Dort wendete es ungläubig den Kopf, schnaubend, mit den Hufen stampfend, und schien nach seinem Reiter Ausschau zu halten, während hinter ihm die letzten Bretter und Balken des Stegs in die Fluten stürzten und vom Wasser verschlungen wurden.

»Was können wir tun?«, schrie Ulrich dem Zisterziensermönch ins Ohr.

»Nichts, edler Herr«, rief Bruder Beatus zurück. Er war bleich und zitterte am ganzen Körper. Trotz der Kälte standen ihm Schweißperlen auf der Stirn. Noch nie war er dem Tod so nahe gewesen. Doch Gott hatte seine schützende Hand über ihn gehalten und ihn unversehrt davonkommen lassen.

»Nichts? Was soll das heißen?«, rief Ulrich aufgebracht. Der königliche Prokurator war ein großer, kräftiger Mann, der nun drohend über dem kleineren, beleibten Mönch aufragte, während er ihn mit finsterem Blick musterte.

»Es bedeutet, dass der Rest Eures Gefolges bei diesem Unwetter nicht auf unsere Uferseite gelangen wird. Es würde ihnen so ergehen wie diesem Unglückseligen. Gott erbarme sich seiner Seele – und den unseren!«

»Wo ist das nächste Dorf? Wir brauchen dringend eine Unterkunft, wenn wir nicht erfrieren wollen.«

»Kozojed liegt am nächsten«, gab Bruder Beatus zurück. »Dort gibt es eine Herberge. Aber das ist ziemlich weit von hier.«

Ulrich rief seinen Männern auf der anderen Uferseite zu, sich einen Unterschlupf zu suchen. »Wenn der Schneesturm vorüber ist«, rief er, »treffen wir uns in Kozojed!« Doch seine Stimme wurde vom Wind davongerissen; seine Leute verstanden kein Wort. Schließlich zuckte er ergeben mit den Schultern und gab es auf.

Gemeinsam mit seinem Knappen Otto und dem Mönch entfernte er sich vom Fluss und zog in Richtung Kozojed. Doch bei dem dichten Schneegestöber erwies es sich als unmöglich, den richtigen Weg zu finden; alles war von frischem Schnee bedeckt, der sich an manchen Stellen zu hohen Verwehungen türmte. Nur noch ein blendend weißer Teppich war zu sehen, der sich rein und unberührt um das Grüppchen herum ausbreitete, während der bitterkalte Sturm darüber hinwegjagte. Vereinzelt ragten Bäume aus dem endlosen Weiß; alles andere war im Schnee versunken. Schweigend und stumpfsinnig stapften Ulrich und seine Begleiter weiter, in die Richtung, in der sie Kozojed zu erreichen hofften. Sie kamen immer mühsamer voran, sanken bald bis zu den Hüften im Schnee ein und spürten, wie ihre Beine mit jedem Schritt kälter und steifer wurden.

Bald verloren sie jedes Zeitgefühl, mussten aber schon eine beträchtliche Strecke zurückgelegt haben. Verbissen kämpften sie sich durch die weiße Einöde, doch es wurde immer offensichtlicher, dass sie sich verlaufen hatten, sonst hätten sie längst in Kozojed sein müssen. Und ein Ende des Schneesturms war nicht in Sicht; im Gegenteil schienen die Wolken noch düsterer zu werden, und der Sturm tobte mit unverminderter Wut. Nach und nach versank das bewaldete, von schroffen Felsen durchsetzte Tal ringsum in der Abenddämmerung.

»Wenn wir nicht schnell ein Quartier finden, sind wir tot!«, stieß Otto verbittert hervor. »Hier draußen überleben wir die Nacht nicht.« Er packte Bruder Beatus an den Schultern und schüttelte ihn. »Weißt du überhaupt, wo wir jetzt sind?«

»Nein«, gestand der Zisterzienser kleinlaut und lehnte sich schwer atmend an einen Baum. Beinahe schien es, als würde er jeden Moment vor Erschöpfung zusammenbrechen, denn anders als Ulrich und sein Knappe war er körperliche Anstrengungen nicht gewohnt. Dann aber raffte er sich auf und taumelte weiter.

»Es hat keinen Sinn mehr, Otto«, sagte Ulrich müde zu seinem Knappen, als das Heulen des Sturms für einen Moment abflaute. »Siehst du die Fichten dahinten? Da müssen wir hin. Dort sind wir wenigstens vor dem Sturm geschützt. Ruhen wir uns eine Weile aus und überlegen, wie es weitergeht.«

Als sie die Fichtenwand erreichten, ließ der kleine Mönch sich auf die Knie fallen, faltete die Hände und jammerte: »Gott, erbarme dich meiner sündigen Seele!«

Ulrich und sein Knappe beachteten ihn nicht weiter; sie banden ihre Pferde am nächsten Baum fest. Es war sinnlos, weiter im Schneesturm herumzuirren; den richtigen Weg würden sie ohnehin nicht finden. Wer konnte schon sagen, in welches abgelegene Tal sie sich verirrt hatten?

Gerade als sie sich anschickten, zwischen den Bäumen eine Höhle in den Schnee zu graben, in der sie mit Glück die Nacht überdauern konnten, drang durch das Tosen des Windes hindurch ein merkwürdiges Geräusch an ihre Ohren.

»Was war das?«, fragte Ulrich verwundert.

»Es klang nach einem Horn«, meinte Otto.

»Stimmt«, gab Ulrich ihm recht. »Ein Horn, wie Burgwächter es benutzen. Verflixt!« Er schlug sich mit der Hand an die Stirn. »Was bin ich für ein Narr! Irgendwo in einem der Täler hier muss Burg Kraschow liegen. Ich weiß es von Ludmilla, meiner Frau. Sie ist entfernt mit dem Geschlecht der Hroznatovci verwandt, die Kraschow erbaut haben. Dieses Geräusch – es kann nur von der Burg kommen! Sie muss hier in der Nähe sein!«

Trotz der Proteste des erschöpften Mönchs machten die Männer sich wieder auf den Weg und stapften durch den verschneiten Wald. Zu ihrem Glück hatte der Schneefall nachgelassen, und auch der Sturm schien an wütender Kraft zu verlieren. Endlich gelangten die drei an eine Felskante, hinter der ein steiler Abgrund gähnte, der jedoch ungehinderte Sicht auf die Landschaft gewährte. Ulrich und die anderen blickten über ein schmales Tal hinweg, durch das sich ein Bach schlängelte, der in die Beraun mündete. Und dort, über dem Zusammenfluss, auf einem Felsvorsprung, der hoch über der anderen Talseite aufragte, waren die dunklen Umrisse einer Burg mit einem hohen Turm zu sehen.

Es dauerte eine Weile, bis sie einen halbwegs sicheren Weg

hinunter ins Tal fanden. Der Bach am Talgrund ließ sich leicht durchwaten, aber der Weg den breiten Pfad am gegenüberliegenden Hang hinauf bis zur Burg war so steil, dass er ihnen und den Pferden alles abverlangte. Mensch und Tier erreichten das Burgtor mit letzter Kraft. Der Wächter musste die Ankömmlinge schon von Weitem gesehen haben, denn das Tor stand offen, und so ritten sie in die Vorburg hinein – ein weites, ebenes Geländestück, auf dem vielleicht ein Dutzend einzelner Gebäude standen. Ställe und Scheunen reihten sich an der Burgmauer aneinander. Seltsamerweise lag alles in Dunkelheit; keine Menschenseele war zu sehen. Dann aber bemerkte Ulrich erleichtert, dass die Fensterläden dicht verschlossen waren: Vermutlich fiel deshalb kein Licht nach draußen.

Der Schneesturm hatte wieder eingesetzt, wütete jetzt sogar stärker als zuvor; das einzige Geräusch, das sie vernahmen, war das endlose Heulen des Windes, der über die hochgelegene Felsplatte peitschte, auf der die Burganlage stand. Auch hier oben lag alles unter einer dicken Schneedecke, doch an manchen Stellen waren kleine, ausgetretene Pfade zu erkennen, die sich durch das eintönige Weiß schlängelten. Offenbar hatten die Bewohner der Burg sich an die Feuerstellen im Innern der mächtigen Anlage zurückgezogen.

Auf einer leichten Anhöhe vor ihnen erhob sich die innere Wehrmauer, die wesentlich höher war als die Palisaden, von denen die Vorburg umschlossen wurde. Sie ritten darauf zu. Zwischen der Oberburg und der Vorburg zog sich ein tiefer Graben hin, der in den Fels gehauen war. Eine Zugbrücke führte über diesen Graben hinweg zum Torhaus, dessen Pforte jedoch verschlossen war. Aus einem kleinen Fenster des Torhauses fiel der schwache gelbe Lichtschein einer Fackel. Kurz huschte hinter dem Fensterchen ein bärtiges

Gesicht vorbei, das Ulrich nicht sehr freundlich erschien; dann ertönte ein quietschendes Geräusch. Innerhalb der Pforte öffnete sich ein kleineres Tor, durch das ein stämmiger Kerl sein finsteres Gesicht streckte.

»Tretet ein!«, brummte er.

»Und was ist mit den Pferden?«, fragte Otto, denn durch das kleine Tor passte nur ein Mensch, und selbst der musste den Kopf einziehen.

»Um die kümmere ich mich«, antwortete der Bärtige mürrisch. »Ställe gibt's nur in der Vorburg.« Da die späten Gäste zu zögern schienen, fügte er ungeduldig hinzu: »So kommt schon herein, oder wollt ihr da draußen erfrieren?«

Ulrich warf den Zügel seines Pferdes über einen Pfosten neben dem Graben. Dann ging er als Erster über die Zugbrücke, gefolgt von Otto und Bruder Beatus. Der bärtige Wächter wartete, bis die Männer im Durchgang standen; dann nahm er eine brennende Fackel von der Wand und knallte das kleine Tor zu.

Ulrich fuhr zusammen, so dumpf und beunruhigend hatte der Knall sich angehört – beinahe so, als läge eine unausgesprochene Drohung darin. Schweiß trat ihm auf die Stirn.

Das ist nur die Erschöpfung, versuchte er sich zu beruhigen. Jetzt haben wir eine Unterkunft, das ist das Wichtigste. Alles ist besser, als bei solchem Wetter draußen im Wald zu schlafen. Was für ein Glück, dass Burg Kraschow am Weg lag.

»Folgt mir«, sagte der Wächter mit einem schiefen Grinsen, das seine schadhaften Zähne entblößte. »Unser Burgvogt Hannes erwartet euch schon ungeduldig.«

II. KAPITEL

Gleich hinter dem Tor der Oberburg befand sich zur Rechten ein mehrgeschossiges Gebäude. Dahinter ragte der mächtige runde Bergfried auf. Linker Hand standen ein paar kleinere Häuschen direkt an der Burgmauer, die aus großen Steinblöcken errichtet war. Am Ende des langgestreckten Innenhofs – dort, wo auch die riesige Felsplatte endete und es steil bis ins Tal hinunterging – waren durch die Schneeschleier hindurch verschwommen ein zweigeschossiger Palas und eine Kapelle zu erkennen, die über eine Holzgalerie miteinander verbunden waren.

Der Wächter leuchtete ihnen mit seiner Fackel zuvorkommend den Weg und deutete auf das steinerne Gebäude zu ihrer Rechten. Sie traten durch eine breite Tür und gelangten in eine Eingangshalle, deren Boden mit roten, sechseckigen Fliesen ausgelegt war, während das niedrige Deckengewölbe aus grob behauenen Steinen bestand. Der Raum wurde vom flackernden Licht eines Feuers erhellt, das auf einem steinernen Podest vor einer unverputzten, schwarz verrußten Wand brannte; der Rauch entwich durch eine kleine Öffnung in der oberen Mauer nach draußen. Um die Feuerstelle herum standen mehrere junge Männer in eng anliegender Kleidung, mit kurzen Mäntelchen über den Schultern und Studentenkappen. Sie wärmten sich zufrieden am Feuer, ohne den Ankömmlingen die geringste Beachtung zu schenken; stattdessen schienen sie lebhaft über irgendetwas zu diskutieren.

Der Wächter, der Ulrich und den anderen hineingefolgt war, wies auf eine Treppe am Ende des Saals und ging selbst voran. Die Stufen führten hinauf zu einem hölzernen Wehrgang, der an der Außenmauer des Gebäudes verlief, direkt über dem Abgrund, der uneinsehbar tief war. Der Gang wurde von einem Dach mit Holzschindeln geschützt; die schäbige Brüstung bestand aus breiten, morschen Brettern. Gleich bei der ersten Tür blieb der Wächter stehen, öffnete und meldete jemandem im Raum dahinter, die Gäste seien eingetroffen. Dann bedeutete er Ulrich mit einer Geste, den Raum zu betreten, ehe er sich umdrehte und mit schnellen Schritten nach unten ins Torhaus zurückkehrte.

Ulrich zögerte einen Moment, ehe er vorsichtig eintrat, den Kopf gesenkt. Ihm war längst klar, dass der Wächter ihn mit jemandem verwechselt haben musste, der hier auf der Burg erwartet wurde.

Er fand sich in einem schlicht eingerichteten Gemach wieder. Die Wände waren unverputzt, die Fugen zwischen den dunklen, flachen Steinen mit graubraunem Mörtel gefüllt. Auf der einen Seite des Raumes standen ein Tisch und zwei Bänke, auf der anderen Seite eine einfache Bettstatt. Unter dem mit hölzernen Läden verschlossenen Fenster erblickte Ulrich eine große Truhe aus grob gehobelten Brettern. In der Mitte der Kammer schließlich stand ein Eisengestell mit einer Schale voll brennender Holzkohle, die für angenehme Wärme in dem kleinen Raum sorgte.

An den Tisch gelehnt stand ein großer, dünner Mann in einem grauen Umhang, bestickt mit dem Wappen der Hroznatovci. Der Fremde hatte einen spärlichen schwarzen Bart, eine spitze, lange Nase und zottiges Haar, das hier und da bereits grau wurde. Er blinzelte unruhig – offensichtlich war er gerade aus einem Nickerchen hochgeschreckt – und fragte verwirrt: »Wer seid Ihr?«

Ulrich zeigte ihm seinen Umhang. Schnee und Eis, bis eben noch an der Kleidung festgefroren, schmolzen in der Wärme und ließen ihn die unangenehme Feuchtigkeit spüren. »Ich bin Ulrich von Kulm, Prokurator des Königs. Ich bin auf dem Weg zum Kloster Plaß, doch meine Gefährten und ich haben uns im Schneesturm verirrt.«

Der Mann schien erst jetzt richtig wach zu werden. Er verneigte sich, stammelte irgendetwas Unverständliches zur Entschuldigung und erklärte dann: »Ich heiße Hannes und bin hier der Burgvogt, edler Herr. Selbstverständlich werde ich mich um Euch kümmern. Sesem, mein Herr, wird erfreut sein. So ein hoher Besuch – und das ausgerechnet heute!«

»Was ist denn heute so Besonderes?«, wollte Ulrich wissen, ging zu der Eisenschale mit den glühend roten Kohlen und hielt die Hände darüber, um sie aufzuwärmen.

»Das wisst Ihr nicht? Heute ist der Tag der heiligen Barbara!«, antwortete der Burgvogt ein wenig verwundert. »Wir feiern diesen Tag schon seit der Gründung von Kraschow, getreu dem Vermächtnis des seligen Hroznata.«

Ulrich drehte sich mit fragendem Blick nach Bruder Beatus um, der ihm zusammen mit Otto in den Raum gefolgt war. Der erschöpfte, durchgefrorene Zisterzienser blickte sehnsüchtig auf das wärmende Feuer. Auf Ulrichs Blick hin zuckte er mit den Schultern und murmelte widerstrebend: »Ich habe von der Sankt-Barbara-Feier auf Burg Kraschow gehört. Aber nur die Prämonstratenser vom Kloster Tepl nehmen daran teil – schließlich hat Hroznata ihr Kloster gegründet. Wir Zisterzienser haben mit der Feier nichts zu tun.«

»Wie es aussieht, werden die geladenen Gäste dieses Jahr nicht kommen«, sagte Burgvogt Hannes bedauernd. »Bei diesem Wetter hieße das, Gottes Gunst auf die Probe zu stellen. Nicht einmal der ehrwürdige Bruder Markus, der Abt des Prämonstratenserklosters in Tepl, hat es gewagt, das Schicksal herauszufordern und sich auf die Reise zu begeben.« Er bedachte den rundlichen kleinen Mönch mit einem nachsichtigen Blick.

»Er lebt also noch?«, platzte Beatus respektlos heraus. Die Nachricht, dass Abt Markus der Feier fernblieb, freute ihn sichtlich. »Ich dachte, Gott hätte ihn schon zu sich gerufen. Im Frühling ging die Kunde, er sei schwer erkrankt.«

»Gott hat sich barmherzig gezeigt. Der Herr Abt ist wieder gesund«, entgegnete der Burgvogt steif. Es war ihm anzusehen, dass er die Bemerkung des Zisterziensers höchst unangemessen fand. Er wandte sich Ulrich zu. »Doch was für uns auf der Burg betrüblich ist, gereicht Euch zum Vorteil und zur Freude. Aber so geht es nun einmal im Leben.«

»Was meinst du damit, Burgvogt?«

»Üblicherweise haben wir während der Sankt-Barbara-Feier die größten Schwierigkeiten, sämtliche Gäste unterzubringen. Dieses Jahr ist die Burg fast leer. Nicht einmal die Bettelstudenten, die Ihr unten in der Eingangshalle gesehen habt, müssen im Gesindehaus schlafen. Ich werde hier in der Vogtei Platz für sie finden. Euch, edler Herr Prokurator, kann ich eine Schlafkammer im Palas zuweisen, gleich neben dem Gemach des Burgherrn Sesem.«

Ulrich kam der Gedanke, dass eine Unterbringung im Palas, gleich neben dem Burgherrn, unangenehme gesellschaftliche Verpflichtungen mit sich bringen würde, denen er gern aus dem Weg gegangen wäre. Ihn schmerzten alle Glieder, und in seinen Schläfen stach es, als würde er Fieber bekommen. Er öffnete den Mund, um Hannes mitzuteilen, dass er sich mit einem bescheideneren Schlaflager begnügen würde, doch der Burgvogt kam ihm zuvor und sagte in einem Tonfall, der keinen Widerspruch duldete:

»Die Gemächer im Palas verfügen über Kamine und sind gut geheizt, anders als die Zimmer hier im Haus. Dort werdet Ihr Euch wohler fühlen als unter den Gemeinen. Obendrein müsst Ihr Euch nicht durch den Schnee plagen, wenn Ihr Euch zum Festbankett oder zur nächtlichen Messe begebt.«

»Ich möchte nicht zur Last fallen«, sagte Ulrich. Zwar liebte er es warm, und die Aussicht auf eine Kammer mit Kamin, in dem Buchen- und Birkenholzscheite für wohlige Wärme sorgten, war nicht zu verachten – dafür würde er sogar in Kauf nehmen, mit Sesem ein paar Höflichkeiten auszutauschen –, doch bei dem Gedanken an irgendeine lärmende Festlichkeit oder eine nächtliche Messe in einer kalten Kapelle graute es ihm. »Ich bin von der Reise erschöpft und fühle mich nicht sehr wohl«, erklärte er und fuhr sich mit der Hand über die Stirn, die sich tatsächlich heiß anfühlte. »Ich würde mich gerne bald schlafen legen.«

»Ich weiß etwas Besseres«, sagte der Burgvogt höflich. »Da ich damit gerechnet hatte, dass unsere Gäste ein wenig Zeit benötigen, um sich auszuruhen, habe ich heute Vormittag das Badehaus einheizen lassen. Vielleicht habt Ihr das Gebäude bemerkt, als Ihr durch die Vorburg gekommen seid. Es ist das mit dem langen Rauchfang, gleich neben der Schmiede.«

»Ein Bad würde mir sicher guttun«, sagte Ulrich erfreut. »Mein Knappe Otto versteht sich aufs Massieren und wird sich um mich kümmern.«

»Kommt nicht infrage!«, rief der Burgvogt entrüstet. »Am Ende heißt es noch, ich würde mich nicht gebührend um unsere Gäste kümmern. Wir haben eine Bademagd, die sich

Eurer annehmen wird. Sie versteht sich auf viele angenehme Dinge«, fügte er grinsend und mit einem Augenzwinkern hinzu, um gleich darauf wieder ernst zu werden. »Was die Feier und die Messe betrifft, kann ich Euch zu nichts zwingen. Ihr seid königlicher Prokurator, und ich bin nur ein einfacher Vogt. Aber wie ich unseren Burgherrn kenne, würde Eure Ablehnung ihn schwer kränken. Burgherr Sesem ist sehr ungestüm, wenn ich so sagen darf. Bei ihm kann man nie sicher sein, wozu er in seinem Zorn fähig ist. Schließlich vertretet Ihr König Ottokar, und es wäre doch bestimmt nicht im Sinne unseres erhabenen Herrschers, würde man in der Gegend hier munkeln, dass seine Beamten den hiesigen Adel gering schätzen.«

Ulrich schäumte innerlich. Normalerweise blieb er in Situationen, in denen andere einen Wutanfall bekommen hätten, ruhig und gefasst, aber jetzt musste er an sich halten, um nicht aufzubrausen. Dieser hergelaufene Verwalter einer Burg in den tiefsten Wäldern, durch die nicht einmal ein Handelsweg führte und in denen es weit und breit kein Dorf gab, wollte ihn belehren! Doch sosehr es Ulrich widerstrebte: Seine Vernunft sagte ihm, dass dieser dünne Burgvogt weder unhöflich noch dumm war. So unangenehm es sein mochte, was der Mann sagte – er hatte recht.

Ulrich seufzte. »Natürlich wird es mir eine große Ehre sein, deinen Herrn aufzusuchen, selbst wenn ich nicht auf seine Einladung hier bin. Doch bevor du Herrn Sesem über meine Ankunft unterrichtest, würde ich mich gern in eurem Badehaus aufwärmen. Was ist mit euch beiden?«, fragte er Otto und Bruder Beatus. »Kommt ihr mit?«

»Wenn es da eine hübsche Bademagd gibt, sage ich nicht Nein«, antwortete Otto schmunzelnd. Er war ein gut aussehender junger Bursche mit blondem, gewelltem Haar, das er nach der neuesten Mode trug. Auf den ersten Blick erinnerte er ein wenig an die jungen Gecken am Königshof, doch er war ein ausgezeichneter Krieger. Beim Kampf mit dem Schwert konnte kaum ein Ritter es mit ihm aufnehmen, und er war bereits aus mehreren Turnieren als Sieger hervorgegangen.

Aber das war nichts gegen seine Erfolge bei den Frauen, und nicht nur bei den ledigen. Ulrich schalt seinen Knappen oft wegen seiner leichtfertigen Liebesabenteuer, musste allerdings zugeben, dass er viele seiner Fälle ohne die Hilfe seines Knappen niemals gelöst hätte: Nicht selten erhielt Otto gerade von den Mädchen, mit denen er anbandelte, wichtige Hinweise.

Jetzt aber warf Ulrich seinem Knappen einen strengen Blick zu und sagte: »Ich verbiete dir, irgendetwas zu tun, was gegen die guten Sitten der hiesigen Burgbewohner verstoßen könnte!«

»Und ich«, erklärte Bruder Beatus, »werde mich hüten, ins Badehaus zu gehen. Das ist die Pforte zur Hölle!« Er hob einen pummeligen Zeigefinger, um seinen Worten Nachdruck zu verleihen. »Deshalb stellt sich mir die Frage, von welchen guten Sitten Ihr redet, königlicher Prokurator. Wo es Baderinnen gibt, herrschen Liederlichkeit und Unzucht.«

»Ganz so schlimm wird es schon nicht sein«, beschwichtigte ihn der Burgvogt. »Unser Badehaus ist vielleicht nicht das tugendhafteste, aber die Pforte zur Hölle ist es gewiss nicht. Natürlich zwingt Euch niemand zu irgendetwas, Bruder, aber schon im Buch Mose heißt es, ein Mann soll sich von einem Weib pflegen lassen und nicht von einem anderen Mann. Zwar geht es dabei nicht ausdrücklich um das Baden, aber das dürfte mit eingeschlossen sein.«

»Jede Ketzerei beginnt mit der irregeleiteten Auslegung der Heiligen Schrift!«, erwiderte Beatus spitz. Doch um zu zeigen, dass er nicht weiter streiten wollte, fügte er versöhnlicher hinzu: »Wenn Ihr mir nun die Schlafkammer zeigen wollt, die Ihr mir zugedacht habt, sehe ich Euch die sündigen Gedanken nach. Ich möchte mich gern ein wenig hinlegen und zu Kräften kommen, damit ich am nächtlichen Gottesdienst teilnehmen kann. In Einsamkeit zu meditieren halte ich für nützlicher, als sich schamloser Fleischeslust hinzugeben.«

III. KAPITEL

Außer ein paar Kleinigkeiten hatte Ulrich von Kulm kaum Gepäck bei sich. Ersatzkleidung und andere persönliche Dinge befanden sich in einem Sack, den ausgerechnet das Pferd trug, das auf der anderen Uferseite des Flusses zurückgeblieben war. Um den Rest seiner Gefolgschaft machte Ulrich sich keine Sorgen. Kommandeur Diviš war ein erfahrener Soldat und wusste, was zu tun war. Doch er ärgerte sich über sich selbst. Zwar hatte er das Siegel des königlichen Prokurators und die goldene Kette dabei, die er bei Gerichtssitzungen um den Hals trug, aber kein einziges Ersatzhemd. Im Grunde gab es nichts, was er hätte anziehen können. Er nahm sich vor, Siegel und Kette beim nächsten Mal in Diviš' Obhut zu geben und dafür einige persönliche Gegenstände bei sich zu behalten, die im Alltagsleben nützlicher waren.

Mit seiner Unterbringung in der Burg wollte Ulrich sich nicht lange aufhalten. Er ließ sich vom Burgvogt rasch die kleine, aber gemütliche Kammer im ersten Stock des Palas zeigen, die mit dem Nötigsten ausgestattet und dank des Kaminfeuers gut geheizt war. Kurz überlegte er, ob er auf die Annehmlichkeit des Badens verzichten und gleich hierbleiben sollte, sagte sich dann aber, dass er seine lästigen Repräsentationspflichten umso länger aufschieben konnte, je später er in den Palas zurückkehrte.

Kurz darauf erschien Otto und brachte ihm die Ledertasche mit den Dokumenten und Amtsabzeichen, die er inzwischen vom Sattel losgebunden hatte. Ein wenig umständlich legte er die Tasche auf den Tisch; dann brachte er ein zusammengerolltes Leinenhemd zum Vorschein und reichte es Ulrich. »Ich habe zwei frische Hemden dabei. Ihr seid zwar etwas kräftiger als ich, aber das Hemd hier ist sehr weit. Vielleicht passt es Euch.«

Ulrich lächelte seinen Knappen dankbar an, nahm das Hemd entgegen wie eine heilige Monstranz und hielt es eine Zeit lang in der Hand, ehe er es unter seinen Umhang steckte. »Ich ziehe es erst an, wenn wir aus dem Badehaus zurück sind«, erklärte er. »Burgvogt, bringst du uns dorthin? Jetzt gleich?«

Burgvogt Hannes nickte. Obwohl es draußen dunkel war, nahm er keine Fackel mit, denn es stürmte noch immer so heftig, dass sie auf der Stelle erloschen wäre. Sie verließen den Palas und stapften durch den Schnee in Richtung Torhaus.

Ulrich stolperte über einen Stein, der unter der Schneedecke nicht zu sehen gewesen war. Fluchend blieb er stehen und schaute über die Schulter, um Otto zu warnen, der hinter ihm ging. In diesem Moment ließ das Schneegestöber nach, und Ulrich konnte das imposante Wohngebäude der Burg, den Palas, zum ersten Mal genauer betrachten.

Es war ein mehreckiger, steinerner Bau, dessen spitzes Dach von dunklen Schindeln bedeckt war. Die Schmalseite des Gebäudes zeigte zum Hof hin – hier befanden sich der Eingang und ein paar kleinere Fenster. Die Breitseite lag am Ende der Felsplatte und ragte dunkel über dem steilen Abgrund auf, hoch über dem Zusammenlauf der Flüsse tief unten im Tal. Im Erdgeschoss gab es außer einem winzigen Fenster nur schmale

Luftschächte und Schießscharten, während in den beiden oberen Stockwerken etliche Fensteröffnungen zu sehen waren, alle mit hölzernen Läden verschlossen.

Just in dem Moment, als Ulrich stehen blieb, öffnete sich einer der Fensterläden im obersten Stock, und ein schwacher Lichtschein fiel nach draußen. Und dann geschah es: Eine dunkle, in einen Mantel gehüllte Gestalt erschien in der Fensteröffnung – und stürzte im nächsten Augenblick in die Tiefe. Ein gedämpfter Aufschrei war zu hören, und hoch oben schlossen sich die Läden. Alles war in Windeseile abgelaufen.

Ulrich stand wie angewurzelt da und starrte ungläubig in die Dunkelheit. Hatten seine Sinne ihn getäuscht? Der Palas ragte nun wieder dunkel vor ihm auf, und nur das Heulen des Windes war zu vernehmen.

Ulrich machte ein paar schnelle Schritte, um den Burgvogt einzuholen, und packte ihn bei der Schulter. Er musste schreien, um sich Gehör zu verschaffen. »Gerade ist jemand aus einem Fenster des Palas gesprungen!«, rief er aufgeregt. »Oder wurde hinuntergestoßen! Wir müssen ihn auf der Stelle suchen. Der Unglückliche muss irgendwo unten am Fluss liegen.«

Burgvogt Hannes riss die Augen auf und winkte Ulrich hastig, ihm zu folgen. Sie erreichten das Torhaus, durch das man in die Vorburg gelangte, eilten durch einen gewölbten Gang und betraten eine schwach erleuchtete Stube, wo der Wächter auf einer Bank vor sich hin döste. Als er den Burgvogt bemerkte, sprang er auf und wollte Habachtstellung einnehmen, stieß dabei aber gegen seine Lanze, die scheppernd zu Boden fiel. Sein verlegenes Grinsen sah wegen seines schiefen Mundes eher wie eine hässliche Grimasse aus.

»Mach, dass du fortkommst«, fuhr der Burgvogt ihn an. Sein Gesicht war totenbleich.

Der Wächter nahm achselzuckend seine Lanze, hüllte sich fest in seinen Umhang mit dem Wappen der Hroznatovci und stapfte wortlos nach draußen.

»Was genau habt Ihr gesehen, edler Herr?«, fragte der Burgvogt unruhig, setzte sich auf die nun freie Bank, blickte den königlichen Prokurator neugierig an und wischte sich die feuchten Schneeflocken aus dem Gesicht.

Nachdem Ulrich seine Beobachtung kurz und knapp geschildert hatte, stieß der ergraute Burgvogt einen tiefen Seufzer aus, wobei sich auf seiner Stirn eine tiefe Furche bildete. Er wirkte erschrocken und verängstigt.

»Das war Frau Anna«, sagte Hannes leise und knetete angespannt seine Hände.

»Dann müssen wir sofort nach ihr sehen! Vielleicht kann ihr noch geholfen werden«, drängte Ulrich.

Der Burgvogt schüttelte den Kopf. »Wohl kaum«, entgegnete er und fügte langsam und zögernd hinzu, als würde ihm jedes einzelne Wort Schmerzen bereiten: »Frau Anna ist vor drei Jahren aus diesem Fenster gesprungen. Seitdem spukt ihr Geist hier in der Burg, besonders zur Adventszeit.«

»Ihr Geist? Ich glaube nicht an Geister«, entgegnete Ulrich ungeduldig. »Wer immer da aus dem Fenster gestürzt ist, war aus Fleisch und Blut.«

Burgvogt Hannes schüttelte den Kopf. »Aus dem zweiten Stock, habt Ihr gesagt? Verzeiht, aber das ist nicht möglich. Seit dem Herbst sind dort alle Fensterläden verriegelt und vernagelt. Sie lassen sich nicht öffnen. Wir lassen sie sogar während des Sommers geschlossen, denn da oben sind keine Wohnräume, nur Kammern, die wir zur Lagerung nutzen. Gelegentlich dienen sie als Schlafräume für die Gäste, die zur Sankt-Barbara-Feier hierher auf die Burg kommen, aber zurzeit stehen sie leer. Wenn Ihr möchtet, könnt Ihr Euch selbst davon überzeugen, sobald Ihr vom Badehaus zurückkommt«, fügte er hinzu und fuhr im nächsten Moment heftig zusammen, als er hinter der Wand ein Geräusch hörte. Doch es war nur Schnee, der vom Dach gerutscht war.

»Otto«, wandte Ulrich sich an seinen Knappen, »du gehst nachschauen! Der Burgvogt gibt dir gewiss ein paar Männer mit, die sich hier auskennen. Der herabstürzende Körper muss unterhalb des Palas liegen, irgendwo beim Zusammenlauf der Beraun mit dem Bach.«

Hannes seufzte resigniert und sagte leise: »Ich gebe Euch gerne zwei Männer mit. Aber glaubt mir, es ist sinnlos. Sie werden dort unten niemanden finden.«

Ulrich blickte ihn mit freundlicher Nachsicht an. »Selbst wenn es der Geist der verstorbenen Anna sein sollte, was ich da vorhin gesehen habe«, sagte er, »begreife ich nicht, warum Ihr so zittert. Ihr scheint mir ein kluger und vernünftiger Mann zu sein. Was kann Euch dieser Spuk schon anhaben?«

»Jedes Mal, wenn Annas Geist auftaucht, stirbt bald darauf jemand aus dem Geschlecht der Hroznatovci«, flüsterte der Burgvogt. »Dieser Fluch währt schon lange. Es geschieht immer nur zur Adventszeit. Anna war die Mutter des edlen Herrn Sesem, unseres Burgherrn. Nach ihrem Tod sind weitere Menschen gestorben, alle aus ihrer Familie, und keinen dieser Todesfälle konnte man je aufklären. Das alles ist unheimlich und rätselhaft; es entzieht sich dem menschlichen Verständnis. Nicht einmal Abt Markus vom Kloster Tepl, der gelehrteste Mensch, den ich kenne, konnte dieses Rätsel lösen. In seiner Ratlosigkeit empfahl er meinem Herrn, einen Exorzisten zu holen, um die dunklen Kräfte des Bösen vertreiben zu lassen, doch bisher hat Burgherr Sesem die Beteiligung der Inquisition abgelehnt.«

»Und daran hat er gut getan«, sagte Ulrich. Er kannte die Methoden der Inquisition und misstraute ihr zutiefst. Die Augen zusammengekniffen, versuchte er sich zu erinnern, ob er am Königshof etwas über unaufgeklärte Todesfälle in der Sippe der Hroznatovci gehört hatte, doch ihm fiel nichts dergleichen ein.

»Gut daran getan? Ich weiß nicht«, widersprach der Burgvogt zweifelnd. »Ich mache mir Sorgen um Herrn Sesem. Wie Ihr selbst gesehen habt, ist es noch nicht vorbei. Noch immer treiben böse Mächte ihr Unwesen. Man muss etwas unternehmen!«

»Allerdings«, pflichtete Ulrich ihm bei. »Sobald ich mich ein bisschen erholt habe, werde ich mich mit der Angelegenheit befassen. Trotzdem kannst du mich nicht davon überzeugen, dass ich ein Gespenst aus dem Fenster habe springen sehen. Wir leben in einer christlichen Welt, in der heidnischer Aberglauben keinen Platz hat. Womöglich ist wieder ein Mensch gestorben. Ich möchte das Unglück nicht herbeireden, aber warte nur ab, mein Knappe wird meinen Verdacht bestätigen.«

Otto verbeugte sich höflich und flüsterte so leise, dass nur Ulrich ihn verstehen konnte: »Jetzt werdet Ihr die Bademagd ganz für Euch alleine haben. Was würde die ehrenwerte Ludmilla wohl dazu sagen?«

»Das lass meine Sorge sein«, versetzte Ulrich säuerlich. »Meine Frau weiß sehr gut, wer von uns beiden hinter sämtlichen Weiberröcken her ist. Mach dich jetzt lieber auf die Suche nach der Leiche.«

Burgvogt Hannes rief zwei Söldner herbei, die Otto den Weg zeigen sollten; dann begleitete er Ulrich in die Vorburg. Draußen schneite es wieder so heftig, dass sogar der Burgvogt Mühe hatte, in dem dichten Gestöber das Badehaus zu finden.

Nachdem er fluchend zwischen den kleinen Holzhäusern umhergestapft war, fand er schließlich das richtige Gebäude. Zufrieden hob er den Riegel an der groben Holztür und öffnete sie. Heiße, feuchte Dampfwolken quollen aus der Stube nach draußen. Ulrich seufzte innerlich vor Wonne, als er die Wärme spürte. Gleich darauf erschien eine verschwitzte Frau in einem langen Leinenhemd an der Tür.

»Kommt schnell herein, damit nicht die ganze Wärme verfliegt«, trieb sie die Männer ungeduldig an.

»Das ist Else, unsere Bademagd. Sie wird sich gut um Euch kümmern. Und jetzt entschuldigt mich«, sagte der Burgvogt mit einer Verneigung, ließ den königlichen Prokurator eintreten, machte kehrt und stapfte mit gebeugtem Rücken durch den wirbelnden Schnee zurück zum oberen Tor. Er bewegte sich langsam und mühselig, als läge die Last der Sünden sämtlicher Burgbewohner auf seinen Schultern.

Ulrich schloss die Tür hinter sich und blieb blinzelnd im Eingang stehen. Beißende Rauchschwaden waberten an der Decke. Der Qualm drang aus einem runden Kuppelofen, in dem orangefarbene Flammen auf glühenden Kohlen tanzten und die Holzscheite umzüngelten. Die Kuppel des Ofens bestand aus flachen Bruchsteinen und dicken Lehmschichten, aber nur ein kleiner Teil davon ragte in den Raum; der Rest der Wölbung verschwand hinter einer Wand, wo sich die Schwitzstube befand. Doch die Tür, die beide Räume trennte, schloss nicht dicht ab, sodass durch den Schlitz feuchter Dampf hereindrang, in dem alle Dinge ihre Konturen verloren.

»Ihr habt mehr von dem Bad, wenn Ihr Euch entkleidet«, sagte die Bademagd mit einem Lächeln. Auch wenn ihre Worte herausfordernd klangen, hatten sie nichts von der vulgären Schlüpfrigkeit, die dem königlichen Prokurator in

Situationen wie dieser schon oft begegnet und die ihm zuwider war.

Rasch legte er seinen Umhang ab und löste den Gürtel und die Verschnürung der Beinkleider, während er die Magd neugierig musterte. Else war kein junges Ding mehr, sondern mochte um die dreißig sein, wie Ulrich selbst. Alles, was sie am Leib trug, war das durchscheinende Hemd, das an ihrem verschwitzten Körper klebte und ihre weiblichen Formen hervorhob. Mit Genugtuung stellte Ulrich fest, dass ihr Unterleib, der unter dem Hemd durchschimmerte, mit einem Stoffstreifen umwickelt war. So war es fast überall vorgeschrieben, nur hielten die meisten Baderinnen sich nicht daran, sondern zeigten ihren Gästen schamlos all die unkeuschen Körperpartien, mit denen der Teufel das Weib bedacht hatte.

Else hatte braunes, gewelltes Haar, das sie zu Zöpfen geflochten hatte, und ein rundes Gesicht mit großen Augen und vollen Lippen; es wirkte beinahe zart und hatte nicht die Derbheit, die für viele einfache Frauen vom Lande typisch war.

»Zuerst das Wasserbad«, verkündete sie beherzt, sobald Ulrich seine Kleidung abgelegt hatte. Sie bückte sich und hob einen hölzernen Deckel vom Boden, unter dem sich ein kleines, mit flachen Steinen ausgelegtes Wasserbecken befand, aus dem heißer Dampf stieg. Über eine kurze Holzleiter am Rand des Beckens konnte man bequem hineinsteigen. Das Wasser sah klar und sauber aus und reichte Ulrich fast bis zur Taille.

»Wenn Ihr mit dem Baden fertig seid«, sagte Else, »geht Ihr in die Schwitzstube. Anschließend massiere ich Euch. Falls Ihr mit mir Liebe machen wollt – das können wir gleich hier erledigen. Wir können aber auch nach nebenan in mein Haus, wenn Ihr es lieber auf einer Schlafpritsche tun möchtet.«

»Weder noch«, antwortete Ulrich kurz angebunden. »Mir genügt das Bad.«

Seine Stimme hatte verächtlicher geklungen, als er beabsichtigt hatte, und die Bademagd schwieg eine Zeit lang, setzte sich auf eine Bank an der Wand und blickte zu Boden. Erst nach ein paar Minuten ergriff sie wieder das Wort. »Wenn jemand reich ist, so wie Ihr, sieht er viele Dinge anders. Ein Armer kann sich Tugendhaftigkeit nicht leisten.«

»Gott will, dass alle Christen sich der Sünde enthalten, ob arm oder reich«, gab Ulrich zurück, während er sich im warmen Wasser genüsslich den Schmutz der Reise abwusch.

Else schüttelte den Kopf. »Da irrt Ihr Euch. Wenn dem so wäre, würde Gott allen Christen Glück und Freude gewähren – nicht nur den Reichen, auch den Armen. Wem der Herr so viel Glück zugedacht hat wie Euch, auf den mag er ja ein Auge halten, was die Tugendhaftigkeit angeht, aber mir hat er kein Glück geschenkt, also kümmert es ihn wahrscheinlich nicht sehr, wie keusch ich lebe.«

»Lästere nicht. Du bist gesund, leidest keinen Hunger und hast ein Dach über dem Kopf«, entgegnete Ulrich. Er hasste solche Gespräche, denn er war kein Theologe und benutzte ungern kirchliche Argumente, seit er damals die Klosterschule verlassen hatte. Und insgeheim verstand er das einfache Volk besser, als er nach außen hin zeigte. Aber in seiner Position tat man sich schwer damit, einzugestehen, dass die Ordnung der Welt fehlerhaft war.

Doch Else gab nicht so schnell klein bei. Sie lehnte sich auf der Bank zurück. »Ich will Euch eine Geschichte erzählen«, sagte sie und begann mit leiser Stimme: »Ich bin nicht sehr weit von hier geboren, in einem Weiler tief in den Wäldern.

Außer meinen Leuten lebten dort noch vier andere Familien. Alle hielten ein bisschen Vieh und bauten auf gerodeten Lichtungen Roggen an. Trotzdem war ich immer hungrig. Ich war zu einem jungen Mädchen herangewachsen, als ein besonders harter Winter kam. Zuerst ging uns das Getreide aus, dann schlachteten wir die Rinder, dann das Federvieh, die Hunde und schließlich sogar die Ratten in der Scheune. Am Ende kochten wir Brühe aus Tannennadeln. Als der erste Nachbar verhungerte, setzten sich die Hausväter zusammen und kamen zu dem Schluss, dass es nur eine Möglichkeit gebe, das Dorf zu retten: Man müsse ein paar der Kinder töten und verspeisen. Sie losten aus, und das Los fiel auf mich. Zum Glück konnte ich fliehen. Halb verhungert versteckte ich mich mutterseelenallein im tiefen Wald, wo der Schmied von Burg Kraschow mich beim Brennholzsammeln fand. Er nahm mich mit zu sich nach Hause und gab mir zu essen. Anfangs glaubte ich, das Glück sei mir hold ...«

Die Bademagd stand auf, schöpfte warmes Wasser aus einem rostigen Kessel in einen Bottich und goss den Inhalt über Ulrichs Rücken, ehe sie einen weiteren Bottich füllte, den sie neben dem Beckenrand abstellte. Dann fuhr sie mit ihrer Erzählung fort: »Es stellte sich heraus, dass der Schmied eine Dienstmagd brauchte, und da kam ich ihm gerade recht. Auch im Bett gefiel ich ihm sehr, zumal ich fast noch ein Kind war. Gleich in der ersten Nacht nahm er mir die Jungfräulichkeit. Das alles wäre nicht weiter schlimm gewesen – er hat mich zur Frau genommen, dafür durfte ich weiterleben. Aber im Bett bringt er seit Jahren nichts mehr zustande. Und er ist ein Trinker. Er schlägt mich beim geringsten Anlass – vor allem, wenn ich ihm nicht genug Geld für Schnaps mitbringe. Auf der Burg wissen alle darüber Bescheid und helfen mir. Sie stecken mir ein paar Münzen für meinen Mann zu, und im Gegenzug erfreue ich sie mit meinen besonderen Fertigkeiten. Daran ist nichts Sündiges. Es ist ein Geschäft auf Gegenseitigkeit. Wenn ich meinem Mann Kupferlinge mit nach Hause bringe, habe ich einen Abend lang Ruhe. Und wenn er dann spät nachts aus der Schenke nach Hause gewankt kommt, kann ich meist rechtzeitig verschwinden und mich irgendwo verstecken.«

Sie hielt inne und seufzte tief, ehe sie fortfuhr: »Unser Kaplan sagt, die Sünde liege in der Seele. Ich habe eine ebenso reine und ehrliche Seele wie unsere Burgherrin Jutta, das könnt Ihr mir glauben. Ich bin keine Dirne. Ich habe Euch nur angeboten, was hier auf der Burg zu meinen Diensten in der Badestube gehört.«

»Gott prüft viele ehrbare Christen – umso größere Glückseligkeit erwartet sie im Jenseits«, murmelte Ulrich einen abgedroschenen Sinnspruch, während er über die Leiter aus dem Becken stieg, um in die Schwitzstube zu gehen.

Else zuckte gleichgültig mit den Schultern. »Ich wusste, Ihr würdet mich nicht verstehen.«

Doch die Erzählung der Bademagd ging Ulrich nicht aus dem Sinn, als er sich in der dampfigen Stube auf der Holzbank niederließ und die Beine ausstreckte. Er schloss die Augen und dachte nach. Sein Amt als Richter war letztlich schwerer als das eines Priesters, erkannte er einmal mehr. Ein Priester konnte mit ein paar frommen Worten alles Böse abtun, das einem auf Erden begegnete, um dann frohgemut vom Lohn im Himmel und dem ewigen Leben zu reden. Ein Richter aber kam nicht umhin, das Tun der Menschen nach irdischen Maßstäben zu beurteilen. Hinzu kam, dass ein Priester nicht zu strafen brauchte, das überließ er Gott. Der Richter aber musste das Maß einer Schuld abwägen und daran die Strafe bemessen. Und je älter Ulrich wurde, desto häufiger befielen ihn Zweifel, ob eine Strafe jemals der wirklichen Schuld gerecht werden konnte.

Als er es in der Hitze nicht mehr aushielt, verließ er Schwitzstube und Badehaus, warf sich draußen vor dem Gebäude in den Schnee und wälzte sich hin und her, um sich abzukühlen. Der Schnee schmolz auf seiner heißen Haut und lief in Rinnsalen über seinen Körper. Erst als die Kälte unangenehm wurde, kehrte er ins Badehaus zurück, setzte sich auf die Bank und lächelte die Bademagd an. »Du bist sicher eine gute Magd, Else. Und wie ich schon sagte, ich bin kein Priester. Ich bin auch ein Mensch, genau wie du. Und als Mensch begreife ich dich.«

Else lachte und wollte etwas erwidern, überlegte es sich dann aber anders und forderte Ulrich mit einer Geste auf, sich auf die Bank zu legen und auszustrecken. Dann machte sie sich daran, seine müden Muskeln zu bearbeiten. Es war fast vollkommen still im Badehaus. Nur das Knistern der Holzscheite und das Klatschen von Elses Handflächen auf Ulrichs nackter Haut waren zu hören.

Ulrich fühlte sich schon sehr viel besser. Nachdem er sich auf den Rücken gedreht hatte, sagte Else leise, beinahe verschämt: »Verzeiht, dass ich noch einmal darauf zurückkomme, aber Ihr seid ein hübsches Mannsbild, und ich würde gern mit Euch Liebe machen. Nicht als Bademagd, sondern als Frau ... auch wenn mir bewusst ist, dass es sündhaft wäre, da ich es nicht zu meinen Diensten hier zählen würde.«

Die Bademagd gefiel Ulrich zunehmend, und er musste sich eingestehen, dass er sie begehrte. Nur war er seiner Ehefrau noch nie untreu geworden, und er hatte nicht die Absicht, jetzt damit anzufangen. Fieberhaft suchte er nach einem Vorwand, ihr Angebot abzulehnen, ohne sie dabei zu kränken.

Schließlich befreite sein Knappe Otto ihn aus seiner misslichen Lage. Er kam ins Badehaus gestürmt und verkündete: »Burgvogt Hannes hatte recht. Wir haben unterhalb des Palas niemanden gefunden.«

IV. KAPITEL

Ulrich von Kulm fühlte sich wie neugeboren. Die Müdigkeit in seinen Gliedern und sein Kopfweh waren nach der Massage wie weggeblasen. Er zog sich Ottos sauberes Hemd an und warf sich seinen Umhang über, ehe er eine Hand voll Kupfermünzen aus dem Beutel an seinem Gürtel nahm. Ohne sie zu zählen, reichte er sie der Bademagd. Leise, damit nur sie es hörte, sagte er dabei: »Kauf dir dafür etwas für dich selbst. Nicht dass dein Mann das Geld versäuft!«

Dann folgte er Otto hinaus auf den Hof. Es schneite immer noch, aber der Sturm schien endlich nachzulassen. Das Burggesinde mühte sich, mit blechbeschlagenen Holzschippen einen bequemeren Pfad freizuschaufeln. Im Schnee verstreut lagen abgebrochene Äste und Zweige, aber auch Schindeln, die der Sturm von den Dächern gerissen hatte.

»Du hast also am Fuß des Felsens nichts finden können? Wie hat es denn da ausgesehen?«, fragte Ulrich mit ernster Miene. Er ging mit langsamen Schritten über den Hof, denn es gab keinen Grund zur Eile. Wäre das Wetter nicht so unwirtlich gewesen, hätte er sich die Gebäude der Burg genauer angeschaut.

»Da gab es nicht viel zu sehen«, antwortete Otto. »Ihr wisst ja selbst, bei so einem Schneetreiben spürt nicht einmal der erfahrenste Jäger einen Hirsch auf.«

Ulrich blieb stehen. »Heb dir solche Sprüche für die Hinterwäldler in der Kneipe auf«, rüffelte er Otto. »Wir reden hier nicht von der Jagd, sondern von einem offensichtlichen Verbrechen, bei dem immer irgendwelche Hinweise zurückbleiben. Und viel Zeit ist seit dem Sturz nicht vergangen. Es kann unmöglich genug Schnee gefallen sein, um die Spuren verschwinden zu lassen. Du *musst* etwas gesehen haben.«

»Nun ja, an einigen Stellen war der Schnee unterhalb des Felsens zertreten und zerwühlt. Aber die Söldner sagten mir, dass dort gewöhnlich die Abfälle aus der Burgküche landen, wenn sie oben zum Fenster hinausgeworfen werden, und die Wildtiere der Umgebung holen sie sich dann. Deshalb stellen Bedienstete der Burg dort gelegentlich Fallen auf. Der Schnee könnte von einem Wildschwein niedergetrampelt worden sein. Obendrein schneit es die ganze Zeit. Aus den Spuren lässt sich nichts herauslesen, wenn ich's Euch sage. Wäre ein Mensch von so hoch oben in die Tiefe gestürzt, müsste dort Blut zu sehen sein. Der Fallende hätte auf die Felsen unterhalb des Palas auftreffen müssen. Von oben ist es nicht so gut zu erkennen, aber von unten sieht man, wie weit diese Felsen unter der Mauer hervorragen, und es sind scharfkantige Vorsprünge. Blutflecken aber hätte ich im weißen Schnee unmöglich übersehen können, zumal die beiden Söldner Lampen dabei hatten, sodass es hell genug war. Aber ich habe keinen einzigen Tropfen entdeckt. Ich bin ganz sicher, dass dort kein verunglückter Mensch lag! Es sei denn, er hat kein Blut verloren, aber das ist bei einem Sturz aus solcher Höhe undenkbar.«

»Du willst also behaupten, ich hätte tatsächlich den Geist einer toten Edelfrau gesehen?«

»Könntet Ihr Euch nicht getäuscht haben? Schließlich war

es schon dunkel, und es herrschte dichtes Schneetreiben. Vielleicht war es ja gar kein Mensch.«

»Was dann?«

Otto zuckte die Achseln. »Als wir die Stelle unterhalb des Palas untersucht haben, sind wir dem Wirt der Burgschenke und seinem Burschen begegnet. Die beiden waren Fischreusen aus dem Fluss holen. Sie hatten sie am Morgen ausgelegt. Als der Sturm immer stärker wurde, sind sie losgeeilt, um die Reusen aus dem Wasser zu ziehen, damit sie nicht verloren gehen. Sie erzählten uns, sie hätten gesehen, wie verfaultes Gemüse aus dem Küchenfenster geworfen wurde, als sie unten am Fluss waren.«

Ulrich versuchte sich die Szene noch einmal zu vergegenwärtigen. Es stimmte – man hatte nicht besonders gut sehen können, doch er erinnerte sich genau an einen Mantel, der wie die Schwingen eines riesigen Vogels im Wind geflattert hatte. »Überleg doch mal, Otto«, sagte er schließlich. »Die seltsame Gestalt, die ich gesehen habe, ist vom obersten Stockwerk heruntergefallen. Hast du schon mal eine Burg gesehen, bei der sich die Küche im Dachgeschoss befindet?«

»Daran habe ich nicht gedacht«, murmelte der Knappe kleinlaut. »Und wenn Ihr das Stockwerk verwechselt habt?«

»Wären das nicht ein bisschen viele Irrtümer auf einmal? Komm, lass uns in den oberen Burghof gehen. Wir müssen uns die Fenster anschauen.« Ulrich war sicher, dass sich oberhalb der Ringmauer nur zwei Fensterreihen befanden. Die Fenster des Erdgeschosses, in dem sich die Burgküche befand, hatte er gar nicht sehen können. Aber er wollte es vorsichtshalber noch einmal überprüfen.

Sie passierten die Zugbrücke und das Torhaus und gelangten wieder auf den Hof der Oberburg. Hier hatte das Gesinde den Schnee bereits zu übermannshohen Haufen an die Burgmauer geschoben. Sie erreichten die Stelle, von der aus Ulrich die gespenstische Szene beobachtet hatte. Eine Zeit lang blickte er schweigend den dunklen Palas hinauf; dann nickte er und sagte: »Ich hatte es also richtig im Kopf. Das Erdgeschoss des Palas ist niedriger als die Burgmauer davor. Ich konnte das Küchenfenster also gar nicht sehen.«

»Vielleicht war es ja nicht genau diese Stelle hier«, versuchte Otto noch immer, seine Version zu verteidigen. »Womöglich standen wir weiter oben.«

»Schau einmal her.« Ulrich zeigte auf einen spitzen Stein, der aus dem Pflaster ragte. »Genau über diesen Zacken hier war ich gestolpert, ehe ich mich umgedreht habe, um dich zu warnen. Das beweist uns, dass wir genau hier gestanden haben. – He!«, rief er einer Magd zu, die mit einem Eimer Milch vorüberkam. »Wo im Palas ist die Küche?«

»Im Erdgeschoss, Herr, der zweite Raum vom Eingang«, antwortete sie atemlos und eilte weiter.

»Gut, das wäre also endgültig geklärt.« Ulrich nickte. »Im Augenblick werden wir wohl nichts Neues mehr herausfinden. Es ist an der Zeit, dass ich bei Herrn Sesem vorspreche. Außerdem dürfte bald das Festmahl beginnen. Geh zum Burgvogt und schicke ihn in meine Kammer. Oder nein, ich gehe mit dir. In seinem Fenster brennt Licht, er wird wohl in seiner Stube sein. Ich rede dort mit ihm.«

Es waren nur ein paar Schritte bis zur Vogtei. Als sie in die Eingangshalle traten, fiel ihr Blick als Erstes auf Bruder Beatus, den Zisterziensermönch, mit dem sie angereist waren. Beatus stand in seinem weißen Umhang hinten an der Treppe, die hinauf zum Wehrgang führte, hielt einen anderen Mönch am Gewand gepackt und redete zornig auf ihn ein. Während Beatus unter seinem Umhang ein weißes Habit und einen schwarzen Überwurf trug, mit einem groben schwarzen Seil umgürtet, war der andere Mönch ganz in Weiß gekleidet, und sein Gewand bestand aus einem gröberen Wollstoff. Dazu trug er ein weißes Birett, das Ähnlichkeit mit den Kappen der Studenten besaß, die sich immer noch vor dem Feuer wärmten. Seiner Tracht nach gehörte dieser zweite Mönch zum Prämonstratenserorden. Er war älter als Beatus, aber genauso dick.

Kaum hatten die Mönche den königlichen Prokurator bemerkt, beendeten sie ihren Streit. Offenbar wusste der Prämonstratenser bereits, wer der streng blickende, stattliche Mann mit dem Wappen des böhmischen Königs auf dem Umhang war. Er machte eine höfliche Verbeugung vor Ulrich und grüßte ihn mit angenehm volltönender Stimme, auch wenn er nach dem Disput mit Beatus ein wenig außer Atem war.

Ulrich musterte ihn verwundert. »Was ist los?«

»Oh, nicht der Rede wert. Wir konnten uns nur nicht über eine Frage bezüglich der Klosterregeln einigen. Eine rein klerikale Angelegenheit«, entgegnete der Prämonstratenser ein wenig von oben herab.

Doch Beatus, dessen Gesicht noch immer zornrot war, hatte nicht die Absicht, die Angelegenheit so einfach abzutun. Er beschwerte sich bei Ulrich: »Bruder Luthold hat meine Ordensbrüder als Müßiggänger bezeichnet! Und mir hat er unterstellt, ich sei kein richtiger Mönch, weil ich zu den Konversen gehörte. So eine Dreistigkeit!«

»Was für einer sollst du sein?«, fragte Ulrich verständnislos.

»Ein Laienbruder heißt auf Latein *conversus*«, erklärte Beatus nachsichtig. »Bereits Wilhelm von Hirsau hat im elften Jahrhundert die Rolle der Laienbrüder für die Zisterzienserklöster festgelegt. Die Konversen verwalten die klösterlichen

Güter. Aber wir sind keine Diener wie in anderen Orden; wir sind genauso Mönche wie die Brüder im Konvent – nicht mehr, aber auch nicht weniger. Wir haben den Mönchseid geleistet und leben gottesfürchtig nach den Regeln unseres Ordens.«

»Du weißt doch, wie ich es gemeint habe, Bruder«, sagte der Prämonstratenser versöhnlich, schüttelte zugleich aber missbilligend den Kopf. Offenbar gefiel es ihm nicht, dass geistliche Dinge vor Personen verhandelt wurden, die nicht der Kirche angehörten.

Ulrich musste an die Bademagd Else in ihrem Leinenhemd denken. Sie wurde tagein, tagaus von einem brutalen Ehemann gequält – und dieser Kerl hatte keine anderen Sorgen als die Frage, ob Beatus ein ordentlicher Mönch sei. In Ulrich stieg Wut auf. Er warf dem Prämonstratenser einen durchdringenden Blick zu und sagte kühl: »Was tust du überhaupt hier? Wie ich sehe, bist du ein frommer Mann, der sich mit den Vorschriften seines Ordens auskennt. Und meines Wissens verbietet eure Ordensregel, sich ohne triftigen Grund länger vom Konvent zu entfernen, als es von einem Gottesdienst zum nächsten dauert.«

»Das kann ich Euch erklären, edler Herr«, ertönte eine Stimme hinter ihnen.

Ulrich drehte sich um. Aus dem oberen Stockwerk kam ein weiterer Prämonstratensermönch die Treppe herunter. Er war älter als sein Ordensbruder, groß und schlank, mit scharf geschnittenen Zügen, und trug eine prächtige silberne Kette um den Hals. In der Hand hielt er einen Hirtenstab, das Kennzeichen eines Abts. Jede seiner Bewegungen drückte Würde aus.

»Meine Wenigkeit heißt Bruder Severin«, sagte er mit einer Verbeugung, um seine Demut zu bekunden. »Im Kloster Tepl bekleide ich das Amt des Priors, doch solange unser geliebter Abt Markus bettlägerig ist, vertrete ich ihn in der Öffentlichkeit, auch hier auf Burg Kraschow. Was meinen Bruder Luthold angeht, so veranstaltet er anlässlich der Sankt-Barbara-Feier, die auf dieser Burg begangen wird, jedes Jahr ein frommes Schauspiel mit studentischen Darstellern. Das ist der Grund, warum wir beide den Konvent verlassen haben – übrigens im Einklang mit unseren Ordensregeln: In gewichtigen Fällen darf sich ein Bruder mit Zustimmung des Abts für gewisse Zeit vom Kloster entfernen, falls die Pflege des Glaubens oder die Arbeit zu Gottes Ehre es erfordert.«

Obwohl er sich respektvoll ausdrückte, fand Ulrich den Prior auf Anhieb unsympathisch. Er nahm diesem Mann die zur Schau getragene Demut nicht ab, und die gezierte Sprechweise gefiel ihm ebenso wenig.

Doch bevor Ulrich etwas erwidern konnte, kam ihm Bruder Beatus dazwischen: »Ich habe zwar abgelehnt, das Badehaus zu besuchen, da ich es für einen unreinen Ort halte, aber wenn ich jetzt zwischen der Bademagd und diesem Prämonstratenser wählen müsste, wäre die Magd gewiss weniger sündhaft. Zumindest weniger scheinheilig.« Er machte eine formvollendete Verbeugung, ging an den konsternierten Mönchen vorbei und verließ die Vogtei.

Bruder Luthold wollte wutentbrannt hinter ihm herlaufen, doch Prior Severin hielt ihn mit einer Geste zurück, bekreuzigte sich und sagte leise: »Gott möge ihm vergeben. Kommt jetzt, Bruder Luthold, die Zeit drängt. Wir müssen die Aufführung vorbereiten.« Er wandte sich Ulrich zu. Offenbar zweifelte er nicht daran, dass dieser am Festabend teilnehmen würde, denn er sagte: »Ich bin sicher, die Frömmigkeit des Stückes über den seligen Hroznata, das wir vorbereitet haben, wird Euch von der Aufrichtigkeit unserer Gesinnung überzeugen.«

Er hüllte seinen weißen Mantel um sich und ging ebenfalls hinaus auf den Hof. Bruder Luthold folgte ihm auf dem Fuße, ohne dazu aufgefordert werden zu müssen. Die Studenten, die die ganze Zeit vor dem Feuer gestanden hatten, schlossen sich den frommen Brüdern an.

»Edler Herr«, platzte Otto heraus, der ein Stück abseits gestanden und die Auseinandersetzung verfolgt hatte, »nehmt Ihr mich mit zum Festbankett? Ihr werdet einen Knappen benötigen, der Euch bedient!« Gespannt wartete er auf die Antwort.

Ulrich bedachte ihn mit einem milden Blick. Er wusste, dass sein Knappe Mysterienspiele und Komödien fast noch mehr liebte als Tändeleien mit jungen Frauen, deshalb lächelte er und nickte.

»Aber eines nach dem anderen«, sagte er dann. »Wir haben noch ein wenig Zeit. Du hast den Prior gehört – sie müssen die Vorstellung erst noch vorbereiten. Wer weiß, wie lange das dauert. In dieser Zeit werden wir unsere Erkundungen fortsetzen.«

»Wenn wir nur den Anfang nicht verpassen!«, sagte Otto besorgt. »Das Stück über den seligen Hroznata kenne ich noch nicht. Wenn wir den Prolog nicht mitbekommen, wissen wir nicht, worum es geht.«

»Burgherr Sesem wird das Fest bestimmt nicht ohne uns eröffnen. Schließlich war Prior Severin schon über unsere Anwesenheit unterrichtet. Und wie sollte er uns sonst seine fromme Gesinnung beweisen?«, fügte er mit einem Grinsen hinzu.

Otto nickte ohne große Überzeugung. »Und was soll ich tun, edler Herr?«

»Geh in die Vorburg und mache diesen Schankwirt ausfindig, mit dem du draußen vor der Burg gesprochen hast.

Plaudere ein wenig mit ihm. Wirte bekommen sehr viel mit. Finde heraus, was die Leute hier über die seltsamen Todesfälle denken, die der Vogt erwähnt hat. Und erkundige dich nach dem Schmied der Burg. Er ist der Ehemann unserer reizenden Bademagd.«

Otto nickte und musterte seinen Herrn neugierig. Wieso hatte Ulrich die Bademagd als reizend bezeichnet? Schließlich war die Frau mindestens dreißig und ziemlich üppig. Er selbst jedenfalls machte sich nichts aus drallen Frauen vom Lande. Befremdet drehte er sich um, verließ die Vogtei und machte sich auf den Weg zur Vorburg.

V. KAPITEL

Hannes, der Burgvogt, saß in seiner Stube. Vor ihm auf dem Tisch standen zwei Leuchter mit Talgkerzen, die mehr spuckten als leuchteten. Im schummrigen Flackerlicht studierte er eine vergilbte Urkunde. Wegen des schlechten Lichts hielt er sein Gesicht so nah am Pergament, dass er es fast mit seiner langen, spitzen Nase berührte. Seine knochigen Schultern waren gekrümmt, sein ganzer Körper angespannt, als würde er eine mühevolle Arbeit verrichten. Als Ulrich von Kulm bei ihm eintrat, fuhr er so heftig zusammen, dass er beinahe einen der Leuchter umgeworfen hätte.

Im ersten Moment wollte er die Urkunde unauffällig verstecken, doch als er den forschenden Blick des königlichen Prokurators bemerkte, legte er sie zurück auf die raue Tischplatte. Betreten stand er auf, verbeugte sich und sagte mit hörbarer Anspannung: »Die Sache geht mir nicht aus dem Kopf. Diese Geistererscheinungen und Todesfälle zur Adventszeit können kein Zufall sein. Jedenfalls, mir ist da etwas eingefallen. Eigentlich hätte ich früher darauf kommen müssen, aber erst Eure Bemerkung über heidnischen Aberglauben hat mir die Augen geöffnet.« Er schüttelte den Kopf. »Wie konnte ich das nur vergessen.«

»Zeig mir, was du entdeckt hast«, sagte Ulrich freundlich und streckte die Hand nach der Urkunde aus.

»Wenn Ihr gestattet, lese ich es Euch vor«, erbot sich Hannes. Auf Burg Kraschow war er außer dem Kaplan der Einzige, der lesen konnte, denn bei der Ausbildung der Ritter kam es vor allem darauf an, den Umgang mit dem Schwert zu erlernen – über die Kunst des Lesens und Schreibens machten die meisten Edelleute sich eher lustig. Sesem von Kraschow pflegte zu sagen, einen Feind vertreibe man eher mit einer Waffe als mit einem in Tinte getauchten Federkiel.

Doch Ulrich lehnte die Hilfe des Burgvogts ab. »Ich kann selbst lesen«, erklärte er. »Woher hast du diese Urkunde?«

»Nachdem wir uns vorhin am Badehaus verabschiedet hatten«, antwortete der Burgvogt, »gingen mir Eure Worte noch eine Zeit lang nach. Was Ihr darüber gesagt habt, dass wir in einer christlichen Welt leben, in der heidnische Mächte keine Kraft besäßen. Und Ihr habt recht – gottlob haben sie diese Kraft heutzutage fast verloren. Doch früher war das anders. Es ist noch gar nicht so lange her.« Ängstlich ließ er den Blick schweifen, als rechnete er damit, dass jeden Moment ein Dämon aus einer dunklen Ecke hervorbrach. »Also habe ich in der Truhe nachgeschaut, in der Burgherr Sesem die Familiendokumente aufbewahrt. Seht Euch an, was ich gefunden habe.«

Ulrich hörte ihm nur noch mit halbem Ohr zu. Interessiert vertiefte er sich in die säuberlich geschriebene Urkunde. Schon der Stil bezeugte, dass sie ziemlich alt sein musste. Zwar war sie nicht genau datiert, musste aber irgendwann Ende des zwölften Jahrhunderts entstanden sein – offenbar in dem Jahr, in dem Hroznata das Prämonstratenserkloster in Tepl gegründet hatte. Doch Hroznatas Siegel war nicht darauf angebracht, da es sich um eine Abschrift handelte.

Mit vielen blumigen Worten, die Gottes Größe priesen, ging es um Hroznatas Vorhaben, auf einem Felsen über dem

Flüsschen Beraun eine christliche Kapelle zu errichten. Dann wurde aufgeführt, wie viel Gehalt der dazugehörige Kaplan jährlich bekommen sollte. Ulrich überflog die Zeilen und wollte das Pergament schon ernüchtert weglegen, da es nach einer gewöhnlichen Stiftungsurkunde aussah, wie sie zu Dutzenden verfasst wurden, als er innehielt. Da standen ein paar Sätze, die von der Gewohnheit abwichen. Ulrich las sie noch einmal halblaut durch, um ihre Bedeutung zu erfassen:

Dieweil meine Kapelle, welche der heiligen Jungfer Barbara geweihet ist, als Wahrzeichen des siegreichen Christentums an jenem Orte stehen wird, an dem die Heiden ihre ketzerischen Rituale vollzogen, glaube ich, dass Gottes Gnade stärker sein wird als die dunklen Kräfte des Bösen, die einst dort walteten. Ein aufrichtig Gebet frommt der Christenseele mehr als die Jagd nach irdischen Gütern. Nur wer seine Seele läutert, kann ohne Furcht um sein Leben unter die Erde steigen. So er dies tut, möge er in der Krypta für meine sündige Seele beten und seine Augen gen Himmel wenden, bis die Sonne erscheint. Er nehme sich Zeit und prüfe sein Gewissen. Falls aber während des Advents einem meiner Nachkommen etwas Böses widerfährt, so war sein Glaube nicht fest genug. Nur dem aufrichtig Glaubenden, der seine Schritte zur Kapelle lenkt, wird Belohnung zuteil. Mögen die Männer meines Geschlechts mit der Suche nach der Wahrheit fortfahren.

»Was soll das bedeuten?«, fragte Ulrich verdutzt und legte die Urkunde zurück auf den Tisch.

Der Burgvogt sah ihn überrascht an. »Versteht Ihr denn nicht?«, fragte er mit zitternder Stimme. »Die Burg Kraschow wurde erst nach Hroznatas Tod hier auf dem Felsen neben der Sankt-Barbara-Kapelle errichtet. Und damit verwirklichte sich der Fluch, von dem Hroznata schreibt. Der Bau dieser

Burg – *das* war die Jagd nach irdischen Gütern, vor der er gewarnt hat! Hroznatas Neffe hätte hier nur die Kapelle stehen lassen sollen. Um Gott gnädig zu stimmen, führte er die Sankt-Barbara-Feier ein, die hier seither jedes Jahr im Advent begangen wird. Doch während sich die Leute früher die ganze Nacht lang in fromme Gebete versenkt haben, widmen sie sich seit ein paar Jahren mehr dem Essen und Trinken als der Erforschung der Seele. Deshalb traf Hroznatas Nachkommen die Strafe!«

Ulrich strich sich nachdenklich über den Bart. Natürlich konnte er die Möglichkeit nicht verwerfen, dass Gott Sünder bestrafte, doch bei seiner richterlichen Tätigkeit war ihm dergleichen noch nie untergekommen. Er konnte sich auch nicht vorstellen, dass Gott einen gewaltsamen Tod oder gar Mord als Mittel der Bestrafung wählte. So mysteriös das alles war – eines erschien ihm eindeutig: Es handelte sich um von Menschen verübte Verbrechen. Die alte Urkunde bestärkte ihn in dieser Überzeugung. Ihre Prophezeiung blieb ihm zwar rätselhaft, aber vielleicht lag in ihr ja der Schlüssel zu allem. Es musste irgendeine Verbindung zwischen der Vergangenheit und heute geben – nur welche?

»Du wirst mir noch ein paar Dinge zur Geschichte der Burg erläutern müssen«, sagte er zum Burgvogt. »Vor allem möchte ich Genaueres über die seltsamen Todesfälle der letzten Jahre erfahren.«

»Wie Ihr wünscht«, sagte Hannes mit einer höflichen Verneigung. »Aber das müssen wir ein wenig aufschieben, denn das Festbankett beginnt gleich. Es wäre unhöflich, die anderen warten zu lassen. Vielleicht ergibt sich im Laufe des Abends ja die Gelegenheit, dass ich Euch das wenige erzähle, das ich weiß. Ich lebe noch nicht lange auf der Burg. Von den meisten Geschehnissen weiß ich nur vom Hörensagen. Burgherr Sesem soll entscheiden, was ich Euch erzählen darf.«

Hannes wich Ulrichs Blick aus und ging hastig zur Tür. Ulrich schlug seinen Umhang um sich und folgte dem hageren Mann hinaus auf den Wehrgang über dem steilen Abgrund.

»Seit wann bist du denn Burgvogt?«, fragte er, als sie unten auf dem Hof angelangt waren.

»Erst seit einem halben Jahr«, antwortete Hannes, sichtlich erleichtert, dass der königliche Prokurator das Thema gewechselt hatte und nicht weiter nach den Umständen der alten Prophezeiung fragte. »Burgherr Sesem hat mich von seinem Herrschaftssitz in Kraschowitz mit hierhergenommen, als er nach dem Tod seines Bruders die Burg geerbt hat.«

»Wo wir gerade von Todesfällen reden – auch wenn mein Knappe unten am Fluss keine Leiche finden konnte, bin ich noch immer überzeugt, dass ich vorhin kein Gespenst aus dem Palasfenster fallen sah«, erklärte Ulrich. »Weißt du, aus welchem Fenster Frau Anna damals gestürzt ist?«

Hannes nickte. »Ich war zu der Zeit zwar noch nicht hier, aber mein Vorgänger hat mir davon erzählt.«

»Zeig mir das Fenster«, forderte Ulrich ihn auf. Als der Burgvogt sich zierte, packte er ihn bei der Schulter, zog ihn an sich heran, sodass er seinem Blick nicht ausweichen konnte, und sagte mit Nachdruck: »Ich befehle es dir im Namen des Königs. Ich werde dich nicht zwingen, Geheimnisse aus Herrn Sesems Familiengeschichte zu erzählen, wenn du das Gefühl hast, deinen Herrn zu verraten, aber hier wurde vor meinen Augen ein Verbrechen begangen. Es geht nicht mehr um die Vergangenheit, sondern die Gegenwart. Und das ist nicht nur die Privatangelegenheit des Herrn Sesem.«

Der hagere Burgvogt stand mit gesenktem Kopf da. Schließlich sagte er leise: »Also gut. Aber lasst es uns bitte schnell hinter uns bringen. Und sagt Herrn Sesem nichts davon, sonst bestraft er mich.«

Kurz darauf stiegen sie im Palas die Treppen hinauf. Bequeme Steinstufen führten in den ersten Stock; dann ging es über eine steile Holztreppe weiter, die eher an eine Leiter erinnerte und mit den Jahren morsch geworden war. Sie wurde offenbar selten benutzt.

Im Dachgeschoss waren über die gesamte Breite des Palas acht Zimmer verteilt. Sie waren nicht durch einen gemeinsamen Flur miteinander verbunden; stattdessen gelangte man durch niedrige Türen direkt von einem Raum in den nächsten.

»In dieser Richtung liegt die Kapelle«, sagte der Burgvogt, wobei er vorsichtig seine brennende Fackel hob und auf die linke, fensterlose Wandseite zeigte. »Fenster gibt es nur rechts auf der Talseite, über dem Zusammenfluss der Beraun und des Brodeslauer Bachs, wie die Leute ihn hier nennen. Wie Ihr seht, sind alle Fenster fest mit Läden verschlossen und die Riegel vernagelt.«

Langsam wanderten sie durch die Kammern, von denen jede unterschiedlich genutzt wurde. Die Räume hatten keine Gewölbe wie in den unteren Geschossen, sondern holzverkleidete Decken, die von dicken Balken gestützt wurden. In den beiden vorderen Räumen herrschte große Unordnung; hier wurden altes Mobiliar, unbenutzte Waffen, Werkzeug, Geschirr und verstaubte Truhen aufbewahrt. Als Ulrich eine davon öffnete, entdeckte er darin sorgfältig zusammengelegte Kleidung, auf der Rosmarin- und Lavendelzweige lagen. Die drei hinteren Räume waren als Schlafkammern eingerichtet, doch auf den Möbeln lag eine dicke Staubschicht, und die Tapisserien an den Wänden hatten längst ihre einst prachtvollen Farben eingebüßt.

»Diese Kammern werden nur für Besucher genutzt«, erklärte Hannes. »Und die sind dieses Jahr ausgeblieben, wie ich Euch bereits sagte. Unsere wenigen Gäste finden bequem im unteren Stockwerk Platz. Deshalb habe ich hier oben gar nicht erst putzen lassen. Wozu auch?«

Ulrich nickte und besah sich die Fenster ein wenig genauer. Sie waren nicht verglast, lediglich mit dicken hölzernen Läden verschlossen. Überall waren die Riegel zwischen Eisennägeln festgeklemmt; es war auf den ersten Blick ersichtlich, dass sie lange nicht bewegt worden waren. »Aus welchem Fenster ist Frau Anna gesprungen, Burgvogt?«

»Da müssen wir kehrtmachen«, antwortete Hannes, führte Ulrich zurück zur zweiten Kammer nach der Treppe, wies auf das einzige Fenster und sagte: »Hier war's.«

»Können wir den Riegel öffnen?«, fragte Ulrich.

»Da bräuchten wir Werkzeug.«

»Hier gibt es doch genug davon.« Ulrich ließ den Blick schweifen. Da sein Begleiter keine Anstalten machte, etwas zu unternehmen, hob er ein rostiges Stück Eisen auf, legte es an den hölzernen Riegel und versuchte, ihn aufzustemmen. Er musste alle Kraft aufwenden, denn die Nägel waren tief eingeschlagen und steckten in ganzer Länge im dicken Holz der Fensterläden. Dann aber war ein Krachen zu hören; der Nagel lockerte sich und ließ sich mühelos herausziehen. Ulrich schob den Riegel hoch und öffnete die Fensterläden. Sofort riss der stürmische Wind ihm einen der Läden aus der Hand und schmetterte ihn gegen die Steinmauer. Es fehlte nicht viel, und der Sturm hätte ihn abgerissen.

»Gebt acht!«, rief Hannes erschrocken. Im gleichen Augenblick fuhr der Wind ins Zimmer und blies zischend die Fackel in seiner Hand aus. Schlagartig wurde es dunkel.

Ulrich beugte sich aus dem Fenster. Er musste sich auf die Zehenspitzen stellen, um in die dunkle Tiefe schauen zu können, denn der Steinquader unter dem Sims war ungewöhnlich hoch. Außerdem war das Fenster eher als Schießscharte konstruiert worden, weniger für einen Ausblick ins Land. Dass jemand stolpern und durch einen unglücklichen Zufall über die Brüstung fallen könnte, erschien jedenfalls unmöglich. Ulrich reckte sich nach vorn, packte beide Fensterläden, schloss sie nach kurzem Kampf mit dem Wind und sicherte sie mit dem Riegel. Dann nickte er zufrieden. »Gehen wir nach unten«, sagte er in die Dunkelheit. »Du gehst voran, du kennst dich hier besser aus. Aber schön langsam.«

Die beiden Männer tappten durch die Finsternis bis zur Treppe. Gerade als der Burgvogt die ersten steilen Stufen nehmen wollte, tauchte am Fuß der Treppe ein Mann mit einer Fackel auf. Ulrich konnte ihn nicht genau erkennen, da sein Sichtfeld vom Rücken des Burgvogts verdeckt wurde, dann aber sah er, dass der Unbekannte eine alte Rüstung trug, wie sie im vergangenen Jahrhundert in Gebrauch gewesen war.

Der erschrockene Burgvogt stieß einen schrillen Schrei aus, und seine Beine gaben nach. Hätte Ulrich ihn nicht festgehalten, wäre er die steile Treppe hinuntergestürzt. Hannes war wie gelähmt vor Entsetzen und starrte nach unten, wo der Unbekannte wortlos umgedreht hatte und verschwunden war.

»Wer war das?«, fragte Ulrich, nachdem der Burgvogt sich wieder halbwegs gefasst hatte.

»Das ... das war Herr Dietrich!«, stieß Hannes hervor. »Der Neffe des seligen Hroznata, der Kraschow gegründet hat. Er ... er lebte vor mehr als vierzig Jahren hier auf der Burg...«

»Und natürlich starb er unter merkwürdigen Umständen«, ergänzte Ulrich trocken.

»Keineswegs, er ... er ist verschollen. Aber das ist lange her«, stammelte der Burgvogt. Dann riss er sich zusammen und sagte verärgert: »Ihr solltet das nicht auf die leichte Schulter nehmen. Glaubt mir, in der Adventszeit kann hier auf Kraschow alles Mögliche geschehen!«

VI. KAPITEL

Sie gingen hinunter ins Erdgeschoss, wo im großen Tafelsaal des Palas das Festessen stattfinden sollte. Als Ulrich den Gewölbesaal betrat, der von Dutzenden Wachskerzen hell erleuchtet wurde, erwiesen sich die Befürchtungen des Burgvogts, die anderen könnten bereits auf sie warten, als unbegründet: Das Fest war in vollem Gange.

Ulrich blieb im Türeingang stehen und ließ den Blick durch den halb leeren Saal schweifen. Die großen Tafeln hätten Dutzenden von Gästen Platz geboten, aber es war nur ein überschaubares Grüppchen, das sich eingefunden hatte. Als Erstes erblickte er die beiden Prämonstratensermönche, die neben Burgherr Sesem saßen. Auf der anderen Seite der großen Tafel aus dunklem, altem Holz hatte sich, demonstrativ weit von den beiden Tepler Mönchen entfernt, Bruder Beatus niedergelassen. Links neben Sesem stand ein leerer Sessel, der offenbar für seine Gemahlin vorgesehen war. Dann waren da noch zwei Ritter, der Burgkaplan und schließlich ein hoch aufgeschossener, dünner Jüngling in prunkvoller Kleidung, dem Aussehen nach fast noch ein Kind, der am Ende der Tafel saß. Das war alles.

Die weiß verputzten Wände des großen Saals wurden von kunstvoll gemalten Jagdszenen und den Darstellungen ritterlicher Turniere verziert. An den zwei Pfeilern, die das Gewölbe stützten, hingen Schwerter, Jagdmesser und Schilde.

Wie in den oberen Stockwerken gab es nur in der Wand auf der Talseite Fenster. Zwischen diesen Fenstern waren zwei kleinere Tische aufgestellt worden, deren braune Überwürfe, die bis zum Boden reichten, mit silbernen Stickereien versehen waren. Darauf standen weiß glasierte Krüge, mit großen blauen und grünen Blüten bemalt. Ulrich bestaunte diese prächtigen Stücke, die vermutlich aus Italien stammten. Nicht einmal ein König hätte sich ihrer schämen müssen.

Burgvogt Hannes, der gemeinsam mit Ulrich den Saal betreten hatte, schien nach der Begegnung mit dem Geist von Hroznatas Neffen um Jahre gealtert. Totenbleich und zittrig ging er mit schwerfälligen Schritten zum Sessel des Burgherrn, beugte sich zu ihm hinunter und flüsterte ihm etwas ins Ohr. Sesem von Kraschow hörte aufmerksam zu; dann nickte er und stand auf, um Prior Severin vom Kloster Tepl rasch etwas mitzuteilen. Der Mönch erhob sich widerwillig und ließ sich einen Platz weiter nieder, während Sesem auf den königlichen Prokurator zutrat.

Ulrich musterte den Burgherrn neugierig, denn er war ihm noch nie begegnet. Am Hofe König Ottokars tauchte der Großneffe Hroznatas selten auf, und Ulrichs Verpflichtungen führten ihn nur in Ausnahmefällen nach Westböhmen.

Er war ein wenig enttäuscht vom ersten Eindruck. Sesem von Kraschow war ein klein gewachsener Mann, dessen ausdrucksloses, flaches Gesicht von einer breiten, platten Nase beherrscht wurde. Er hatte kleine, eng zusammenstehende Augen, und sein spärliches, drahtiges Barthaar erinnerte an Borsten. Seine breiten Schultern waren gekrümmt, sein Kopf kampflustig nach vorn gereckt. In seiner ganzen Erscheinung hatte er etwas von einem Wildschwein.

Ulrich rief sich rasch in Erinnerung, was man sich über Sesems berühmten Ahnherrn Hroznata erzählte. Dieser, hieß es, sei groß und stattlich gewesen, stolz und schön; ein Mann, der die Frauen und das Gold liebte und beides zu gewinnen vermochte. Erst spät im Leben, erzählte die Legende, habe er sein Herz Gott geöffnet. Ein älterer Kanoniker hatte spöttisch dazu angemerkt, das sei auch höchste Zeit gewesen, da Hroznata einiges zu büßen gehabt habe; die Gründung von Kloster Tepl sei nur eine geringfügige Wiedergutmachung für seine Sünden gewesen, und überhaupt sei es höchst erstaunlich, wer so alles die Seligsprechung erlangen könne.

Ulrich machte sich klar, dass er über Hroznata und dessen Nachfahren kaum etwas wusste. Doch wenn er die Geheimnisse von Burg Kraschow ergründen und weitere Verbrechen abwenden wollte, musste er so viel wie möglich über diese Sippe in Erfahrung bringen. Hätte er geahnt, dass es ihn hierher verschlagen würde, hätte er vor Antritt seiner Reise das Skriptorium des Prager Domkapitels aufgesucht, wo die Landesurkunden aufbewahrt wurden. Dort hätte er sicher eine Antwort auf manche der Fragen gefunden, die ihn jetzt umtrieben. Doch was half's – er konnte an der Situation nichts mehr ändern.

Ulrich stieß unwillkürlich einen Seufzer aus – ein bisschen lauter als beabsichtigt, sodass Sesem von Kraschow ihn erstaunt musterte. Dann machte er eine hölzerne Verbeugung und hieß Ulrich mit ein wenig heiserer Stimme willkommen.

»Ich muss Gottes Weisheit preisen. Der schreckliche Schneesturm hat zwar unsere geladenen Gäste von hier ferngehalten, Euch aber dazu gebracht, Eure Pläne zu ändern und meine Burg zu besuchen. Eure Anwesenheit, königlicher Prokurator, verleiht der Sankt-Barbara-Feier größeren Glanz, als wären alle Adelsherrn des Umlands zugegen – Männer, die lieber im Warmen vor ihren Kaminen sitzen, als ihr Herz Gott zu öffnen«, sagte er, wobei die letzten Worte nicht mehr liebenswürdig, sondern verächtlich klangen.

Ulrich verbeugte sich und brachte ein paar freundliche Bemerkungen an, die er für solche Gelegenheiten parat hatte. Er machte sich nichts aus salbungsvollen Reden; er glaubte sowieso nicht, dass die Begeisterung des Burgherrn über die Anwesenheit des königlichen Prokurators echt war.

Sesem von Kraschow bot ihm den Platz zu seiner Rechten an. Der Sitz war noch warm von Prior Severin, der ihn soeben erst für den seltenen Gast hatte frei machen müssen. Ulrich wandte sich höflich dem Prior zu, um ihn als seinen Tischnachbarn zu begrüßen, doch der magere Kirchenmann nickte nur hochmütig und drehte sich gleich wieder weg, ohne die geringste Höflichkeit zu bekunden; stattdessen redete er mit gewichtiger Miene auf den Prämonstratensermönch Luthold ein, mit dem zusammen er angereist war. Pikiert hob Ulrich die Augenbrauen und wandte sich wieder dem Burgherrn zu.

»Wie ich sehe, habt Ihr mit den Brüdern aus Kloster Tepl schon Bekanntschaft gemacht«, stellte Sesem von Kraschow in gleichgültigem Tonfall fest. »Hier am Tisch mit uns sitzen ferner zwei Rittersleute. Der Größere ist Lorenz von Koschlan, ein ausgezeichneter Ritter und guter Freund von mir. Er spricht freilich nicht gerne darüber, denn einen wahren Mann adeln nicht hehre Worte, sondern Taten. Der Ältere, der neben Lorenz sitzt, ist Landedelmann Johannides aus Netschetin, der Zuverlässigste der mir dienenden Lehnsmänner, ein großartiger Gefährte und bewunderungswürdiger Bogenschütze. Die beiden sind die Einzigen, die nicht davor zurückgeschreckt sind, bei diesem Wetter anzureisen.«

»Ich habe mich auf Eure adventliche Küche gefreut«,

wehrte Ritter Lorenz das Lob bescheiden ab. »Euer Hase mit Steinpilzen und Sahnesoße ist in der ganzen Gegend berühmt.« Er blickte Ulrich an. »Und auch von Euch, königlicher Prokurator, habe ich schon gehört. Ihr seid ein wahrhaftiger Ritter.« In Lorenz' klaren Zügen lag nichts Schmeichlerisches oder Unterwürfiges; er schien seine Worte ernst zu meinen. Offenbar war er es gewohnt, offen und geradeheraus zu sprechen. Auf Ulrich machte er einen sympathischen Eindruck.

Johannides, der Landedelmann aus Netschetin, lächelte nur schweigend. Er hatte einen kugelrunden Kahlkopf; nur um den Mund herum sprossen ein paar spärliche Barthaare. Er mochte auf die fünfzig zugehen und war sicher der Älteste im Saal. Aus kleinen Äuglein musterte er Ulrich freundlich und pfiffig zugleich. Neben Lorenz wirkte er weniger wie ein Edelmann, eher wie ein in die Jahre gekommener Bauer.

Schweigen breitete sich aus. Ulrich erwartete, dass Sesem von Kraschow ihm nun den Burgkaplan vorstellte, doch bald begriff er, dass der düster dreinblickende Kaplan nur deshalb mit am Tisch saß, damit der Saal nicht so leer aussah.

»Der Jüngling am Tischende neben dem Zisterzienser«, sagte der Burgherr schließlich, nachdem er einen Schluck Wein getrunken hatte, um nach den vielen Worten seine Kehle zu befeuchten, »ist mein Sohn Nickel.«

»Wann kommt Eure Gemahlin?«, erkundigte Ulrich sich höflich.

»Ihr ist nicht wohl«, antwortete der Gastgeber knapp; dann klatschte er in die Hände, um die Magd mit der Weinkaraffe herbeizurufen. Er deutete auf den leeren Becher, der vor Ulrich stand, und fuhr die Magd an: »Warum hast du ihn nicht längst bedient?«

Ulrich trank mit Genuss von dem warmen, nicht allzu starken Wein, der nach Minze duftete, vermischt mit anderen Kräutern, die er nicht herausschmecken konnte. Nachdem er den Wein gelobt hatte, sagte er: »Tut mir leid, dass Eure Gemahlin krank ist, zumal meine Frau Ludmilla von Wartenberg mir ans Herz gelegt hat, die edle Jutta zu grüßen, falls ich ihr begegnen sollte. Die beiden sind verwandt, auch wenn ich nicht weiß, auf welche Weise. Wenn Frau Jutta heute Abend nicht hier sein kann, werde ich ihr später persönlich meine Aufwartung machen und den Gruß meiner Gemahlin übermitteln.«

»Das übernehme ich«, sagte Sesem ein wenig schroff. »Was lässt Eure Gemahlin ihr denn ausrichten?«

»Das würde ich Frau Jutta gerne selbst sagen«, beharrte Ulrich. Dabei drängte sich ihm unwillkürlich das Bild von der Gestalt im Mantel auf, deren Sturz aus dem Fenster er im Dunkeln beobachtet hatte.

»Tut mir leid, das ist nicht möglich. Und nun genug davon«, versetzte Sesem von Kraschow harsch und schlug mit der Faust auf den Tisch. Dann knurrte er Prior Severin an: »Was ist jetzt mit der Vorstellung? Habt Ihr die Studenten nur mitgebracht, damit sie mir die Schüsseln leer essen? Sie sollen für Zerstreuung sorgen! Wir haben gute Unterhaltung bitter nötig.«

Der Prior erhob sich, verneigte sich vor dem Burgherrn und beauftragte den anderen Prämonstratenser flüsternd, auf der Stelle alles Nötige zu veranlassen. Bruder Luthold sprang auf und eilte nach draußen, wobei er um ein Haar mit Otto zusammengestoßen wäre, der gerade aus der Vorburg zurückkehrte. Otto war außer Atem; offenbar war er gerannt. Ulrich schmunzelte: Sein Knappe hatte es sicher nicht deshalb so eilig, weil er etwas Wichtiges entdeckt hatte, sondern weil er Gaukler und Theater über alles liebte und den Beginn der Darbietung nicht verpassen wollte.

Otto kam zu seinem Herrn, verbeugte sich und berichtete mit gedämpfter Stimme: »Der Schankwirt Jakob scheint ein ganzer Kerl zu sein. Ich habe ein paar Dinge erfahren, aber nichts, das zur Eile gemahnt. Das Gesinde sitzt zurzeit in Jakobs Schenke und stimmt sich auf die Feier ein. Darf ich jetzt hierbleiben?«

Ulrich nickte. »Setze dich ein Stück weiter weg. Am besten zu Bruder Beatus. Wenn ich dich brauche, rufe ich dich.«

Die Magd und ein rußverschmierter Küchenjunge trugen die Schalen mit Resten der Sahnesoße ab und brachten Schüsseln voller Roggenfladen, gebratenem Fleisch und Preiselbeerküchlein.

Ulrich neigte sich vertraulich zu Sesem von Kraschow hinüber und sagte leise: »Mir ist zu Ohren gekommen, dass sich hier auf der Burg vor gar nicht langer Zeit unerklärliche Vorfälle zugetragen haben, vielleicht sogar Verbrechen, darunter der Tod Eures Bruders. Als königlicher Prokurator interessiert mich das sehr.«

»Mein Burgvogt hat mich bereits über Euren Eifer unterrichtet«, antwortete Sesem spitz. »Aber jetzt ist nicht die rechte Zeit, darüber zu sprechen. Vielleicht morgen.«

»Wenn das Wetter sich beruhigt, möchte ich morgen weiterreisen. Da bleibt nicht mehr viel Zeit zum Reden.«

»Umso sinnloser wäre es, schmerzliche Erinnerungen wachzurufen. Was hättet Ihr davon?«

»Ich vertrete das Gesetz im Königreich.«

»Schon etliche kluge Männer haben sich über die merkwürdigen Geschehnisse den Kopf zerbrochen, die sich in den letzten Jahren auf Burg Kraschow zugetragen haben, doch keiner von ihnen hat etwas herausgefunden, das die Vermutung rechtfertigt, menschliches Tun könnte dahinterstecken. Es war der Wille Gottes. Nichts, was das königliche Gericht betrifft.«

»Dennoch würde ich gerne...«

»Genug!« Wütend sprang Sesem von seinem Sessel auf. Alle Anwesenden verstummten und warfen ihm und Ulrich neugierige Blicke zu. »Ihr seid hier zu Gast, Prokurator«, fuhr Sesem aufgebracht fort. »Gern biete ich Euch Obdach bei diesem abscheulichen Wetter, und ich danke Euch für die Teilnahme an unserem Fest, aber das ist auch schon alles. Ich verbiete Euch, nach Dingen zu forschen, die Euch nichts angehen. Hier auf Kraschow bin ich der Herr, vergesst das nicht! Ich werde nicht zulassen, dass dieser festliche Abend verdorben wird, indem Ihr unangenehme Ereignisse heraufbeschwört, die schmerzhaft für unsere Familie sind und obendrein längst untersucht wurden – von weit erfahreneren Männern, als Ihr es seid, ohne dass diese Männer zu einem Ergebnis gelangt wären. Ihr solltet Euren Verstand nicht überbewerten. Ihr würdet lediglich alte Wunden aufreißen.«

Nun war es an Ulrich, wütend aufzuspringen. Die Hand auf seinem Dolch, ragte er über Sesem auf, war er doch im Stehen fast einen Kopf größer als sein Gastgeber. Das Verhalten des Burgherrn war nicht nur unhöflich, sondern ausgesprochen beleidigend. Auf der anderen Seite wusste Ulrich, dass er klein beigeben musste, wenn er weitere Nachforschungen anstellen wollte, und sei es gegen den Willen des Burgherrn.

»Ich werde es mir merken«, antwortete er kalt. »Eure Angelegenheiten gehen mich in der Tat nichts an. Ich möchte auch keine alten Wunden aufreißen, wenngleich ich nicht weiß, von welchen Wunden Ihr redet. Doch falls ich etwas entdecke, das die Ehre unseres Königs tangiert oder gegen Recht und Gesetz verstößt, werde ich handeln, wie mein Amt es mir gebietet.«

Einen Moment lang standen die beiden Männer einander schweigend gegenüber. Sesem schien sich bewusst zu werden, dass er sich von seinem Zorn hatte mitreißen lassen, denn er versuchte, seinem plumpen Gesicht ein versöhnliches Lächeln abzuringen. »Es geschieht hier nichts, was unserem König schaden könnte«, sagte er schließlich. »Es ist bloß eine alte Familiengeschichte. Deshalb lasst uns auf das Wohl unseres Königs Ottokar anstoßen!«

Ulrich nickte, um sich entgegenkommend zu zeigen. Doch insgeheim nahm er sich vor, seine Erkundungen gleich nach dem Festbankett weiterzuführen, und wenn er dafür die ganze Nacht aufbleiben musste. Sesem verheimlichte irgendetwas.

Aber wie sollte er herausfinden, was es mit den erwähnten Todesfällen auf sich hatte? Waren es überhaupt unnatürliche Tode gewesen? Burgvogt Hannes schien ein abergläubischer Mensch zu sein, und feige obendrein. Was, wenn er übertrieben hatte? Das Wichtigste war wohl erst einmal, Burgherrin Jutta ausfindig zu machen und mit ihr zu reden. Falls sie noch lebte. Irgendjemand *musste* schließlich aus dem Palasfenster gefallen sein!

Kaum hatte Ulrich wieder Platz genommen, ging die Saaltür auf, und herein kam mit tänzerischen Schritten ein Gauklerpaar, gefolgt von vier Studenten, die mit Pfeifen, Fideln und Trommeln aufspielten. Der männliche Gaukler trug ein buntes Kleidungsstück aus roten und blauen Streifen, die mit dickem braunem Faden vernäht waren. Er war groß und schon mittleren Alters, und an jeder seiner Bewegungen war zu erkennen, dass er einen kräftigen, durchgebildeten Körper besaß. Die Frau an seiner Seite war zierlich, wesentlich jünger als er und grell geschminkt. Sie trug ein eng anliegendes weißes Gewand, das ihre schlanke, ebenmäßige Gestalt hervorhob.

Beide Gaukler tänzelten bis zur Mitte des Saales, wo sie stehen blieben und sich tief verbeugten, während die Studenten an der Tür verharrten. Als Letzter kam Luthold in den Saal. Er wollte sich ebenfalls verbeugen, stolperte aber ungeschickt über den Saum seines weißen Habits und wäre fast lang hingeschlagen. Offenbar hatte er schon mehr getrunken, als gut für ihn war. Er stützte sich auf der nächstbesten Tischplatte ab und verkündete feierlich, als wäre nichts geschehen, dass das Schauspiel über Leben und Taten des seligen Hroznata unverzüglich beginnen werde.

»Aber da das Leben nicht nur ein Jammertal ist«, fuhr er mit schwerer Zunge fort, »habe ich das Stück ganz neu geschrieben, auf dass es euch allen nicht nur Läuterung und Belehrung im Glauben bringe, sondern auch Freude fürs Herz und Unterhaltung fürs Auge. Außer den Studenten, die eigens von der Pfarrschule in Pilsen in unser Kloster gekommen sind, um mein Stück einzustudieren, habe ich den berühmten Gaukler Bonifaz eingeladen, der euch in den Pausen seine hinreißende Kunst präsentieren wird. Übrigens liebte auch unser hochverehrter Patron, der selige Hroznata, die Zerstreuung, und ich darf ganz unbescheiden vermuten, dass ihm diese Aufführung gefallen hätte. Es ist mir ein Freude, mit diesem Theaterstück zum Glanz der diesjährigen Feierlichkeiten beitragen zu dürfen.« Er richtete den Blick auf Sesem. »Herr von Kraschow, unser aller Wohltäter, würdet Ihr nun, wie es die Tradition verlangt, die Veranstaltung eröffnen?«

Der gedrungene Burgherr erhob sich mit einem zufriedenen Lächeln, breitete die Arme aus, als wollte er seine Gäste segnen, und sang mit wohlklingender Stimme ein melodisches Lied in altertümlicher Sprache. Es waren altkirchenslawische Wörter dabei, wie sie nur noch die Mönche des Klosters Sasau pflegten. Der Inhalt war schlicht: Das Lied erzählte davon, wie der heidnische Vater seine Tochter Barbara in einem Turm einschloss. Doch ein junger Bursche gelangte unbemerkt zu ihr und bekehrte sie zum christlichen Glauben. Darauf brachte der Vater die eigene Tochter vor das römische Gericht, das sie nach grausamer Folter als heimliche Christin zum Tode verurteilte. Doch anders als in den kirchlichen Legenden zogen sich hier leidenschaftliche Verse durch das Lied, die des Mädchens Liebe zu dem jungen Mann besangen. Was Sesem so volltönend vortrug, fügte sich damit ins Programm des Abends: Leichte Unterhaltung war unverkennbar der Schwerpunkt der Kraschower Adventsfeierlichkeiten.

»Dies war das Lieblingslied unseres Wohltäters!«, flüsterte Prior Severin dem königlichen Prokurator zu und lächelte ihn zum ersten Mal an diesem Abend freundlich an. »Der selige Hroznata muss ein außergewöhnlicher Mann gewesen sein, dem es gelungen ist, seine inneren Dämonen zu bezwingen. Sicher, in keiner der erhaltenen Legenden erwähnen die Kirchenväter die fleischliche Liebe der heiligen Barbara. Aber welch tiefe Sehnsucht, den Glauben zu verteidigen, aus diesem Lied spricht! Auch wenn es natürlich nicht ganz korrekt ist: Die heilige Barbara ist Jungfrau geblieben.«

»Da bin ich sicher«, entgegnete Ulrich mit steifem Lächeln, um Severin dann im weiteren Verlauf des Abends nicht weiter zu beachten. Schließlich hatte der ihn zuerst beleidigt; also lag es am hageren Prior, sich um Aussöhnung zu bemühen.

Als Sesem das Lied beendet hatte, ließen alle ihn hochleben und stießen auf ihn an. Auch der Gaukler und die Studenten spendeten Beifall. Es dauerte einige Zeit, bis im Saal wieder Ruhe einkehrte. Sesem ließ sich zurück in seinen Sessel sinken, rot vor Freude und Verlegenheit.

Im Anschluss führten der Gaukler und sein Weib eine akrobatische Nummer vor, der aber niemand außer Otto Beachtung schenkte, obwohl sie sehr gekonnt war. Nach lauwarmem Applaus ging die Tür auf, und in den Saal trat der fünfte Student, der draußen gewartet hatte. Der groß gewachsene junge Mann trug eine Stoffmaske, auf die ein strenges Antlitz mit mächtigem Schnurrbart aufgemalt war. Die bunte Maske bedeckte das gesamte Gesicht des Studenten; nur wo sich die Augen befanden, waren Schlitze ausgespart. Außerdem trug er eine altmodische Rüstung ...

Ulrich stutzte. Er hätte schwören können, dass er genau diesen Mann vorhin am Fuß der Treppe gesehen hatte, als er mit Burgvogt Hannes vom Dachgeschoss heruntergekommen war. Er blickte sich nach Hannes um; der stand seelenruhig in einem stillen Winkel des Saales, ohne überrascht oder gar erschrocken zu erscheinen. Vielleicht hatte er den maskierten jungen Mann nicht wiedererkannt. Ulrich jedoch war sicher, sich nicht getäuscht zu haben.

Der verkleidete Student trug mit fester Stimme den Prolog des Stückes vor, wobei er langsam die große Tafel umrundete, vor jedem Gast stehen blieb und sich verneigte. Die Verse waren unbeholfen und stammten erkennbar aus der laienhaften Feder des Mönchs.

Ulrich hörte nur kurz zu; dann schweifte seine Aufmerksamkeit ab. Unruhig rutschte er auf dem Stuhl herum und musterte die anderen Gäste, so unauffällig er konnte. Er wollte sich nicht anmerken lassen, dass er sich tödlich langweilte.

Als der Student sich gerade vor Sesem verbeugte und einen Vierzeiler sprach, fuhr Prior Severin so jäh zusammen, dass er seinen Weinbecher umwarf. Der Becher fiel vom Tisch, zerbrach auf dem Boden, und der rote Wein spritzte über die Fliesen. Der Student in der altertümlichen Rüstung hielt inne und blickte den Prior überrascht an. Es sah aus, als hätte er seinen Text vergessen und müsse erst überlegen. Da seine Miene von der Maske verborgen blieb, ließ sich nicht erkennen, was ihn so befremdet hatte. Der Prior warf dem jungen Burschen einen durchdringenden Blick zu, als wäre der Student es gewesen, der den Weinbecher zerschmettert hatte.

Das Ganze dauerte nur einen Augenblick, aber es war Ulrich nicht entgangen. Er nahm sich vor, nach der Aufführung die Studenten aufzusuchen und den jungen Burschen in der Rüstung zu fragen, was zwischen ihm und dem Prior vorgefallen sei. Immerhin hatten die Studenten das Stück in Kloster Tepl geprobt; womöglich hatte es dort Missstimmigkeiten gegeben. Eine seltsame Unruhe hatte Ulrich erfasst, als könne er das nächste Verbrechen vorausahnen, noch ehe es begangen wurde. Er wusste selbst nicht warum, aber mit einem Mal war er sicher, dass es keine Unglücksfälle, sondern Morde gewesen waren, was sich hier in den vergangenen Jahren ereignet hatte.

Und sie gehörten nicht der Vergangenheit an.

Es würden weitere Morde geschehen.

VII. KAPITEL

Die Aufführung schleppte sich hin. Da Ulrich keine älteren Versionen des Schauspiels kannte, hatte er keinen Vergleich, aber wenn das heutige Stück in der Absicht geschrieben worden war, Kurzweil und Unterhaltung zu bieten, wie Bruder Luthold behauptet hatte, dankte er Gott, dass er die früheren Fassungen nicht hatte miterleben müssen. Während der Jüngling in der altertümlichen Rüstung den seligen Hroznata verkörperte, spielten die anderen Studenten die restlichen Personen der Geschichte und wechselten je nach Szene ihre Mäntel und Masken. In holperigen Versen mühten sie sich tapfer durch die Geschichte von Hroznatas göttlicher Erleuchtung, seiner Gründung von Kloster Tepl bis hin zu seinem Märtyrertod.

Erst der Schluss weckte Ulrichs Interesse. Zwar wusste er nicht viel über die Umstände von Hroznatas Tod, zweifelte aber nicht daran, dass Bruder Luthold verlässliche Quellen zur Hand gehabt hatte, denn vor der Familie von Kraschow würde er schwerlich mit Erfindungen aufwarten. Soweit Ulrich es beurteilen konnte, lag der Vorzug des Stückes nicht in der Geschliffenheit der Verse oder der Schauspielkunst der Studenten, sondern in der historischen Wahrheit. Er glaubte sich zu erinnern, dass Hroznata von Räubern ermordet worden war. In dem Stück aber wurde er unweit von Eger von deutschen Rittern gefangen genommen. Sie wollten ihn erst nach Zahlung einer hohen Geldsumme freilassen, sprachen andeutungsweise aber auch von irgendeinem Verrat, doch Ulrich konnte dem Text nicht entnehmen, worum es dabei ging.

In der letzten Szene zählte Hroznata noch einmal all seine verdienstvollen Taten auf und beteuerte seinen Entführern gegenüber, gänzlich besitzlos zu sein; er habe sein gesamtes Eigentum zum Ruhme Gottes dem Kloster in Tepl gestiftet. Doch die Ritter bedrängten ihn weiterhin und folterten ihn schließlich. Da er standhaft verschwieg, wo das Geld versteckt war, brachten seine wütenden Peiniger ihn um.

Ulrich ließ den Blick unauffällig über die Gesichter der anderen Gäste schweifen, um ihre Reaktion zu prüfen, musste aber feststellen, dass sie sich hauptsächlich den Speisen und dem ausgezeichneten Wein widmeten. Hroznatas grausames Schicksal ließ sie kalt. Nur in den Pausen zwischen den Akten hoben sie den Kopf und verfolgten die artistischen Künste der beiden Gaukler, besonders die der schlanken Akrobatin.

Ob Sesem von Kraschow den Versen Gehör schenkte, konnte Ulrich nicht erkennen, jedenfalls schien ihn der tragische Schluss des Stücks weder zu erregen noch zu verwundern. Bruder Luthold hatte kurz vor Ende der Vorführung den Saal verlassen; als sich nun die Studenten unter dem wohlmeinenden Beifall verbeugten, folgte Ulrich ihm nach draußen.

In dem dunklen Durchgang zwischen Palas und Burgkapelle holte er den Prämonstratensermönch ein, der breitbeinig vor einer Mauer stand und sich mit einer Hand abstützte, um nicht umzufallen. Er hatte sein Gewand hochgeschürzt und leerte seine volle Blase. Als er Ulrich bemerkte, hickste er und nuschelte mit der Vertraulichkeit des Betrunkenen: »Sieh einer an, sogar des Königs Prokurator muss mal pinkeln!«

»Woher weißt du, dass der selige Hroznata von deutschen Rittern zu Tode gemartert wurde?«, fragte Ulrich.

Der dicke Mönch brachte erst seine Angelegenheit zu Ende; dann ließ er sein Gewand vorsichtig herab und wischte sich die Hand am Saum seines Überwurfs ab. Mit der anderen Hand stützte er sich immer noch an der Mauer ab. Auf unsicheren Beinen drehte er sich ein Stück zur Seite, um Ulrich direkt anschauen zu können; dann strich er sich verlegen übers Gesicht und erklärte halbwegs zusammenhängend: »Es gibt da eine alte Urkunde, in der Hroznatas Schwester Vojslava sich darüber beklagt, sie habe zwar mit den Entführern in Eger verhandelt, man habe ihr aber nicht erlaubt, mit Hroznata zu sprechen, sodass sie nicht bestätigen könne, dass er noch am Leben sei.«

»Offenbar kennst du dich gut in der Geschichte aus«, sagte Ulrich und lächelte den beduselten Mönch an.

»Ich betreue das Kapitulararchiv. Obendrein schreibe ich eine Klosterchronik«, erklärte Bruder Luthold mit stolzgeschwellter Brust.

»Was wollten diese Ritter eigentlich von dem armen Hroznata? Außer dem Lösegeld, meine ich. In deinem Stück sprichst du von irgendeinem Verrat.«

»Ich weiß nur von dem Lösegeld«, antwortete der Mönch ausweichend. »Als sie es nicht bekamen, erschlugen sie Hroznata in ihrem Zorn.«

»Das mag ja sein, aber am Ende deines Stücks drängen sie ihn, zu verraten, wo er sein Geld versteckt hat«, ließ Ulrich nicht locker. »Was hat dieses Geld mit einem Verrat zu tun? Wen oder was soll er denn verraten haben?«

Bevor Luthold antworten konnte, ertönte hinter ihnen die scharfe Stimme des Priors: »Da bist du ja, Bruder. Ich suche dich schon die ganze Zeit.«

Der dicke Mönch schüttelte den Kopf, als verstünde er nicht, was Ulrich von ihm wissen wollte. Mit der Hand, mit der er sich bisher an der Mauer abgestützt hatte, versuchte er ungeschickt, seinen Gürtelstrick zu richten, der ihm an der Seite heruntergerutscht war; gleichzeitig straffte er die Schultern, geriet aber ins Wanken. Ulrich konnte ihn gerade noch festhalten, bevor er in den Schnee gefallen wäre.

»Ich kümmere mich um ihn«, sagte er mit einem kurzen Blick auf den Prior.

Doch der Prior ließ sich nicht so einfach abwimmeln. »Bruder Luthold soll mir bei der Feier der Nachtmesse zur Hand gehen. Bis dahin muss ich ihn in einen nüchternen Zustand bringen. Komm, Luthold«, befahl er streng und streckte seine knochige Hand nach ihm aus.

Der mollige Mönch ließ die Schultern sinken, ergriff gehorsam die Hand des Priors und stolperte hinter ihm her zum Palas, während er irgendetwas zu seiner Entschuldigung stammelte.

»Das wird schon«, beruhigte ihn der Prior. Dann wandte er sich noch einmal lächelnd zu Ulrich um. »Wir sehen uns in der Kapelle, Prokurator.«

Ulrich hatte es nicht eilig zurückzukehren. Nachdenklich schaute er den beiden hinterher. Es ärgerte ihn, dass er Luthold nicht weiter hatte befragen können, aber er konnte die Sorge des Priors verstehen. Immerhin hatte er bestätigt bekommen, was er bereits vermutet hatte: Das Stück über Hroznata schilderte wahre Begebenheiten, größtenteils zumindest. Ulrich beschloss, Luthold weitere Fragen zu stellen, sobald er die Gelegenheit bekam und der Mönch wieder nüchterner war. Endlich war da jemand, der ihm Einblick in das Leben des seligen Hroznata verschaffen konnte. Vielleicht wusste Luthold sogar etwas über die geheimnisvollen Vorgänge hier auf der Burg; möglicherweise war er ja in den vergangenen Jahren hier gewesen, als sich die unheimlichen Vorfälle zugetragen hatten. Ulrich hoffte nur, dass der dicke Mönch nicht weiter dem Wein zusprach. Aber wie er den energischen Prior einschätzte, würde der seinen Bruder daran hindern.

Der Sturm hatte fürs Erste nachgelassen, und es schneite kaum noch, aber die Luft war eisig, und Ulrich zitterte vor Kälte. Außerdem meldete sich nun auch bei ihm das menschliche Bedürfnis, dem vorhin Luthold so unbefangen nachgegeben hatte. Ulrich wickelte seinen Umhang enger um sich, trat von einem Fuß auf den anderen und blickte sich verlegen um. Als er sich vergewissert hatte, dass der Hof leer und verlassen war, folgte er dem Beispiel von Bruder Luthold. Nachdem er sich erleichtert hatte, brachte er seine Beinkleider in Ordnung und ging zurück zum Palas.

Auf dem Weg zum Tafelsaal bemerkte er in einer dunklen Nische unweit der Küche seinen Knappen, der ein Mädchen um die Taille gefasst hielt. Es war die Magd, die beim Bankett bedient hatte. Otto, fast einen Kopf größer als die dralle Maid, beugte sich zu ihr hinunter und flüsterte ihr etwas ins Ohr, worauf sie leise kicherte und ihm einen vielsagenden, neckischen Blick zuwarf.

Ulrich verlangsamte seine Schritte und schüttelte ungläubig den Kopf. Normalerweise hatte sein Knappe einen guten Geschmack, was junge Frauen betraf, aber diese Magd war nicht gerade eine Schönheit. Otto bemerkte Ulrichs Befremden und zuckte unmerklich mit den Schultern, als wollte er sagen: »Für unsere Ermittlungen bin ich zu den größten Opfern bereit«, um sich gleich darauf wieder dem pausbäckigen Mädchen zuzuwenden.

Ulrich ging rasch an der Nische vorbei, wobei er sich fragte, ob Otto wirklich so diensteifrig war oder ob er hier auf der Burg nur keine bessere Zerstreuung gefunden hatte. Wieder erschien vor Ulrichs Augen das Bild der Bademagd Else, wie sie in ihrem durchscheinenden Hemd dastand, unter dem sich ihre verlockenden Formen abzeichneten. An der Tür des Tafelsaals hielt er inne und seufzte. Das Leben bestand nicht nur aus Vergnügungen; ein erwachsener Mann wie er musste zuallererst an seine Pflichten denken. Für Dummheiten war Otto da.

Im Schatten neben dem Saaleingang stand ein Wächter, der Ulrich die Tür öffnete, wobei er sich ehrerbietig verneigte. Bevor Ulrich den Saal betrat, fragte er den Mann: »Hat Prior Severin diesen Mönch wieder mit in den Saal gebracht?«

»Ja, edler Herr«, antwortete der Söldner und verharrte in respektvoller Verbeugung.

»Und diese Studenten, die vorhin aufgetreten sind – sind die auch noch drinnen?«

»Gewiss, edler Herr. Außer Euch und den Mönchen hat bislang keiner der Gäste den Saal verlassen ... das heißt, wenn ich Euren Knappen und diese liederliche Dirne nicht mitzähle«, fügte er mit leiser Verachtung hinzu, wobei er in Richtung der dunklen Nische wies.

Ulrich betrat den Saal, worauf der Wächter hinter ihm die Tür schloss, damit nicht unnötig Wärme aus dem großen Raum entwich. Ulrich verharrte einen Moment, um seine Augen an das Licht im Saal zu gewöhnen; die Kerzen, die im Laufe des Abends heruntergebrannt waren, hatte man inzwischen ersetzt, sodass der Saal so hell erleuchtet war wie zu Beginn des Festschmauses.

Ein wenig unbeholfen stand Ulrich da, die verächtliche Bemerkung des Wächters noch im Ohr. Es überraschte ihn, dass ein einfacher Söldner eine so entschiedene Meinung über ein Mädchen vertrat, mit dem vermutlich die meisten Männer auf der Burg schon ein Techtelmechtel gehabt hatten. Irgendetwas stimmte nicht, wurde Ulrich klar, nur konnte er nicht den Finger darauf legen. War es der Wächter selbst? Rückblickend kam er Ulrich irgendwie anders vor als die restliche Besatzung der Burg.

Sesem von Kraschow stand neben einem Pfeiler und diskutierte lebhaft mit Ulrichs Reisegefährten, dem Zisterziensermönch Beatus. An einem der Fenster stand Ritter Lorenz von Koschlan, der seinen Arm um die schlanke Gauklerin gelegt hatte und ihrem bunt gekleideten Partner irgendetwas Lustiges erzählte. Landedelmann Johannides stand in der Nähe und hörte interessiert zu. Der junge Nickel, offenbar vom Wein außer Gefecht gesetzt, döste in seinem Sessel vor sich hin.

Auf der anderen Seite des Saals standen die beiden Prämonstratenser und zahlten den Studenten das Geld für ihren Auftritt. Ulrich sah, dass es keine üppige Summe war, nur eine Handvoll Kupfermünzen. Ihm fiel auf, dass es nur noch vier Studenten waren. Jetzt, da sie keine Masken mehr trugen, konnte er nicht erkennen, welcher von ihnen fehlte, aber er war sich beinahe sicher, dass es der stattliche junge Bursche war, der die Rolle des seligen Hroznata gespielt hatte. Neugierig schaute er sich im Saal um, konnte ihn aber nirgendwo entdecken.

Dann sah er Burgvogt Hannes, der soeben einem Bediensteten erklärte, was dieser als Nächstes wegräumen sollte, und ging zu ihm. Dabei fiel ihm der Kaplan auf, der hinten im Saal an der Wand lehnte, die Hände über dem Bauch gefaltet, und ihn herausfordernd anstarrte. Als Ulrich seinen Blick erwiderte, schaute der Mann schnell weg und tat so, als würde etwas anderes sein Interesse erregen.

»Deine Söldner mögen ja höflich sein, Burgvogt«, brachte Ulrich seine Kritik vor, als er Hannes erreicht hatte, »aber gewissenhaft sind sie nicht.«

»Gewissenhaftigkeit gehört selten zu den menschlichen Tugenden, erst recht bei der Dienerschaft«, entgegnete der Burgvogt. »Es hätte mich gewundert, wäre an ihrem Verhalten nichts auszusetzen. Was ist denn geschehen?«

»Einer der Studenten muss den Saal verlassen haben. Leider hat der Söldner, der an der Tür Wache hält, nichts davon bemerkt. Aber ich müsste unbedingt mit diesem Studenten reden. Kannst du dafür sorgen, dass der Wächter ihn sucht und herbringt?«

Ein Ausdruck des Erschreckens erschien auf Hannes' Gesicht. »Das kann nicht sein«, sagte er. »Ihr müsst Euch getäuscht haben. Hier im Palas hält keiner von unseren Männern Wache. Solange der Burg keine Gefahr droht, sind nur zwei Wächter im Dienst. Einen habe ich am Tor postiert, den zweiten auf dem Turm. Alle anderen sind in der Vorburg. Ihnen ist streng untersagt, auf die Oberburg oder in den Palas zu kommen, solange sie hier nichts zu tun haben. Burgherr Sesem persönlich hat es so angeordnet, nachdem immer wieder Lebensmittel aus der Küche verschwunden sind. Ich kann mir nicht vorstellen, dass einer von ihnen es wagen würde, eigenmächtig den Palas zu betreten, schon gar nicht heute Abend, wo so viele Gäste anwesend sind.«

»Aber ich habe eben mit dem Wächter gesprochen!«, sagte Ulrich.

»Dann war der Mann kein Wächter. Ihr müsst ihn verwechselt haben.«

»Und wer war dieser Kerl?«, stieß Ulrich hervor, machte ein paar schnelle Schritte zur Saaltür, riss sie auf und schaute hinaus. Der Gang war leer. Nicht nur Otto und die Magd waren verschwunden, auch der Wächter. Verwirrt schüttelte Ulrich den Kopf und versuchte sich zu erinnern, wie der Mann ausgesehen hatte. Doch im Gang war es ziemlich dunkel gewesen; außerdem hatte der Wächter im Schatten gestanden und sich die meiste Zeit höflich verbeugt. Deshalb konnte Ulrich auch nicht sagen, was für eine Waffe er getragen hatte. Er konnte sich nicht einmal an das Gesicht des Wächters erinnern – nur daran, dass er jung und ziemlich groß gewesen war.

Und dann, von einem Augenblick auf den anderen, ging ihm ein Licht auf. Der ominöse Wächter musste der fehlende fünfte Student gewesen sein! In seiner Rolle als Hroznata hatte er zwar die altertümliche Rüstung getragen, aber im Dämmerlicht konnte man sie leicht mit einer heutigen verwechseln, so groß war der Unterschied nicht. Fragte sich nur, was der Mummenschanz bedeuten sollte.

Rasch kehrte Ulrich in den Saal und zum Burgvogt zurück.

»Der Unbekannte ist verschwunden, nicht wahr?«, fragte Hannes, der Ulrich angespannt hinterhergeschaut hatte, mit leiser Stimme. Seine Lippen hatten jede Farbe verloren, und seine Blicke schweiften unstet umher. Er bekreuzigte sich und flüsterte: »Halt deine schützende Hand über uns, o Herr.«

»Fang ja nicht wieder mit deinen Geistererscheinungen an«, versetzte Ulrich trocken. »Wenn es keiner der Söldner war, muss es einer der Studenten gewesen sein. Nun, wir werden gleich erfahren, was es mit diesem dummen Scherz auf sich hat.« Doch ehe er die vier verbliebenen Studenten darauf ansprechen konnte, brach auf der anderen Seite des Saals ein Streit aus: Johannides aus Netschetin hatte Ritter Lorenz wütend an dessen Tunika gepackt; er schien ihn von der hübschen Gauklerin wegzerren zu wollen. Da Johannides einen Kopf kleiner war als der groß gewachsene Ritter, sah sein Angriff ziemlich lächerlich aus. Lorenz stand fest auf beiden Beinen, ohne die Gauklerin aus den Armen zu lassen, rührte sich nicht von der Stelle und rief mit rot angelaufenem Gesicht: »Was mischst du dich ein?«

Der ältere Gaukler stand verlegen dabei. Der Streit der beiden Edelmänner war ihm sichtlich unangenehm. Ehe Ulrich begriffen hatte, worum es ging, handelte Sesem von Kraschow: Von einem der Stützpfeiler riss er eines der dort hängenden Schwerter herunter, sprang zu dem Grüppchen am Fenster und schlug dem Landedelmann mit der stumpfen Seite der Klinge auf die Hand. Obwohl es kein fester Schlag gewesen sein konnte, ließ Johannides den Ritter los und fuhr den Burgherrn zornig und mit schmerzverzerrter Miene an: »Da hört sich doch alles auf! Ich bin dein Gast! Wenn ich könnte, würde ich ...«

»Lass es lieber, Johannides«, fiel Sesem ihn ins Wort, legte ihm lächelnd die Hand auf die Schulter und sagte besänftigend: »Geh und schlafe deinen Rausch aus. Es bleibt noch genug Zeit bis zur Messe. Du willst uns doch nicht die Feier verderben?« Er wandte sich an die beiden Gaukler: »Was euch betrifft – ihr seid bezahlt worden und habt hier nichts mehr zu suchen. Verschwindet, ich will euch nicht mehr sehen.«

»Es ist nicht ihre Schuld«, nahm Ritter Lorenz die beiden in Schutz, doch der Burgherr erwiderte kalt: »Mach dich nicht mit den Komödianten gemein. Sonst komme ich noch auf den Gedanken, du könntest genauso ein Strolch sein wie diese beiden.«

»Meine Frau und ich sind Akrobaten! Wir verbiegen uns die Knochen, um das Publikum zu unterhalten!«, sagte der bunt gekleidete Gaukler empört. »Wir führen ein armes Leben und besitzen nicht mehr als die Sachen, in denen wir auftreten. Aber deshalb müssen wir noch lange keine Strolche sein, edler Herr. – Komm, Gretel.« Er verneigte sich noch einmal. Man konnte seinem Auftreten eine gewisse Würde nicht absprechen. Erhobenen Hauptes drehte er sich um und schritt aus dem Saal. Die zierliche Frau folgte ihm mit gesenktem Kopf.

Auf der Schwelle blieb sie noch einmal stehen und schenkte Ritter Lorenz über die Schulter hinweg ein Lächeln, das so beredt war, wie nur eine Frau es zustande brachte. Lorenz stieß einen Fluch aus und eilte ihr nach.

»Auf meiner Burg entscheide ich, wer oder was jemand ist!«, rief Sesem von Kraschow. Dann grinste er und fügte hinzu: »Dreistes Bettelpack! Sie verderben uns noch den ganzen Abend. Meine Herren, ich denke, es ist an der Zeit, sich ein wenig auszuruhen, damit die hitzigen Gemüter sich abkühlen. Das haben wir jetzt alle nötig. Wir treffen uns zur Messe wieder!« Er ging zum Ende der Tafel, wo sein Sohn Nickel schlief, und patschte ihm mit der flachen Hand auf die Wange, worauf der junge Mann erschrocken hochfuhr. Sesem zerrte ihn grob auf die Beine und schubste ihn in Richtung Tür. Kaum waren die beiden verschwunden, verließen auch die anderen Gäste den Saal.

Ulrich seufzte. Er mochte es nicht, wenn Menschen grundlos beschimpft wurden, nur weil sie arm waren. Er hielt die Gaukelei zwar nicht gerade für die ehrbarste Art des Broterwerbs, aber solange jemand seiner Arbeit auf redliche Weise nachging, gab es keinen Grund, ihn deswegen zu beleidigen.

Dann aber verdrängte er diese Überlegungen; schließlich hatte er wichtigere Sorgen. Er machte kehrt, um sich nun endlich bei den Studenten nach ihrem fünften Gefährten zu erkundigen – aber dort, wo sie noch eben gestanden hatten, war niemand mehr zu sehen. Die jungen Männer waren während des Streits verschwunden, und mit ihnen die beiden Prämonstratensermönche.

VIII. KAPITEL

Ulrich verließ als Letzter den Saal. Der Flur lag leer und verlassen da. Um sicherzugehen, warf er einen Blick in die angrenzenden Räume, doch überall herrschte völlige Stille und Dunkelheit; selbst in der Burgküche erlosch allmählich das Feuer im Herd. Auf einer Bank standen die schmutzigen Schüsseln vom Festmahl, doch von der Dienerschaft war niemand zu sehen. Und wo steckte Otto? Ulrich ging hinauf in den ersten Stock und schaute in der Schlafkammer nach, doch wie er bereits vermutet hatte, traf er seinen Knappen auch dort nicht an.

»Dieser verflixte Kerl!«, schimpfte er. »Immer wenn ich ihn brauche, treibt er sich herum, ständig auf der Jagd nach Weiberröcken! Na, dem werde ich was erzählen! Höchste Zeit, ihn daran zu erinnern, dass sein Herr an erster Stelle steht.« Ulrichs Blick fiel auf die Ledertaschen, die auf seiner Bettstatt lagen und in denen sich seine Amtsabzeichen und ein paar Dokumente befanden, aber keine sauberen Sachen. Wie gerne hätte er sich frische Kleidung angezogen!

Verärgert schlug er die Tür hinter sich zu und ging hinunter ins Erdgeschoss. Unterwegs stieß er beinahe mit Ritter Lorenz und Johannides zusammen, die sich offenbar versöhnt hatten und nun freundschaftlich plauderten, während sie zu ihren Kammern hinaufstiegen, um sich ein wenig auszustrecken. Zerstreut grüßte Ulrich die beiden, ehe er hinaus auf den Burghof trat und den Blick schweifen ließ. Endlich entdeckte er Otto, der vor der Vogtei stand, mit dem Rücken zu ihm, und der pausbäckigen Magd hinterherwinkte, die auf dem Weg zum Gesindehaus war.

Da hörte sich doch alles auf! Ulrich stapfte zornig auf seinen Knappen zu, um ihm die Leviten zu lesen. Doch er hatte nur drei oder vier Schritte gemacht, als er ausrutschte. Das Gesinde hatte im Hof Schnee geschippt, und die Reste davon waren im Frost der Nacht vereist. Mit rudernden Armen versuchte er, das Gleichgewicht zu halten, aber zu spät: Genau in dem Moment, als das Mädchen im Gesindehaus verschwand und Otto sich zum Palas umdrehte, landete Ulrich auf dem steinharten Boden.

Otto erkannte im Dunklen nicht sogleich, wer sich da auf dem Hofboden wälzte. Doch als dann zum ersten Mal in dieser Nacht die Wolken aufrissen und fahles Mondlicht sich über die Burg ergoss, erkannte er das Wappen des böhmischen Königs auf dem Mantel seines Herrn und eilte zu ihm.

Ulrich rappelte sich mühsam auf und wartete schadenfroh darauf, dass auch sein Knappe auf dem Eis ausrutschte, doch Otto sprang geschickt über die hervorstehenden Steine hinweg und wich den Mulden aus, in denen das tückische Eis schimmerte. Unbeschadet erreichte er seinen Herrn und fragte besorgt: »Habt Ihr Euch verletzt?«

»Ich dachte, deine Schwäche für Frauen wäre dein einziger Makel, aber jetzt muss ich erkennen, dass obendrein dein Verstand getrübt ist, sonst würdest du nicht so dumm fragen«, antwortete Ulrich mürrisch, während er den Dreck von seinem Umhang klopfte.

»So schlimm ist es auch wieder nicht, sonst stünde ich nicht in Euren Diensten«, sagte Otto mit Schalk in der Stimme. Bevor sein Herr aufbrausen konnte, fügte er rasch hinzu: »Ich weiß, wo sich Burgherrin Jutta aufhält und wie wir zu ihr gelangen können.«

»Lass hören«, forderte Ulrich ihn auf, wobei er noch immer versuchte, seine Kleidung zu säubern, was sich jedoch als nahezu unmöglich erwies, denn er sah aus, als wäre er in eine Kloake gefallen. Was für eine Katastrophe! Wie sollte er in diesem Zustand nachher die Messe besuchen?

»Die Magd, die Ihr so abschätzig gemustert habt«, erklärte Otto, »muss nachher zur Burgherrin, um das Geschirr abzutragen. Burgherr Sesem hat seiner Frau befohlen, in ihrer Kemenate zu speisen, und ihr streng untersagt, den Raum zu verlassen. Er hat sie sogar eingeschlossen und trägt den Schlüssel bei sich. Aber Lena, so heißt die Magd, hat mir versprochen, dass sie uns ein Zeichen gibt, sobald Sesem ihr aufgeschlossen hat und wieder gegangen ist. Frau Jutta ist nämlich schon den zweiten Tag in ihrer Kammer eingeschlossen, da will sie bestimmt ein bisschen mit Lena plaudern, und Burgherr Sesem hat sicher nicht die Absicht, die ganze Zeit zu warten. Das ist die Gelegenheit für uns!«

»Du musst dich bei dem Mädel ja sehr beliebt gemacht haben, wenn sie für dich so viel aufs Spiel setzt. Wenn ich es richtig mitbekommen habe, ist Sesem ein unerbittlicher Mann. Diese Lena muss dich gern haben.«

»Oh ja«, antwortete der Knappe mit selbstgefälligem Lächeln. Als er Ulrichs missbilligenden Blick bemerkte, fügte er mit Unschuldsmiene hinzu: »Aber es war nichts zwischen uns.«

»Das kannst du jemandem erzählen, der gutgläubiger und vor allem dümmer ist als ich«, knurrte Ulrich und zog Otto mit sich zu dem Mauerabschnitt zwischen der Vogtei und dem

Bergfried. Dort blieben sie unter dem hölzernen Wehrgang stehen, der sich oben an der Burgmauer entlangzog. Von hier aus konnten sie die Fenster des Palas sehen, blieben aber selbst im Schatten verborgen. »Also, erzähl«, forderte Ulrich seinen Knappen auf.

»Na gut, da wir noch ein wenig Zeit haben, werde ich Euch erzählen, wie es mit dem Mädchen war. Vielleicht lernt Ihr ja etwas von mir«, sagte Otto mit ernster Stimme, doch seine Augen verrieten, dass er seinen Herrn aufzog. »Als verheirateter Mann könnt Ihr bestimmte Dinge natürlich nicht wissen.«

»Ach ja?«, sagte Ulrich. »Zum Beispiel?«

»Wie viele ledige Mädchen vom Lande ist auch Lena es gewohnt, dass die Männer der Burg sie sich nehmen, wann immer sie wollen – meist auf die Schnelle. Ihr könnt Euch nicht vorstellen, wie überrascht sie war, als ich Süßholz raspelte und ihr sagte, wie schön sie sei und wie sehr sie mir gefalle. Sie schwebte im siebten Himmel. Dann sagte ich ihr, Ihr müsstet dringend mit der Burgherrin sprechen. Wenn sie ein Treffen mit Frau Jutta arrangieren könne, würdet Ihr mir sicher frei geben, und wir könnten unser kleines Abenteuer weiterführen. Deshalb lässt Lena sich jetzt auf die Sache ein. Hat man ein Mädchen erst entflammt, kann man sich auf es verlassen.«

»Du bist ein noch schlimmerer Gauner, als ich dachte«, schimpfte Ulrich, fügte dann aber freundlicher hinzu: »Würdest du dich auf Verbrecher ebenso gut verstehen wie auf das weibliche Gemüt, könnten wir fabelhafte Erfolge vorweisen.« Seiner Stimme war anzuhören, dass seine gute Laune zurückgekehrt war. Wenn Otto bei ihren Ermittlungen auch Wege einschlug, die für Ulrich unbegreiflich und für einen guten Christen unannehmbar waren, so waren sie doch letztlich von Nutzen.

Plötzlich fasste Otto seinen Herrn an der Schulter und deutete nach vorn. Lena kam soeben aus dem Gesindehaus und ging mit schnellen Schritten in Richtung Palas, ohne sich umzublicken. In dem Moment, als die Magd den Palas betrat, kamen fünf in Mäntel gehüllte Gestalten aus der Tür der Vogtei. Die jungen Männer begaben sich zum Torhaus, passierten den kleinen Gang und verschwanden in der Vorburg.

Ulrich verharrte unschlüssig. Zu gerne hätte er endlich mit dem Studenten gesprochen, der sich so rätselhaft verhalten hatte, doch das Treffen mit Jutta erschien ihm wichtiger. »Otto«, sagte er leise, »ich erledige das im Palas alleine. Du folgst den Studenten. Finde heraus, wohin sie gehen. Komm anschließend hierher zurück. Sobald ich mit Jutta gesprochen habe, treffen wir uns wieder hier und gehen gemeinsam zu diesen jungen Burschen, um ihnen ein paar Fragen zu stellen.«

Otto zögerte und wandte ein, Lena werde Ulrich sicher nicht in die Kemenate lassen, wenn er, Otto, nicht dabei sei, doch als er erkannte, dass Ulrich nicht nachgeben würde, seufzte er und folgte den Studenten in die Vorburg.

Lena, die pausbäckige Magd, ließ Ulrich ein, ohne Fragen zu stellen. Schließlich hatte Otto ihr ausdrücklich gesagt, sein Herr müsse mit Frau Jutta sprechen; deshalb kam es dem Mädchen auch nicht seltsam vor, dass er nun alleine erschien. Sie sah nur ein bisschen enttäuscht aus. Offenbar hätte sie den hübschen Knappen gerne jetzt schon wiedergesehen.

Im Übrigen erwies sich die Angelegenheit einfacher als gedacht, denn Sesem von Kraschow musste sich um seinen Sohn Nickel kümmern, der sich vom ungewohnten Weingenuss mehrmals hatte übergeben müssen; deshalb hatte Sesem der Magd den Schlüssel überlassen, damit sie alleine zu seiner Frau ging. Er hatte sie allerdings ermahnt, ja nicht zu vergessen, Juttas Kemenate hinterher wieder abzuschließen. Ulrich musste also keine Zeit mit Warten verbringen. Er machte die betreffende Kammer schnell ausfindig, denn Lena hatte die Tür einen Spalt offen gelassen, sodass die Kerze, die in der Kammer brannte, flackerndes Licht in den dunklen Flur warf, das Ulrich den Weg wies.

Wie ihr Gemahl war auch Jutta von Kraschow von kleiner Gestalt, nur dass sie noch dicker war als Sesem. Unter dem gutmütigen, runden Gesicht wabbelte ein mächtiges Kinn, das der hohe Kragen ihres dunklen, wallenden Kleides nur teilweise verbergen konnte. Sie saß an einem Tisch, auf dem zwei fettige Schüsseln mit abgenagten Knochen standen. Gleich auf den ersten Blick machte sie den Eindruck einer freundlichen, trägen, nicht allzu intelligenten Frau.

Als Ulrich durch die Tür schlüpfte, schrie sie auf, schlug aber sogleich erschrocken die mollige Hand vor den Mund, als befürchtete sie, sich durch ihren Schrei zu verraten.

»Habt keine Angst, edle Frau«, versuchte Ulrich sie zu beruhigen. »Ich überbringe Euch Grüße von meiner Gemahlin Ludmilla von Wartenberg.«

Jutta drehte sich ratlos nach ihrer Magd um, als wollte sie diese fragen, ob Ulrich die Wahrheit sprach, doch Lena blickte still vor sich hin. Sie hatte ihre Aufgabe erfüllt und träumte jetzt von den süßen Wonnen, die die Umarmungen des hübschen Knappen ihr verhießen. Ihr klangen noch die zärtlichen Worte in den Ohren, die sie so betört hatten.

»Oh, Ihr seid das. Ich habe schon davon gehört, dass meine Nichte einen königlichen Prokurator geheiratet hat«, sagte Jutta und versuchte, sich zu erheben, um den Gast zu begrüßen, doch es gelang ihr nicht. Sie lächelte entschuldigend und fügte hinzu: »Mir zittern immer noch die Knie vor Schreck. Als ich sah, wie sich die Tür öffnete und jemand hereinkam, dachte ich schon, es wäre mein Tod! Ihr also seid Ludmillas Ehemann ...«

»Droht Euch denn irgendeine Gefahr?«, wollte Ulrich wissen und schloss behutsam die Tür hinter sich.

Die Burgherrin blickte ihn verwundert an. »Im Advent droht jedem aus unserem Geschlecht große Gefahr«, antwortete sie. »Was glaubt Ihr denn, weshalb mein Gemahl mich hier eingeschlossen hat?«

»Geht diese Gefahr von jemand Bestimmtem aus?«

Die Burgherrin forderte ihn mit einer Geste auf, ihr gegenüber Platz zu nehmen. »Das weiß ich nicht«, wisperte sie und blickte sich unruhig um, als könnte jemand zuhören, für dessen Ohren ihre Worte nicht bestimmt waren. Als sie dann weiterredete, verbarg sie erneut den Mund hinter ihrer Hand. »Wäre es doch nur schon Weihnachten! Ich hasse die Adventszeit! Eure Ludmilla muss sich in Acht nehmen. Sie trägt auch ein paar Tropfen vom Blut der Hroznatovci in sich.«

»Aber warum ausgerechnet im Advent?«

»Das Unglück geschieht immer Anfang Dezember.«

»Erzählt mir, was genau sich in den letzten Jahren hier zugetragen hat. Ihr braucht keine Angst zu haben, ich kann Euch bestimmt helfen. Ich benötige allerdings genauere Informationen. Ich habe von einigen seltsamen Todesfällen in Eurer Familie gehört ...«

»Ich auch!«, fiel Jutta ihm ins Wort.

»Nur gehört?«, fragte Ulrich verwirrt. »Ich dachte, Ihr ...«

»Ich wohne erst seit kurzer Zeit hier. Das ist mein erster Advent auf Burg Kraschow. Deshalb sorgt mein Gemahl sich ja so um mich. Sesem hat die Burg nach dem Tod seines Bruders Konrad geerbt, aber es dauerte noch eine Weile, bis alles so weit war, wir mussten ja noch auf die Einwilligung von König Ottokar warten. Ich bin erst vor ein paar Monaten hierher auf die Burg gezogen. Deshalb weiß ich nicht allzu viel über das, was hier geschehen ist.«

Ulrich konnte es kaum glauben. »Seid Ihr denn früher nicht zum Sankt-Barbara-Tag hierhergereist?«, fragte er. »Ich dachte, der ist für alle Nachkommen des seligen Hroznata der wichtigste Tag im Jahr.«

»Ich habe den Festtag daheim begangen. Wir hatten in Kraschowitz unser eigenes Haus«, antwortete Jutta, sichtlich erstaunt, dass er etwas so Selbstverständliches nicht wusste. »Mein Mann hat kaum mit seinem Bruder gesprochen. Sesem musste zwar zu diesen grässlichen Feiern anreisen – aber ich? Was sollte ich dort?«

»Verstehe. Aber was habt Ihr denn nun über diese Todesfälle gehört, dass Ihr so viel Angst vor dem Advent habt?«, kehrte Ulrich wieder zum Thema zurück, denn die Zeit verging wie im Flug, und bisher hatte er kaum etwas erfahren.

»Auf Burg Kraschow treiben Geister ihr Unwesen! Schon seit tausend Jahren, heißt es! Früher haben die Leute ihnen Tiere geopfert, um sie zu besänftigen. Als sie damit aufhörten, sannen die Dämonen auf Rache. Das Übel begann, nachdem Hroznata hier die Kapelle errichtet hatte. Immer zu Beginn des Winters erhebt sich das Böse aus der Erde. Damals ...«

Ulrich unterbrach sie ungeduldig, denn er interessierte sich nicht für Geisterglauben; stattdessen wollte er von wahren Begebenheiten erfahren. »Lasst uns die Dämonen bloß nicht aus ihrem Schlummer wecken!«, sagte er mit gespielter Furcht in der Stimme. »Wie starb Euer Schwager?«

»Mit seinem Tod hat alles begonnen«, sagte Jutta. »Es war ...«

»Das stimmt nicht!«, fiel Lena ihr leise ins Wort. »Es hat schon mit dem Verschwinden von Herrn Dietrich angefangen, dem Vater von Konrad und Herrn Sesem. Auch Dietrich ist im Advent verschwunden. Er wollte nur in die Kapelle gehen und ward nie mehr gesehen.«

Jutta winkte ab. »Das ist lange her«, sagte sie. »In der Kapelle kann ihm nichts Schlimmes zugestoßen sein. Wer weiß, was wirklich geschehen ist.«

»Ich kann mich gut daran erinnern, auch wenn ich damals noch klein war«, sagte die Magd hartnäckig. Ulrich nahm sich vor, sie später genauer zu befragen. Sie machte keinen dummen Eindruck. Offenbar war sie auf der Burg aufgewachsen, vielleicht wusste sie mehr als Frau Jutta. Belustigt fragte er sich, wie er es anstellen sollte, um so viel wie möglich aus dem Mädchen herauszubekommen. Sollte er es mit Ottos Methode versuchen? Die führte oft mit überraschender Schnelligkeit zum Erfolg. Doch dann ärgerte er sich selbst über seine albernen Gedanken.

Jutta von Kraschow musterte ihn beunruhigt; dann wandte sie sich zornig an die Magd und untersagte ihr, sie noch einmal zu unterbrechen. »Sogar den Herrn Prokurator hast du schon verärgert!«, fügte sie bitter hinzu, wobei sie sich hastig ihr Kleid glatt strich.

»Aber nein«, sagte Ulrich besänftigend. »Erzählt bitte weiter.«

»Zuerst verstarb Konrad, der Bruder meines Mannes, auf dieser schrecklichen Burg«, fuhr Jutta an der Stelle fort, an der Lena sie unterbrochen hatte. »Das war vor zwei Jahren. Man fand ihn am Morgen nach der Sankt-Barbara-Feier erdolcht in seiner Kammer. Dabei war er ganz allein gewesen und hatte den Riegel von innen vorgeschoben! Keines Menschen Hand kann das getan haben, nur ein Dämon«, fügte sie mit schreckgeweiteten Augen hinzu und bekreuzigte sich. »Natürlich konnte niemand etwas herausfinden, nicht einmal Hauptmann Rutger aus Pilsen, der in der Sache ermittelt hat.«

»Ich dachte, als Erstes sei Frau Anna verstorben«, sagte Ulrich, der sich an die Worte des Burgvogts erinnerte, nachdem er den Körper aus dem Fenster des Palas hatte stürzen sehen. Allmählich glaubte Ulrich selbst, dass er fantasiert oder tatsächlich ein Gespenst gesehen hatte.

»Aber nein«, sagte Jutta resolut. »Anna kam erst danach. Sie war meine Schwiegermutter. Als ihr Sohn Konrad ermordet aufgefunden wurde, hat die alte Frau darüber wohl den Verstand verloren, denn am Abend nach seinem Tod stürzte sie sich aus dem Fenster.«

»Hat das jemand beobachtet?«, fragte Ulrich gebannt.

»Woher soll ich das wissen?«, antwortete Jutta. »Das war vor zwei Jahren. Jedenfalls, während des letzten Advents dann starb Konrads Witwe Sophia. Ich mochte sie sehr gern. Wenn wir uns trafen, hatten wir uns immer viel zu erzählen. Sie verstand sich aufs Backen und kannte sich ausgezeichnet mit Gewürzen aus. Stellt Euch vor, dass ...«

»Wie ist sie gestorben?«, fiel Ulrich ihr ins Wort, denn ihm blieb nicht mehr viel Zeit.

Jutta schluckte. Ihr war anzusehen, dass sie sich redlich bemühte, ihrem Gast entgegenzukommen. »Es heißt«, antwortete sie nach kurzem Zögern, »ein Dämon habe sie erwürgt!«

»Man hat sie in der Kapelle gefunden, vor dem Altar«, fügte Lena hinzu. Auch ihre Stimme zitterte in ehrfürchtigem Gespensterglauben.

»Dann stimmt es also«, murmelte Ulrich halblaut vor sich hin und strich sich nachdenklich über den Bart. »Verzeiht mir die Frage, Frau Jutta, aber warum seid Ihr hierher nach Kraschow gezogen? Und warum seid Ihr zur Adventszeit hiergeblieben? Wäre Euch in Eurem Kraschowitzer Zuhause denn nicht wohler gewesen?«

»Mein Gemahl hat es so beschlossen«, antwortete Jutta. »Aber hier in meiner Kammer kann mir kaum etwas geschehen. Seht einmal, dort.« Sie zeigte auf das Fenster, wo ein Bund getrockneter Kräuter hing. »Das Neunerleikraut vertreibt die bösen Mächte. Außerdem hat unser Kaplan meine Kammer mit Weihwasser besprengt. Und um den Hals trage ich ein Kreuz, das vom Prager Bischof persönlich geweiht wurde. Der Dämon wagt sich bestimmt nicht hier herein.«

»Frau Sophia wurde in einem Gotteshaus erwürgt«, bemerkte Lena leise. Jutta begriff, was die Magd damit andeuten wollte. Ihrer Beleibtheit zum Trotz sprang sie behände auf, packte Lena an den Haaren, zerrte sie zur Wand, schlug sie ein paar Mal und schrie mit zornrotem Gesicht: »Warum sagst du so etwas? Warum?«

»Hört auf!« Ulrich griff nach Juttas pummeliger Hand und zwang sie, von dem Mädchen abzulassen. »Lena wollte doch nur darauf aufmerksam machen, dass es trotz allem ratsam ist, vorsichtig zu sein – nicht wahr?« Er lächelte Lena an. Der schienen die Schläge nicht viel ausgemacht zu haben. Sie strich sich das zerzauste Haar glatt und senkte zerknirscht den Blick. Offenbar bereute sie, sich nicht aus den Angelegenheiten der edlen Herrschaft herausgehalten zu haben.

In diesem Moment ertönte draußen auf dem Flur ein Geräusch; gleich darauf erklang die Stimme des Burgherrn. Ulrich und Lena schauten sich gehetzt um, doch für eine Flucht war es zu spät. Lena reagierte als Erste. Kurz entschlossen schubste sie den königlichen Prokurator in eine Nische neben der Tür – die einzige Stelle, an der Ulrich sich verstecken konnte. Dann rang sie die Hände und beschwor ihre Herrin, nichts vom Besuch des königlichen Prokurators zu verraten.

Da ging auch schon die Tür auf, und Sesem von Kraschow steckte den Kopf ins Gemach. »Hast du alles, was du brauchst, meine Liebe?«, fragte er seine Gattin. Die Mauernische neben der Tür war vom Gang aus nicht zu sehen, und Ulrich betete im Stillen, dass Sesem nicht ins Zimmer kam.

Jutta murmelte ein paar verlegene Worte, blickte dabei aber ständig zu Ulrich hin. Doch zum Glück schien ihr Mann ihre Blicke nicht zu bemerken.

»Halte dich wacker«, sagte er zu Jutta. »Ich muss mich jetzt um die Messe kümmern. Komm mit, Lena, das Plauderstündchen hat jetzt lange genug gedauert. Komm schon, damit ich abschließen kann.«

Das Mädchen warf einen raschen Blick auf Ulrich und stammelte, es sei so viel Geschirr, dass sie es unmöglich auf einmal wegtragen könne. »Ich muss noch mal wiederkommen«, sagte sie angespannt. »Anschließend bringe ich Euch den Schlüssel.«

Sesem nickte zerstreut, lächelte Jutta zu und zog sich auf den Gang zurück, ehe er sich mit schnellen Schritten entfernte.

»Die beiden Schüsseln hättest du doch auf einmal tragen können, Lena!«, schimpfte die Burgherrin.

Ulrich jedoch strich Lena über den Kopf und sagte lächelnd: »Du bist ein kluges Mädchen.« Dann verneigte er sich vor Jutta und verließ das Zimmer.

IX. KAPITEL

Als Ulrich die Treppe zum Erdgeschoss hinunterstieg, sah er Prior Severin über den Flur eilen. Der schlanke Ordensmann aus Tepl machte einen angespannten Eindruck. Er schloss gerade die Küchentür; dann blickte er in den Tafelsaal. Als er sah, dass sich niemand darin aufhielt, warf er so wütend die Tür zu, dass es laut krachte.

»Wen sucht Ihr, Prior Severin?«, fragte Ulrich freundlich.

Der Prior fuhr erschrocken zusammen. »Ich kann Bruder Luthold nicht finden«, antwortete er dann. »Wir müssen die Messe vorbereiten.«

»Vielleicht macht er irgendwo ein Nickerchen«, meinte Ulrich.

Severin schüttelte sorgenvoll den Kopf. »Ich kann ihn nirgends finden. Ich habe ihn nur einen Moment aus den Augen gelassen, jetzt ist er wie vom Erdboden verschluckt. Allmählich bekomme ich es mit der Angst zu tun!«

»Ihr solltet Euch nicht allzu sehr sorgen. Es heißt doch, dem Berauschten ist das Glück hold. Wenn er nicht gerade draußen in der Kälte eingeschlafen ist, wird ihm schon nichts zustoßen. Schlimmstenfalls hat er morgen einen ordentlichen Schnupfen. Bei der Messe kann Euch auch der hiesige Kaplan zur Hand gehen. Wie heißt er eigentlich?«

»Bohuslav. Selbstverständlich geht er mir zur Hand. Allerdings benötige ich bei der Feier der Sankt-Barbara-Messe die Hilfe zweier Männer, einer genügt nicht! Deshalb war ich ja einverstanden, Bruder Luthold mit hierherzunehmen, obwohl ich schon ahnte, dass es Kalamitäten mit ihm gibt. Es ist nicht das erste Mal, dass er zu tief ins Glas geschaut hat.«

»Es geht ihm schon besser«, ertönte hinter ihnen die Stimme Sesems von Kraschow.

»Habt Ihr Luthold gefunden?«, fragte der Prior hoffnungsvoll.

»Wie kommt Ihr auf den?«, entgegnete der Burgherr. »Ich dachte, ihr sprecht von meinem Sohn. Ich habe ihm eine Brühe aus Zwiebeln und Dill verabreicht. Bis zum Beginn der Messe ist er wieder auf den Beinen.«

»Sehr gut«, sagte Prior Severin mit geistesabwesendem Nicken. »Nur ändert das nichts daran, dass Luthold verschwunden ist.«

Ulrich war nicht in der Stimmung, nach dem angeheiterten Mönch zu suchen; er hatte anderes zu tun und verabschiedete sich kurz und knapp von den beiden Männern. Wie verabredet, traf er sich mit Otto im Burghof. Der Knappe saß auf einem Stein vor der Burgmauer, den Rücken gegen eine Stütze des Wehrgangs gelehnt. Das heftige Schneetreiben war vorbei; nur vereinzelte Flocken schwebten noch durch die frostkalte Luft. Der Himmel hatte aufgeklart. Stellenweise sah man sogar Sterne blinken.

»Hast du herausgefunden, wohin die Studenten gegangen sind?«, fragte Ulrich neugierig.

»Es war im Grunde gar nicht nötig, ihnen zu folgen«, antwortete der Knappe. »Wohin sollten sie bei dieser Kälte denn schon gehen als in die Schenke. Ich glaube, da halten sich zurzeit sämtliche Burgbewohner auf, sofern sie nicht von Adel sind. Habt Ihr mit Frau Jutta sprechen können?«

Ulrich nickte. »Ich erzähle dir unterwegs alles. Sehr viel konnte ich allerdings nicht herausbekommen«, erwiderte er und fasste kurz zusammen, was er über die rätselhaften Todesfälle erfahren hatte. »Kein Wunder, dass nichts dabei herausgekommen ist, wo Hauptmann Rutger aus Pilsen sich der Sache angenommen hat«, schloss er spöttisch. »Ich kenne ihn. Er ist einer dieser Beamten, die dank ihrer Unfähigkeit so weit gekommen sind. Manchmal habe ich den Eindruck, Dummheit ist die einzige Voraussetzung, um Beamter des Königs zu werden. Streng genommen darf ich mich gar nicht mit den Fällen beschäftigen, die Rutger übernommen hat. Kraschow liegt nicht in meinem Amtsbereich. Aber wie könnte ich die Augen davor verschließen, dass hier Morde verübt wurden? Nun ja, vielleicht kommen wir dieser Sache hier noch auf den Grund. Uns bleibt noch reichlich Zeit bis zum Morgen.«

»Wir könnten aber auch schlafen gehen. Heute sind wir schon vor dem Morgengrauen aufgestanden«, erinnerte Otto ihn wenig begeistert.

»Du wirst mir noch dankbar sein, wenn ich dich nicht zu Lena gehen lasse. Denn nichts anderes hast du im Sinn, stimmt's?«

»Nun ja, ich ...«

»Glaub mir, mein Junge, mit mir zusammen hast du weniger Mühe, als wenn du dich Lena gegenüber erkenntlich zeigen müsstest. Vor der kannst du dich nicht so einfach verstecken. Sie hält eifrig Ausschau nach dir, und im Vergleich zu ihr wirkt ein Wolf auf der Lauer geradezu harmlos. Ich rate dir gut, ihr aus dem Weg zu gehen.«

Otto zog es vor, zu schweigen. Er kannte die Einstellung seines Herrn gegenüber unverbindlichen Beziehungen.

Der Weg zur Burgschenke war leicht zu finden, denn die erleuchteten Fenster waren schon von Weitem zu sehen. Jetzt, wo es nicht mehr schneite, konnte man das Gebäude besser sehen als vor ein paar Stunden, als Ulrich mit dem Burgvogt über den Hof geirrt war und das Badehaus gesucht hatte. Die Schenke lag direkt am Weg vom unteren Tor zur Oberburg. Sie war aus massivem Blockholz erbaut und groß im Vergleich zu den umliegenden Gebäuden. Von drinnen hörte man das Grölen und Lachen der vorwiegend männlichen Gäste.

Ulrich schauderte vor Kälte und konnte es kaum abwarten, dass Otto die Tür öffnete. Sie war klein, und er musste sich bücken, um seinem Knappen in die Wärme zu folgen. Die Schenke bestand aus einem einzigen Raum. Im offenen Kamin brannte ein Feuer; da es keinen Rauchfang gab, zog der Qualm durch den ganzen Schankraum, wenn Holz nachgelegt wurde, und wogte in trägen Schwaden, die unangenehm in den Augen brannten, unter der Decke. Doch die Wärme tat gut. Am Rand der Feuerstelle stand ein eiserner Dreifuß, an dem an einer kurzen Kette ein Kessel hing. Daneben hatte sich ein schmutziges junges Mädchen postiert und rührte mit einem Holzlöffel in dem Gericht, das im Kessel vor sich hin köchelte.

Zu beiden Seiten des Schankraumes standen Tische und Bänke. An den Wänden hingen Felle, vor allem Schafs- und Ziegenfelle, aber auch ein grauer Wolfspelz. Die meisten waren fast kahl gescheuert, weil die Gäste auf den Bänken sich gemütlich an sie lehnten. In einer Ecke stand ein großes Bierfass, und auf dem krummen Holzregal dahinter reihten sich angeschlagene, blau glasierte Krüge. Alle anderen Becher und Humpen waren auf den Tischen vor den Gästen verteilt, die munter damit anstießen.

Es war eine bunte Gesellschaft, die sich in der Schankstube eingefunden hatte. Einige Söldner der Burgbesatzung in Panzerhemden, zwei Knechte mit dungverschmutzten Kleidern, ein finster dreinblickender, kräftiger Kerl mit Lederschürze –

wahrscheinlich der Burgschmied –, ein paar junge Burschen, fast noch Kinder, eine zahnlose Alte, zwei knochige dürre Frauen unbestimmten Alters und ein junges Mädchen mit schwarzen Zöpfen, das die allgemeine Aufmerksamkeit auf sich zog. Ein Stück abseits saßen die fünf jungen Männer mit ihren Mänteln und Studentenkappen.

Jakob, der kräftige Schankwirt, begrüßte den königlichen Prokurator und lächelte Otto wie einen alten Bekannten an. »Ich wusste, Ihr würdet wiederkommen, edler Herr«, sagte er grinsend. »In meiner Taverne ist es sicherlich unterhaltsamer als da oben.« Er wedelte mit der Hand respektlos in Richtung Palas.

»Was ist, Jakob? Müssen wir etwa schon zur Messe?«, drang es aus mehreren rauen Männerkehlen. »Verflixt! Nicht mal ein bisschen Zeit fürs Vergnügen bleibt einem!«

»Keine Sorge«, beruhigte der Wirt die Zecher. »Die beiden hier sind Gäste, so wie ihr. Ihr könnt in Ruhe weitertrinken. Wer kann schon sagen, wie lange das noch geht heute. Bei diesem Wetter wird die Messe sich bestimmt verschieben.«

»Der Pegel des Flusses war heute Nachmittag noch ziemlich hoch«, meinte der Schmied. »Schwer zu sagen, wann er sinkt.«

»Was hat denn der Fluss mit der Messe zu tun?«, fragte Otto neugierig.

»Ich bringe euch ein Bier, dann erkläre ich euch alles«, bot der Wirt ihnen mit einer Verbeugung an. »Wo wollt ihr sitzen?«

»Ich möchte gerne mit den Studenten dort hinten reden«, sagte Ulrich und fügte hinzu: »Setze die beiden Söldner, die mit ihnen am Tisch sitzen, woanders hin!«

»Sehr wohl, ganz wie Ihr wünscht«, antwortete Jakob eilfertig. Er wechselte ein paar rasche Worte mit den Söldnern, die sich schulterzuckend erhoben und den königlichen Prokurator arglos anlächelten. Doch es war nicht einfach, woanders Plätze für sie zu finden, da alle Bänke voll besetzt waren. Schließlich brachte der Wirt die beiden Männer auf wackeligen Schemeln neben dem Ofen unter. Als Ulrich und Otto sich auf den freien Plätzen niederließen, hatte sich die Unruhe im Raum wieder gelegt. Die Leute vergaßen ihre Neugier und wandten sich wieder ihrer eigenen Unterhaltung zu. Ulrich sah sich noch einmal im Gastraum um und hielt dabei insgeheim Ausschau nach der Bademagd Else, aber sie war nirgends zu entdecken.

»Wie können wir Euch helfen, Herr?«, fragte einer der Studenten höflich, hob seinen Krug zum Mund und leerte ihn mit ein paar tiefen Züge, um ihn dann dem Wirt zu reichen, der soeben das Bier für Ulrich und Otto brachte. »Bring uns auch etwas zu essen, Jakob!«, fügte er hinzu.

Ulrich unterzog die Studenten einer raschen Musterung. Vier von ihnen kannte er von der Aufführung im Palas, der fünfte war größer und kräftiger. Doch es genügte ein Blick, um zu erkennen, dass es sich nicht um den jungen Burschen handelte, der den seligen Hroznata gespielt hatte: Es war der Gaukler, der vorhin mit den Studenten aufgetreten war und jetzt eine ihrer Kappen trug.

Der Mann wand sich unbehaglich unter Ulrichs Blicken und platzte schließlich heraus: »Es ist besser so.«

»Ich verstehe nicht, was besser daran sein soll, sich als jemand anders auszugeben«, konterte Ulrich und nahm einen Schluck aus seinem Krug. Das Gerstenbier war erfrischend bitter, hatte genau die richtige Temperatur und schmeckte hervorragend.

»Die Sachen, die ich hier trage, wurden von niemandem benötigt. Und meine Reisekleidung ist zerrissen. Außerdem hatte ich keine Lust, im Gauklerkostüm in die Schenke zu gehen. Das kenne ich schon, es ist immer das Gleiche: Die Gäste wollen, dass ich ihnen etwas vorführe. Wenn ich's nicht tue, werfen sie mich raus. Und tue ich's, bezahlen sie mich trotzdem nicht. Ich wollte nur ein bisschen Ruhe haben.«

»Das verstehe ich«, sagte Ulrich. »Wo ist deine Frau?«

»Sie ... äh, ruht sich aus«, murmelte der Gaukler.

»Ich dachte, ihr verdient euer Brot auf ehrbare Weise«, spottete Ulrich. Ihm war klar, wo sich die Gefährtin des Mannes befand und was sie gerade tat.

»Wir stehlen nicht, wir räubern nicht, wir betrügen nicht. Ist das nicht mehr als genug? Wer von den edlen Herrschaften kann das ruhigen Gewissens von sich behaupten?«, parierte der Gaukler frech und trank einen Schluck Bier. »Sogar Maria Magdalena hat auf diese Weise ihr Geld verdient, bevor sie von Gott erleuchtet wurde. Vielleicht wird er uns ja auch noch erleuchten, wenn wir bis dahin nicht verhungert sind.«

»Oder wenn dich bis dahin keiner für deine Dreistigkeit hinter Schloss und Riegel gebracht hat«, sagte Ulrich trocken. Dann wandte er sich an die vier jungen Männer. »Wo ist euer Kamerad?«

»Wir haben keine Ahnung, edler Herr«, antwortete ein junger, schwarz gelockter Bursche kess. »Wir hüten ihn ja nicht.«

»Das solltet ihr aber. Er gehört schließlich zu euch!«

»Verzeiht, aber da täuscht Ihr Euch«, widersprach der junge Mann. »Wir kennen ihn nicht einmal.«

Otto, der bis dahin schweigend zugehört hatte, packte den Schwarzgelockten am Ausschnitt seines Hemds und zerrte ihn zu sich heran. »Wenn du dich über meinen Herrn lustig machst, prügle ich dich windelweich, und man wird dich auf dem Ochsenkarren zurück ins Pilsener Collegium befördern müssen!«

»Ich sage die Wahrheit!«, protestierte der Bursche und versuchte, sich aus dem Griff des Knappen zu befreien, doch es gelang ihm nicht, denn Otto war kräftig und in solchen Dingen erfahren.

»Lasst ihn los!«, kamen die anderen ihrem Gefährten zu Hilfe. »Es stimmt, was er sagt! Wir sind dem jungen Mann, den Ihr sucht, vor zwei Wochen zum ersten Mal begegnet. Er kommt nicht aus unserer Pfarrschule.«

»Warum ist er dann mit euch hier?«

»Er hat uns dafür bezahlt«, erklärte der lockige Student, nachdem Otto ihn losgelassen hatte. Mit beleidgter Miene brachte er sein Hemd in Ordnung, das ihm fast bis zu den Schultern hochgerutscht war.

»Er hat euch dafür bezahlt, dass er mit euch zusammen Theater spielen kann?«, fragte Ulrich ungläubig. Das ergab keinen Sinn, würde aber das merkwürdige Verhalten des Mannes erklären. Er war also gar nicht wegen der Aufführung hier. »Wie heißt er? Wenigstens das werdet ihr doch wissen, oder?«

»Er nennt sich Heinrich. Aber wir vermuten, das ist nicht sein richtiger Name, denn anfangs reagierte er kaum, wenn man ihn mit Heinrich ansprach. Als müsste er sich erst an den Namen gewöhnen.«

»Ein Grund mehr, warum ihr ihn nicht einfach bei euch hättet aufnehmen sollen. Was, wenn er ein Verbrecher ist?«

»Er hat uns viel Geld gegeben«, versuchte sich der Lockenkopf zu rechtfertigen, offenbar der Wortführer der Gruppe. »Mehr jedenfalls als dieser geizige Prior.«

»Hat er euch überhaupt etwas von sich erzählt?«

»Nicht viel. Nur dass er im Ausland studiert hat.«

»Hat er euch gesagt, warum er hier mit euch auftreten will und dafür auch noch Geld zahlt? Schließlich tretet ihr selbst doch nur deshalb auf, um ein bisschen zu verdienen. Kam euch das nicht sonderbar vor?«

»Wir haben ihn danach gefragt, aber da wurde er böse und meinte, das gehe uns nichts an. Er habe uns bezahlt, und das müsse uns genügen.«

»Wusste er denn, dass ihr hier auf Burg Kraschow auftreten würdet?«, meldete Otto sich zu Wort. Das Rätsel mit dem mysteriösen Studenten nahm ihn so gefangen, dass er seine Schläfrigkeit überwunden hatte.

»Es war sogar seine Bedingung.«

»Was ist mit Bruder Luthold, der das Stück in Tepl mit euch einstudiert hat? Wusste er, dass der Bursche gar nicht zu euch gehört?«

Der Lockenkopf zuckte mit den Schultern. »Vielleicht. Wir haben nicht darüber gesprochen. Aber wir wissen mit Sicherheit, dass Heinrich ein paar Veränderungen am ursprünglichen Text von Bruder Luthold vorgenommen hat. Soweit wir wissen, haben die beiden sich darüber abgesprochen. Wahrscheinlich hat Heinrich auch Luthold Geld gegeben, denn Luthold hat sich ihm gegenüber sehr respektvoll verhalten. Ganz anders, als er mit uns umgesprungen ist. Vielleicht kann er Euch ja mehr sagen als wir.«

»Da ist noch etwas, das Euch interessieren könnte«, meldete sich ein schlanker Rothaariger zu Wort, dessen rundes, fast noch kindliches Gesicht voller Sommersprossen war. »Als wir hier auf der Burg ankamen, kannte Heinrich sich sofort bestens aus. So, als wäre er schon einmal hier gewesen.«

»Das stimmt.« Der Schwarzgelockte nickte. »Im Übrigen war es ziemlich lustig mit ihm. Man hatte das Gefühl, als würde Heinrich schon immer zu uns gehören.«

»Hier ist das Abendessen.« Der Wirt war mit breitem Lächeln erschienen und stellte eine große Schüssel vor die Studenten hin, in der Fleischstücke in einer dicken Sahnesoße schwammen. Er eilte davon, kam aber sofort wieder zurück und brachte fünf Holzlöffel und einen Brotkorb.

Ulrich saß schweigend da und dachte nach, ohne die jungen Männer weiter zu beachten, die sich gierig und schmatzend über das Essen hermachten. Otto jedoch beobachtete sie eine Zeit lang und warf beiläufig ein: »Das sieht gut aus.«

»Wollt Ihr kosten?«, bot der lockige Student ihm an. Zuvorkommend wischte er den Löffel an seinem Hemd ab und reichte ihn dem Knappen.

Otto probierte und sagte überrascht: »Mmm, mit Pilzen! Das liebe ich.« Er ließ den Löffel in der Schüssel kreisen, um ein Fleischstück herauszufischen, konnte sich aber nicht entscheiden. Erst das vierte Stückchen schien ihm das Richtige zu sein. Er fischte es heraus und steckte es sich in den Mund, aß es genüsslich und leckte sich die Lippen. »Ausgezeichnet. Ich werde es mir wohl auch bestellen, ich will es euch nicht wegessen.«

»Wir haben doch vorhin erst gegessen«, brummte Ulrich. »Uns bleibt nicht so viel Zeit. Zügle deinen Appetit.«

Doch Otto schüttelte den Kopf und wiederholte leise, aber nachdrücklich: »Es ist eine Sahnesoße mit Pilzen, mein Leibgericht. Und ich glaube, das Fleisch ist vom Hasen.«

Ulrich wurde stutzig. Genau die gleiche Speise hatten sie beim Festschmaus im Palas serviert bekommen. »He, Wirt!«, rief er und fuchtelte ungeduldig mit der Hand.

»Der edle Herr wünscht?«, fragte der herangeeilte Schankwirt mit einer Verbeugung.

»Burgherr Sesem sagte beim Festschmaus, dass dieses Gericht hier seine Spezialität ist«, antwortete Ulrich. »Ich dachte, es würde nur für die erlauchte Gästeschar im Palas gekocht.«

»Meine Frau arbeitet in der Burgküche«, erklärte der Schankwirt. »Das Rezept der Sahnesoße mit Pilzen stammt eigentlich von ihr.«

»Sie kocht also für die Zecher hier das Gleiche wie für die edlen Gäste in der Burg?«

Jakob schüttelte den Kopf. »Nur sehr selten.« Seinem Blick war anzusehen, dass ihm die Fragerei nicht gefiel. »Wo sollte ich hier auch so zartes Fleisch und solch edle Gewürze hernehmen, wie sie im Palas verwendet werden? Nur an Festtagen kochen wir hier gelegentlich Gerichte, die entfernt an die der Herrschaft erinnern. Und am Sankt-Barbara-Tag ist es Brauch in unserer Schenke, dass meine Frau diese Soße zubereitet. Wir hatten ein gutes Pilzjahr. Zu anderen Zeiten ist es eher schwierig. Ihr würdet nicht glauben, wie ...«

»Schon gut«, unterbrach ihn Ulrich, verstummte und studierte aufmerksam das Gesicht des Schankwirts. Der ließ sich nicht aus der Fassung bringen und blickte gleichmütig drein, als könnte er kein Wässerchen trüben. Doch Ulrich glaubte ihm nicht.

Allmählich wurde der Wirt unruhig, weil hinter ihm die Rufe der Gäste nach Bier immer lauter wurden. Schließlich fragte Ulrich wie nebenbei: »Habt ihr den Hasen von Herrn Sesem bekommen?«

Der Schankwirt schüttelte entschieden den Kopf. »Was für einen Hasen? Die Soße mag ja ähnlich sein, aber das Fleisch ist vom Lamm. Wo sollte ich denn Wild herbekommen? Das ist nur für den Burgherrn.«

Otto mischte sich ein: »Vorhin habe ich ein Stück herausgefischt, das ganz sicher kein Lammfleisch war!«

»Ist doch einerlei. Hauptsache, unseren Gästen schmeckt

es«, erklärte der Wirt. »Ich habe auch gekochtes Huhn dazugetan. Vielleicht habt Ihr davon ein Stück erwischt.«

»Ganz sicher nicht«, antwortete Otto kühl, doch ehe er etwas hinzufügen konnte, sagte Ulrich:

»Nun, Wirt, du hast genug zu tun. Kümmere dich um deine Gäste. Ich bin ganz deiner Meinung: Hauptsache, den Gästen schmeckt es. Wir müssen jetzt aufbrechen. Wir sind schon viel länger geblieben als beabsichtigt.« Er griff in seinen Beutel und warf eine Handvoll Kupfermünzen auf den Tisch, ohne sie zu zählen. Jakob sammelte sie rasch ein und begleitete die beiden Gäste dann unter Verbeugungen bis zur Tür.

Auf der Schwelle drehte Ulrich sich noch einmal um. »Ach ja, etwas haben wir vergessen!«

»Und was?«, fragte der Wirt überrascht und wollte zum Tisch zurückkehren, um nachzuschauen, was der königliche Prokurator dort liegen gelassen hatte. Doch Ulrich hielt ihn auf.

»Erkläre mir doch bitte, was die Bemerkung vorhin zu bedeuten hatte, dass der Beginn der Messe vom Pegel des Flusses abhängt.«

»Ach so! Na, das weiß hier auf Kraschow jeder. Im Felsen unter der Kapelle gibt es eine Kluft, in der sich die Krypta mit der Gruft des seligen Hroznata befindet. Es ist allerdings nicht das echte Grab, das befindet sich im Kloster Tepl. Die Gruft ist eher symbolisch, wie der Kaplan es ausdrückt – was immer das bedeutet. Es soll uns wohl an die Vorfahren des Burgherrn erinnern. Jedenfalls, das ganze Jahr über steht die Krypta unter Wasser, weil der Grund der Felsenkluft tiefer liegt als der Fluss, mit dem sie durch einen unterirdischen Kanal verbunden ist. Einmal im Jahr wird der Fluss gestaut, und nur dann ist es möglich, in die Krypta hinunterzusteigen. Deshalb muss man immer erst abwarten, bis der Pegel gesunken ist.«

»Interessant«, sagte Ulrich erstaunt. »Von so etwas habe ich noch nie gehört.«

Der Wirt zuckte gleichgültig mit den Schultern.

Ulrich nickte ihm freundlich zu, drehte sich um und ging hinaus in die Kälte, gefolgt von Otto.

Jakob schaute ihnen hinterher. Der respektvolle Ausdruck war aus seinem Gesicht verschwunden.

X. KAPITEL

»Ihr habt wohl das Gleiche gedacht wie ich«, stellte Otto zufrieden fest.

»Dass Jakob, der Schankwirt, ein Dieb ist?«, entgegnete Ulrich, während sein Blick über die verschneite Vorburg schweifte. »Das muss jedem auffallen, der in seine Schenke kommt und Augen im Kopf hat. Aber Sesem von Kraschow pflegt offenbar nicht bei ihm zu essen, und das Gesinde verrät Jakob nicht. Schon als der Burgvogt erzählte, Sesem habe den Söldnern verboten, den Palas zu betreten, weil von dort Lebensmittel verschwunden seien, hatte ich so eine Ahnung. Überleg mal, wie viel Essen für so eine große Burg täglich gekocht werden muss. Nicht einmal der hungrigste Söldner könnte bei einer ausgiebigen Mahlzeit so viel verputzen, dass es auffallen würde. Und das bedeutet, jemand muss größere Mengen an Speisen aus der Burg geschmuggelt haben. Als Jakob erzählte, dass seine Frau in der Burgküche kocht, war mir alles klar. Aber dieser Lebensmitteldiebstahl interessiert mich nicht. Das ist Sesems Problem. Er hat ja deutlich genug gesagt, ich soll mich nicht in seine Angelegenheiten mischen«, fügte Ulrich mit spöttischem Lächeln hinzu.

Otto nickte. »Ich verstehe. Euch interessiert mehr dieser fünfte Student!«

»Der auch«, antwortete Ulrich. »Aber den meinte ich nicht.

Ich denke gerade über etwas anderes nach. Aus dem Palas verschwindet Essen. Und in der Burgküche arbeitet die Frau des Schankwirts. Obwohl der Zusammenhang mehr als deutlich ist, kommt Sesem nicht auf die Lösung des Problems. Er wirkt zwar nicht besonders intelligent, aber du weißt ja selbst, wie sehr der äußere Eindruck manchmal täuschen kann. Bei Sesem aber deutet alles darauf hin, dass er tatsächlich strohdumm ist.«

»Ich weiß nicht, worauf Ihr hinauswollt«, sagte Otto skeptisch. »Wenn ich an die Edelherren bei uns in Nordböhmen denke – ich würde nur von den wenigsten behaupten, dass sie klug sind. Und doch besitzen sie Burgen und Geld, dass es fast schon eine Sünde ist.«

Ulrich nickte nachdenklich. Ottos gelegentliche Litaneien über den Wohlstand anderer pflegte er nicht weiter zu kommentieren. Er gab ihm genug Geld; dass sein Knappe modische Kleidung liebte und jungen Frauen gerne Geschenke machte, war ja nicht seine Schuld. Natürlich konnte Otto auf diese Weise niemals etwas ansparen. Diviš, der Kommandeur von Ulrichs militärischem Gefolge, war ein ganz anderer Typ. Seit er geheiratet hatte, drehte er jeden Kupferling zweimal um. Deshalb spottet Otto gern über ihn, dass er ein Knauser geworden sei. Dabei hätte dem Knappen eine energische weibliche Hand wohl ebenso gutgetan, wie es bei Diviš der Fall gewesen war. Wie gerne hätte Ulrich jetzt seinen Kommandeur und seine Söldner hier gehabt. Dann wäre er mit der Untersuchung des Falls bestimmt schon ein gutes Stück weiter.

»Du solltest heiraten, Otto«, sagte er.

Der Knappe schüttelte belustigt den Kopf. »Was hat denn das mit Herrn Sesem zu tun? Er mag ja ein Dummkopf sein – ich bin es nicht!«

Ulrich riss sich aus seinen Gedanken und musterte seinen Knappen streng. »Doch, bist du«, versetzte er knapp. »Meinetwegen magst du hinter den Weibern her sein – das ist allein deine Sünde. Aber bisweilen solltest du auch andere Körperteile gebrauchen, vor allem den Kopf! Dann nämlich hättest du längst begriffen, warum es von Belang ist, wie klug oder dumm Sesem von Kraschow ist.«

Otto, der stolz darauf war, bei vielen ihrer Ermittlungen entscheidend zur Lösung des Falles beigetragen zu haben, wurde ernst und grübelte. Nach kurzem Schweigen schlug er sich missmutig mit der Hand an die Stirn und stieß hervor: »Die Sache mit dem Erbe!«

»Natürlich.« Ulrich lächelte und gab ihm einen versöhnlichen Knuff. »Ich hatte schon befürchtet, du könntest an nichts anderes mehr denken als an die kleine Magd. Hier sind mehrere Morde verübt worden. Viel weiß ich bisher nicht darüber, aber eines ist offensichtlich: Die Morde haben nur Herrn Sesem Nutzen gebracht. Alle Personen, die einen Anspruch auf die Burg gehabt hätten, sind gestorben, eine nach der anderen. Von der Verwandtschaft ist nur Sesem übrig geblieben. Die meisten Menschen morden nicht zum Vergnügen, sondern um sich zu bereichern – und dabei geht es oft um viel geringere Besitztümer als diese Burg hier.«

»Vielleicht wurde deshalb der Mörder bisher nicht gefasst. Der Burgherr kann einen Ermittler besser als jeder andere in die Irre führen.«

»Stimmt«, sagte Ulrich ohne große Überzeugung. »Allerdings wurden diese Verbrechen mit Sinn und Verstand begangen. Deshalb muss ich herausfinden, was Sesem von Kraschow nun eigentlich ist – ein ausgefuchster Gauner oder ein Dummkopf.«

»Und wenn er ein Dummkopf ist?«

»Dann müssten wir ihn nicht weiter verdächtigen. Er würde auf einfachere Weise morden. Es stellt sich auch die Frage, warum er seine Frau versteckt hält. Wenn Sesem nichts mit den Verbrechen zu tun hat, dann ist er abergläunisch und hat Angst um sie. Ist er aber der Mörder, könnte es ein Täuschungsmanöver sein, damit die anderen hier an diesen ominösen Adventsfluch glauben.«

»Oder noch schlimmer«, murmelte Otto. »Was ist, wenn er auch Jutta loswerden will?«

»Auch das ist denkbar«, meinte Ulrich, während er fröstelnd seinen Umhang um sich schlug. Er hasste die Kälte, und die eisige Nachtluft setzte ihm zu. Früh am Morgen, beim Aufbruch nach Plaß, hatten sie noch mildes Herbstwetter gehabt; deshalb hatte er sich für den Ritt nur leicht eingekleidet. Seine wärmeren Sachen hatte er in die Tasche gesteckt und auf das Pferd gepackt, das auch den Proviant transportierte, weshalb er nun lediglich das Leinenhemd, die Beinkleider aus Tuch, eine leichte Tunika und den Umhang mit dem königlichen Wappen trug.

Otto bemerkte sein Schaudern und schlug vor: »Ich werde Euch etwas Wärmeres besorgen, wenn Ihr es wünscht.«

»Und wo? Erzähl mir jetzt nicht, du hättest außer dem Hemd, das du mir geliehen hast, noch etwas anderes mitgenommen.«

»Das nicht, aber Lena hat mir versprochen, etwas Warmes für Euch aufzutreiben.«

»Ach, so schlimm ist es nicht, ich werde schon irgendwie warm.« Ulrich rieb sich die verfrorenen Hände. »Ich habe eine wichtigere Aufgabe für dich, als die ortsansässigen Mädchen zu beglücken.«

»Es ist ja nur eine«, widersprach Otto. »Außerdem tue ich

es für Euch. Schließlich müssen wir noch die Messe überstehen, und in der Kapelle wird bestimmt nicht geheizt. Ohne wärmere Kleidung könntet Ihr Euch schlimm erkälten!«

Ulrich lachte auf. »Nicht einmal der heilige Augustinus und Johannes Chrysostomos verstanden es so gut wie du, eine Lüge in Wahrheit und eine Sünde in Rechtschaffenheit zu verwandeln. Die gelehrtesten Scholastiker an den Universitäten würden vor Neid erblassen! Aber mich überlistest du nicht – keine Mädchengeschichten, Otto! Du wirst dich ganz unseren Ermittlungen widmen, hörst du? Es gilt jetzt vor allem, diesen mysteriösen Studenten zu finden. Ich halte die Kälte schon irgendwie aus, um mich brauchst du dich nicht zu kümmern.«

Auf dem Weg zur Zugbrücke und dem oberen Tor kamen sie gerade an den Holzhäuschen vorbei, als sich in einer der Hütten eine Tür öffnete. Im Eingang erschien die Bademagd Else. Sie trug dasselbe Gewand wie gestern im Badehaus. Darüber hatte sie einen abgewetzten Pelz geworfen, der mit ungefärbtem grauem Tuch gefüttert war. In der einen Hand hielt sie eine kleine Talglampe, mit der anderen schirmte sie ihre Augen ab und blickte durch die Dunkelheit in Richtung Schenke. Als sie Ulrich erkannte, legte sich ein Lächeln auf ihr Gesicht. »Ihr seid das! Ich war mir sicher, dass wir uns noch einmal begegnen würden.«

Ulrich blieb so jäh stehen, dass Otto, der direkt hinter ihm ging, fast in ihn hineingelaufen wäre. Der Prokurator fuhr sich mit der Hand über den Bart, auf dem sich kleine weiße Eiskristalle abgesetzt hatten, und fragte kühl: »Was willst du?«

»Von Euch will ich nichts«, antwortete Else ebenso reserviert. »Ich schaue, ob mein Mann nach Hause kommt, weil ich wissen will, wie betrunken er ist. Ob ich zu Hause bleiben kann oder mich verstecken sollte.«

Ulrich traf eine schnelle Entscheidung. Er wandte sich seinem Knappen zu, um das Gespräch mit ihm rasch zu Ende zu führen. »Hör zu, Otto. Der verschwundene fünfte Student ist jetzt unser wichtigstes Problem. Versuche ihn zu finden. Da er sich wohl kaum im Palas versteckt, könnte er irgendwo in der Vogtei oder im Gesindehaus sein. Suche die ganze Burg ab. Sobald du ihn findest, lass ihn festnehmen.«

»Aber ich kenne ihn doch gar nicht«, warf Otto ein. »Ich habe ihn bisher nur mit Maske gesehen, in der Rolle des Hroznata. Wenn er sich umgezogen hat, kann ich ihn unmöglich wiedererkennen.«

»Du hast recht«, räumte Ulrich ein. »Dann geh noch einmal in die Schenke und bitte diesen lockigen Studenten, dir zu helfen. Der wird ihn ganz sicher erkennen. Wenn er sich ziert, biete ihm Geld an. Er soll mit dir suchen gehen.«

»Und Ihr selbst?«, fragte Otto mit unverhohlener Neugier.

»Vielleicht kann ich von der Bademagd mehr erfahren als von Frau Jutta. Else lebt seit ihrer Jugend auf der Burg; sie muss die Verbrechen der letzten Jahre mitbekommen haben. Ich werde es ausnutzen, dass der Zufall sie zu mir geführt hat.«

Otto wollte zum Thema »Zufälligkeit« eine scherzhafte Bemerkung machen, doch als er den grimmigen Gesichtsausdruck seines Herrn bemerkte, hielt er seine Zunge im Zaum. Otto wusste, wann sich mit dem königlichen Prokurator nicht gut spaßen ließ, selbst wenn es sich nur um einen harmlosen Jux handelte. Also nickte er bloß und machte sich auf den Weg zurück zur Schenke.

Else stand unterdessen in der Tür der Schmiede, wartete schweigend und beglückwünschte sich insgeheim, solange am Fenster ausgeharrt zu haben. Sie konnte es kaum erwarten, in den Armen des Prokurators zu liegen, denn sie zweifelte keinen Augenblick daran, dass es dazu kommen würde, schließlich hatte sie mit Männern so ihre Erfahrungen. Auch die, die sich auf den ersten Blick gleichgültig gaben, ließen sich am Ende doch immer herumkriegen. Else hatte nicht oft Gelegenheit, über sich selbst nachzudenken, aber so viel wusste sie: Sie war die hübscheste Frau auf der Burg.

»Bitte sehr, edler Herr.« Sie machte eine einladende Geste ins Hausinnere und trat einen Schritt zurück, damit Ulrich von Kulm eintreten konnte. Dabei wich sie nur so weit zurück, dass er sie streifen musste. In der kleinen, karg eingerichteten Stube war es fast dunkel. Else zündete zwei Kerzen an, die in einem hölzernen Napf auf dem Tisch standen. In der Feuerstelle schwelten glühende Kohlen. Sie warf Reisig darauf und blies einen Moment vorsichtig hinein. Als die Flammen auflohderten, legte sie ein paar trockene Birkenholzscheite dazu. Dann bedeutete sie dem königlichen Prokurator, sich auf die Bank neben der Feuerstelle zu setzen, wo es am wärmsten war.

»Darf ich Euch ein wenig Met einschenken?«, fragte sie und leckte sich mit der Zungenspitze über die trockenen Lippen.

»Ich dachte, dein Mann trinkt alles weg, was ihm in die Finger kommt«, entgegnete Ulrich verlegen. Er setzte sich und streckte behaglich die Beine aus. Noch war es in der Stube ziemlich kalt, aber das Feuer gewann schnell an Kraft, was auf der Bank bereits zu spüren war.

»Ich habe eine Flasche versteckt«, sagte Else mit leiser Stimme. Sie ging in die Hocke, hob eines der Fußbodenbretter an, griff mit der freien Hand darunter und brachte eine grobe Tonflasche mit einem kleinen Henkel zum Vorschein. Mit einem kräftigen Ruck zog sie den hölzernen Stöpsel heraus; dann goss sie den dickflüssigen, bitter duftenden Honigwein geschickt in zwei unglasierte Keramikbecher.

»Warum bewirtest du mich eigentlich?«, fragte Ulrich, als er den Becher dankbar entgegennahm.

»Ihr habt mir im Badehaus mehr Geld gegeben, als mir zustand, und habt nichts dafür erhalten«, antwortete sie und strich sich wie beiläufig mit der Hand über die runde Hüfte. »Ich bleibe nicht gerne etwas schuldig, zumal Ihr mir sehr gut ...«

»Verstehe«, unterbrach Ulrich sie hastig. Es war ihm unangenehm, welche Richtung das Gespräch genommen hatte. »Jetzt kannst du deine Schuld begleichen. Aber es gibt verschiedene Möglichkeiten, sich erkenntlich zu zeigen, nicht nur diese eine. Es genügt mir, wenn wir uns ein wenig unterhalten. Du könntest mir einige Dinge erklären, die ich noch nicht durchschaue.«

Else blickte ihn enttäuscht an.

»Mach nicht so ein Gesicht«, sagte Ulrich. »Glaub mir, so entschädigst du mich am besten. Wenn du mir helfen willst, zahle ich dir gerne noch etwas dazu.« Als er sie im flackernden Kerzenlicht eingehender betrachtete, fiel ihm etwas auf. »Du hast einen frischen blauen Fleck auf der Wange. Hat dein Mann dich etwa schon wieder geschlagen? Hat er dir das Geld weggenommen, das ich dir gegeben habe?«

»Nur einen Teil.« Else warf den Kopf zurück, sodass ihre braunen Haare für einen Moment wie ein Vorhang ihr Gesicht verbargen. »Ich bin nicht so töricht, ihm alles zu erzählen. Aber auch er ist nicht dumm. Ihm war klar, dass Ihr mir etwas gegeben haben musstet. Bestimmt habt Ihr ihn in der Schenke gesehen. Er wird nicht so schnell hier auftauchen, sondern bis zum Beginn der Messe dort sitzen und trinken und dann direkt in die Kapelle gehen. Sesem erwartet, dass alle Bediensteten kommen – er würde uns sonst bestrafen. Und wenn mein Mann bis dahin nicht schon alles Geld vertrunken hat, geht er nach der Messe wieder in die Schenke zurück. Also wird er uns hier ganz sicher nicht stören, habt keine Angst. Ihr könnt wirklich mit mir tun, was Ihr begehrt!«

»Wie ich schon sagte, wir werden uns nur unterhalten, und daran ist nichts Schändliches, Else. Ich ehre nämlich Gottes Gebote. Wir hätten also keinen Grund, uns zu verstecken, selbst wenn dein Mann zurückkäme«, entgegnete Ulrich. Doch gegen seinen Willen trieb ihn tief im Innern die Frage um, ob er seiner brennenden Sehnsucht nicht nachgeben sollte. Wie um seine Gedanken zu verscheuchen, schüttelte er energisch den Kopf. »Setz dich und hör mir zu. Ich muss dir kraft meines Amtes ein paar Fragen stellen.«

Die Bademagd streifte achselzuckend ihren Pelz ab, ging zu der Bank am Feuer und setzte sich neben Ulrich. Es ziemte sich zwar nicht, dass eine verheiratete Frau so nahe neben einem Besucher Platz nahm – zumal, wenn der Ehemann nicht da war und die Frau nur ein durchscheinendes Etwas am Leibe trug –, doch überall sonst im Raum war es immer noch empfindlich kalt.

Ulrich stand kurzerhand auf, blickte sich in der Stube um und entdeckte einen kleinen Holzschemel mit drei kurzen, krummen Beinen vor dem Fenster. Er stellte ihn vor den Kamin und setzte sich Else gegenüber. Der Schemel war jedoch sehr niedrig, und so fand er sich mit seinem Blick direkt auf Höhe ihres Busens wieder. Voller Unbehagen rutschte er auf dem Schemelchen herum.

»Ist etwas?«, brachte die Bademagd unruhig hervor.

»Wenn ich jemanden verhöre, möchte ich mit ihm von...« Ulrich verstummte. Von Angesicht zu Angesicht sprechen, wollte er eigentlich sagen, doch in Anbetracht seiner Sitzposition erschien ihm das eher lächerlich.

Es war, als könnte Else Gedanken lesen. Sie lächelte erheitert und beugte sich leicht vor, wodurch die Spitzen ihrer Brüste fast Ulrichs Nase berührten. »*Was* möchtet Ihr mit mir?«

Noch bevor Ulrich sich eine passende Antwort überlegen konnte, flog die Tür auf, und ein eisiger Luftzug fegte in die Stube. »Ha! Ich wusste es! Ich wusste gleich, dass du liederliches Weib wieder herumhurst!«, brüllte der stämmige Schmied, dessen Gesicht vor Zorn und Trunkenheit glühte. Er griff in eine Nische neben der Tür und brachte einen eisernen Schmiedehammer zum Vorschein. »Dir werde ich's zeigen!«

Ulrich warf seiner Gastgeberin einen vorwurfsvollen Blick zu, doch sie schien zu Tode erschrocken. Offenbar war ihr Mann auch für sie unerwartet aufgetaucht. Wobei man bei sittenlosen Frauen nie wissen konnte, ob sie sich nicht verstellten. Geld galt ihnen oft mehr als Ehre. Vielleicht war das Ganze eine Falle, schoss es Ulrich durch den Kopf. Vielleicht hatten die beiden das alles abgesprochen, um ihn anschließend zu erpressen. Dann aber schalt er sich einen Narren: Woher hätte der Schmied wissen sollen, dass er, Ulrich, in die Schenke gehen und auf dem Rückweg bei seiner Ehefrau haltmachen würde? Wahrscheinlich war es so, dass der Schmied zwei und zwei zusammengezählt hatte, als Otto noch einmal alleine in der Schenke aufgekreuzt war. Ganz so betrunken, wie es den Anschein hatte, war der Mann also nicht.

»Ich bin Beamter des Königs«, sagte Ulrich schroff, stand auf und zückte seinen Dolch.

»Das wird Euch vor Gott nicht entschuldigen. Doch selbst wenn ich im Recht bin – mit Euch will ich mich gar nicht abgeben. Verschwindet aus meinem Haus!« Er starrte seine Frau an. »Und dir werde ich's zeigen, du Hurenweib!«

»Was ist überhaupt geschehen?«, fragte Ulrich kalt, ohne

sich von der Stelle zu rühren. Er wich auch nicht vor dem schweren Hammer zurück, den der Schmied drohend über seinem Kopf schwang.

»Ein Ehemann hat das Recht, eine Ehebrecherin zu bestrafen!«, tobte der Schmied.

»Ja. Nur sehe ich hier keine«, entgegnete Ulrich ruhig, wobei er jede Bewegung des Schmieds genau im Auge behielt.

»Sie war mit Euch alleine hier! Eine ehrbare Frau tut so etwas nicht! Nach dem Gesetz ist sie deshalb eine Ehebrecherin.«

»Ich bin königlicher Prokurator und kenne das Gesetz besser als du«, erwiderte Ulrich scharf.

Der Schmied hielt verlegen inne, den Hammer noch immer hoch erhoben, und bereute im Stillen, so überstürzt reagiert zu haben. Hätte er ein wenig abgewartet, hätte er diesen adligen Wichtigtuer in flagranti ertappt. Und dann hätte er mehr von ihm fordern können. Jetzt aber konnte er dem Kerl keinen roten Heller mehr aus der Tasche ziehen. »Ich will Euch nicht in meinem Haus haben. Verschwindet«, knurrte er böse.

»Ich bin gerade dabei, deine Frau von Amts wegen zu verhören«, erwiderte Ulrich. »Du behinderst die Tätigkeit des königlichen Gerichts. Dafür könnte ich dich bestrafen. Lass uns alleine!«

»Wohin soll ich denn bei dieser Kälte?«, fragte der Schmied beleidigt und ließ den Hammer fallen, dessen schwerer eiserner Kopf auf den Boden krachte.

»Dorthin, wo du schon die ganze Zeit warst. In die Schenke«, sagte Ulrich spöttisch.

»In der Schenke zu sitzen kostet Geld. Ich bin kein reicher Mann.«

Ulrich zog mit verächtlicher Miene ein paar Kupfermünzen aus seinem Beutel und warf sie ihm zu. Der Schmied fing sie geschickt auf und nickte den beiden freundlich zu. »Macht es euch gemütlich. In der Schenke geht's mir besser. Keine Sorge, ich komme nicht zurück.« Er warf die Tür zu und war verschwunden.

»Entschuldigt bitte«, flüsterte die Bademagd, die vor Verlegenheit rot angelaufen war. Unwillkürlich zog sie das Schnürband ihres Hemdes enger, um den Busen besser zu verbergen. »Ich koste Euch nur Geld. Und Ihr seht so traurig aus. Ich würde Euch zu gerne trösten, aber Ihr macht Euch ja gar nichts aus mir.« Sie richtete sich gerade auf und rückte ein wenig zur Seite.

Ulrich ließ sich wieder auf dem kleinen Schemel nieder, rieb sich mit der Hand über das erhitzte Gesicht und lächelte sie aufmunternd an, fuhr dann aber in geschäftsmäßigem Ton fort: »Es ist ja nichts passiert. Machen wir weiter. In den letzten Jahren starben auf Burg Kraschow mehrere Personen aus dem Geschlecht der Hroznatovci, aber keiner möchte darüber sprechen. Erzähl wenigstens du mir etwas darüber. Das würde mir sehr helfen.«

Else schüttelte bekümmert den Kopf. »Ein Edelmann aus Pilsen hat die Sache bereits untersucht. Er kam zu dem Ergebnis, dass Dämonen an allem schuld seien«, erklärte sie, sah aber nicht besonders beeindruckt aus.

»Glaubst du daran?«

»Als Kind habe ich in den tiefsten Wäldern gelebt. Ich habe viele Dinge gesehen, aber nie bin ich dem Wilden Mann, einer Fee oder einem Waldgeist begegnet. Wenn ich Schlimmes erlebt habe, steckten immer Menschen dahinter.«

»Du bist eine kluge Frau«, sagte Ulrich anerkennend. »Umso mehr interessiert mich, was du über diese Morde denkst.«

»Ich habe nicht groß darüber nachgedacht. Es geht mich ja nichts an. Aber das eine oder andere habe ich natürlich mitbekommen. Ich war mit einem Söldner zusammen, Krummnas hieß er, der hat mir ein paar Dinge anvertraut. Vielleicht hilft Euch das ja weiter.« Sie trank ihren Becher leer und schenkte sich erneut ein. Dann kniff sie die Augen zusammen, um sich besser konzentrieren zu können, und begann: »Als Erster starb Herr Konrad. Er war ein freundlicher und frommer Mann. In jener Nacht hielt Krummnas Wache – während der Burgherrschaft von Herrn Konrad wurde auch im Palas noch Wache gehalten, müsst Ihr wissen. Wie Ihr seht, hat es trotzdem nichts gebracht. Im Palas gibt es viele Räume, und damals waren dort mehrere Dutzend Gäste untergebracht. Nach dem Ende der Nachtmesse gingen ein paar Männer zum Gemach von Herrn Konrad, um einen Becher Wein mit ihm zu trinken. Konrad ging immer sehr spät schlafen. Krummnas sagte mir, damals seien überall so viele Leute gewesen, dass er nicht mehr wisse, wer als Letzter bei Herrn Konrad gewesen war. Und ob er überhaupt weggegangen sei. Sicher ist nur eines: Am Morgen war der Riegel von innen vorgeschoben – und der unglückselige Herr Konrad lag erstochen in seinem Gemach. Eine Sache war allerdings sonderbar: Laut Krummnas stand das Fenster ein wenig offen, und das im Dezember! Nun steht der Palas aber furchtbar hoch über dem Abgrund. Wollte sich jemand an einem Seil herablassen, würde er sich vermutlich den Hals brechen. Außerdem hat man dort kein Seil gefunden.«

»Hat Krummnas dem Hauptmann aus Pilsen davon erzählt? Ich meine den Edelherrn, der den Fall untersucht hat?«

»Ja, das hat er«, antwortete Else und runzelte nachdenklich ihre von braunen Strähnen umrahmte Stirn. »Der Hauptmann sagte ihm, der Dämon müsse ja irgendwie hereingekommen sein – ein Mensch jedenfalls könne es nicht gewesen sein. Kein Mensch aus Fleisch und Blut käme durch eine verschlossene

Tür hinaus, ein Dämon aber sehr wohl durchs offene Fenster.«

»Sehr scharfsinnig«, bemerkte Ulrich spöttisch. »Und weiter? Was ist mit dem Dolch, mit dem Konrad erstochen wurde?«

»Er gehörte Herrn Konrad selbst. Aber Krummnas fiel auf, dass Konrad mit einem anderen Dolch ermordet worden sein musste. Erst danach wurde seine eigene Klinge in seinen Körper gerammt.«

»Wieso?«, fragte Ulrich.

»Als Krummnas sich die Wunde anguckte, sah sie breiter aus als die Klinge der aufgefundenen Waffe.«

»Ein schlauer Kerl, dieser Krummnas. Wo kann ich ihn finden?«

»Er ist diesen Sommer betrunken von der Burgmauer gefallen und war auf der Stelle tot.«

»Was für ein Pech! Es scheint, als hätte er mehr Köpfchen gehabt als der Beamte unseres erhabenen Königs. War ihm noch etwas anderes aufgefallen?«

»Ich kann mich an nichts anderes erinnern. Er sagte mir nur, dass er es gewesen sei, der die Tür von Herrn Konrads Gemach habe aufbrechen müssen, und er schwor, dass niemand sich in dem Zimmer versteckt gehalten habe. Zusammen mit den damaligen Gästen hat er alles durchsucht. Sie schauten sogar in der Truhe und unter dem Bett nach.«

»Gut.« Ulrich nickte. »Und am Abend stürzte dann Konrads Mutter Anna aus dem Fenster?«

»Über ihren Tod weiß ich fast gar nichts. Und wohl auch sonst keiner auf Kraschow. Niemand hat sie fallen sehen. Sie lag einfach unten am Fluss unterhalb des Felsens. Mein Mann fand sie, als er von der Fischreuse zurückkam. An dem Abend hatte er nicht so viel getrunken wie sonst. Angeblich ist ihm unten am Fluss aufgefallen, dass alle Fenster vom Palas geschlossen waren. Aber er muss sich geirrt haben, denn als man Frau Anna in die Kapelle trug, wurde in einem Zimmer im Dachgeschoss ein offenes Fenster entdeckt.«

»Hat er den Ermittlern davon erzählt?«

»Als er am nächsten Morgen aufwachte, behauptete er, sich an nichts mehr erinnern zu können.«

»Und im vergangenen Jahr hat es einen dritten Todesfall gegeben, nicht wahr? Konrads Witwe starb.«

»Ja. Frau Sophia. Ich hatte sie gern. Sie war sehr großzügig und freundlich. Aber auch über ihren Tod kann ich nichts sagen. Man fand sie erwürgt in der Kapelle. So etwas Entsetzliches! Man musste die Kapelle neu weihen.«

»Wie hatte Sophia das Jahr nach dem Tod ihres Gemahles verbracht? Nach Konrads Tod herrschte sie über die Burg, nicht wahr?«

»Ja. In der Zeit ging es uns allen gut. Aber glaubt ja nicht, Sophia wäre verschwenderisch gewesen. Jeden Tag besuchte sie sämtliche Wirtschaftsgebäude, und sie verbrachte viel Zeit in der Kapelle, wo sie für ihren Sohn gebetet hat. In dieser Kapelle starb sie dann ...«

»Konrad und Sophia hatten einen Sohn, sagst du? Wo ist er jetzt?«

»Das weiß niemand. Vor ungefähr sieben Jahren zog er als Kreuzzügler ins Heilige Land. Er sollte dort Buße tun. Er blieb verschollen und wurde für tot erklärt.«

»Buße? Was hatte er denn getan?«

»Das weiß ich nicht«, antwortete sie hastig und wurde ein wenig rot.

Ulrich bemerkte es nicht. Nachdenklich murmelte er: »Und so konnte dann Sesem die Burg erben.« Er trank seinen Becher leer und machte eine ablehnende Geste, als Else ihm nachschenken wollte. Die Bademagd war voller Liebreiz gewesen, als sie von den schrecklichen Begebenheiten erzählt hatte; nichts Anzügliches hatte mehr in ihrer Stimme gelegen.

»Du hast mir sehr geholfen. Ich danke dir, Else. Unsere Rechnung ist nun ausgeglichen. Du schuldest mir nichts mehr.«

»Ich würde Euch gerne noch etwas schulden«, sagte sie mit einem zärtlichen Lächeln.

Ohne sich dessen bewusst zu sein, nahm Ulrich ihre Hand und streichelte sie. Else beugte sich vor und bot ihm ihre Lippen dar. Er zögerte nur einen winzigen Augenblick, bevor er sie behutsam küsste. Dann hob er die Arme, um sie an sich zu ziehen ...

In diesem Moment wurde die Tür aufgerissen. Ulrich fuhr erschrocken herum. Otto stürmte in die Stube, achtete aber gar nicht darauf, was sein Herr gerade tat. »Hier seid Ihr«, stieß er atemlos hervor und fuhr sich mit der Hand über die verschwitzte Stirn. »Kommt schnell mit in den Palas. Es ist ein Mord geschehen!«

XI. KAPITEL

»Hast du diesen verflixten Studenten gefunden?«, wollte Ulrich wissen, während er mit großen Schritten zum Torhaus eilte, das die Vorburg von der eigentlichen Burg trennte. Schaudernd hüllte er sich in seinen Umhang. Der kalte Wind hatte ihn schnell wieder zur Vernunft gebracht. Der dunkle Himmel war klar und mit kleinen goldenen Punkten übersät.

»Leider nein«, musste Otto einräumen. »Obwohl mir am Ende sogar alle vier Studenten bei der Suche geholfen haben. Er ist wie vom Erdboden verschluckt.«

»Na gut, das muss jetzt warten. Wer wurde ermordet?«

»Bruder Luthold. Der Mönch, der das Schauspiel über den seligen Hroznata verfasst hat.«

»Und der womöglich die wahre Identität unseres rätselhaften Studenten kannte. Oder der wusste, warum er hier mit den anderen auftreten wollte«, fügte Ulrich bitter hinzu. »Zu schade, dass du den fünften Jüngling nicht gefunden hast! Aber er wird uns nicht entkommen. Wohin sollte er nachts bei dieser Kälte auch gehen? – Wie ist der Mönch gestorben?«

»Er wurde erdrosselt. Man hat seine Leiche im Tafelsaal gefunden – unter dem Tisch, auf dem Sesem seine prächtigen Krüge ausgestellt hat. Die Leiche muss schon länger dort gelegen haben, denn der Körper ist schon ziemlich kalt; aber weil der Tisch mit einem Tuch bedeckt ist, das bis zum Boden reicht, hatte niemand den Toten bemerkt. Zwar wurde nach dem Abendessen ein paar Mal im Saal nach Luthold gesucht, aber niemand kam auf die Idee, unter dem Tisch nachzusehen. Eigentlich wurde er nur durch Zufall entdeckt. Beim Aufräumen fiel einem der Diener etwas herunter, und als er sich danach bückte, bemerkte er den Leichnam.«

Inzwischen hatten sie den Palas erreicht. Als Ulrich in den Flur trat, stürzte der bleiche Prior Severin ihm entgegen. »Sie haben einen Gottesdiener ermordet! Wie sollen wir jetzt das Mysterium vollziehen?«

»Nun, die Vorsehung hat die Schritte unserer Gäste geleitet«, dröhnte hinter ihm die Stimme des Burgherrn. Anders als der weiß gewandete Mönch wirkte Sesem ruhig und gelassen. »Habt Ihr vergessen, Prior, dass wir noch einen Zisterziensermönch aus Plaß unter uns haben? Auch er ist geweiht und kann Euch bei der Messe zur Hand gehen.«

»Kommt gar nicht infrage«, entgegnete der hagere Prior geringschätzig. »Er besitzt nur die niedere Weihe. Wisst Ihr denn nicht, dass er Konverse ist? Das Mysterium muss aber von drei ordentlich geweihten Geistlichen vollzogen werden.«

»Genug!«, rief Sesem von Kraschow wütend. »Die Streitigkeiten zwischen Euren Klöstern interessieren mich nicht. Wenn Ihr Euch weigert, die Messe zu lesen, bitte ich eben meinen Kaplan darum. Hroznatas Krypta werden wir auch ohne Euch öffnen!«

»Ganz wie Ihr wollt. Ihr seid hier der Herr. Am Ende wird ohnehin Gott über alles richten. Ich werde mich Euch nicht widersetzen, erst recht nicht an einem so heiligen Tag.« Prior Severin bekreuzigte sich. Er hatte sich gut in der Gewalt; nur in seinen Augen ließ sich die tiefe Verachtung für Bruder Beatus erkennen. »Als demütiger Diener Gottes muss ich meinem Nächsten vergeben. Ich werde den Zisterzienserbruder aufsuchen und ihn auf seine Aufgabe vorbereiten.« Er verbeugte sich steif und ging hinaus in den Burghof.

»Wieder ein Mord während der Adventszeit auf Burg Kraschow. Findet Ihr immer noch, Burgherr Sesem, dass die Verbrechen mich als königlichen Prokurator nichts angehen?«, fragte Ulrich spitz.

Der Burgherr winkte unbekümmert ab. »Ihr könnt den Fall gerne untersuchen.« Dann verwandelte sich seine gleichgültige Miene in eine harte Maske. »Aber mit dem, was früher geschehen ist, hat dieser Mord nichts zu tun. Damals hat Gott meine Verwandten zu sich gerufen. Und jetzt ist das Opfer ein einfacher Mönch, der mit unserem Geschlecht nichts gemein hat. Deshalb sehe ich keinen Grund, dass Ihr die bereits abgeschlossenen Fälle mit diesem Verbrechen hier in Verbindung bringt. Ist das klar?«

Dieser Burgherr trieb ihn noch zur Weißglut, aber im Stillen musste Ulrich ihm recht geben: Hier war etwas geschehen, das gänzlich von dem Bild abwich, das er sich nach seinen bisherigen Kenntnissen hatte machen können. Vielleicht hatte Bruder Lutholds Ermordung wirklich nichts mit den früheren Mordfällen zu tun. Andererseits war er ein Mönch aus dem Kloster Tepl, das der selige Hroznata, Ahnherr derer von Kraschow, einst gegründet hatte. Diese ungewöhnliche Verbindung jedoch würde sich kaum gerichtlich verwenden lassen.

Wahrscheinlicher war, dass Lutholds Tod nichts mit den früheren Verbrechen zu tun hatte. In diesem Fall würde der Mordverdacht am ehesten auf den mysteriösen Studenten fallen, der sich Heinrich nannte und unauffindbar blieb. Vielleicht hatte Bruder Luthold etwas über Heinrich gewusst und war deshalb von ihm zum Schweigen gebracht worden. Es war nur eine erste Idee, aber sie erschien Ulrich vielversprechend. Trotzdem wäre es ein Fehler, andere Möglichkeiten zu vernachlässigen. Sicher schien zu diesem Zeitpunkt nur eines: dass Ulrich von Kulm und sein Knappe in dieser Nacht nicht viel zum Schlafen kommen würden.

Otto, der den Ort des Verbrechens schon flüchtig begutachtet hatte, drängte seinen Herrn: »Kommt mit in den Tafelsaal! Mir ist dort etwas aufgefallen, das ...«

Sesem von Kraschow unterbrach ihn: »Ich hoffe, wir sehen uns nachher bei der Mitternachtsmesse. Sie beginnt, sobald diese Mönche sich untereinander verständigt haben. Ehrlich gesagt, ich kann ihren Zwist nicht verstehen. Schließlich dienen alle demselben Gott. Weshalb dann diese Gehässigkeit?«

»Sie dienen zwar demselben Gott«, sagte Ulrich lächelnd, »aber jeder einer anderen Geldtruhe.«

Sesem verneigte sich und wollte gehen, doch Otto hielt ihn höflich zurück. »Könntet Ihr uns in den Tafelsaal begleiten? Mein Herr möchte Euch dort gewiss noch ein paar Fragen stellen. Wir halten Euch nicht lange auf.«

Der Burgherr warf Ulrich einen fragenden Blick zu, worauf dieser nickte, wusste er doch, dass Otto niemals unbedacht drauflosredete. Also begleitete Sesem die beiden, beteuerte aber mit Nachdruck, er habe nicht viel Zeit.

Ulrich hatte keine Ahnung, was Otto entdeckt haben mochte, aber es sah ganz so aus, als würde Sesem angesichts von Lutholds Ermordung mehr erklären müssen als bisher.

Im Tafelsaal herrschte dämmriges Licht, weil die meisten Kerzen schon heruntergebrannt waren. Nur an der Wand über dem kleinen Tisch waren neue Fackeln befestigt worden, die mit ihren knisternden Flammen jene Stelle beleuchteten, wo der Leichnam des ermordeten Mönchs lag.

Jemand hatte einen grauen Mantel auf dem Boden ausgebreitet und den Toten in seinem weißen Habit daraufgelegt. Es war kein schöner Anblick. Bruder Luthold hatte die Finger im

Krampf zur Faust geballt, und sein Gesicht war zu einer schmerzerfüllten Grimasse verzogen. Die Augen waren weit aufgerissen, eine blau angelaufene Zunge ragte aus dem halb offenen Mund. Um den Hals der Leiche lag eine zugezogene Schlinge. Man musste keinen erfahrenen Medikus hinzuziehen, um zu erkennen, dass der Mörder sein Opfer stranguliert hatte.

Ulrich kniete sich auf den Boden und untersuchte die Leiche rasch. Ihm fiel auf, dass getrocknetes Blut an der Nase des Toten klebte. Entweder hatte Luthold sich beim Sturz auf den Boden verletzt, oder das Blut war während des Würgevorgangs aus der Nase geschossen; so etwas konnte vorkommen, wie Ulrich wusste. Der Körper erkaltete bereits, was erkennen ließ, dass der Mord kurz nach Ende des Festbanketts verübt worden war.

Weiter konnte Ulrich nichts Verdächtiges entdecken. Keine Spur, die einen Hinweis hätte geben können, wer Luthold auf dem Gewissen hatte. Ulrich lockerte die Schlinge und zog sie dem Toten über den Kopf. Sie bestand aus einem gewöhnlichen Seil, nicht allzu dick, weshalb es leicht in die Haut einschnitt. Ratlos stand Ulrich auf und wischte sich die Hände an seinen Beinkleidern ab.

Otto hatte abwartend hinter ihm gestanden. Nachdem sein Herr mit seiner Begutachtung fertig war, winkte er ihn zu der Stelle, wo die Leiche vorher gelegen hatte. Sesem von Kraschow verharrte während der ganzen Zeit neben der Saaltür und gab damit deutlich zu verstehen, dass der Tod des Mönchs ihn nichts anging und dass er nicht viel Zeit für solche Nebensächlichkeiten hatte.

»Seht mal hier«, sagte Otto leise und zeigte auf den Boden neben dem Tisch. »Hier an dieser Stelle ist Luthold gestorben.«

Ulrich nickte anerkennend. Auf den Fliesen waren ein paar Blutstropfen zu sehen. Wie immer hatte Otto ein Auge für wichtige Details. Gleich neben dem getrockneten Blut klebten die säuerlich riechenden Überreste von Erbrochenem, auch diese bereits getrocknet. Otto zeigte darauf und flüsterte: »Der Einzige, der außer Luthold richtig betrunken war, war Nickel, Sesems Sohn. Hat unser Gastgeber nicht erwähnt, dem Jungen sei übel geworden? Und dass er ihm deswegen irgendeine scheußliche Brühe mit Dill verabreicht habe? Diese Brühe kann er nicht in seiner Schlafkammer zubereitet haben. Sie muss nebenan in der Küche gekocht worden sein.«

»Du hast recht«, sagte Ulrich leise. »Hör zu, ich werde Sesem ein bisschen hinhalten. Während dieser Zeit erkundigst du dich bei deiner Magd, ob sie die Brühe gekocht hat oder ob sie weiß, wer sie zubereitet haben könnte.«

»Was habt ihr da zu tuscheln?«, beschwerte Sesem sich ungeduldig. »Wenn ihr nicht wollt, dass ich mithöre, gehe ich gern meiner Wege.«

»Wir sind schon fertig«, sagte Ulrich eilig, während Otto bereits aus dem Saal verschwand. »Ich habe meinen Knappen weggeschickt, weil ich nicht möchte, dass er einige delikate Dinge mit anhört. Es geht nämlich um Euren Sohn.«

»Um Nickel?«, platzte Sesem heraus. Seine Miene verfinsterte sich. »Was habt Ihr gegen ihn?«

»Nichts.« Ulrich machte ein paar Schritte zur Tür und forderte den Burgherrn mit einer freundlichen Geste auf, sich mit ihm an die große Tafel zu setzen, an der vor zwei Stunden das Festessen zu Ende gegangen war. Er griff nach einem Weinkrug, um Sesem etwas einzuschenken, doch bis auf ein paar Tröpfchen war der Krug leer, weshalb er ihn betreten zurückstellte. Höflich sagte er: »Ich bräuchte eine Auskunft von

Euch. Nach dem Festmahl habt Ihr Euren Sohn nach oben in Eure Kammer geführt. Ihr musstet ihn stützen, weil er nicht mehr alleine gehen konnte, nicht wahr?«

»Ihr habt ihn ja selbst gesehen«, brummte Sesem. »Er ist noch jung und hat noch nicht ordentlich zu trinken gelernt.«

»Das lernt er bestimmt noch«, antwortete Ulrich lächelnd. »Als junger Bursche habe ich auch noch nicht viel vertragen. Aber mir geht es um etwas anderes. Was ist jetzt mit ihm?«

»Er schläft, wird aber rechtzeitig zur Messe wieder auf die Füße kommen, das verspreche ich Euch«, erklärte Sesem mit Nachdruck. Dann trommelte er unruhig mit den Fingern auf den Tisch, denn die Erwähnung der Messe hatte ihn wieder daran erinnert, wie wenig Zeit blieb. Was saß er hier noch und plauderte sinnlos über unwichtige Dinge?

»Wo schläft er?«

»Warum interessiert Euch das? Aber falls es Euch beruhigt: in meiner eigenen Kammer. Ich habe ihn in mein Bett gelegt und die Tür abgeschlossen, damit niemand ihn stört. Seht her – ich habe den Schlüssel hier bei mir.«

»Einen Augenblick noch!«, hielt Ulrich den Burgherrn zurück, der schon den Stuhl wegrückte und aufstehen wollte. »Ihr habt ihn also gleich nach dem Essen zu Euch nach oben geführt, und er hat Eure Kammer dann nicht mehr verlassen? Ihr habt ihn nicht etwa noch kurz auf den Hof geführt, damit er dort frische Luft schnappt?«

»Es war schon schwer genug, ihn die Treppe hinaufzukriegen. Warum sollte ich ihn da wieder nach unten führen? Findet Ihr nicht, königlicher Prokurator, dass es nun reicht? Ihr solltet den Mord an dem Mönch untersuchen und Euch nicht um meinen Sohn kümmern.«

In diesem Moment kam Otto zurück. Er nickte und blieb in

der Tür stehen, um Sesem von Kraschow den Ausgang zu verstellen.

»Was soll das bedeuten?«, rief Sesem aufgebracht.

»Was hast du herausgefunden, Otto?«, fragte Ulrich und drückte den unruhigen Burgherrn in seinen Stuhl zurück.

»Die Brühe für Herrn Nickel wurde von einer Bediensteten nebenan in der Küche zubereitet. Laut Anordnung von Herrn Sesem hat sie die Brühe dann hier im Tafelsaal auf den Tisch gestellt.«

»Und dann habe ich sie selbst hinaufgebracht«, erklärte der Burgherr empört.

»Das ist gut möglich«, sagte Otto. »Wenn auch ungewöhnlich. Schließlich trägt Euch sonst immer die Dienerschaft alles nach oben. Nur habt Ihr diesmal ausdrücklich angeordnet, dass die Magd die Brühe hier abstellt. Sie sagte mir, sie habe dann nachgefragt, ob sie Euch richtig verstanden habe, und Ihr hättet gesagt, Ihr würdet Euren Sohn lieber herunterholen, damit er Euch nicht die Schlafkammer vollspeie, und dass die jungen Leute von heute nichts taugten.«

»Sie taugen ja auch nichts«, bestätigte Sesem gelassen, wobei er Otto unverwandt anschaute. »Sonst noch etwas? Oder kann ich jetzt gehen?«

»Ihr werdet uns ohnehin nicht mehr erzählen, stimmt's?«, bemerkte Ulrich gleichmütig.

»Ganz recht«, erklärte Sesem und stand so energisch auf, dass er beinahe seinen Stuhl umgeworfen hätte. »Wir sehen uns in der Kapelle«, fügte er hinzu und marschierte zum Saalausgang.

Ulrich nickte unmerklich, und Otto trat zur Seite, um den Burgherrn durchzulassen. Nachdem die Tür hinter ihm zugefallen war, stand der Knappe abwartend da und fragte leise: »Und was nun, edler Herr?«

»Am liebsten würde ich Burg Kraschow mitsamt dem ganzen Adventsgesums in Brand setzen und dafür sorgen, dass niemand hinauskann!«, brach es aus Ulrich hervor. »Der Geist der toten Frau Anna springt aus dem Fenster – wenn man dem Burgvogt glauben darf, sogar regelmäßig. Ein junger Mann, der sich als Student ausgibt und eigens dafür bezahlt, dass er hier in einem tumben Schauspiel über den seligen Hroznata mitwirken darf, treibt sich in diesem Gemäuer herum. Und besagter Hroznata errichtet nebenbei eine geheimnisumwitterte unterirdische Krypta, die nur einmal im Jahr besucht wird, weil zuvor der Fluss gestaut und das Wasser abgelassen werden muss. Des Weiteren gibt es hier einen Schlawiner von Schankwirt, der Speisen aus der Burgküche stiehlt und sie an die Burgbesatzung verkauft. Obendrein liegen sich Prämonstratensermönche und Zisterzienser in den Haaren, und kaum wird einer von ihnen ermordet, erzählt der Burgherr Lügenmärchen – auch wenn ich nicht glaube, dass er mit dem Verbrechen zu tun hat. Zu allem Überfluss wird auch noch die Burgherrin eingesperrt, damit sie mit niemandem sprechen kann. Ist das alles nicht Grund genug, dass ich zum Brandstifter werde?«

»Wenn Ihr hier wirklich alle den Flammen überlassen wollt, edler Herr«, sagte Otto lächelnd, »würdet Ihr nicht eine kleine Ausnahme machen? Wollt Ihr nicht wenigstens der Bademagd erlauben, dass sie davonkommt? Und vielleicht auch meiner geschickten kleinen Magd?«

»Weißt du, Otto«, sagte Ulrich müde, »manchmal kann Galgenhumor helfen. Ein Scherz kann aufheitern, aber er löst keine Probleme. Das ist das Schwierige. Um dich herum sind Menschen, die du magst oder die dich mögen. Sie glauben daran, dass du ihnen hilfst und sie schützt. Und was bedeutet mein Amt auch anderes, als Menschen zu schützen? Die Verantwortung wird man mit Scherzen nicht los. Nur kommt es mir manchmal so sinnlos vor, sich anderen zuliebe abzumühen. Weil die Menschen wirkliche Gerechtigkeit gar nicht wollen. Schau nicht so finster, es ist so! Sonst wären viele Dinge, über die ich mich jetzt aufrege, längst erledigt und bestraft. Zum Beispiel diese Dieberei in der Burgküche. Wenn ich den Schuldigen entlarve und bestrafe, werden die meisten mir beipflichten und von Moral und Wahrheit sprechen. Im Grunde aber ist es ihnen herzlich egal. Die Welt bewegt sich weiter. Aber lass gut sein, Otto.« Ulrich erhob sich seufzend von seinem Stuhl. »Komm, gehen wir zur Messe. Anschließend machen wir mit unseren Nachforschungen weiter.«

XII. KAPITEL

Vom Palas aus gab es zwei Wege zur Burgkapelle. Der eine – allen Besuchern zugänglich – führte über den Hof. Der andere war Sesem von Kraschow, seiner Familie und seinen Freunden vorbehalten und führte vom oberen Stockwerk des Palas durch eine überdachte hölzerne Galerie direkt in die Empore der Kapelle, wo die edle Herrschaft während der Gottesdienste saß. Diese Sitzplätze hoch über den Köpfen der restlichen Gläubigen machten den Untergebenen deutlich, dass der Adel nicht nur im täglichen Leben, sondern auch vor Gott höher stand als sie.

Ulrich zögerte nur kurz. »Der Schneesturm scheint vorbei zu sein. Lass uns über den Burghof gehen. Vor der Zeremonie möchte ich den Kaplan gerne noch etwas fragen. Beim Bankett hat er mich angeschaut, als wollte er mir etwas mitteilen. Er kam mir irgendwie merkwürdig vor. Mal sehen, was es damit auf sich hat.«

Vor dem Eingang der Kapelle trafen sie auf Burgvogt Hannes, der einen aufgescheuchten Eindruck machte, wie schon den ganzen Abend. Er verneigte sich höflich und sprudelte hastig hervor, die Messe werde jeden Moment beginnen und er müsse sich beeilen, um die Burgbesatzung und das Gesinde herbeizuholen.

»Es wird nicht schwer sein, sie zu finden«, sagte Otto

belustigt. »Es genügt, einen Blick in die Schenke zu werfen.«

»Gewiss, gewiss«, haspelte der ergraute Burgvogt.

»Warte einen Augenblick«, hielt Ulrich ihn noch zurück. »Ich suche einen der Studenten, die heute Abend hier aufgetreten sind. Den größten von ihnen. Er nennt sich Heinrich und hat den seligen Hroznata gespielt, falls du dich erinnerst. Ich muss mit ihm reden.«

»Ich erinnere mich nur verschwommen an ihn. Theater sagt mir nicht viel, wisst Ihr. Bestimmt ist er mit seinen Freunden in der Schenke. Ich werde es ihm ausrichten«, versprach der Burgvogt so eifrig, dass seine Stimme sich beinahe überschlug.

»Soviel ich weiß, ist er nicht in der Schenke, sondern hält sich irgendwo versteckt. Lass die Burg durchsuchen. Ich muss um jeden Preis mit ihm sprechen. Könnte sein, dass er der Mörder ist.«

»Verzeiht, edler Herr, aber das geht nicht«, stammelte Hannes erschrocken. »Burgherr Sesem hat ausdrücklich gesagt, ich soll die ganze Dienerschaft zur Messe holen. Vielleicht nach Beendigung des Mysteriums...«

»Dann lass uns hoffen, dass es bis dahin nicht zu spät ist«, entgegnete Ulrich grimmig und packte noch einmal den Arm des dünnen Burgvogts, der bereits davoneilen wollte, um seinen Pflichten nachzukommen. »Noch etwas: Wenn du in der Schenke bist, frag den Wirt Jakob, woher er das Fleisch hat, das heute in seinem Kessel zubereitet wurde. Und frag seine Gäste, wie es ihnen geschmeckt hat. Falls etwas übrig ist, koste selbst davon, um festzustellen, ob sie dich zum Narren halten. Und jetzt geh. Die Messe beginnt gleich!«

Der verwirrte Burgvogt verneigte sich und eilte los. Im nächsten Moment glitt er auf der vereisten Fläche des Hofes aus, schlug lang hin und fluchte wild – diesmal weder zaghaft noch demütig. Er rappelte sich auf und lief unter wütendem Schimpfen zum Torhaus, wobei er die Arme von sich streckte und vorsichtig auftrat, um nicht erneut auszurutschen. In seinem Mantel und mit seiner langen, spitzen Nase sah er wie ein unterernährter Vogel aus.

»So, damit hätten wir wenigstens eine Sache erledigt«, sagte Ulrich mit müdem Lächeln. »Wenn Hannes auch nicht besonders amüsant ist, so ist er gewiss nicht dumm. Er wird begreifen, was in der Schenke vor sich geht und weshalb ich ihm das alles erzählt habe. Jede Aufgabe erfüllt ihn mit einem so heiligen Schrecken, dass man sich auf ihn verlassen kann. Der Schankwirt wird Mühe haben, für alles eine befriedigende Erklärung zu finden.«

»Ich bin mir nicht sicher«, meinte Otto skeptisch. »Dieser Jakob wirkt nicht wie ein Mann, dem Hannes Angst einjagen kann. Ihr habt ja selbst erlebt, wie leicht ihm das Lügen fällt.«

»Ich habe für Sesem getan, was ich konnte«, sagte Ulrich. »Sogar mehr, als ich müsste. Nun liegt alles in Hannes' Hand. Da gehört die Angelegenheit übrigens auch hin. Schließlich ist er als Burgvogt für die Ordnung hier auf der Burg verantwortlich – das fällt nicht in die Zuständigkeit königlicher Beamten. Und nun komm, lass uns nach Kaplan Bohuslav schauen.«

Sie betraten die dunkle Kapelle, in der es ungemütlich kalt und feucht war, aber angenehm nach Weihrauch roch. Vom Altar her erklang eine wütende Fistelstimme, die offenbar dem Burgkaplan gehörte: »Wo warst du denn? Die Kerzen sollten längst brennen. Zünde sie auf der Stelle an!«

»Ich konnte den Feuerstein nicht finden«, verteidigte sich eine grobe Männerstimme. »Wenn ich die Kerzen erst jetzt anzünde, halten sie wenigstens länger. Es ist ja noch Zeit.«

»Du redest ein bisschen viel«, meldete sich ein Dritter mit herrischer Stimme zu Wort. Auch wenn die Männer hinter dem Altar verborgen waren – den dritten Sprecher erkannte Ulrich sofort. Es war Severin, der Prior aus Tepl.

»Bleib du hier«, flüsterte Ulrich. »Hilf dem Knecht beim Anzünden der Kerzen und versuche herauszufinden, was er über den Kaplan weiß. Vielleicht erfahren wir ja etwas Aufschlussreiches. Wir dürfen nichts außer Acht lassen.«

»Ihr könnt Euch auf mich verlassen«, versprach Otto. »Und quält Euch nicht mit dem Gedanken, dass den Menschen alles egal ist, denn das trifft nicht auf alle zu. Auf mich zum Beispiel nicht. Und Ihr wisst gut, dass unser Kommandeur Diviš sich eher zweiteilen ließe, als einen Gauner davonkommen zu lassen. Ich weiß, dass Ihr mich manchmal für leichtfertig haltet, und das stimmt wohl auch. Andererseits bedeutet Gerechtigkeit sehr viel für mich. Sie lässt mich an diese Welt glauben. Wie ich Euch kenne, denkt Ihr genauso. So, und jetzt gehe ich.«

Ulrich tätschelte ihm freundschaftlich den Rücken. Dann durchquerte er den dunklen Kirchenraum in Richtung des Hauptaltars. Als er an den schmucklosen Holzbänken vorbeikam, flackerte rechts neben einer Säule ein Licht auf. Gleichzeitig hörte er Ottos gedämpfte Stimme, als er dem Knecht etwas mitteilte. Der zündete mit einem glimmenden Zunder die Wachskerzen an und steckte sie anschließend fest in ihre Halter.

»Gott mit Euch, Herr Prokurator«, begrüßte Prior Severin den herannahenden Ulrich. Würdevoll hob er die rechte Hand und segnete ihn mit dem Kreuzzeichen. »Ich wusste gar nicht, dass Ihr so fest im Glauben seid. Ihr seid sogar früher hier als Burgherr Sesem. Das ehrt Euch!«

»Ich wollte noch vor der Messe beten, denn ich habe dem

Herrgott noch nicht für meine Rettung in der Not gedankt. In diesem Schneetreiben ging es um Leben und Tod«, erwiderte Ulrich voller Demut. »Es grenzt an ein Wunder, dass ich noch lebe.«

»Amen«, sagte der Prior feierlich. »Ich werde Euch nicht stören. Sobald Ihr Euer Gebet beendet habt, zeige ich Euch, wie Ihr auf die Empore kommt, wo Burgherr Sesem Euch einen Ehrenplatz zugewiesen hat. Ihr müsst nicht extra zum Palas und über die Galerie, um dort hin zu gelangen. Ein Treppchen hier in der Kapelle führt dort hinauf. Wer sich nicht auskennt, würde es wohl nicht finden, so gut ist es versteckt.«

»Ich bin froh, Euch hier anzutreffen«, sagte Ulrich. »Denn mir ist etwas eingefallen. Kurz vor seinem grausamen Tod hat Bruder Luthold mir anvertraut, dass er in Eurem Kloster das Archiv verwaltet und sogar selbst eine Chronik verfasst hat. Er machte Andeutungen, etwas Interessantes über den seligen Hroznata herausgefunden zu haben. Ihr wisst nicht zufällig, was das sein könnte?«

»Das hat er behauptet?« Der Prior blickte so erstaunt drein, dass sein Gesicht für einen Moment den Ausdruck stolzer Ehrwürdigkeit verlor. »Seit Gründung des Klosters wird das Archiv ausschließlich vom jeweiligen Prior verwaltet, mit anderen Worten, von meiner Wenigkeit. Ich habe diese Aufgabe schon seit Jahren. Unsere Urkunden sind zu bedeutsam, als dass ein gewöhnlicher Mönch sie verwalten könnte.«

»Aber er hat es mir wirklich erzählt«, sagte Ulrich verlegen. Die Unstimmigkeiten, die sich um Lutholds Tod rankten, verwirrten ihn immer mehr.

»Nun ja, er war betrunken«, entgegnete der Prior abfällig. Dann machte er sich bewusst, dass die Rede von einem Toten war, und fügte rasch hinzu: »Gott möge ihm vergeben! Soweit ich mich erinnere, hat er tatsächlich ein paar Notizen niedergeschrieben. Aber keinesfalls eine offizielle Chronik unseres Klosters.«

»Dann hatte er keine Möglichkeit, die Urkunden Eures Archivs zu studieren?«

»Doch, selbstverständlich«, erklärte der hochgewachsene Prior eilig, als wollte er seinem Ordensbruder Gerechtigkeit widerfahren lassen. »Jedes unserer Ordensmitglieder kann in seiner freien Zeit das Archiv oder die Bibliothek aufsuchen. Wir haben keine Geheimnisse voreinander. Was nun Bruder Luthold betrifft, so habe ich ihn freilich nicht oft an diesen Orten angetroffen. Seine Interessen waren für einen Mönch, wenn ich so sagen darf, eher weltlicher Natur.«

Ulrich dankte ihm mit einem Kopfnicken und wandte sich dann dem Burgkaplan zu. Kaplan Bohuslav hatte ein Stück abseits gestanden und die Unterhaltung mitverfolgt. Ulrich lächelte ihn freundlich an. »Ich würde dich auch gerne etwas fragen«, sagte er, »denn eine Sache ist mir noch nicht ganz klar. Schankwirt Jakob hat erzählt, das Mysterium der heiligen Barbara hänge mit einem Besuch der Krypta zusammen. Diese Krypta, sagte er, befinde sich in einer Kluft unter der Kapelle, tief unten im Felsen. Angeblich ist sie das ganze Jahr mit Wasser gefüllt, und heute werde der Fluss gestaut und das Wasser abgelassen, sodass man hinuntersteigen kann.«

»Das ist richtig«, fuhr Prior Severin mit wichtiger Miene dazwischen. »Ich kann es Euch gerne erklären, denn ich weiß ebenso viel darüber wie Kaplan Bohuslav, vielleicht sogar mehr, denn wir besitzen im Archiv ein Traktat, das noch zu Lebzeiten unseres erhabenen Klostergründers Hroznata verfasst wurde und das sich mit dem Mysterium beschäftigt.«

»Ich kenne das Traktat ebenfalls«, meldete sich der Kaplan

ein wenig gekränkt zu Wort, doch als der Prior ihm einen strengen Blick zuwarf, verstummte er. Er lehnte sich an die Wand neben dem Eingang zur Sakristei, verschränkte die Arme in den weiten Ärmeln seiner Albe und hörte zu.

»Die Sache verhält sich so«, erklärte Prior Severin hochtrabend. »Erst nach der Gründung unseres Klosters wurde die hiesige Gegend besiedelt. Zuvor gab es hier nur tiefe Wälder und Einöden, sonst nichts. Wir haben zahlreiche Dörfer gegründet und den christlichen Glauben hierhergebracht. Durch unseren Einsatz lernten die Menschen dieser Gegend die Gnade Gottes kennen und wurden auf den Pfad zur Erlösung geführt. Aber es gab auch welche, die weiterhin an ihren abscheulichen heidnischen Riten festhielten. Genau hier, unter der Burg, besaßen sie ihre geheime Höhle. Der selige Hroznata erfuhr von diesem düsteren Treffpunkt und ertappte hier eine Versammlung von Heiden – just am Tag der heiligen Barbara. Diejenigen, die bereit waren, die Taufe zu empfangen, ließ er gehen, doch ein paar verbissene Sturköpfe erschlug er. Da er befürchtete, die Heiden könnten heimlich wiederkommen, lenkte er das Flussbett so um, dass das Wasser unter dem Felsen hindurchströmte. Zur Erinnerung daran, dass auch hier der christliche Glaube siegte, wird jährlich an diesem Gedenktag das Mysterium begangen. Sein Sinn besteht nicht allein darin, Gott zu preisen, es soll auch die Kräfte des Bösen daran hindern, auf die Erde zurückzukehren.«

»Besteht denn diese Gefahr?«, fragte Ulrich. Etwas Ähnliches hatte Hroznata ja in der Urkunde geschrieben, deren Abschrift ihm der Burgvogt gezeigt hatte. Die Worte klangen auffällig ähnlich. Zwar hatte Ulrich an der Echtheit der Urkunde gezweifelt, denn er kannte die liturgischen Vorschriften und wusste, dass die meisten kirchlichen Autoritäten Zeremonien an Orten ablehnten, an denen in ferner Vergangenheit heidnische Riten vollzogen worden waren, doch nun bestätigte ihm Severin den Inhalt dieser merkwürdigen Urkunde. Vielleicht war es eine Ausnahme unter den liturgischen Regeln. Aber warum gerade hier? Nein, hinter dem Bau der seltsamen Krypta und der Feier des Mysteriums musste noch etwas anderes stecken, dessen war Ulrich sich sicher. Es war ein weiteres Adventsrätsel.

Der Prior schüttelte gutmütig den Kopf. »Es gibt keinen Grund, die Wiederkehr des Bösen zu fürchten. Doch sicherheitshalber wird das Mysterium immer im Beisein von drei geweihten Geistlichen vollzogen. Sie verkörpern die heilige göttliche Dreifaltigkeit, und gegen dieses Symbol kommt selbst der Teufel nicht an. Schon der heilige Renno schrieb über die außergewöhnliche geistige Kraft dreier geweihter Priester. Deshalb müssen wir bei dem Mysterium zu dritt sein. Heute machen wir zum ersten Mal eine Ausnahme.«

»Könnt Ihr Bruder Beatus denn nicht dazunehmen?«, fragte Ulrich. »Er mag ja ein Konverse sein, aber er ist ordentlich geweiht.«

»Solche Angelegenheiten bespreche ich nicht mit Laien«, erwiderte der Prior spitz. »Kommt, ich zeige Euch noch das Treppchen zur Empore, und dann muss ich gehen und mich vorbereiten. Kaplan Bohuslav hilft mir beim Ankleiden.«

Sie wandten sich zum Seitenaltar, der der heiligen Barbara geweiht war. Dort öffnete der Prior eine kleine Tür, die geschickt in der Holzverkleidung der Apsis verborgen lag. »Hier ist es!«, verkündete er.

Im gleichen Augenblick drehte der Kaplan sich unauffällig zu Ulrich um und flüsterte ihm zu: »Ich muss mit Euch sprechen. Aber niemand darf es mitbekommen.«

Ulrich nickte kaum merklich und betrachtete das Altargemälde, als wäre nichts gewesen, während der Kaplan sich verabschiedete und dem Prior mit demütig gesenktem Kopf in die Sakristei folgte.

Gleich darauf tauchte Otto neben Ulrich auf. »Viel habe ich nicht herausbekommen«, sagte er. »Der Bursche war nicht sehr gesprächig. Ich glaube, er hatte schon ziemlich viel intus – wie übrigens die meisten Bediensteten der Burg. Ich begreife wirklich nicht, was es für einen Sinn hat, so spät in der Nacht eine Messe für eine Horde Betrunkener abzuhalten.«

Ulrich nickte nachdenklich. »Das ist nicht das Einzige, was mich am Vermächtnis des seligen Hroznata erstaunt. Hat der Knecht sonst nichts gesagt?«

»Nun, er hat da eine interessante Sache erwähnt. Er behauptet, der Kaplan verabscheue die Mönche aus Tepl. Angeblich zieht er in der Schenke oft lautstark über sie her.«

»Es hätte mich überrascht, wenn er gut von ihnen spräche. Brüder in Christo…«, sagte Ulrich mit schiefem Grinsen. »Hier werden wir nicht mehr erfahren. Komm mit nach oben. Schauen wir uns an, welche Plätze Burgherr Sesem für uns vorgesehen hat.«

Sie stiegen das schmale, dunkle Treppchen im Innern der dicken Kirchenmauer hinauf zur Empore. Dort erblickten sie Ritter Lorenz von Koschlan und den Landedelmann Johannides, die still auf einer Bank saßen und vor sich hinzudösen schienen, in ihre dicken Mäntel eingemummelt. Als Ulrich in der schmalen Tür auftauchte, standen sie auf und verbeugten sich höflich.

»Schon so früh hier? Gewissensqualen?«, scherzte Ulrich. Ihm war sehr wohl klar, dass die beiden nicht zufällig hier saßen.

»Wir haben nichts zu verbergen«, antwortete der ältere Johannides würdevoll für sie beide. »Aus diesem Grund warten wir hier auf Euch. Wir wollten Euch von unserem alten

Streit mit Prior Severin berichten. Wir haben zwar Frieden miteinander geschlossen, aber Ihr solltet dennoch davon wissen. Jetzt, da Bruder Luthold ermordet wurde ...«

»Also gut.« Ulrich setzte sich auf seinen Platz, einen mit Fell bezogenen Sessel, dessen dichtes Haar von einem Wisent stammen musste. Er wusste diese kleine Aufmerksamkeit zu schätzen; bei der herrschenden Kälte war sie unbezahlbar. »Lasst hören.«

»Ein Kloster in der Nachbarschaft zu haben ist immer schwierig«, begann Ritter Lorenz. »Ich wollte vor den anderen nicht darüber sprechen, denn Burgherr Sesem hat eine andere Meinung in solchen Dingen. Vor allem, weil das Kloster Tepl von Hroznata gegründet wurde.«

Ulrich nickte verständnisvoll und fragte: »Hat Euer Zwist etwas mit dem ermordeten Luthold zu tun?«, während Otto sich einen Platz auf einer hinteren Bank suchte, die für weniger hochstehende Gäste bestimmt war.

»Leider ja«, antwortete Lorenz. »Gleich nach der Gründung des Klosters begannen die Tepler Mönche, fremde Leute in die Gegend zu holen. Sie erlaubten ihnen, Wälder zu roden und Dörfer zu gründen. Schon bald tauchten diese Siedler in meinem Herrschaftsgebiet auf, doch ihre Zahlungen leisteten sie an das Kloster, dessen Untertanen sie laut Vertrag blieben. Ich beschwerte mich mehrmals bei Prior Severin, aber vergeblich. Er zuckte nur mit den Achseln und behauptete, dass ihnen dem Vermächtnis des seligen Hroznata zufolge das gesamte bewaldete Gebiet gehöre. Und so habe ich diese Dörfler schließlich mit dem Schwert in der Hand vertrieben«, schloss Lorenz finster.

»Welche Rolle hat Bruder Luthold dabei gespielt?«, wollte Ulrich wissen. Derartige Streitigkeiten gab es in Nordböhmen zuhauf, und er konnte nichts Ungewöhnliches darin erkennen. Schließlich wusste kaum ein Adelsherr genau, wo die Grenzen seines Herrschaftsgebiets verliefen. Solche Auseinandersetzungen ließen sich nicht vermeiden; sie gehörten zum täglichen Leben, und keiner der Magnaten machte sich groß Gedanken darüber.

»Luthold war ursprünglich ein Krieger«, antwortete Lorenz. »Er stammte hier aus der Gegend. Vor Jahren zog er zusammen mit dem jungen Herrn Dietrich, dem Sohn Konrads von Kraschow, des vorigen Eigentümers der Burg, ins Heilige Land. Dietrich sollte damit irgendetwas abbüßen – was genau, wusste niemand so recht, es spielt ja auch keine Rolle. Als Luthold nach Böhmen zurückkehrte, richtete Herr Konrad es für ihn ein, dass er ins Kloster ging und Mönch wurde. Und da Luthold militärische Erfahrungen besaß, schickte Prior Severin ihn einmal mit ein paar bewaffneten Männern los, um eine Siedlung gegen mich zu verteidigen. Dort sind wir aneinandergeraten.«

»Luthold war nicht gerade stattlich und hatte einen dicken Bauch«, warf Otto ein. »Was kann er schon für ein Krieger gewesen sein?«

»Ihr würdet Euch wundern, wie er mit dem Schwert umgehen konnte. Und vor zwei Jahren war er noch nicht ganz so dick.« Lorenz lächelte bei der Erinnerung. »Trotzdem habe ich ihn und seine Gefährten verjagt. Doch ich bin ein gerechter Mann, deshalb habe ich sie nur bis ins Tal verfolgt, wo mein Herrschaftsgebiet endet. Als dann aber später über diese Sache Gericht gehalten wurde, behauptete Luthold, ich hätte sie viel weiter vor mir hergetrieben, angeblich bis auf das Gebiet des Klosters. Er beschuldigte mich, mehrere Männer verletzt und einen sogar getötet zu haben. Das war eine Lüge, aber das Gericht glaubte ihm, und ich musste eine hohe Geldstrafe zahlen. Seit dieser Zeit ging er mir aus dem Weg, da ich geschworen hatte, ihn grün und blau zu schlagen, sobald ich die Gelegenheit dazu bekäme.«

»Und? Habt Ihr ihn verprügelt?«

»Ich halte stets mein Wort! Nur hat sich lange Zeit keine Gelegenheit dazu ergeben. Heute sah ich ihn zum ersten Mal wieder. Ich sagte ihm, was ich von ihm hielte, dass ich die heutige Feier aber nicht verderben wolle und deshalb beschlossen hätte, ihn fürs Erste zu verschonen. Doch wie man sieht, holt Gottes Gerechtigkeit jeden ein. Ein Meineid ist eine Todsünde! Und Luthold hat sie begangen.«

»Nicht Gottes Hand hat ihn bestraft«, sagte Ulrich sachlich. »Jemand hat ihn heimtückisch ermordet. Das ist etwas anderes.«

»Wer vermag die Absichten des Herrn zu durchschauen?«, meldete Johannides sich zu Wort. »Er mag einen für uns Sterbliche unverständlichen Weg wählen, aber die Strafe bleibt niemals aus.« Er bekreuzigte sich.

»Ich bin kein Theologe. Ich bin Prokurator des Königs. Ich weiß, was Menschen dürfen und was nicht. Selbst dann, wenn des Mörders Hand von Gott gelenkt wurde, muss ich den Verbrecher bestrafen. Auch darin kann übrigens eine göttliche Absicht liegen«, antwortete Ulrich mit ernster Miene. Er schwieg eine Weile gedankenversunken, bevor er sich erneut an Ritter Lorenz wandte: »Und wie kommt Ihr mit Prior Severin aus?«

»Nach der Gerichtsverhandlung in Pilsen haben wir uns zum Zeichen der Versöhnung umarmt und geküsst. Und tatsächlich hat seitdem kein Untertan des Klosters mehr eigenmächtig mein Gebiet betreten. Trotzdem kann ich Severin nicht leiden.«

Ulrich nickte. »Beantwortet mir noch eine Frage, bevor die anderen kommen. Warum habt ihr beide euch vorhin im großen Saal gestritten?«

Der Landedelmann aus Netschetin lief rot an und murmelte: »Ich hatte ein bisschen zu viel getrunken. Ich war an dieser Gauklerin interessiert und wurde eifersüchtig.«

Bevor Lorenz diese Aussage bestätigen konnte, hörte man von der Holzgalerie, die vom Palas hierher führte, polternde Schritte. Gleich darauf erschien Sesem von Kraschow. Ritter Lorenz schüttelte hastig den Kopf und legte einen Finger auf den Mund, um anzudeuten, dass er vor dem Burgherrn nicht über die Angelegenheit sprechen wollte. Ulrich verstand und nickte.

XIII. KAPITEL

Sesem von Kraschow wurde von seinem Sohn begleitet. Nickels Gesicht war blass, und auf dem Kragen seines Umhangs war noch ein Schmutzfleck zu sehen, den jemand offenbar erfolglos zu entfernen versucht hatte. Ansonsten bewegte er sich wieder ziemlich sicher und grüßte, sobald er die Empore betrat, die Gäste mit einem verschämten Lächeln, bevor er sich fromm bekreuzigte und auf seinem Platz niederließ.

Sesem zog die Augenbrauen zusammen und biss sich verärgert auf die Lippen, doch es half alles nichts: Das Burggesinde trudelte nur sehr gemächlich ein. Von draußen hörte man die schrille Stimme des Burgvogts, der die Nachzügler hektisch zur Eile antrieb. Es würde noch dauern, bis der Gottesdienst begann.

Otto sog hörbar die Luft ein, die von der unten versammelten Menschenmenge zu ihnen aufstieg. Er beugte sich zu seinem Herrn vor und flüsterte: »Wenn es hier nicht nach Weihrauch riechen würde – ich käme glatt auf den Gedanken, in einer Spelunke zu sein. Von all den Bierdämpfen hier wird einem ja schwindelig.«

Sesem von Kraschow, der diese Bemerkung gehört hatte, drehte sich indigniert zu Otto um und bemerkte kühl: »Auch Sünder dürfen ein Gotteshaus besuchen. Es zählt allein, dass sie ihr Herz dem Glauben öffnen und Buße tun.« Dann wandte er sich wieder zum Altar und begann leise zu beten.

Ulrich beugte sich über die Balustrade der Empore und besah sich die seltsame Menschenmischung unter ihm. Sein Blick fiel auf die Bademagd Else. Sie hatte einen hellweißen Schleier um den Kopf gehüllt wie die frömmste Büßerin; dazu trug sie ein dunkles Kleid und einen ausgeblichenen braunen Mantel. Ihre Gestalt verlor sich beinahe im Schatten des mächtigen Schmieds, der hinter ihr lässig an einer Säule lehnte und seine Hand gebieterisch um ihre Taille gelegt hatte. Ulrich spürte, wie ihm der brennende Stachel des Zorns einen Stich versetzte. In diesem Augenblick hob die Bademagd den Kopf und entdeckte ihn auf der Empore. Sie lächelte und machte ihm ein unauffälliges Handzeichen, bevor sie sich rasch wieder abwandte.

Endlich begann die Zeremonie. Prior Severin, nun im Ornat, sprach langsam und salbungsvoll liturgische Psalmen. Für diese ungewöhnliche Mitternachtsmesse hatte er die kürzere Gottesdienstform gewählt, wie sie in den Klöstern bei der Vesper zelebriert wurde, dem letzten Stundengebet nach Sonnenuntergang.

Ulrich fiel auf, dass fast alle in der Kapelle Versammelten die Gebete rasch und ohne größeres Interesse heruntersprachen, und ihm wurde klar, dass die Messe nur eine Art Pflichtveranstaltung vor dem Mysterium darstellte. Die meisten Anwesenden warteten ungeduldig darauf, die unterirdische Krypta zu besuchen.

Unter der gespannten Aufmerksamkeit aller verkündete der Prior schließlich: »Amen!« Einen Moment lang blieb er noch mit dem Rücken zu den Gläubigen in einer Segensgeste vor dem Altar stehen; dann wandte er sich den beiden Geistlichen zu, die ihm bei der Messe assistiert hatten. Seine Miene drückte weder Milde noch Liebenswürdigkeit aus, doch er brachte es irgendwie zustande, seine Stimme freundlich klingen zu lassen, als er sagte: »Brüder in Christo! Lasst uns nun zur Feier des Mysteriums schreiten. Fangt an!«

Burgkaplan Bohuslav und der Zisterziensermönch Beatus knieten vor dem Altar nieder und sprachen ein schnelles Gebet. Dann machten sie das Kreuzzeichen, standen auf und begaben sich ehrfürchtigen Schrittes zur rechten Seite der Kapelle, wo sich der Altar der heiligen Barbara befand. Am Fuß des Altars war eine Steinplatte in den unregelmäßigen braunen Fliesenboden eingelassen; die Platte trug eine Inschrift, die nur schwer zu entziffern war, da zahllose Stiefelsohlen, die täglich über sie hinwegliefen, den Stein abgeschliffen hatten. An den Ecken der Platte waren vier dicke Eisenringe befestigt; an zwei dieser Ringe standen der Burgvogt und ein Söldner bereit. Bohuslav und Beatus bückten sich, und zu viert hoben sie die Platte an den Eisenringen hoch und legten sie seitlich ab.

Unter der Platte tat sich ein dunkler Schacht auf, in den eine steile Steintreppe hinunterführte. Prior Severin drehte sich zur Altarmensa um und nahm ein Aquamanile – ein liturgisches Gefäß – in Gestalt eines Löwen herunter, in dem sich Weihwasser befand. Dann ging er zu der Schachtöffnung und neigte das Aquamanile leicht, sodass ein paar Tropfen aus dem offenen Löwenmaul auf die Stufen fielen. Dabei murmelte er ein leises Gebet. Sobald er fertig war, wandte er sich zur Empore, machte eine Verbeugung und bat Herrn Sesem von Kraschow, als Erster in die unterirdische Krypta seines berühmten Ahnherrn hinabzusteigen.

Burgvogt Hannes zündete unterdessen an einer Kerzenflamme den Docht einer kleinen Lampe an, wie Bergleute sie verwendeten. Er reichte sie dem Burgherrn, der inzwischen bei ihnen angekommen war. Sesem bekreuzigte sich und stieg die ersten Stufen der steilen Treppe hinunter. Ihm folgten Prior Severin mit dem Aquamanile in der Hand, dann Ulrich von Kulm, dann die anderen edlen Gäste. Jeder erhielt vom Burgvogt ein Lämpchen, wie Sesem es vorantrug.

Die Prozession bewegte sich langsam durch die Felsenkluft in die Tiefe, wobei der Spalt mitunter so schmal wurde, dass die Gläubigen so gerade eben hindurchpassten. Ulrich setzte vorsichtig einen Fuß vor den anderen, da die Stufen äußerst steil waren. Die meisten waren direkt aus dem Gestein gehauen, doch an manchen Stellen war der Fels so abschüssig, dass man mithilfe von Mörtel flache Steine als Trittstufen eingesetzt hatte. Der graue Fels war kalt und feucht, und in Mulden und Vertiefungen stand Wasser, das im Licht der Flämmchen wie ein böses Auge glänzte. Beinahe wäre Ulrich auf einen Frosch getreten, der nach der Stauung des Flusses hier zurückgeblieben war.

Nach der Treppe mündete ein schmaler Durchgang in eine Höhle, die nicht allzu groß, aber sehr hoch war. Ihr Deckengewölbe verlor sich in der Finsternis über ihren Köpfen. Gegenüber dem Eingang stand auf einem erhöhten Podest eine steinerne Tumba – ein Sarkophag, der an die Gräber der ersten Christen erinnerte. Linker Hand hatte sich offenbar einst der ursprüngliche Höhlenzugang befunden, der nun mit grob behauenen Steinblöcken zugemauert war. Die Quader waren vom feuchten Schleim grüner Algen überzogen. Unweit dieser Mauer befand sich im Boden ein Loch, das von einem dicken, rostigen Gitter bedeckt war. Da keine andere Öffnung in der Krypta zu sehen war, folgerte Ulrich, dass es sich um den Kanal handeln musste, durch den das Flusswasser zu- und abgeleitet wurde.

Der ganze Raum rief beim Besucher Angst, Beklommenheit und Schrecken hervor. Andächtige Ruhe und Frömmigkeit konnten hier nur schwer gedeihen. Ulrich begriff nicht, was Hroznata mit dem Bau dieser unterirdischen Krypta bezweckt hatte. Er gelangte immer mehr zu der Überzeugung, dass das Gerede vom Mysterium der heiligen Barbara nur ein Deckmantel für irgendetwas anderes war. Schwer vorstellbar, dass es hier allein um den Glauben ging. Ulrich sah sich aufmerksam um. Falls es irgendwo einen verborgenen Schlüssel zu dem Rätsel gab, musste er sich hier befinden. Deshalb war die Krypta wohl auch den Rest des Jahres überflutet: damit sie vor neugierigen Blicken geschützt blieb. Aber warum?

Sesem von Kraschow schritt zu der steinernen Tumba und säuberte sie ehrfürchtig vom Schmutz, der darauf liegen geblieben war. Das Relief auf der Frontseite des Sarkophags war durch kleine Säulen in drei Felder unterteilt. Auf dem linken war eine ungelenk gemeißelte Männerfigur mit einem Schwert zu sehen, die vermutlich Hroznata darstellen sollte. Auf der rechten Seite befand sich die Abbildung einer Frau mit einem kleinen Turm zu Füßen, ein Symbol der heiligen Barbara. Im mittleren Feld schließlich stand eine Inschrift. Die Buchstaben waren schon ziemlich verwischt, ließen sich aber mit ein wenig Mühe entziffern. Es handelte sich um einen Text aus dem Alten Testament über Moses, der das Volk Israel aus der ägyptischen Gefangenschaft durch das sich teilende Rote Meer führte.

Ulrich war anfangs nicht klar, was dieser Text mit der Krypta zu tun hatte, dann aber begriff er. In der Krypta stand gewöhnlich das Wasser, und nur während des Mysteriums wich es vor den Gläubigen zurück wie einst das Meer vor den fliehenden Juden. Doch sonst gab es in der Krypta nichts Aufschlussreiches zu entdecken.

Nicht alle, die oben an der Messe teilgenommen hatten,

passten in die Höhle hinein. Gesinde und Söldner blieben im Durchgang stehen; manche mussten sogar auf den Treppenstufen ausharren. Ulrich wurde mit einem Mal mulmig zumute. Er stellte sich vor, wie der Damm brach und das Wasser durch die Öffnung im Boden mit vernichtender Kraft in die Krypta rauschte. Wie das Chaos ausbrach, während er panisch versuchte, zwischen all den Verzweifelten hindurch über den Schacht nach oben zu gelangen. Er fuhr sich mit der Hand über sein feuchtes Gesicht. Offenbar war das Fieber zurückgekommen. Seine Wangen waren erhitzt, sein Kopf schmerzte, und seine Augen tränten von dem flackernden Licht der Lämpchen. Unwillkürlich zog er seinen Umhang straffer um sich. Er musste sich tüchtig erkältet haben.

Unterdessen schritt Prior Severin um die Tumba herum und sprach leise Gebete. An jeder Ecke des Sarkophags goss er ein wenig Weihwasser aus dem Aquamanile auf den Boden. Als er damit fertig war, bekreuzigte er sich und verkündete, die Mächte der Dunkelheit besäßen nun keine Macht mehr über die Menschen in der Krypta. Seine Stimme brach sich am steinernen Gewölbe hoch über den Köpfen der Gläubigen und kehrte in vielfältigem Widerhall zurück. Dann begann er auf Lateinisch zu beten: »*Pater noster, qui es in caelis* ...«

Alle in der Krypta Versammelten fielen auf die Knie. Ulrich scheute zwar davor zurück, weil es überall unangenehm nass war, aber stehen bleiben konnte er auch nicht. Er senkte den Kopf – und obwohl er sich im Innersten dagegen wehrte, überkam ihn mit einem Mal eine seltsame Rührung. Die Stimmen der Gläubigen, die hier in dieser dunklen Krypta tief im Felsen gefangen waren und Gott anriefen, an den sie so fest glaubten, rissen ihn mit. Diese Leute zweifelten nicht daran, dass der Herr sie immer und überall beschützen würde. Vielleicht zum ersten Mal im Leben spürte Ulrich die beunruhigende Macht des Glaubens. Und plötzlich meinte er zu verstehen, warum Hroznata diese bemerkenswerte Krypta errichtet hatte.

Inzwischen löste Prior Severin mithilfe von Kaplan Bohuslav und Bruder Beatus eine rostige Kette von einer Krampe in der Wand hinter der Tumba. Am anderen Ende der Kette musste irgendetwas Schweres hoch oben an der Decke der Krypta hängen, denn das freie Ende stieg nun von alleine in die Höhe, und der Kaplan musste seine ganze Kraft aufbieten, damit die Kette ihm nicht aus den Händen glitt. Kurz darauf schwebte ein vierarmiger Leuchter herab. Bruder Beatus steckte vier brennende Kerzen in die Fassungen der Leuchterarme; dann zogen er und der Kaplan den Leuchter wieder nach oben zur Decke.

Ulrich verfolgte gebannt das Spektakel. Insgeheim musste er zugeben, dass das Mysterium umso eindrucksvoller war, als es nicht vor pompösen Worten strotzte. Als schließlich der Leuchter sein Licht von hoch oben auf die Köpfe der Menschen warf, fiel Ulrich eine grob in den Felsen geritzte Spirale unterhalb des Gewölbes auf. Er machte sich bewusst, dass die Höhle jetzt als Ganzes ausgeleuchtet war; deshalb ließ er einen prüfenden Blick über die oberen Wandteile schweifen, die vorher im Dunkeln gelegen hatten. Die Spirale befand sich direkt über dem zugemauerten einstigen Höhleneingang. Rechts über der Tumba ließen sich außerdem drei eingravierte Bogen an der Wand ausmachen. Auf der anderen Seite entdeckte Ulrich ein Kreuz über dem Durchgang, durch den er und die anderen hergekommen waren. An der letzten Wand wiederum befand sich auf etwa gleicher Höhe ein großer Kreis. Das also hatte Hroznata gemeint, als er in seiner Urkunde von den Gläubigen sprach, die in der Krypta ihre Augen zum Himmel heben sollten, wenn die Sonne herauskam!

Ulrich war von seiner Entdeckung so in Beschlag genommen, dass er gar nicht mehr der Stimme des Priors gelauscht hatte, und erst, als alle anderen bereits aufgestanden waren, rappelte er sich verlegen vom Boden auf. Aber niemand schien auf ihn geachtet zu haben. Sesem von Kraschow bekreuzigte sich ein weiteres Mal und dankte in ein paar Sätzen dem seligen Hroznata dafür, das Heidentum in dieser Gegend ausgerottet zu haben. Dann verneigte er sich in Richtung des Sarkophags und ging zum Ausgang der Höhle, während die anderen respektvoll zur Seite traten, um ihn durchzulassen. Sesem auf dem Fuße folgte Prior Severin. Der Kaplan und Bruder Beatus jedoch blieben bei der Tumba stehen. Es hatte ohnehin keinen Sinn, sich zum Ausgang zu drängeln, denn gleich nachdem der Prior die Krypta verlassen hatte, waren auch Gesinde und Söldner zur Treppe gestürmt, umso schnell wie möglich wieder nach oben zu gelangen. Ulrich und die anderen Edelleute blieben in der Krypta zurück und mussten abwarten, bis der Durchgang wieder frei wurde.

Die Ergriffenheit, die die Atmosphäre des Mysteriums in ihm ausgelöst hatte, war von Ulrich abgefallen. Verärgert brummte er, dass es sich doch wohl gehöre, die edle Herrschaft zuerst durchzulassen. Nur brachte es nicht viel, sich zu beklagen. Ritter Lorenz, der neben Ulrich stand, zuckte mit den Schultern und sagte lächelnd: »So läuft es hier jedes Mal. Letztes Jahr habe ich mich bei Herrn Sesem darüber beschwert, und er hat versprochen, dieses Jahr würde es besser sein. Aber wie Ihr seht, gehorchen die Leute ihm hier unten nicht. Sobald Sesem aufbricht, packt das Gesinde die nackte Angst. Sie fürchten sich davor, hier unten zurückgelassen zu werden. Sesem kann ihnen hundertmal etwas anderes befehlen, sie würden doch wieder hinaufrennen wie eine aufgescheuchte blökende Schafherde.«

»Mich wundert das nicht«, mischte sich der immer noch blasse Nickel ins Gespräch. »Ich ängstige mich hier zu Tode.«

»Hätte ich so viel getrunken wie du, wäre ich schon lange tot«, scherzte Otto gutmütig. Er wollte noch etwas hinzufügen, doch Sesems Sohn zog ein finsteres Gesicht und antwortete ihm knapp, er rede nicht mit Bediensteten, worauf Otto überrascht schlucken musste.

Schließlich leerte sich der Gang. Ulrich begab sich erleichtert zur Felsentreppe und stieg die steilen Stufen hinauf. Er spürte jeden Schritt; seine Beine fühlten sich so schwer an, als lägen sie in Ketten. Kraftlos schleppte er sich nach oben, wobei er sich mit der Hand am kalten Fels abstützte. Er nahm sich vor, sich gleich hinzulegen. Morgen war auch noch ein Tag. Und warum sollte er sich quälen, wenn Sesem seine Dienste ohnehin nicht schätzte?

Oben in der Kapelle traf er im Gedränge auf Else. Sie machte ein erschrockenes Gesicht, denn einen Schritt hinter ihr stand ihr Mann. Als sie die Kapelle verließ, blieb sie noch einmal stehen und drehte sich zu Ulrich um, als wollte sie etwas sagen, besann sich dann aber anders und verschwand nach draußen in die Dunkelheit. Der Schmied blickte ihr düster nach, folgte ihr jedoch nicht. Eine Zeit lang stand er nur da und schaute sich um, als würde er jemanden suchen. Da tauchte im Eingang der Schankwirt Jakob auf und machte eine ungeduldige Geste mit der Hand, als wollte er den Schmied rüffeln, wo er denn so lange bleibe. Der Schmied bekreuzigte sich hastig und eilte dem Wirt hinterher in den Burghof.

Ulrich verharrte unschlüssig in der Kapelle und grübelte. Nicht über die hübsche Bademagd, sondern über das, was er in der Miene des Schmieds gelesen hatte. Plötzlich hatte er eine Idee, doch er bekam nicht die Gelegenheit, sie genauer zu durchdenken: Sesem von Kraschow versammelte seine Gäste um sich und forderte sie auf, ihn in den Tafelsaal zu begleiten.

»Ein Becher mit heißem Wein und etwas Süßes werden Euch sicher gelegen kommen«, tönte der Burgherr mit breitem Lächeln. »Was für eine schöne Feier das war!«

XIV. KAPITEL

Die Kapelle leerte sich allmählich. Das Gesinde und die Söldner, die gerade keinen Wachdienst hatten, eilten zurück in die Vorburg, um wieder in der Schenke einzukehren. Heute würde nicht nur im Palas lange gefeiert werden.

Burgvogt Hannes gesellte sich zu Ulrich. Er hatte Sorgenfalten auf der Stirn und entschuldigte sich, ihn zu stören. »Ihr hattet recht, edler Herr«, sagte er mit einer höflichen Verbeugung. »Mit der Speise, die unser Schankwirt heute serviert hat. Er wird ein paar Dinge erklären müssen. Seine Frau Hedda natürlich auch. Wie habt Ihr es herausgefunden?«

»Indem ich in die Schenke gegangen bin und die Augen offengehalten habe«, antwortete Ulrich. Es klang beißender, als er beabsichtigt hatte, aber er konnte sich nicht helfen – dieser dünne, ständig überreizte Kerl wurde ihm lästig.

»Es ist nicht so, dass ich nachlässig wäre«, antwortete Hannes gekränkt und straffte seine magere Brust. »Ich beaufsichtige die Küche äußerst penibel. Wann immer die Köchin den Palas verlässt, durchsuche ich sie persönlich. Und dann noch einmal der Wächter am oberen Tor. Ich hielt es für unmöglich, dass etwas in die Vorburg gelangen könnte. Nun, offenbar habe ich mich getäuscht. Irgendwie hat die Frau mich hereingelegt. Aber es geschah nicht aus Unachtsamkeit!«

»Was hat denn der Schankwirt gesagt?«

»Glaubt Ihr, ich hätte ihn gefragt?« Der Burgvogt lächelte – zum ersten Mal, soweit Ulrich sich erinnern konnte. »Ihr haltet mich doch hoffentlich nicht für töricht. Selbstverständlich habe ich dem Schankwirt noch nichts von meinem Verdacht gesagt. Gleich morgen Vormittag werde ich ihn verhören – im Beisein von Herrn Sesem. Ich möchte ihn überrumpeln. Wollen doch mal sehen, was er sagt.«

Ulrich interessierte noch etwas anderes. »Der Zugang zur Krypta ist offen geblieben, und fast alle sind gegangen. Euer Kaplan wird diese Steinplatte aber nicht alleine bewegen können.«

»Die Krypta wird immer bis zum Morgen offen gelassen. Zunächst muss der Kaplan überprüfen, ob das Wasser wieder bis zur Treppe angestiegen ist. Erst dann wird die Bodenplatte zurück an die alte Stelle gesetzt.«

»Du sagtest, du bist noch kein Jahr hier auf Burg Kraschow. Das ist jetzt also dein erster Advent hier. Wie kommt es dann, dass du das alles weißt?«

»Auf Anordnung des Burgherrn hat Prior Severin mir genau erklärt, wie alles vonstattengeht und was zu tun ist. Ich habe mir sogar ein paar Notizen auf Pergament gemacht, damit ich nichts vergesse«, erklärte Hannes, dessen Stimme schon wieder angespannt klang. Schnell verneigte er sich und eilte nach draußen.

Nachdem die Messe nun vorüber war, kehrte wohltuende Stille in die Kapelle ein. Ein Knecht löschte gerade die Kerzen, die im Dunkel leise verzischten. Ulrich stellte sich vor, wie es jetzt im Tafelsaal hoch herging. Doch er vermisste es nicht; er war müde und verspürte immer noch etwas von dem tiefen, erhebenden Gefühl, das ihn unten in der Krypta erfasst hatte.

Er ließ sich auf einem steinernen Sitz nieder, lehnte sich mit dem Rücken gegen einen Pfeiler, ließ die Augenlider sinken und dachte nach. Ohne dass er den Grund dafür wusste, kam ihm der Kaplan in den Sinn. Irgendwie wurde Ulrich das seltsame Gefühl nicht los, dass der Schlüssel zur Lösung aller Rätsel bei Bohuslav lag.

So war es bisher bei all seinen Fällen gewesen: Das Wirrwarr aus Gewalt und Lügen war wie eine zerschlagene Schüssel, deren Scherben nicht mehr zusammenpassten, mochte er sich noch so sehr bemühen. Manchmal aber fand er einen einzelnen Splitter, der wie durch ein Wunder alles zusammenfügte. Diesmal hatte Ulrich nur Bruchstücke vor sich. Die Scherbe, die ihm helfen würde, alles zu verstehen, hatte er bislang noch nicht gefunden.

Er erhob sich und ging durch den Altarraum. Durch die halb geöffnete Tür der Sakristei drang schwacher Lichtschein ins Halbdunkel der Kapelle. Ulrich trat durch die Tür. Die Sakristei war nur ein kleiner Raum. Neben einer der Wände sah man eine offene Truhe, in der die zusammengefalteten Messornate lagen. Unter einem Fensterchen standen ein kleiner Tisch und zwei Stühle. In der Mauer neben der Tür befand sich eine verschlossene Nische für liturgische Gerätschaften.

»Ich habe Euch bereits erwartet«, sagte Kaplan Bohuslav mit einer Verbeugung und forderte Ulrich mit einer Geste auf, Platz zu nehmen. Respektvoll wartete er, bis sein Gast sich gesetzt hatte; erst dann fuhr er fort: »Ich schätze und ehre Herrn Sesem. Er ist ein guter Herr, und ich würde niemals etwas tun, was ihm schaden könnte. Doch auch wenn er uns verboten hat, über gewisse Dinge zu sprechen, möchte ich Euch gerne helfen.«

»Warum?«, fragte Ulrich. Wenn er Informationen erhalten

wollte, musste er sicher sein können, dass sie der Wahrheit entsprachen. Zu oft schon war es vorgekommen, dass ein verdächtiger Magnat einen Untergebenen vorschob, damit Ulrich von der richtigen Fährte abgebracht wurde.

»Weil ich dadurch letztlich auch ihm helfe. Mein Herr hat eine einzige Schwäche. Er verehrt seinen Vorfahren so grenzenlos, dass er vor dem Offensichtlichen die Augen verschließt: Im Namen des seligen Hroznata tun die Mönche aus Tepl, was sie wollen. Jetzt bedrohen sie womöglich auch noch meinen Herrn.«

»Das musst du mir genauer erklären. Ich habe schon gehört, dass du die Prämonstratenser in Tepl nicht gerade liebst. Haben sie dir etwas getan?«

»Wie man es nimmt. Eigentlich habe ich es ihnen zu verdanken, dass ich hier auf der Burg Kaplan geworden bin. Aber ich kann mich nicht darüber freuen, weil sie meinen Onkel Hans getötet haben. Während der Burgherrschaft von Herrn Konrad war Hans hier lange Jahre Kaplan. Ich bin ihm immer nur zur Hand gegangen – bis zu seinem Tod. Und damit begann letztlich der schreckliche Reigen seltsamer Todesfälle.«

»Er starb also noch vor Herrn Konrad?«, fragte Ulrich aufgeregt. Vom Tod des alten Kaplans hatte ihm bisher niemand erzählt.

»Ungefähr eine Woche davor. Ihr müsst wissen, Herr Konrad war dem Kloster Tepl nicht so demütig ergeben wie sein Bruder Sesem, der heutige Burgherr. Er vertrat immer seine eigenen Interessen.«

»Und dein Onkel?«

»Onkel Hans hatte etwas entdeckt, was das Kloster und Hroznatas Person betraf. Konrad schickte ihn nach Tepl, um dort mehr herauszufinden. Es heißt, Hans wurde auf dem Weg dorthin von Räubern überfallen und ermordet. Aber von einem Freund, der in Tepl Pförtner ist, weiß ich, dass Hans das Kloster sehr wohl erreicht hat. Sie müssen ihn also im Kloster selbst umgebracht haben. Erst dann warfen sie seinen Leichnam auf den Weg im Wald, um den Verdacht von sich abzulenken.«

»Warum sollten sie das tun?«, fragte Ulrich skeptisch. Zwar gab er sich keinen Illusionen hin, was die Menschen betraf, aber dass ein Reisender in einem Kloster von den Mönchen selbst umgebracht wurde, erschien ihm ziemlich weit hergeholt.

»Ich weiß es nicht«, sagte Kaplan Bohuslav betrübt. »Vor seinem Aufbruch hat er mir nichts erzählt. Nur Herr Konrad wusste Bescheid. Und als dann Prior Severin zur Sankt-Barbara-Feier anreiste ...«

Ulrich unterbrach ihn: »Ich dachte, dass normalerweise der Abt zu der Feier kam. War es nicht unhöflich, dass er an seiner Stelle lediglich den Prior geschickt hat?«

»Abt Markus ist ein sehr alter Mann. Das Reisen bereitet ihm schon seit Jahren Mühe. Seit einiger Zeit hört man, dass er das Bett nicht mehr verlässt. Einmal erhielt er sogar die Letzte Ölung. Bisher aber hat der Tod ihn noch nicht ereilt. Das alles bedeutet freilich nicht, dass er unschuldig wäre. Ich kenne keinen böseren und habgierigeren Menschen! Bestimmt wurde Onkel Hans auf Markus' Anweisung hin getötet! Auch Herr Konrad glaubte das, denn vor seinem eigenen Tod hat er noch heftig mit Prior Severin darüber gestritten. Zufällig habe ich etwas von ihrer Auseinandersetzung mitbekommen. Sie haben sich hier in der Kapelle wie Marktschreier angebrüllt, wenn nicht sogar schlimmer. Und in der Nacht darauf wurde Herr Konrad umgebracht.«

»Das sind ernsthafte Beschuldigungen«, sagte Ulrich

düster. »War das der Grund, weshalb du vertraulich mit mir sprechen wolltest?«

»Ich beschuldige niemanden«, beteuerte Kaplan Bohuslav betroffen. »Ich weise Euch nur auf merkwürdige Umstände hin. Aber ich habe etwas für Euch. Vor allem deshalb wollte ich Euch sprechen. Seht her!« Er erhob sich, ging zum Sanktuarium, öffnete ein kleines Türchen und nahm ein in Schweinsleder gebundenes Buch heraus. Er legte es auf den Tisch und klopfte gewichtig mit dem Finger darauf. »In diesem Buch findet Ihr bestimmt eine Antwort auf die Frage, weshalb mein Onkel Hans sterben musste. Der Burgvogt sagte mir, Ihr könntet lesen.«

»Was ist das?«

»Eine Art Chronik. Die Legende vom seligen Hroznata, die Geschichte von Burg Kraschow, historische Anmerkungen. Mein Onkel hat es geschrieben.«

»Weißt du denn, weshalb dein Onkel gestorben ist?«

Der Kaplan senkte den Kopf und sagte kleinlaut: »Leider nein. Mein Onkel beherrschte ausgezeichnet Latein, aber ich selbst bin nicht sehr gebildet. Mein Glaube ist aufrichtig, aber schlicht. Ich kann lateinische Gebete sprechen und beherrsche ein paar Sätze, aber etliche Wörter in diesem Buch verstehe ich nicht. Manche Stellen kann ich nicht einmal entziffern. Ihr findet sie gleich hinter der Legende vom seligen Hroznata – vielleicht gehören sie auch noch dazu. Schaut her.« Er blätterte rasch durch die Pergamentseiten. »Hier ist es!«

Ulrich überflog neugierig die Seite. Dann lächelte er. »Das konntest du auch gar nicht lesen. Es ist in karolingischer Unziale verfasst. Das ist eine besondere Schrift, die zur Zeit Kaiser Karls des Großen in den Klöstern verwendet wurde. Das ist beinahe fünfhundert Jahre her, aber zufällig kenne ich diese Schrift. Ich habe die Klosterschule in Magdeburg besucht. Dort wurden ein paar prächtige, in Unziale geschriebene Bücher aufbewahrt.«

Er beugte sich hinunter, fuhr mit dem Finger über einzelne Zeilen und ging Silbe für Silbe hindurch. Nach einer Weile hob er überrascht den Kopf. »Das ist die Abschrift eines Vertrags zwischen dem Prager Bischof Heinrich Břetislav und dem deutschen Kaiser Heinrich VI. Ich habe noch nicht alles gelesen, aber es handelt sich um ein ziemlich niederträchtiges Abkommen. Der Prager Bischof will dem Kaiser Geld zahlen, wenn er ihn dafür zum Fürsten von Prag ernennt. Deshalb ist es auch in Unziale geschrieben: Es war offenbar ein geheimes Abkommen. Es wurde vor achtzig Jahren geschlossen, das heißt also zu Lebzeiten des seligen Hroznata. Aber warum sollten die Tepler Mönche deinen Onkel wegen eines alten und längst nicht mehr gültigen Vertrags ermordet haben?«

»In der Chronik muss noch irgendetwas stehen«, beharrte Kaplan Bohuslav. »Nehmt sie mit und studiert sie. Weiter kann ich Euch auch nicht helfen. Aber glaubt mir, alles Übel kommt von den Prämonstratensern in Tepl.«

»Ich werde es bei meinen Ermittlungen berücksichtigen«, sagte Ulrich und stand auf, ein wenig enttäuscht. »Ich sollte jetzt in den Palas hinüber. Nicht, dass meine lange Abwesenheit noch verdächtig erscheint.«

»Ich verstehe«, sagte der Kaplan demütig. Betrübt schaute er dem königlichen Prokurator hinterher, als dieser die Sakristei verließ. Im Stillen sagte er sich, dass ihm keine andere Wahl blieb, als geduldig zu sein.

Im Palas angekommen, ging Ulrich nicht direkt in den Tafelsaal, sondern stieg zuerst ins obere Stockwerk hinauf. Er konnte schließlich nicht mit der Chronik in der Hand unter den Gästen auftauchen. Besser, er versteckte sie in seiner Schlafkammer.

Als er die ihm zugewiesene Kammer betrat, stellte er angenehm überrascht fest, dass jemand Holz nachgelegt haben musste, denn im Kamin brannte noch Feuer. Wenigstens zum Schlafen würde er es schön warm haben. Falls es dazu kommt, fügte er in Gedanken hinzu. Er hatte die Chronik zunächst gedankenlos auf den Tisch gelegt, überlegte es sich dann aber anders. »Schließlich haben wir Advent«, brummte er spöttisch und versteckte das Buch unter dem Kissen seines Betts.

Dann ging er wieder hinaus auf den Flur. Gerade als er die Tür zumachte, trat Sesem von Kraschow aus seiner eigenen Kammer. Er schien nicht allzu überrascht zu sein; stattdessen fragte er den königlichen Prokurator lächelnd: »Habt auch Ihr Euch einen Moment ausgeruht?«

Ulrich nickte. Sesem verharrte unschlüssig auf der Türschwelle. Dann forderte er Ulrich mit einer Handbewegung auf, zu ihm ins Zimmer zu kommen. »Ich denke, wir sollten etwas klären, Ihr und ich«, sagte er mit einem Augenzwinkern, als würde er einen Mitverschwörer zu einer geheimen Besprechung einladen.

Er ließ Ulrich in dem Sessel Platz nehmen, der mit dem Rücken zur Tür stand, und setzte sich selbst auf einen einfachen Schemel ihm gegenüber. »Ich würde Euch ja gern etwas einschenken, aber wie Ihr seht, habe ich hier nur einen Krug Wasser«, begann er verlegen. »Ich muss mich bei Euch entschuldigen, Herr Ulrich. Ihr denkt vielleicht, dass ich mich einem Vertreter des Königs gegenüber nicht respektvoll verhalte oder gar nicht an der Wahrheit interessiert sei. Aber so ist es nicht, königlicher Prokurator!« Sesem reckte einen Zeigefinger hoch, um seinen Worten Nachdruck zu verleihen.

Ulrich saß schweigend da, wartete aufmerksam ab. Der plötzliche Umschwung im Verhalten seines Gastgebers kam ihm seltsam vor.

»Ich will nicht, dass Ihr in der Vergangenheit herumforscht, wie ich Euch bereits sagte. Denn wem ist damit geholfen?« Sesem zuckte die Schultern.

»Aber Ihr selbst habt gesagt, Ihr wärt daran interessiert, die Wahrheit zu erfahren«, entgegnete Ulrich.

»Gewiss! Aber doch nicht zu dem Preis, dass ich meine eigene Familie gefährde. Da wir hier unter vier Augen sind, kann ich Euch etwas anvertrauen: Ich teile Eure Meinung. Die Geschehnisse der letzten Jahre waren offenkundig Verbrechen – zum größten Teil zumindest. Natürlich habe nicht ich sie begangen. Ich muss Euch aber gestehen, dass sie mir ziemlich gleichgültig sind. Jedenfalls, solange der Mörder nicht weitermacht. Heute – nein, es ist es ja schon nach Mitternacht, also gestern – hat jemand Bruder Luthold ermordet. Mit dieser Wüterei muss endlich Schluss sein. Deshalb will ich einräumen, dass ich gelogen habe.«

»Inwiefern?«

»Ihr hattet recht. Ich hatte die Kraftbrühe für meinen Sohn unten im Saal stehen lassen. Ich habe Nickel selbst dorthin geführt. Nachdem er die Brühe getrunken hatte, habe ich noch abgewartet, dass er seinen Magen entleert, und ihn gleich darauf wieder hoch in mein Schlafgemach gebracht. Ob der unglückselige Mönch zu diesem Zeitpunkt schon tot war oder ob es erst nach unserem Weggang geschah, weiß ich nicht – der Tisch war ja mit einem Tuch bedeckt, das bis zum Boden reichte. Falls die Leiche darunter lag, habe ich es nicht bemerkt, denn ich habe nicht unter den Tisch geschaut.«

»Daran war doch nichts Schlimmes. Warum habt Ihr das

nicht gleich zugegeben?«, wollte Ulrich wissen. Wieder hatte er das undeutliche Gefühl, absichtlich auf eine falsche Fährte geführt zu werden.

»Eben weil man die Geschehnisse der vergangenen Jahre mit dem gestrigen Mord in Verbindung bringen könnte. Ich wollte meinen Sohn da nicht hineinziehen.«

»Oder Euch selbst«, sagte Ulrich trocken. »Der junge Mann war so betrunken, dass er wohl kaum eine Schlinge um Lutholds Hals hätte ziehen können. Auch wenn dieser selbst nicht ganz nüchtern war. Wenn ich jemanden verdächtigen müsste, dann eher Euch, Burgherr Sesem!«

»Wie Ihr wollt. Aber auch ich bin es nicht gewesen. Ich hatte keinen Grund. Ich komme hervorragend mit dem Kloster Tepl aus. Im Unterschied zu gewissen anderen Leuten.«

»Auf wen spielt Ihr an?«

»Ritter Lorenz hat Euch doch bestimmt von seinem Zwist mit den Prämonstratensern erzählt.«

»Ja. Aber auch Euer Kaplan Bohuslav mag sie nicht besonders.«

»Ach der.« Der Burgherr winkte ab, als ginge es um einen hoffnungslosen Fall.

»Sie haben immerhin seinen Onkel umgebracht«, sagte Ulrich verwundert.

»Hat er also auch Euch gegenüber diesen Unsinn behauptet? Ich werde ihn wohl bestrafen müssen«, sagte Sesem nachdenklich.

»Warum wollt Ihr jemanden bestrafen, der nur die Wahrheit herausfinden will? Das wollt Ihr doch auch.«

»Das ist etwas ganz anderes! Ich möchte die Wahrheit wissen, Bohuslav hingegen verbreitet üble Nachrede, ja er lügt! Sein Onkel wurde von Räubern umgebracht. Prior Severin hat glaubhafte Zeugenaussagen mehrerer vertrauenswürdiger

Männer vorgelegt. Nebenbei bemerkt war es ausgerechnet er, der mich bat, Bohuslav hier als Kaplan weiterzubeschäftigen, als ich die Burgherrschaft übernahm.«

»Das ergibt keinen Sinn.«

»Oh doch. Mehr als Ihr denkt. Ich werde Euch eine Geschichte erzählen. Sie ist kurz und traurig. Der Vater unseres Kaplans war ein reicher Mann. Als die Wälder im Umkreis des Klosters gerodet wurden, vereinbarte er mit dem Abt von Tepl, dort ein paar Dörfer zu gründen. Zu diesem Zweck gab er all sein Geld aus, lieh sich sogar noch welches dazu. In den neu gegründeten Ortschaften erhielt er vom Abt ein paar lehensfreie Felder, das Amt des Schultheiß, das Recht, Bier zu brauen, und einen Anteil an den Geldern, die die Bauern zahlten. Doch es genügten zwei Hungerjahre, und er war ruiniert. Vielleicht hat er auch beim Würfelspiel verloren, ich weiß es nicht so genau. Sicher ist, dass er seinen gesamten Besitz verloren hatte und sich schließlich vor den Toren des Klosters an einem Baum erhängte. Bohuslav bezichtigt den Konvent, schuld am Tod seines Vaters zu sein. Begreift Ihr nun?«

»Das mag ja alles sein«, murmelte Ulrich, während er fieberhaft nachdachte. Er hielt Sesem von Kraschow für nicht allzu scharfsinnig. Und was er ihm erzählt hatte, konnte seinen Verdacht nicht zerstreuen. »Trotzdem verstehe ich nicht, warum Ihr mir erst jetzt die Wahrheit gesagt habt.«

»In der Krypta habe ich mein Herz geläutert, nun will ich mein Gewissen reinigen«, antwortete Sesem feierlich.

In diesem Moment ging hinter Ulrich die Tür auf. Der Burgherr sprang auf, wurde blass und starrte den Ankömmling mit offenem Mund an. Als Ulrich sich schnell umdrehte, um zu sehen, wer da war, schloss die Tür sich bereits wieder; er erspähte nur noch ein winziges Stück eines Mantels. Als auch er aufsprang und hinauseilen wollte, hielt Sesem ihn fest. »Mein Burgvogt hat keine Manieren«, sagte er entrüstet. »Er stürmt hier herein, als wollte er in eine Schenke. Ich werde ihm beibringen, was Respekt bedeutet! Geht schon zu den anderen hinunter und amüsiert Euch. Ich komme gleich nach. Aber ich wiederhole noch einmal: Mit den Unglücksfällen der vergangenen Jahre habe ich nichts zu schaffen! Ebenso wenig mit dem Mord an Bruder Luthold.«

XV. KAPITEL

Als Ulrich in den Tafelsaal kam, fiel ihm gleich auf, dass unter den Gästen angespannte Stimmung herrschte. Neben dem kleinen Tisch, unter dem man die Leiche des ermordeten Mönchs aufgefunden hatte, stand Prior Severin, die Arme in den breiten Ärmeln seines Gewands verschränkt, und zischte Burgvogt Hannes leise etwas zu. Der Zisterziensermönch Beatus und die beiden Edelleute Lorenz und Johannides standen am anderen Ende der langen Tafel und diskutierten gereizt. Nur Otto saß an dem reich gedeckten Tisch, als ob nichts wäre, und wartete auf die Eröffnung des Mitternachtsschmauses.

»Ich bin froh, Euch hier zu sehen«, begrüßte Severin den königlichen Prokurator. »Es wird Zeit, dass Ihr Euren Pflichten nachkommt.«

»Welche Pflichten meint Ihr?«, erkundigte Ulrich sich kühl.

»Ihr müsst dringend den Mord an Bruder Luthold untersuchen. Veranlasst eine ordentliche Gerichtsverhandlung, verhört die Zeugen und sprecht dann ein Urteil. Schließlich obliegt es den königlichen Gerichten, Verbrecher zu bestrafen.«

»Das ist wahr«, pflichtete Ulrich ihm bei. »Deshalb solltet Ihr Herrn Sesem empfehlen, nach dem Pilsener Hauptmann

Rutger schicken zu lassen. Ich bin hier ja nur auf der Durchreise.«

»Ihr seid Prokurator des Königs, da ist es ganz einerlei, wie Ihr hierhergelangt seid. Gottes Wille hat Eure Schritte gelenkt, also könnt Ihr in der Sache sowohl ermitteln als auch ein Urteil sprechen«, entgegnete Prior Severin energisch. »Euer Auftauchen hier auf der Burg ist alles andere als ein Zufall. Wenn hier ein Verbrechen verübt wurde, ist es der Wille des Herrn, dass Ihr Euch des Falles annehmt.«

»Diese Burg gehört Sesem von Kraschow. Ihr habt ihn beim Festbankett ja selbst gehört«, sagte Ulrich ungerührt. »Auf seinem Herrschaftsgebiet entscheidet er, was zu tun ist oder nicht. Ich bedauere.«

»In diesem Fall«, widersprach der hagere Prior so laut, dass auch alle anderen Gäste ihn hören konnten, »in diesem Fall ersuche ich Euch im Namen des Klosters Tepl, die Untersuchung des Verbrechens zu übernehmen. Bruder Lutholds Ermordung hat unserer Gemeinschaft Schaden zugefügt, und dem Gesetz zufolge haben wir Anrecht auf Schutz. Ich bitte Euch, als unser Vertreter zu ermitteln. In diesem Fall ist es gleichgültig, was Burgherr Sesem will oder nicht. Unser König hat sich verpflichtet, die Interessen der Kirche im ganzen Land zu verteidigen.«

»Das ist wahr«, sagte Ulrich mit ernster Miene, wandte sich an die anderen Männer im Saal und erklärte: »Edle Herren, Ihr habt das Ansinnen des ehrwürdigen Priors Severin gehört. Als ordentlicher Beamter werde ich seinem Wunsch Genüge tun. Ihr seid meine Zeugen.«

»Ich bezeuge gerne alles, auch wenn ich sein Ansinnen nicht recht verstehe«, bemerkte Johannides spöttisch. »Fürchtet er denn nicht, sich dadurch selbst zu schaden?«

»Das ist unerhört!«, rief der Prior wütend, griff unter seinen Überwurf und zog einen Dolch hervor, den er drohend vor sich schwenkte.

»Das königliche Gericht nimmt sich des Mordfalls an«, verkündete Ulrich so laut, dass alle ihn hören konnten. »Steckt die Waffe weg. Das ist eine Missachtung der königlichen Hoheit.«

Mit einem Murren ließ der Prior den Dolch wieder unter seinem Überwurf verschwinden und sagte zu Ulrich: »Wenn Ihr mich sucht, findet Ihr mich in der Kapelle. Ich werde für die Seelen all dieser Sünder hier beten.«

Ulrich schüttelte den Kopf. »Ihr müsst hierbleiben. Wir warten auf Herrn Sesem. Dann eröffne ich die Gerichtssitzung. Otto, lauf rasch zu meiner Kammer und hole alles Notwendige.«

Sieh an, sagte er sich im Stillen, wer hätte gedacht, dass ich die Kette und das Amtssiegel des königlichen Prokurators letztlich doch benötige?

»Ich bleibe nicht mit diesen Menschen in einem Saal«, protestierte Prior Severin. »Wollt Ihr mich bitte entschuldigen!«

»Nein«, entgegnete Ulrich seelenruhig und ging zur Tür, als wollte er ihm den Ausgang versperren.

Severin verharrte einen Moment ratlos auf der Stelle; dann warf er wütend den Kopf in den Nacken und kehrte an seinen vorherigen Platz neben dem kleinen Tisch zurück.

»Was war hier eigentlich los?«, wandte Ulrich sich an die beiden Adligen.

»Nichts Besonderes«, antwortete Ritter Lorenz mit einem Schulterzucken. »Ich habe dem Prior nur gesagt, was ich von seinem Kloster halte. Und von ihm selbst.«

»Wenn ich es richtig verstanden habe, habt Ihr ihn des Mordes an Bruder Luthold beschuldigt?«

»Niemand anders kann es getan haben«, antwortete Ritter Lorenz gelassen.

»Habt Ihr ihn denn gesehen? Das Gericht fällt sein Urteil auf der Grundlage vertrauenswürdiger Zeugenaussagen. Deshalb muss ich Euch darauf aufmerksam machen, dass es ebenfalls ein Verbrechen ist, jemanden grundlos zu beschuldigen.«

»Diese Sünde nehme ich gerne auf mich«, antwortete Ritter Lorenz herablassend. »Ich war so ziemlich der Letzte, der den Saal verlassen hat. Nur der Prior und dieser Mönch – Gott hab ihn selig – blieben nach mir zurück. Da lebte er freilich noch. Er war schon ordentlich berauscht, und der Prior hat ihm auch noch nachgeschenkt.«

»Das ist nicht wahr!«, protestierte Severin, der ihnen von Weitem zugehört hatte; seine Stimme überschlug sich beinahe vor Erregung.

In diesem Augenblick ging die Tür auf, und Sesem von Kraschow erschien auf der Schwelle, außer Atem und leichenblass. Er hob die Hand, um sich Gehör zu verschaffen, und brachte dann mit brüchiger Stimme hervor: »Meine Frau und mein Sohn sind verschwunden. Jemand muss sie entführt haben.«

Burgvogt Hannes bekreuzigte sich erschrocken und murmelte leise vor sich hin: »Keiner entkommt dem Fluch des Advent...«

»Ich werde mich sogleich der Sache widmen«, versuchte Ulrich den Burgherrn zu beruhigen.

Doch Sesem schüttelte energisch den Kopf. »Das ist meine Angelegenheit! Ich habe bereits das untere Tor verschließen lassen. Der Wächter beteuert hoch und heilig, dass seit der Messe niemand die Burg verlassen hat. Meine Familie muss also noch irgendwo hier sein. Meine Söldner und das Gesinde werden gleich kommen. Wir durchsuchen die Burg vom Keller bis zum Dach. Wir finden sie bestimmt. Ihr anderen bleibt derweil hier. Ich möchte nicht, dass ihr euch in die Suche einmischt. Speis und Trank habt ihr hier ja genug.«

»Wer immer sie entführt hat, muss vor das königliche Gericht«, erinnerte Ulrich ihn.

Sesem nickte. »Das versteht sich von selbst«, sagte er ruhig. »Ich verspreche Euch bei meiner Ritterehre: Sobald ich den Entführer gefasst habe, übergebe ich ihn an Euch.«

»Und wie lange wollt Ihr uns hier festhalten? Ich habe auch meine Verpflichtungen, und Gott wird gewiss nicht warten«, meldete Prior Severin sich mürrisch zu Wort. »Außerdem habe ich den königlichen Prokurator gebeten, unverzüglich mit der Untersuchung von Bruder Lutholds Tod zu beginnen.«

Sesem schüttelte ungläubig den Kopf. »*Was* habt Ihr getan? Ich dachte, wir hätten uns darauf verständigt, auf Hauptmann Rutger zu warten.«

»Ich hatte genug von diesen Rohheiten!«, brach es aus Severin hervor. »Wenn unser Kloster auch in den kommenden Jahren an Eurer Sankt-Barbara-Feier teilnehmen soll, bitte ich mir aus, hier nur Personen zuzulassen, die unserem ehrwürdigen Orden den nötigen Respekt erweisen.«

»Meint Ihr damit, dass man mich nicht einladen soll?«, meldete Ritter Lorenz sich ruhig zu Wort. »Ich halte an dem fest, was ich gesagt habe. Ich verleumde nicht den Prämonstratenserorden. Ich weigere mich nur, vor den Schandtaten einzelner Mönche die Augen zu verschließen.«

»Schluss jetzt! Für solche Kleinmeistereien habe ich keine Zeit«, fuhr Sesem verärgert dazwischen. »Ich muss nach meinen Angehörigen suchen. Hannes, komm mit.«

»Was ist denn nun mit mir?« Prior Severin ließ nicht locker.

»Zu meinen Aufgaben während des Mysteriums gehört auch die nächtliche Meditation in der Kapelle. Ich kann nicht hierbleiben.«

»Die Nacht ist ja noch nicht zu Ende. Ihr werdet schon noch in die Kapelle kommen. Fürs Erste bleiben alle hier, auch Ihr, Herr Prior. Wagt es nicht, die Durchsuchung der Burg zu behindern! Und nun entschuldigt mich. Ich muss meine Frau und meinen Sohn finden.« Sesem verneigte sich und eilte hinaus auf den Gang.

Durch die offene Tür bemerkte Ulrich den stämmigen Söldner, den Sesem vor dem Saaleingang postiert hatte. Sicherlich nicht aus Sorge um seine Gäste; vielmehr waren alle zu seinen Gefangenen geworden, zumindest eine Zeit lang.

»Nun, meine Herren, wir wollen doch nicht diese Köstlichkeiten hier vergessen«, bemerkte Landedelmann Johannides und griff nach einem vollen Krug. »Zu schade, dass Burgherr Sesem uns nicht noch ein paar hübsche Mädchen hergeschickt hat. Du könntest natürlich diese Gauklerin holen, Lorenz. Sie würde sicher mit uns allen fertig...«

Er hatte kaum zu Ende gesprochen, als Ritter Lorenz sich auch schon auf ihn stürzte und ihm einen Faustschlag ans Kinn versetzte. Er war jünger und kräftiger als Johannides, und sein Angriff kam völlig unerwartet. Der Landedelmann aus Netschetin sackte zusammen und landete mit einem dumpfen Poltern auf dem Boden. Lorenz versuchte den Liegenden zu treten, doch Otto sprang herbei und riss den aufgebrachten Ritter von seinem Opfer weg.

Lorenz hatte allerdings nicht die Absicht, sich zu beruhigen. Blitzschnell zog er seinen Dolch und stürzte sich auf den Knappen. Doch Otto war nicht nur in Turnieren ein versierter Kämpfer. Er hatte schon unzählige Raufereien mit verschmähten Verehrern seiner Geliebten – oder mit betrogenen

Ehemännern – hinter sich und besaß viel Übung in solchen Scharmützeln.

Geschmeidig sprang er beiseite, packte den Ritter mit der Linken am Handgelenk und fuhr mit der Rechten unter seine Achsel. Dann drehte er sich und riss seinen Körper zur Seite. Durch diese unerwartete Bewegung verrenkte er Lorenz den Arm mit dem Dolch so schmerzhaft, dass der Ritter sich vorbeugen musste und die Waffe fallen ließ. Überrumpelt schrie er auf und wand sich wütend hin und her. Erst der stechende Schmerz in der Schulter brachte ihn wieder zur Vernunft.

Betreten befreite er sich aus seiner misslichen Lage und blieb schwer atmend stehen. »Verzeiht«, brachte er schließlich kleinlaut hervor.

»Du Lump«, schnaubte Johannides, der sich soeben vom Boden aufrappelte. Seiner Stimme war anzuhören, dass der Wein ihm schon wieder zu Kopf gestiegen war. »Das wirst du mir büßen.«

»Du hast kein Recht, sie zu beleidigen!«, empörte sich Ritter Lorenz. »Sie ist keine Dirne!«

»Nein?« Der Landedelmann zog das Wort spöttisch in die Länge. »Sie hat mich und diese Studenten beglückt, zumindest ein paar von ihnen. Sogar mit dem ermordeten Mönch hat sie es getrieben. Was du ja selbst am besten weißt. Mach die Augen auf, Gefährte, sie ist keine Frau für dich!«

Ritter Lorenz stand mit gesenktem Kopf da und schwieg. Otto legte den Arm um seine Schultern und sagte leise: »Ich habe auch mal eine Gauklerin geliebt. Sie wurde umgebracht, und ich kann sie bis heute nicht vergessen. Sie war sicher nicht die Tugendhafteste, aber ich mochte sie gern. Ehrbarkeit und Liebe müssen nicht Hand in Hand gehen.«

Lorenz nickte ihm dankbar zu. Er wollte sich schon an den Tisch setzen, um die bitteren Gefühle seines Herzens in Wein zu ertränken, aber Ulrich hielt ihn zurück. Bei all seinem amtlich-sachlichen Auftreten funkelten seine Augen doch vor Neugier.

»Prior Severin hat mich vorhin um etwas gebeten. Nun höre ich mit Staunen, dass Bruder Luthold ein Techtelmechtel mit der Gauklerin hatte. Das geht mich nichts an. Doch als königlicher Prokurator muss ich Euch fragen, was Johannides damit meinte, als er sagte, Ihr wüsstet am besten über Lutholds Verfehlung Bescheid. Habt Ihr Luthold und diese Gauklerin in flagranti ertappt?«

»Ich habe sie im Bett erwischt«, antwortete Ritter Lorenz erbost, und an seiner Schläfe schwoll eine Zornesader an. »Ich habe Luthold verprügelt – und damit hatte es sich. Wir hatten ohnehin noch eine Rechnung offen, wegen seines falschen Zeugnisses damals. Ich habe Euch davon erzählt.«

»Und die Gauklerin?«, fragte Ulrich lächelnd.

Ritter Lorenz schüttelte stumm den Kopf und schwieg. Eine Zeit lang herrschte Stille im Saal. Dann platzte Lorenz unvermittelt heraus: »Damit war die Sache wirklich erledigt. Ich habe Bruder Luthold nicht getötet!«

»Du hast ihm aber gedroht, soviel ich weiß«, fuhr Prior Severin kalt dazwischen. »Luthold hatte mir seine Sünde anvertraut und versprochen, Buße zu tun, sobald wir nach Tepl zurückgekehrt wären.«

»Was blieb ihm auch anderes übrig?«, warf Johannides spöttisch ein. »Unser Freund Lorenz hat ihn schließlich vor aller Augen auf dem Hof verdroschen.«

»Du solltest nicht den guten Willen eines Toten herabsetzen. Er hat seine Tat aufrichtig bedauert und wollte die Sache wiedergutmachen«, ermahnte der Prior ihn und wandte sich dann Lorenz zu. »Gestern gegen Mittag, Ritter Lorenz, habt Ihr ihn abermals angegriffen. Ihr habt ihn angeschrien,

Ihr würdet ihn umbringen, wenn er noch einmal Hand an diese sündige Gauklerin legte, die ohnehin längst der Hölle anheimgefallen ist. Mit Eurer Prügel war die Sache also keineswegs erledigt!«

»Ich habe ihn nur gewarnt, denn er hatte sie schon wieder bedrängt. Sogar Geld hat er ihr angeboten, wenn sie in seine Kammer käme«, erwiderte Lorenz. »Hätte ich ihn wirklich bestrafen wollen, hätte ich ihn ganz sicher nicht erdrosselt! Ich bin Ritter und räche mich mit dem Schwert! Nur dass es mir für einen so elenden Wicht zu schade wäre.«

»Du hast ihn erdrosselt, damit der Verdacht nicht auf dich fällt«, widersprach der Prior ihm aufgebracht. Dann bekreuzigte er sich und fügte hinzu: »Herr, unser Gott, vergib ihm seine Sünden!«

»Das ist zwar sehr interessant, Prior Severin, nur ist dieses Gericht bislang noch nicht zu dem Schluss gelangt, wer Bruder Luthold tatsächlich ermordet hat. Deshalb könnt Ihr mit Eurem Gnadengesuch noch ein bisschen warten«, bemerkte Ulrich trocken. »Es kommt oft vor, dass Menschen im Zorn damit drohen, jemanden umzubringen. Das heißt aber nicht, dass sie es wirklich tun. Was Ihr dem Gericht erzählt habt, wird wohl abgewägt, ist aber noch kein Beweis. Wichtiger ist die Frage, wer mit Bruder Luthold als Letzter hier im Saal zurückgeblieben war. Denn nur derjenige hatte die Möglichkeit, ihn zu ermorden.«

»Falls Ihr auf die Anschuldigung dieses Lüstlings anspielt...«, sagte Prior Severin verächtlich, doch Ulrich fiel ihm ins Wort:

»Wen meint Ihr damit? Luthold, den Mitbruder Eures ehrwürdigen Ordens? Oder sprecht Ihr von Ritter Lorenz?«

»Natürlich von Lorenz!«, antwortete der Prior entrüstet. »Es stimmt – als dieser Lüstling von Ritter zusammen mit seinem ewig beduselten Gefährten Johannides den Saal verließ, bin ich tatsächlich noch einen Moment mit Bruder Luthold hiergeblieben. Aber wir waren keineswegs allein. Auch die Studenten waren noch die ganze Zeit hier. Ich bin mit ihnen hinausgegangen – was sie gewiss bezeugen werden. Wenn ich mich recht entsinne, kam in diesem Moment Burgherr Sesem in den Saal. Auch er wird sich an uns erinnern. Bruder Luthold lebte zu dem Zeitpunkt noch. Als ich wenig später zurückkam, konnte ich ihn nicht mehr finden.«

Ulrich nickte. »Ich werde das überprüfen.«

Prior Severin zuckte pikiert mit den Schultern, um deutlich zu machen, wie erniedrigend dieses Misstrauen für ihn war. »Was konnte ich auch anderes von einem königlichen Gericht erwarten«, murrte er. »Unser Herrscher hat die Rechte der heiligen Mutter Kirche nie geehrt.«

»Dieses Gericht«, erwiderte Ulrich scharf, »beurteilt alle nach dem Gesetz. So wie alle Menschen vor Gott gleich sind, sind sie auch vor diesem Gericht gleich. Deshalb überprüfe ich die Aussagen aller, ob edler oder unedler Herkunft, ob Gesalbte oder Ungebildete. Habt Ihr sonst noch etwas Wichtiges zu sagen, was den Mord an Bruder Luthold betrifft?«

XVI. KAPITEL

Erst nachdem er seine Befragung beendet hatte, fiel Ulrich auf, dass seine goldene Amtskette immer noch auf dem Tisch lag. In dem Durcheinander hatte er ganz vergessen, sie anzulegen. Er hob sie hoch – um sie gleich darauf wieder auf den Tisch zu legen. Es ging auch ohne sie, wenngleich er mit den offiziellen Abzeichen sicher besser aussah.

»Otto, behalte die Kette im Auge«, befahl er seinem Knappen. Er überlegte kurz, neben welchem der Gäste er an der Tafel Platz nehmen wollte, doch sie waren ihm alle gleichermaßen zuwider, und so setzte er sich schließlich neben Otto. Als Prior Severin dies bemerkte, ließ er es sich nicht nehmen, wenigstens die Augenbrauen zusammenzuziehen, um sein Befremden darüber zum Ausdruck zu bringen, dass ein königlicher Prokurator sich neben seinem Diener niederließ, wo es ringsum doch genug edle und angesehene Männer gab.

»Ich bin noch einen Moment in der Kapelle geblieben. Anschließend habe ich mich mit Herrn Sesem unterhalten«, erzählte Ulrich seinem Knappen mit gedämpfter Stimme. »Es war sehr aufschlussreich, sollte aber nicht an fremde Ohren gelangen. Sobald man uns aus dem Saal lässt, erzähle ich dir mehr. Ich hoffe nur, es dauert nicht zu lange. – Sag mal, du warst doch früher hier als ich. Ich habe nur das Ende dieses jämmerlichen Streits mitbekommen. Hat Ritter Lorenz den Prior tatsächlich des Mordes bezichtigt?«

»Ja. Es fielen starke Worte, von beiden Seiten. Aber nicht Ritter Lorenz hat angefangen, sondern der Prior. Das war jedenfalls mein Eindruck. Severin ist furchtbar hochmütig und überheblich. Ich bin ihn wirklich leid.«

»Ich auch«, sagte Ulrich.

Die anderen Gäste hatten inzwischen Platz genommen, jeder für sich, und schweigsam zu essen begonnen, nur hier und da tauschten sie eine Bemerkung miteinander aus. Das Essen war köstlich. Roggenfladen mit einem Käseaufstrich und Zwiebeln, Happen von gebratenem Wildschwein in Zwetschgensoße, dazu Fladen, mit Honig bestrichen und mit Zimt bestreut. Die meisten aber schienen diese Delikatessen gar nicht zu genießen; jeder hing mit umwölkter Miene seinen Gedanken nach. Nur Bruder Beatus lächelte und stopfte sich mit fettigen Fingern schmatzend die Fleischstücke in den Mund. Das unbehagliche Schweigen währte unerträglich lange.

Schließlich knarrten die Angeln der Saaltür, und Sesem von Kraschow kam herein. Eine tiefe Falte stand auf seiner Stirn, und er sah müde aus. Langsam näherte er sich der Tafel. Alle musterten ihn mit neugierigen Blicken, um herauszufinden, wie die Suche ausgegangen war. Sesem griff nach einem Krug, trank von dem lauwarmen Gerstenbier und wischte sich den Mund mit dem Handrücken ab. Dann blickte er um sich und sagte leise: »Nichts.«

»Das ist unmöglich!«, stieß Johannides hervor. »Schließlich ist die Burg nicht so groß, dass gleich mehrere Leute verloren gehen könnten. Und obendrein von Euren Dienern nicht gefunden werden!«

»Sicher nicht«, antwortete Sesem bitter. Er bekreuzigte sich und fügte hinzu: »Wenn es denn ein Mensch ist, der dahintersteckt...«

Prior Severin hob neugierig den Kopf. »Was wissen wir überhaupt über diese Entführung?«, fragte er und musterte den Burgherrn aufmerksam. »Wenn Ihr andeuten wollt, dass auf der Burg die dunklen Mächte der Hölle wüten, dann könnte ich vielleicht...«

»Das habe ich nicht behauptet«, sagte Sesem schnell. Seine Gesten und seine Stimme hatten jede Lebhaftigkeit verloren, als hätte er bereits aufgegeben. »Aber meine Frau und mein Sohn sind spurlos verschwunden! Durch das Tor sind sie nicht hinausgegangen. Das Einzige, was ich entdeckt habe, war ein offenes Fenster in der Kemenate meiner Frau. Sonst nichts.«

»Durch das Fenster kann sie niemand entführt haben«, bemerkte Ulrich sachlich.

»Ein Dämon könnte es. Vergesst nicht, dass wir Advent haben. Wie sehr hatte ich mich davor gefürchtet! Und jetzt waren all meine Vorkehrungen vergebens«, seufzte Sesem.

»Ich zweifle nicht daran, dass Ihr ein guter Christ seid. Deshalb habe ich Eure Worte nicht gehört«, sagte Prior Severin mit tadelnd erhobenem Zeigefinger. »Geister und Dämonen gehören in die heidnische Welt, nicht in unsere. Alles Böse kommt vom Teufel.«

»Was macht das für einen Unterschied?«, brauste Sesem auf. »Meine Familie bringt es mir nicht wieder!«

»Sobald Ihr uns hier gehen lasst«, sagte der Prior besänftigend, »werde ich in der Kapelle für Eure Gemahlin und Euren Sohn beten. Gott wird Euch gewiss beistehen.«

»Wenn Ihr erlaubt, Burgherr Sesem«, meldete sich Ritter Lorenz zu Wort, »nehme ich ein paar Männer mit und durchsuche noch einmal die Vorburg von oben bis unten. Auf die Dienerschaft kann man sich nicht verlassen, wie Ihr ja selbst immer sagt. Womöglich haben Eure Leute etwas übersehen. Um zwei gefesselte Menschen zu verstecken, braucht es nicht viel Platz. Da gibt es zahllose Schlupfwinkel. Wir dürfen nichts außer Acht lassen.«

Der Burgherr nickte dankbar. »Tut das«, sagte er. »Ich habe mir schon den Weg draußen vor der Burg angesehen. Überall liegt so viel Schnee, dass es reiner Selbstmord wäre, von hier aufzubrechen.«

»Ich begleite meinen Freund«, erbot sich Johannides. »Ich möchte gerne helfen.«

»Geht nur«, sagte Sesem wieder. »Es hat keinen Sinn, euch hier länger zurückzuhalten, edle Herren. Am Palaseingang habe ich eine Wache postiert. Ich hätte es schon gestern tun sollen. Es ist mein eigener Fehler. Wenn euch nicht nach Schlaf ist, dann trinkt noch einen Becher Wein mit mir. Ich werde jedenfalls hier sein.« Er ließ sich müde in einen Sessel sinken und stützte den Kopf in die Hände.

»Und was jetzt?«, flüsterte Otto seinem Herrn zu.

»Wir ziehen uns erst einmal zurück. In meiner Kammer haben wir unsere Ruhe. Wenn wir Frau Jutta und ihren Sohn finden wollen, hat es keinen Sinn, durch die Burg zu rennen und Schuppen und Ställe zu durchsuchen. Alles, was auf der Welt geschieht, besitzt seine Logik. Wenngleich mir die Ereignisse der heutigen Nacht hier auf Kraschow bisher wie die Raserei eines Wahnsinnigen vorkommen. Wir müssen als Erstes begreifen, um was es hier eigentlich geht. Sobald wir das herausgefunden haben, wird sich alles Weitere ergeben. Dann finden wir auch Frau Jutta. Lass uns gehen.«

Otto nahm die goldene Kette und das Siegel des Prokurators und schnappte sich dazu noch einen kleinen schwarzen Krug mit Met, bevor er seinem Herrn folgte.

Im oberen Stockwerk ging Ulrich als Erstes zur Kemenate

der Burgherrin. Er schob den Riegel auf und drückte gegen die Tür, die sich als unverschlossen erwies. Ulrich unterzog sie einer flüchtigen Prüfung, bevor er eintrat. Er ließ den Blick durchs Zimmer schweifen; dann kehrte er auch schon wieder auf den Flur zurück und begab sich zu Sesems Schlafkammer, die im Unterschied zu der seiner Frau sorgfältig abgeschlossen war. Ulrich nickte zufrieden und machte Otto ein Zeichen, ihm zu folgen.

Das Zimmer des Prokurators war nicht besonders groß. Das Feuer im Kamin war fast erloschen, aber noch hielt sich angenehme Wärme im Raum. Ulrich ließ sich in den Sessel sinken. Otto goss von dem bitter duftenden Met in zwei kleine Becher, legte Holz im Kamin nach und setzte sich dann auf die Truhe vor der Wand.

Ulrich lächelte. »Womit fangen wir an, Otto?«, fragte er und nahm einen Schluck.

»Am besten mit der Entführung der Burgherrin. Ihr und ihrem Sohn droht die größte Gefahr. Ihr habt mir beigebracht, dass wir immer zunächst den Lebenden helfen müssen, die Toten können warten.«

Ulrich schüttelte den Kopf. »In diesem Fall machen wir eine Ausnahme«, erklärte er. »Es ist, als würden überall die Geister von Sesems toten Verwandten herumspuken. Was man auch tut, ständig stolpert man über sie. Der Adventsfluch!«

»Ja, stimmt. Innerhalb von zwei Jahren haben sich hier drei rätselhafte Morde ereignet. Alle, die Herrn Sesems Erbschaft im Weg standen, sind gestorben. Vielleicht ist es doch sein Werk?«

»Immer schön langsam, Otto. Lassen wir das Erbe erst einmal beiseite. Die Wurzeln der Geschichte reichen nämlich noch tiefer in die Vergangenheit, als wir dachten. Dabei geht es nicht nur um die letzten zwei oder drei Jahre. Außerdem war Konrad von Kraschow nicht das erste Opfer der Adventsmorde. Vor ihm starb Hans, der damalige Burgkaplan. Er war der Onkel des jetzigen Kaplans.«

Kurz und knapp berichtete Ulrich von Bohuslavs Verdacht, sein Onkel Hans sei im Kloster Tepl ermordet worden.

»Noch früher wiederum«, fuhr er dann fort, »vor ungefähr fünfzehn Jahren, verschwand unter rätselhaften Umständen der alte Herr Dietrich, Sesems Vater und Gründer der Burg. Es geschah ebenfalls im Advent. Und ihn wird wohl kaum derselbe Mörder umgebracht haben, der noch heute sein Unwesen treibt. Aber selbst das war noch nicht der Beginn. Denn was ist mit dem Ahnherrn des Geschlechts, dem seligen Hroznata? Schließlich wurde auch er umgebracht. Damit haben wir mit Bruder Luthold schon die siebte Leiche. Irgendetwas ist hier auf dem Felsen passiert, was noch heute das Geschehen beeinflusst, nur komme ich noch nicht darauf, was. Wobei …«, fügte er hinzu, und aus seiner Stimme klang Stolz, »etwas habe ich doch herausgefunden.« Er stand auf und holte unter dem Kissen die Chronik hervor, die er dort versteckt hatte.

»Was ist das?«, fragte Otto neugierig. Er zog sich vom Fenster einen kleinen, harten Hocker heran und setzte sich, um besser sehen zu können.

»Na, was wohl?«, antwortete Ulrich. »Ein Buch natürlich.«

Otto verkniff sich eine gepfefferte Antwort. Sein Herr und er frotzelten gern übereinander, und Otto war stolz darauf, dass der Prokurator mit ihm fast wie mit Seinesgleichen umging. Doch seine Bemerkung von eben gehörte nicht gerade zu den witzigsten. Aber es war nun mal tief in der Nacht, und beide waren müde.

»Ach so. Ich dachte schon, es wäre etwas zum Essen«, gab er ebenso spöttisch zurück. Gleich darauf war es ihm peinlich; auch er war schon witziger gewesen.

»Sei nicht so frech«, drohte Ulrich ihm gutmütig, um ihm dann zu erzählen, wie er an das Buch gelangt war und was er in der Sakristei erfahren hatte. »Ich bin noch nicht dazu gekommen, es vollständig zu lesen. Aber nach den Worten des Kaplans sind nur wenige Seiten von Interesse. Sie betreffen Hroznatas Lebenslauf. Der Anfang besteht aus den üblichen Lobpreisungen wie in jeder Legende, aber das Ende ist aufschlussreich. Siehst du?«

»Ja, nur kann ich es nicht lesen. Ich kenne diese Schrift nicht«, brummte Otto.

»Eben!«, sagte Ulrich triumphierend. »Es ist ein Text, dem Hans, der frühere Kaplan, außergewöhnliche Bedeutung beimaß. Er wollte, dass der Inhalt sogar den wenigen verborgen blieb, die lesen konnten. Ich habe die Stelle bisher nur überflogen. Es geht um einen alten und sehr interessanten Vertrag. Warte einen Moment, ich werfe noch einmal einen Blick darauf und sag dir dann, was da steht.«

Ulrich las schnell, und so dauerte es nicht lange, bis er den Kopf hob und erklärte: »Es ist wirklich interessant, aber mir ist nicht klar, was für einen Zusammenhang es mit Burg Kraschow gibt. Außer der genannten Vereinbarung gibt es noch einen Teil mit ein paar Urkunden und einen Kommentar. Alle Dokumente betreffen den Prager Bischof Heinrich Břetislav. Du wirst ihn nicht kennen, er ist schon lange tot. Er lebte Ende des letzten Jahrhunderts und war ebenfalls ein Přemyslide aus dem böhmischen Herrschergeschlecht. Wie du vielleicht weißt, waren die Zustände Ende des zwölften Jahrhunderts in unserem Land sehr verworren. Damals gab es über zehn Přemysliden, die alle untereinander um die Macht kämpften.

Heinrich Břetislav wurde Bischof von Prag, aber das war ihm offenbar zu wenig. Hier geht es um den Hintergrund damaliger Intrigen, von denen ich noch nie gehört hatte. Aber die Urkunden sprechen wohl die Wahrheit.«

Ulrich nahm einen Schluck aus seinem Becher und fuhr fort: »Der Bischof hatte sich in den Kopf gesetzt, Fürst zu werden. Er beschuldigte seinen größten Rivalen, den jungen Přemysl Ottokar I. – den Großvater unseres heutigen Königs –, an einem Aufstand gegen den Kaiser beteiligt gewesen zu sein. Gleichzeitig machte er dem damaligen Kaiser Heinrich VI. das Angebot, für sechstausend Pfund Silber das Fürstentum Böhmen von ihm zu kaufen. Der Kaiser war habsüchtig, wie übrigens jeder Deutsche, und setzte Heinrich Břetislav deshalb auf den heiligen Fürstenstuhl der Přemysliden. Doch der Bischof zahlte seine Schuld nie zurück, und fünf Jahre später wurde er mit Einverständnis des Kaisers just vom jungen Přemysl Ottokar I. gestürzt. Allerdings begreife ich nicht, warum dies alles in Hroznatas Lebensgeschichte steht. Vielleicht weil es zur selben Zeit geschah, in der er das Kloster von Tepl gründete.«

Otto kniff die Augen zu, als versuchte er angestrengt, sich an etwas zu erinnern. Dann sagte er: »Der ermordete Luthold muss etwas von dieser alten Geschichte gewusst haben. Ihr erinnert Euch doch an diesen seltsamen Vers gleich zu Beginn des Theaterstücks, bei dem Prior Severin seinen Weinbecher umwarf?«

Ulrich schüttelte den Kopf. »Ich habe das Stück nicht wirklich verfolgt«, sagte er und wollte schon abschätzig hinzufügen, dass er keinen Sinn für derlei Zerstreuungen habe, machte sich dann aber klar, dass manchmal die sonderbarsten Wege zur Wahrheit führten. Wie gut, dass Otto derartige Belustigungen liebte, denn auf sein Gedächtnis war immer Verlass.

»Was war denn da so Besonderes?«, fragte er freundlich.
»Gleich im Prolog hat unser mysteriöser Student in der Rolle des Hroznata einen interessanten Vers gesprochen:

»*Bischof ist er, dann Fürst vor dem Herrn,
für Titel gibt's teure Geschenke,
des Kaisers Füße leckt er gern,
doch Hroznata vereitelt die Ränke!*«

Ulrich sprach die Verse noch einmal halblaut nach. Dann schlug er begeistert auf die Lehne seines Sessels, dass das alte Holz nur so knackte. »Sollte ich mich irgendwann noch einmal darüber lustig machen, dass du Gaukler und Mysterienspiele liebst, entschuldige ich mich schon im Voraus. So langsam ergibt alles einen Sinn!«

»Für Euch vielleicht«, sagte Otto und rutschte ungeduldig auf dem Hocker herum.

»Also hör zu! *Bischof ist er, dann Fürst vor dem Herrn* – damit ist Heinrich Břetislav gemeint. Als einziger Přemyslide war er beides. *Für Titel gibt's teure Geschenke* – darüber berichtet der frühere Kaplan Hans in seiner Chronik. *Des Kaisers Füße leckt er gern* – das bedarf keines weiteren Kommentars. Und jetzt pass auf – *doch Hroznata vereitelt die Ränke!* Das heißt, dass unser Hroznata bei dieser Sache zwischen Bischof Heinrich und dem Kaiser irgendeine gewichtige Rolle gespielt hat. Mir fiel auf, dass Hroznata am Ende des Stücks von deutschen Rittern gefangen genommen und gefoltert wurde, und dass auch von einem Verrat die Rede war. Das könnte sich auf den Kampf um den Fürstenstuhl beziehen. Womöglich hat Hroznatas Tod irgendwie mit den vereitelten Plänen des Prager Bischofs zu tun. Übrigens starb der gestürzte Fürst und Bischof Heinrich Břetislav in Eger. In derselben Stadt, in der Hroznata gefangen genommen und gefoltert wurde ...«

»Doch wie Hroznata die Intrige des Bischofs genau vereitelt hat, wurde in dem Stück nicht erwähnt«, meinte Otto unzufrieden. »Das wäre mir bestimmt aufgefallen.«

Ulrich winkte ab. »Theaterstücke sind nicht dazu da, Probleme für uns zu lösen. Aber ich gebe zu, dass sie zum Nachdenken anregen. Und nicht nur über Liebesgeplänkel, auch über ernste Angelegenheiten. Doch wie Hroznata nun die Pläne des ehrgeizigen Bischofs genau durchkreuzt hat, müssen wir alleine herausfinden.«

»Vielleicht erfuhr er von Heinrichs Plänen und verriet sie dessen Erzfeind, dem jungen Přemysl Ottokar I.«

»Aber nein.« Ulrich schüttelte den Kopf. »Was hätte er dadurch gewonnen? Das Abkommen mit dem Kaiser mag zwar eine heimliche Kabale gewesen sein, doch zu der Zeit herrschte ohnehin ein solches Durcheinander im Land, dass keiner die Kraft besessen hätte, die Entscheidung des Kaisers zu hintertreiben. Es sei denn, er hätte ihm noch mehr Geld geboten. Aber ich wüsste nicht, wo er das hätte auftreiben sollen.«

»Oder er konnte die Zahlung von Heinrich Břetislav verhindern«, sagte Otto aufgeregt. »Wenn der ehrgeizige Bischof dem Kaiser das versprochene Silber am Ende gar nicht zukommen ließ, würde er schnell in Ungnade fallen. Was ja dann auch passierte, wie Ihr erzählt habt. Der Kaiser setzte ihn zur Strafe nach ein paar Jahren ab.«

Ulrich sprang aus seinem Sessel auf. »Das könnte es sein!«, rief er. Er fuhr sich mit der Hand über den Bart, wie immer, wenn er sich konzentrieren wollte, und lief unruhig hin und her. Schließlich blieb er stehen und drehte sich zu Otto um.

»Gehen wir mal davon aus, dass Heinrich Břetislav das Geld irgendwie zusammengebracht und an den Kaiser geschickt hat – das ist sogar ziemlich sicher, denn er wäre bestimmt nicht so töricht gewesen, ihm etwas anzubieten, was er nicht besaß. Er konnte sich ausrechnen, wie es ausgehen würde, wenn er log. Womöglich gehörte Hroznata zu seinen Vertrauten. Vielleicht war er Teil des bischöflichen Gefolges. Ich fürchte nur, dass wir in den alten Urkunden nichts darüber erfahren. Aber der Propst des Prager Domkapitels hat einmal eine Bemerkung darüber gemacht, dass Hroznata allen Grund zur Buße gehabt habe. Vielleicht hat Hroznata das Geld des Bischofs abgefangen, und deshalb gelangte es nie in die Hände des Kaisers! Hroznata könnte die Abordnung des Bischofs irgendwo auf dem Weg nach Deutschland überfallen und das Silber geraubt haben. Und jetzt pass auf! Vielleicht geschah das nicht weit weg von hier – und womöglich am Tag der heiligen Barbara. Am Ende hat Hroznata hier nämlich gar keine Heiden massakriert, wie in dem Mysterium behauptet wird. Vielleicht hat es hier niemals ein heidnisches Heiligtum gegeben, und er ließ diese Lüge nur verbreiten, damit die Leute davor zurückschreckten, hierherzukommen. Schließlich konnte er sechstausend Pfund Silber nicht auf einmal fortschaffen, das wäre aufgefallen. Er hätte mehrere Wagen benötigt.«

»Ihr denkt also ...« Otto verschlug es die Sprache.

»Genau«, bestätigte Ulrich. »Ich glaube, so war es. Hroznata hat das geraubte Silber hier versteckt. Vielleicht hat er es ja nicht sofort gebraucht. Oder er fürchtete, sich zu verraten. Deshalb ließ er auf dem Felsen die Kapelle errichten und in der

Kluft darunter die Krypta. Genau dort nämlich versteckte er den Schatz. Vielleicht hat er sich später etwas davon geholt, denn bis heute weiß niemand genau, woher er damals das viele Geld nahm, um über ein so großes Gebiet herrschen und noch dazu ein Kloster gründen zu können.«

»Das Silber ist also schon weg?«, fragte Otto enttäuscht.

»Nein, das nicht.« Ulrich schüttelte den Kopf. »Zumindest ein Teil muss noch hier sein. Denk an die Andeutungen in Hroznatas Urkunde zur Kapellengründung, von der der Burgvogt eine Abschrift besitzt. Darin stand, dass nur derjenige, der mit Blick zum Himmel seine Seele läutert, sich ohne Sorge um sein Leben unter die Erde begeben könne. Und dass er in der Krypta für Hroznatas Seele beten solle. Falls aber seinen Nachfahren während der Adventszeit ein Unglück zustoße, sei ihr Glaube nicht fest genug gewesen. Nur der aufrichtig Glaubende werde belohnt.«

»Falls sich in dieser Urkunde eine Anleitung verbirgt, wie man an den Schatz gelangt, muss Hroznata eine hohe Meinung vom Scharfsinn seiner Nachkommen gehabt haben«, brummte Otto. »Der Anfang ist mir klar: Nur im Advent wird das Wasser aus der gefluteten Krypta abgelassen. Aber wie geht es weiter?«

»Offenbar warst du während des Mysteriums nicht demutsvoll genug«, sagte Ulrich lächelnd. »Sind dir nicht die vier Zeichen an den Wänden unterhalb der Decke aufgefallen?«

Der Knappe schüttelte den Kopf. Er erinnerte sich an irgendwelche Ritzereien, hatte aber nicht weiter darüber nachgedacht. »Ich stand ein Stück abseits und konnte sie nicht genau sehen...«

»An allen vier Wänden befinden sich eingeritzte Symbole. Eine Spirale, drei Bogen, ein Kreuz und ein Kreis. Selbst wenn dort einst wirklich Heiden ihre heilige Stätte gehabt hätten, wären diese Gravuren nicht von ihnen, denn Heiden würden sicher nicht das Zeichen des Kreuzes verwenden. Die Symbole müssen also aus Hroznatas Zeit stammen, und sie stehen dort ganz bestimmt nicht zufällig! Deshalb nämlich soll der Gläubige seinen Blick gen Himmel richten, bis die Sonne aufgeht, wie es in der Urkunde heißt – also wenn die entzündeten Kerzen des Leuchters den Raum erhellen. Erst dann kann man furchtlos in der Krypta verweilen. Sehr schlau! Nachdem Hroznata nämlich das Gerücht verbreitet hatte, dort unten hause ein Dämon, ließen sich die Zeichen als magischer Schutz gegen das Böse deuten. Aber ihr Sinn war ein anderer. Sie geben einen Hinweis darauf, was man tun muss, um den Schatz zu finden, ohne dabei in eine Falle zu tappen!«

»Was für eine Falle?«, fragte Otto gebannt.

»Wenn ich das wüsste. Wir müssen in der Krypta nachsehen, wenn wir mehr erfahren wollen.«

»Einen Moment noch«, bat Otto. »Wie könnt Ihr so sicher sein, dass Hroznata das Silber hiergelassen hat? Und was mag von den sechstausend Pfund noch übrig sein? Vielleicht ist schon alles weg!«

»Das können wir nicht ausschließen, aber es ist nicht sehr wahrscheinlich. Denk an das Ende des Stücks: Die Ritter nahmen Hroznata gefangen und wollten Geld von ihm! Sie drohten, ihn zu foltern und umzubringen, wenn er es nicht herausrückte. Vermutlich hatten sie irgendwie vom Silberschatz für den Kaiser erfahren und suchten nun danach. Denk daran, dass dieser hinterlistige Bischof Heinrich Břetislav in Eger gestorben ist. Erst Jahre später bekamen die Ritter den Dieb zu fassen. Hroznata starb mehr als zwanzig Jahre, nachdem sich diese Sache mit dem Prager Bischof zugetragen hatte. Bisher konnte niemand wirklich auf die Frage antworten, warum der selige Hroznata sterben musste. Hier hast du die Antwort!«

»Aber warum hat er ihnen den Schatz nicht herausgegeben?«

»Keine Ahnung. Vielleicht, weil sie ihn im Frühling entführt hatten und er nur im Advent an das Silber herankam. Oder er hoffte darauf, dass sie es irgendwann aufgeben und ihn gehen lassen würden, und hat deshalb geschwiegen. Wie auch immer – es gibt noch etwas, das klar dafür spricht, dass der Schatz sich noch auf Burg Kraschow befindet: Jemand hat nach Jahren etwas darüber herausgefunden. Und seitdem gibt es diese Todesfälle während der Adventszeit...«

»Dann muss Bruder Luthold die Finger im Spiel gehabt haben!«

»Ganz sicher.« Ulrich stand auf, reckte sich zufrieden und ging zur Tür. »Allerdings war er nicht allein. Er hatte mindestens einen Gehilfen – diesen vermaledeiten Studenten. Du hast seine Gefährten ja selbst gehört: Er kannte sich auf der Burg aus, als wäre er schon einmal hier gewesen. Als er feststellte, dass Luthold zu viel trank und redete, brachte er ihn zum Schweigen. Um den Schatz zu heben, scheint dieser junge Bursche zu allem fähig zu sein. Mit der Entführung von Frau Jutta und dem jungen Nickel hat er allerdings nichts zu tun. Ich glaube nämlich, dass Burgherr Sesem mehr über die beiden weiß, als er uns anvertraut hat. Fandest du ihn nicht seltsam gefasst für einen Mann, dessen Familie verschwunden ist?«

XVII. KAPITEL

In der Burgkapelle war es nahezu dunkel. Fast alle Kerzen waren erloschen, nur auf dem Altar der heiligen Barbara brannten noch ein paar und warfen ihren flackernden Lichtschein auf die Öffnung im Boden, durch die man zu der unterirdischen Krypta gelangte. Otto hatte aus dem Palas eine Öllampe mitgebracht, die er jetzt an einer der Kerzen entzündete. Einen Moment lang umschirmte er das größer werdende Flämmchen mit der Hand, damit der kalte Lufthauch, der aus der Tiefe heraufzog, es nicht löschte.

»Bist du bereit?«, fragte Ulrich mit aufmunterndem Lächeln. »Es könnte gefährlich werden. Aber anders finden wir nicht heraus, ob wir richtig kombiniert haben.«

Otto nickte. »Ich gehe voran«, sagte er und nahm vorsichtig die ersten Stufen der steilen Treppe. Jetzt, da sie nur zu zweit waren, erschien ihnen die Kluft viel größer. Jeder kleinste Laut hallte hohl von den nackten Felswänden wider. Ab und zu fiel ihnen ein Wassertropfen auf den Kopf, denn das Gestein war immer noch nass. Es kam ihnen vor, als würde die Treppe niemals enden; schließlich war die Burg hoch über der Beraun auf dem Felsen erbaut worden, und nun mussten sie bis zum Wasserspiegel des Flusses hinabsteigen. Endlich endeten die Steinstufen. Vor ihnen öffnete sich der kurze Gang, der in die Krypta führte.

»Zwar können wir diesmal die Decke nicht sehen, aber ich habe die vier Zeichen noch gut in Erinnerung«, sagte Ulrich und dämpfte gleich darauf seine Stimme, damit sie nicht so laut hallte. Die schräg verlaufenden Wände, die sich über ihren Köpfen in der Finsternis verloren, riefen ein Gefühl der Beklommenheit hervor, dem man sich nur schwer entziehen konnte. »Übrigens«, fuhr Ulrich fort, als sie vor Hroznatas Sarkophag standen, »auch diese Tumba hier liefert einen Hinweis auf unsere Geschichte. Auf der Frontseite befinden sich drei Reliefs. Die seitlichen Figuren sind nicht weiter interessant – der Ritter links ist Hroznata, die Frau rechts die heilige Barbara, du erkennst sie an dem Turm zu ihren Füßen. Aufschlussreich ist jedoch der Text in der Mitte. Es ist ein Ausschnitt aus dem Buch Mose über die Flucht der Juden aus der ägyptischen Gefangenschaft. Vor ihnen tut sich das Meer auf, und sie wandern hindurch. Dann aber kehrt das Wasser zurück und ertränkt die Krieger des Pharaos, die sie verfolgt haben. Auch die Krypta ist ja meist überflutet, aber ich glaube nicht, dass Hroznata mit dem Bibelzitat darauf anspielt – das weiß schließlich jeder. Es muss noch ein anderer Sinn dahinterstecken. Aber welcher?«

»Vielleicht finden wir es noch heraus«, meinte Otto, der seinem Herrn aufmerksam zugehört hatte.

»Wir müssen nur vorsichtig sein. Hroznata hat den Schatz bestimmt gesichert, und ich möchte nicht, dass uns das Wasser überspült wie die Soldaten des Pharaos.«

Otto schauderte. »Das hättet Ihr nicht sagen sollen! Mir ist schon jetzt so bange, dass ich am liebsten Reißaus nehmen würde. Setzt mir fünf starke Kerle vor, und ich zeige ihnen, wie man kämpft. Aber hier komme ich mir hilflos und klein vor. Wenn ich nur daran denke, dass sich über uns dieser riesige Felsen befindet, und obendrauf steht die

Burg! Wenn sich Steine lösen und die Kluft verschlossen bleibt...«

»Lassen wir das müßige Gerede«, sagte Ulrich streng. »Fangen wir lieber mit der Suche an. Links von der Tumba ist das erste der vier Zeichen – oberhalb des vergitterten Kanals. Eine eingravierte Spirale. Ich habe die Symbole nachgezeichnet, damit ich sie nicht vergesse.« Er zog ein zusammengefaltetes Stück Pergament aus dem Beutel an seinem Gürtel und blickte darauf. »Über der Tumba sind drei Bogen, an der rechten Wand ein Kreis und hinter uns ein Kreuz.«

»Das Kreuz könnte bedeuten, dass man auf dieser Seite zur Kapelle gelangt«, meinte Otto nachdenklich.

Ulrich nickte. »Ganz richtig. Dann hätten wir schon mal eine Erklärung, was das Kreuz bedeuten soll. Wie weiter?«

»Der Kreis könnte heißen, dass sich auf der rechten Seite gar nichts befindet. Wenn ich als Kind mit meinen Freunden Jäger spielte, bedeutete der Kreis immer das Ende des Pfades.«

»Könnte sein«, meinte Ulrich. »Und auch für die Spirale könnte es eine Erklärung geben. Ein Bischofsstab ist am oberen Ende spiralförmig gebogen. Falls Hroznata dies im Sinn hatte, würde es bedeuten, dass sich der Schatz des Bischofs unterhalb dieses Zeichens befindet – das heißt, in dem unterirdischen Kanal, durch den das Wasser fließt.«

»Brrr«, machte Otto. »Ihr wollt doch nicht etwa hineinkriechen?«

»Anders werden wir es nicht herausfinden«, erwiderte Ulrich. »Ich dachte, du hättest mit unterirdischen Stollen Erfahrung. Immerhin hast du dich in Eulau schon als Bergmann ausgegeben. Dort ging es auch um eine hübsche Summe Geld, erinnerst du dich?«

»Das war etwas ganz anderes«, protestierte der Knappe. »Das hier ist viel schlimmer.«

»So ist das Leben«, meinte Ulrich achselzuckend. »Was mir allerdings noch nicht klar ist, ist die Bedeutung der drei Bogen über der Tumba. Sie werden ja nicht zufällig dort stehen. Wenn man dazu noch den Text aus dem Buch Mose über die Flucht durchs Meer nimmt ...«

»Die drei Bogen könnten Wellen bedeuten. Ein Zeichen für Wasser«, dachte Otto laut nach.

»Ganz sicher, aber was soll uns das sagen? Dass hier die meiste Zeit des Jahres alles voller Wasser steht? Das ist ja kein Geheimnis. Oder sollte es eine Warnung sein, dass Überschwemmung droht, falls ein Unbefugter sich an Orte begibt, die er nicht betreten sollte?«

»Aber warum sollte Hroznata einen Eindringling warnen?« Otto schüttelte den Kopf. »Eher will er damit einen Hinweis geben. Nur welchen?«

»Vielleicht sinkt das Wasser im Kanal bei der Stauung des Flusses nicht ganz bis zum Grund. Die drei Bogen könnten darauf hindeuten, dass der Schatz unter Wasser liegt. Du siehst, wir werden dort nachschauen müssen, sonst raten wir nur sinnlos herum.«

Otto seufzte und stellte die Lampe ab. Er ging zu der Öffnung im Boden, packte das Gitter und zog mit aller Kraft daran, aber es rührte sich nicht. Mit der Hand strich er den Schmutz weg, der sich um das Gitter abgelagert hatte, und versuchte es ein zweites Mal. Diesmal gelang es ihm, das Gitter anzuheben und zur Seite zu schieben. Schnaufend wischte er sich mit der Hand über die Stirn, auf der trotz der unangenehmen Kälte in der Krypta Schweißperlen standen.

»Sieh mal.« Ulrich zeigte nach unten. In der Öffnung befand sich ein senkrechter Schacht, der nach wenigen Metern zur Seite wegführte, sodass man nicht weiter sehen konnte. An einer Wand des Schachts lehnte eine stabile Holzleiter. Einer ihrer Füße war unten an einem schweren Stein befestigt, damit das Wasser sie nicht mitriss, wenn es die Krypta überflutete. »Das Holz ist noch nicht vermodert. Die Leiter stammt also nicht aus Hroznatas Zeit. Ich würde sagen, sie ist erst ein paar Jahre alt. Wir sind auf der richtigen Spur. Also los!«

Er nahm die Lampe vom Boden auf und stieg die Leiter in den Schacht hinunter. »Warte oben auf mich«, rief er Otto zu, der Anstalten machte, ihm zu folgen. »Ich schaue erst nach, wie es hier weitergeht. Behalte du den Eingang der Krypta im Auge. Man weiß ja nie...«

Otto brummte etwas davon, dass ihm immer die weniger spannende Arbeit zufalle, aber insgeheim grämte es ihn weniger als sonst. Da sein Herr die Öllampe mitgenommen hatte, lag die Krypta nun in tiefer Finsternis. Eine Zeit lang drang noch schwacher Lichtschein aus dem Schacht, aber langsam verschwand auch der. Otto griff unwillkürlich nach seinem Dolch, trat näher an Hroznatas Sarkophag und lehnte sich daran, sodass er den Eingang vor Augen hatte.

Unterdessen war Ulrich zum Grund des Schachts hinabgestiegen. Alles dort war kalt und glitschig; es dauerte nicht lange, und seine Stiefel und Beinkleider waren unangenehm durchnässt. Der Schacht hatte sich allmählich geweitet; nachdem er von der letzten Sprosse der Leiter gestiegen war, konnte er sich sogar aufrichten. Von dem höhlenähnlichen Raum aus verlief der Kanal waagerecht als eine Art Gang, der ebenfalls hoch genug war, sodass Ulrich weitergehen konnte. Vorsichtig setzte er einen Fuß vor den anderen und ging leicht gebeugt. Wenn er sich richtig orientierte, führte der Kanal von der Krypta weg in Richtung des Flusses Beraun.

Langsam schritt Ulrich weiter und achtete dabei auf jedes noch so winzige Anzeichen, das auf eine verborgene Falle im Boden hindeuten könnte. So etwas war ihm schon einmal untergekommen; Benediktinermönche hatten sich die Falle ausgedacht, um ihre Weinkeller zu schützen. Nach etwa fünfzig Schritten bog der Gang jäh nach rechts ab, verlief abschüssig weiter und wurde bald darauf von Wasser überflutet. Offensichtlich war es das Restwasser der Beraun nach ihrer Stauung. Vorsichtig kniete Ulrich sich hin und tastete unter der Wasseroberfläche. Der Boden darunter fiel weiter ab. Nichts deutete darauf hin, dass dort etwas versteckt sein könnte.

Ulrich erhob sich und machte kehrt. Diesmal ging er noch langsamer, suchte Schritt für Schritt Boden und Wände ab, entdeckte aber nirgends auch nur die kleinste Ritze, die auf einen verborgenen Hohlraum hindeutete. Überall war nur geschlossener, harter Fels. Schließlich kehrte er zum Grund des Schachts zurück. »Ich habe noch nichts gefunden, Otto«, rief er nach oben. »Aber warte noch einen Augenblick!«

Er hob die Lampe über seinen Kopf und schaute sich eingehend um. Dabei bemerkte er einen großen, flachen Stein, der hinter der Leiter am Fels lehnte. Von oben hatte es ausgesehen, als wäre der Stein mit dem Felsblock verwachsen, an dem die Leiter zum Beschweren festgebunden war. Doch bei näherem Hinsehen stellte sich heraus, dass der Stein lose am Fels lehnte und irgendetwas verbarg. Ulrich kniete sich hin, stemmte sich mit aller Kraft gegen den Stein und konnte ihn unerwartet leicht zur Seite wälzen. Dahinter tat sich eine Öffnung zu einem weiteren Gang auf, der aber so niedrig war, dass man auf alle viere gehen musste, um hindurchkriechen zu können.

Er zwängte sich durch die Öffnung und krabbelte mühsam voran. Nach ein paar Metern tat sich in der Seitenwand eine Nische auf. Ulrich kroch unverdrossen weiter – und fuhr entsetzt hoch, als er eine grässliche Entdeckung machte: In der Nische lag ein menschliches Skelett. Da der Gang sehr niedrig war, stieß Ulrich sich heftig den Kopf an der Felsdecke. Einen Moment wurde ihm schwarz vor Augen. Er fluchte vor Schmerz und spürte, wie warmes Blut aus der aufgeplatzten Haut zwischen den Haaren sickerte. Vorsichtig betastete er die verletzte Stelle. Es war keine schlimme Wunde. Sie musste zwar verbunden werden, aber im Moment konnte er ohnehin nichts tun.

Er beugte sich in die Nische vor, um das Skelett genauer in Augenschein zu nehmen. Es musste schon viele Jahre dort liegen, denn die Kleidung war längst zerfallen. Es schien sich um einen Mann zu handeln, denn alles, was von den Sachen übrig geblieben war, waren eine silberne Gürtelschnalle und ein vergoldeter Dolch, in dessen Griff ein großer Jaspis eingearbeitet war. Vorsichtig nahm Ulrich den Dolch hoch. Vielleicht konnte die Waffe ihm ja einen Hinweis darauf geben, wer der Tote war.

Beklommen versuchte er, die Dunkelheit vor sich mit Blicken zu durchdringen. Was mochte ihn da sonst noch an Schrecken erwarten? Das Gerippe eines Mannes, der hier gestorben war, stimmte nicht gerade zuversichtlich. Hinzu kam der pochende Schmerz in seinem Kopf vom Stoß gegen den Felsen. Noch ehe er es sich recht bewusst machte, sprach Ulrich ein schnelles Gebet. Normalerweise verließ er sich auf seinen Verstand und die eigene Kraft, doch hier, im Dunkeln, in der unheimlichen Gesellschaft dieses unbekannten Toten, sehnte er sich nach Gottes schützender Hand. In dieser düsteren Tiefe unter Hroznatas Krypta konnte er nicht anders als beten. Es war, als ginge von diesem Ort irgendetwas aus, das einen – anders als in der warmen und hellen Sicherheit über Tage – dazu brachte, über Tod und Leben nachzusinnen, über Sünde, Glaube und Erlösung.

Ulrich holte tief Luft und setzte vorsichtig seinen Weg fort. Der Stollen wurde weiter und mündete in eine kleine Höhle, ähnlich der, in der die Leiter stand. Ulrich atmete schwer, denn die Luft hier unten war stickig. Rasch überschlug er, wo er sich befand. Der Stollen, durch den er gekrochen war, führte ins Innere des Felsens; wenn er sich nicht täuschte, befand er sich jetzt unterhalb der Krypta. Auch hier stand noch in kleinen Bodenmulden das Wasser. In einer dieser Pfützen befeuchtete er seine Hand und fuhr sich damit über den verletzten Kopf. Die Wunde blutete immer noch, und es war eine heftige Schwellung entstanden, aber er hatte schlimmere Verletzungen überstanden.

Direkt vor sich erblickte er eine Tür in der Felswand. Sie war aus massivem Eichenholz, mit Eisenbeschlägen verstärkt, und sah uralt aus. Nach all den Jahren, in der die Tür die meiste Zeit im Wasser gestanden hatte, war das Holz schwarz geworden, als würde es allmählich zu Stein. In der Mitte der Tür befand sich eine unbeholfene Schnitzerei, die Hroznatas Wappen zeigte.

Ulrich klopfte neugierig mit dem Finger gegen das Holz. Dem Klang nach musste die Tür ungewöhnlich dick sein. Sie war mittels zweier Eisenriegel verschlossen, deren Enden zu beiden Seiten in Vertiefungen im Fels steckten. Sonderbarerweise besaß die Tür keine Angeln, klemmte lediglich durch die Riegel in der Felsnische fest. Über ihr waren drei Bogen in den Fels gemeißelt; es war das gleiche Symbol wie über Hroznatas Tumba.

Ulrich stockte der Atem. Hinter dieser Tür schien sich der Schlüssel zur Lösung aller Rätsel zu befinden. Aber irgendeine Ahnung warnte ihn davor, die Tür zu öffnen. Er hatte immer noch das Skelett vor Augen, das hinter ihm im Stollen vermoderte. Doch der unbekannte Tote war nicht das Einzige, was Ulrich zurückschrecken ließ. Er war sich noch immer nicht über die Bedeutung des Bogensymbols im Klaren. Es gab eindeutig einen Zusammenhang zwischen dem Zeichen über der Tumba und der Abbildung hier über der Tür. Wie es schien, hatte Hroznata eine Vorliebe für Hintersinniges gehabt. Wenn die drei Bogen wirklich für Wasser standen, konnte es eine Warnung sein. Ulrich grübelte eine Weile und beschloss nach reiflicher Überlegung, nichts zu übereilen: Solange sich ihm der Sinn nicht erschloss, musste er vorsichtig sein.

Er machte kehrt und kroch durch den niedrigen Stollen zurück bis zur Leiter. Erleichtert richtete er sich auf, trat auf die erste Sprosse und stieg langsam nach oben. Als sein Kopf über den Boden der Krypta ragte und er gerade den Arm hob, um die Lampe abzustellen, hörte er Schritte auf dem Gang. Jemand näherte sich aus Richtung der Kapelle. Ulrich schaute zu seinem Knappen und bedeutete ihm mit einer schnellen Geste, still zu sein. Gleichzeitig versuchte er, mit der Hand das Licht seiner Lampe abzuschirmen, aber es war zu spät. Dem Unbekannten war der schwache Lichtschein offenbar schon aufgefallen, ehe er den Durchgang erreicht hatte, denn er blieb jäh stehen. Dann warf er sich herum und rannte zur steinernen Treppe zurück.

»Hinter ihm her, Otto!«, rief Ulrich und stemmte sich eilig aus der Öffnung. Doch der Unbekannte hatte bereits einen zu großen Vorsprung. Als Otto die Kapelle erreichte, war niemand mehr zu sehen. Er rannte durch den dämmrigen Kirchenraum und hinaus auf den Burghof. Gegenüber, vor dem Palas, stand ein Söldner der Burgbesatzung, in ein abgewetztes Schaffell gehüllt. Gelangweilt stützte er sich auf seine Lanze und gähnte.

»Wo ist er?«, rief Otto atemlos.

»Wer?«, fragte der Wächter erschrocken. »Seit Burgherr

Sesem mir befohlen hat, hier Wache zu halten, ist keine Menschenseele vorbeigekommen. Wer würde denn bei dieser Eiseskälte auch hinausgehen? Vermaledeiter Dienst!«, fluchte er und spuckte aus.

Ohne zu antworten, lief Otto in die Kapelle zurück, wütend auf sich selbst. Er hätte gleich darauf kommen müssen, dass der Unbekannte nicht hinaus auf den Hof, sondern auf die Empore und dann über die Galerie in den Palas flüchten würde.

Vor dem Altar der heiligen Barbara wartete Ulrich, die Öllampe in der Hand. »Er ist nicht über den Hof geflohen«, stellte er sachlich fest, doch Otto hörte den leisen Vorwurf in der Stimme seines Herrn. Aber jetzt war nichts mehr zu machen. »Schon gut, Otto«, fügte Ulrich hinzu und klopfte sich den Schmutz von der Kleidung. »Geh noch einmal zurück und sag dem Wächter, ich befehle ihm im Namen des böhmischen Königs, von nun an niemanden aus dem Palas zu lassen, nicht einmal den Burgherrn. Aber er darf auch niemanden hineinlassen! Verstanden?«

»Ich werde es ihm sagen«, antwortete Otto zerknirscht.

XVIII. KAPITEL

Nach kurzer Zeit gelangte Ulrich auf die Empore der Burgkapelle und lief durch die Galerie, die die Kapelle mit dem Palas verband, doch er kam nicht weiter. Der Unbekannte, der kurz zuvor hier entlanggerannt sein musste, hatte nichts dem Zufall überlassen: Er hatte die Zugangstür von innen mit einem Riegel gesichert.

»Ich habe mich unnötig über dich geärgert, Otto«, sagte Ulrich, als sein Knappe, zurück vom Hof, zu ihm heraufkam. »Selbst wenn du ihm sofort gefolgt wärst, es hätte nichts genützt. Also gräm dich nicht mehr.«

»Tue ich aber! Es ärgert mich, dass ich nicht gleich darauf gekommen bin – ob ich ihn nun erwischt hätte oder nicht. Ich gehe wieder nach unten, ja? Dann laufe ich außen herum und öffne Euch von innen. Wartet hier, es geht ganz schnell.«

Aber es ging nicht schnell. Als Ulrich schon ungeduldig vor sich hin schimpfte, sogar wütend gegen die verschlossene Tür trat und schließlich kehrtmachen und über den Hof zum Palas gehen wollte, knarrten endlich die Angeln. Die Tür schwang quietschend auf, und ein wutentbrannter Otto trat hindurch. Noch bevor Ulrich etwas sagen konnte, brach es aus ihm hervor:

»Dieser Hammelkopf von Wärter! Als ich über den Hof

gerannt bin und durch den Haupteingang in den Palas wollte, hat der Kerl mir den Weg versperrt. Er dürfe auf Anordnung des Königs niemanden hineinlassen! Ich habe diesem Narren gesagt, dass er diese Anordnung von mir habe, aber er wollte nicht mit sich reden lassen. Befehl sei Befehl, sagte er. Am Ende musste ich ihm einen Tritt in den Hintern verpassen und ihm obendrein was aufs Maul geben. So hat mich schon lange keiner mehr gereizt.«

»Ich kann dich gut verstehen. Am liebsten würde ich auch dem Burgherrn einen Tritt versetzen«, murmelte Ulrich vor sich hin.

Nachdem sie den Durchgang zum Palas hinter sich gelassen hatten, fanden sie sich im Flur des ersten Stocks wieder. »Es gibt einiges zu tun, Otto. Versuche als Erstes, Ritter Lorenz aufzutreiben – und diesen streitsüchtigen Krautjunker, wenn es geht. Sie sollen sich unten vor dem Eingang des Palas postieren und Wache halten. Auf den Wächter wird nach deiner Lektion wohl nicht mehr allzu viel Verlass sein. Sobald Lorenz und Johannides Posten bezogen haben, kommst du wieder herauf und bewachst hier oben den Durchgang zur Kapelle. Ich gehe mir rasch den Kopf verbinden. Anschließend durchsuchen wir den Palas. Falls jener Unbekannte von eben tatsächlich unser verschwundener Student sein sollte, sitzt er jetzt in der Falle. Er kann nicht aus dem Palas entkommen, es sei denn, er hat Flügel.«

Ulrich zog sich in seine Schlafkammer zurück. Erst dort wurde ihm wieder schmerzlich bewusst, dass er die Tasche mit seinen persönlichen Dingen nicht bei sich hatte, da sie auf dem anderen Pferd beim Rest der Reisegruppe zurückgeblieben war. Ratlos sah er sich nach irgendetwas um, das er als Verband benutzen konnte. Schließlich riss er aus dem nicht allzu sauberen Leinenbetttuch zwei Stücke heraus. Das eine nutzte er als kleines Polster, das er im Wasserkrug anfeuchtete und auf seine Kopfwunde drückte, mit dem anderen band er es fest. Er wusste, dass er schrecklich aussah, aber was sollte er tun? Wegen einer Beule konnte er schwerlich die Mordermittlungen abbrechen.

Dann fiel ihm ein, dass er seine Richterkappe dabeihatte. Er trug sie fast nie, weil er sich mit dieser Kappe eher wie ein Student fühlte, nicht wie ein königlicher Beamter. Aber jetzt kam sie ihm gelegen. Er setzte sie auf, wodurch er den Verband verbarg, verließ seine Kammer und ging über den Flur zur Treppe. In diesem Moment kam Sesem von Kraschow aus seinem Gemach, ohne dass er Ulrich bemerkte. Sorgfältig machte er hinter sich die Tür zu und schloss sie ab.

»Habt Ihr Frau Jutta inzwischen gefunden?«, fragte Ulrich ihn voller Anteilnahme.

Der Burgherr drehte sich überrascht um. »Oh, Ihr seid es! Nein, noch nicht. Und was ist mit Euch? Habt Ihr etwas herausgefunden?«

Ulrich nickte. »Vielleicht könnten wir in Euer Gemach gehen und darüber sprechen. Über manche Dinge rede ich nicht gern vor den anderen Gästen.«

»Das verstehe ich.« Sesem nickte. »Aber gehen wir lieber zu Euch. Bei mir ist das Feuer im Kamin bereits erloschen, und es ist ziemlich kalt.«

»Wie Ihr wünscht«, entgegnete Ulrich freundlich, wobei er den Burgherrn aufmerksam musterte. Im Grunde gab es nichts, was er mit Sesem unter vier Augen hätte besprechen müssen. Ulrich hatte ihn lediglich auf die Probe stellen wollen, denn ihm war ein Gedanke gekommen, der möglicherweise Licht in diese rätselhafte Adventsgeschichte bringen konnte. Zuvor allerdings musste er ein paar Dinge überprüfen.

Wieder in seiner eigenen Kammer, bat er Sesem, im Sessel Platz zu nehmen. Er selbst setzte sich auf den unbequemen Hocker, auf dem schon Otto gesessen hatte. Das karge Möbel verschaffte ihm einen Vorwand, das Gespräch schneller zu beenden, ohne dass sein Gast es ihm zum Vorwurf machen konnte.

»Es geht mir um ein bestimmtes Detail«, begann Ulrich, »den Mord an Bruder Luthold betreffend.«

»Lasst hören.«

»Folgendes: Prior Severin behauptet, als er den Tafelsaal verlassen habe, sei Bruder Luthold noch am Leben gewesen. Und er habe Euch hereinkommen sehen. Ihr wiederum habt mir gesagt, der Mönch müsse schon tot gewesen sein, als Ihr die Brühe für Euren Sohn habt zubereiten lassen. Den Prior habt Ihr gar nicht erwähnt. Wie kann das sein?«

»Das lässt sich leicht erklären«, antwortete Sesem hastig. »Es sind zwei verschiedene Begebenheiten, zwischen denen mindestens eine halbe Stunde liegt. Als ich das erste Mal in den Saal kam, war Bruder Luthold tatsächlich noch dort. Es stimmt auch, dass ich Prior Severin gesehen habe. Ich war auf der Suche nach dem Burgvogt. Da ich ihn nicht fand, bin ich gleich wieder gegangen. Um mögliche Zweifel von Eurer Seite zu zerstreuen: Ich bin auf dem Flur dieser schwarzhaarigen Gauklerin begegnet, als sie gerade auf dem Weg zum Saal war. Auch sie schien jemanden zu suchen.«

Er hielt kurz inne, als überlegte er, ob er fortfahren sollte. Dann fügte er ein wenig verlegen hinzu: »Da ich neugierig war, bin ich noch einmal zurückgekehrt. Ich hatte die Tür einen Spalt offen stehen lassen; deshalb konnte ich hören, wie Luthold die Frau bedrängte – offenbar nicht zum ersten Mal, denn sie fingen an, über Geld zu streiten. Dann hörte ich Schritte aus Richtung der Treppe. Daraufhin bin ich verschwunden, weil es mir unwürdig erschien, hinter der Tür zu lauschen.«

»Ihr habt nicht gesehen, wer die Treppe herunterkam?«, wollte Ulrich wissen.

»Nein«, antwortete Sesem verdrießlich.

»Das ist bedauerlich, denn es könnte der Mörder gewesen sein.« Im Stillen ging Ulrich ein neues Motiv durch den Kopf. Eifersucht. Wenn Ritter Lorenz imstande war, seinen Freund Johannides wegen dieser jungen Frau anzugreifen, warum nicht auch den Mönch Luthold? Offenbar hatte jeder auf Burg Kraschow irgendeinen Grund gehabt, den beleibten Prämonstratenserbruder umzubringen.

Ulrich seufzte. »Ich verstehe, Burgherr Sesem. Ihr wart also zweimal im großen Saal ... nun, das erklärt alles. Ich danke Euch.« Er stand auf und reckte sich. »Noch etwas. Ich muss den gesamten Palas durchsuchen. Deshalb möchte ich Euch bitten, dass Ihr mit den anderen Herren einstweilen im Tafelsaal wartet.«

Sesem von Kraschow schüttelte missmutig den Kopf. »Nein. Ich werde nicht zulassen, dass Ihr meine Gäste behelligt. Die leeren Gemächer könnt Ihr durchsuchen, wie es Euch beliebt, aber nicht die belegten Schlafkammern. Falls Ihr Zweifel habt – alle werden Euch ihr Wort als Ritter geben, dass sie dort niemanden versteckt halten. Das muss genügen. Ich rufe den Burgvogt und ein paar meiner Männer, damit sie Euch helfen.«

Damit verließ er das Zimmer ohne ein weiteres Wort. Ulrich konnte hören, wie er mit schnellen Schritten die Treppe hinunterstieg.

Er wartete einen Moment, ehe er vorsichtig auf den Flur hinaustrat, der verlassen dalag – eine gute Gelegenheit, sich heimlich ein wenig umzusehen. Am Ende des Flurs befanden sich außer der steilen Holztreppe, die hinauf ins Dachgeschoss führte, zwei leere Zimmer, in denen niemand untergebracht war. Ulrich beschloss, dort zu beginnen.

Obwohl es dunkelste Nacht war, brannten auf dem ganzen Flur nur zwei Fackeln. Die meisten Fackelhalter an den unverputzten Steinwänden waren leer. Trotz der schwachen Beleuchtung konnte Ulrich sich in dem Gang mit der gewölbten Decke gut zurechtfinden.

Und dann geschah es.

In dem Moment, als er die erste Kammer betreten wollte, hörte er hinter sich das leise Knarren einer Tür und ein Rascheln. Er schaffte es nicht mehr, sich ganz umzudrehen. Ein Mann in einem Umhang schlug ihm jäh ein dickes Holzscheit auf den Schädel, der von einem der Kamine stammen musste.

Der behelfsmäßige Verband, den Ulrich um den Kopf trug, rettete ihm das Leben, denn er dämpfte den Hieb, der ihm anderenfalls den Schädel zertrümmert hätte. Glühender Schmerz schoss ihm durch den ganzen Körper. Er hatte das Gefühl, in ein tiefes schwarzes Loch zu fallen, als er schwer zu Boden ging. Im letzten Aufflackern seines Bewusstseins sah er, wie der Angreifer das Scheit fallen ließ und nach seinem Dolch griff. Dann, wie im Nebel, erblickte er am Ende des Flurs seinen Knappen Otto, der die Treppe heraufgekommen war. An mehr konnte er sich später nicht erinnern, denn in diesem Augenblick wurde es schwarz um ihn.

Ulrich wusste nicht, wie lange er auf dem Boden gelegen hatte. Als er die Augen aufschlug, sah er über sich Ottos Gesicht. Ringsum standen betroffen die Gäste der Sankt-Barbara-Feier.

Der Knappe saß auf dem Boden, Ulrichs Kopf in seinen Schoß gebettet, und drückte ihm einen kalten Umschlag auf den Scheitel.

»Gott hat Euch beigestanden, Herr Ulrich«, sagte Lorenz lächelnd. »Ich wusste gleich, dass Ihr ein tapferer Ritter seid. Einen echten Mann kann ein Schlag auf den Kopf nicht außer Gefecht setzen.«

»Wenn auch nicht viel gefehlt hat«, warf Prior Severin ein.

»Wie lange liege ich hier schon?«, fragte Ulrich. Er konnte nur mit Mühe sprechen; in seinem Kopf drehte sich alles, und sein Magen rebellierte. Er versuchte sich zu erinnern, was geschehen war, aber da war nichts mehr bis auf den stechenden Schmerz im Schädel.

»Gottlob wart Ihr nur ein paar Minuten bewusstlos«, sagte Otto lächelnd und betastete vorsichtig die verletzte Stelle. »Ihr habt eine ordentliche Beule, ansonsten aber ist Euer Kopf heil geblieben.«

»Wer hat das getan?«

»Ich weiß es nicht«, antwortete Otto. »Ich konnte denjenigen zwar noch sehen, aber es war zu dunkel im Flur, um Genaueres zu erkennen. Trotzdem, wir werden ihn kriegen. Der Kerl sitzt in der Falle. Er ist die Treppe zum Dachgeschoss hinaufgerannt. Von da oben gibt es kein Entkommen.«

»Burgvogt Hannes holt bereits die Söldner. Sie werden den Halunken finden und herbringen«, meldete Sesem sich zu Wort. Seiner Miene war anzusehen, wie sehr er bedauerte, was geschehen war. Ein Anschlag auf einen königlichen Prokurator war eine ernste Sache. Die Hroznatovci waren Unterstützer von Přemysl Ottokar, und Sesem befürchtete offenbar, man könne aufgrund des Mordanschlags auf Ulrich an seiner Königstreue zweifeln. »Ich schwöre Euch, dass ich so etwas auf Burg Kraschow nicht dulden werde. Ich finde den Verbrecher, damit Ihr ihn bestrafen könnt, das verspreche ich.«

Ulrich versuchte aufzustehen, aber seine Beine gaben nach. Otto und Lorenz halfen ihm auf und führten ihn zu seiner Kammer. Doch Ulrich wollte sich nicht hinlegen.

»Ich setze mich lieber an den Tisch, das wird schon gehen«, beteuerte er. »Otto, bring mir zu trinken.«

Sobald Ulrich alleine war, stand er auf und ging mit zaghaften Schritten zum Fenster. Er öffnete die Läden und atmete die eisige Luft ein. Über den schwarzen Baumwipfeln auf dem gegenüberliegenden Hügel hellte der Nachthimmel sich bereits ein wenig auf.

Ulrich musste sich auf die Fensterbrüstung stützen, so schwach fühlte er sich noch immer. Er schloss halb die Augen, atmete tief ein und aus. Mit einem Mal überfiel ihn heftige Übelkeit; er beugte sich rasch vor und übergab sich. Erst als er seinen Magen geleert hatte, ließen die Krämpfe im Bauch nach.

Erschöpft stützte er sich wieder auf die Brüstung und atmete keuchend, fühlte sich aber schon besser. Zwar spürte er nach wie vor den stechenden Kopfschmerz, aber die schreckliche Schwäche war verschwunden.

Er beugte sich aus dem Fenster, so weit er konnte, und versuchte, einen Blick auf den Felsen unterhalb des Palas zu erhaschen, aber es war noch zu dunkel. Ulrich schauderte vor Kälte und wollte schon die Fensterläden schließen, als ihm etwas auffiel. Er hielt sich mit einer Hand am Fensterrahmen fest, beugte sich vor und schaute zum entfernten Ende des Palas. Er hatte sich nicht getäuscht: Aus einem Fenster im zweiten Stock hing ein Seil; es endete am Fenster darunter. Schnell zählte Ulrich die Fenster durch. Es war das fünfte von der hinteren Mauer aus.

Er richtete sich auf und dachte kurz nach, ehe er die Fensterläden schloss und den Riegel vorschob. Der Schmerz in seinem Kopf war jetzt fast verschwunden. Er brachte seine Kleidung in Ordnung und kehrte auf den Flur zurück. Die anderen waren allesamt noch dort. Leidenschaftlich diskutierten sie darüber, wer den königlichen Prokurator überfallen haben könnte.

»Ihr solltet Euch lieber noch ein wenig ausruhen«, sagte Sesem von Kraschow, als er Ulrich erblickte. »Ihr könnt unbesorgt sein, ich halte mein Wort. Ich werde Euch diesen Lump herschaffen.«

»Das glaube ich nicht«, entgegnete Ulrich.

»Wieso nicht?«, fragte der Burgherr verdutzt. »Zweifelt Ihr an meinem Wort?«

»Darum geht es nicht. Aber derjenige, der mich überfallen hat, befindet sich wahrscheinlich mitten unter euch, meine Herren!«

»Unsinn«, bemerkte Landedelmann Johannides gekränkt. »Euer Knappe hat ihn doch nach oben laufen sehen. Und ich war als Erster hier und kann beschwören, dass seitdem niemand heruntergekommen ist. Der Halunke muss immer noch da oben sein!«

»Kommt mit, ich werde Euch etwas zeigen«, entgegnete Ulrich und wollte schon kehrtmachen, als Otto erschien, gefolgt vom Burgvogt und drei Söldnern. Otto hatte einen Krug laues Bier dabei, den er nun Ulrich reichte. Der trank in langen Zügen. Allmählich kehrte seine Kraft zurück; außer einem gelegentlichen Stechen im Kopf fühlte er sich gut.

»Was wollt Ihr uns zeigen?«, fragte Prior Severin ungeduldig. »Ihr wollt doch wohl nicht behaupten, einer von uns besäße Flügel?«

»Oder könne unsichtbar werden«, bemerkte Johannides verschmitzt.

Ulrich schenkte den beiden keine Beachtung. Er wandte sich an Sesem. »Zu welchem Raum gehört das fünfte Fenster vom Ende des Gebäudes aus?«

»Das fünfte Fenster?« Der Burgherr zählte rasch an den Fingern ab; dann deutete er auf eine Tür rechts von der Stelle, wo der Angreifer Ulrich niedergeschlagen hatte. »Das fünfte Fenster gehört zu dem Zimmer dort. Warum fragt Ihr?«

Ulrich schob den Riegel auf und öffnete die Tür. Er nahm noch eine Fackel aus der Wandhalterung im Flur, bevor er den Raum betrat. Auf der gegenüberliegenden Seite stand das Fenster offen, und es war unangenehm kalt. Um ein Haar hätte der Durchzug die Fackel gelöscht.

»Ich mache das Fenster zu«, erbot sich der Burgvogt eilig.

Ulrich hielt ihn zurück. »Seht mal, was da draußen hängt! Ein Seil mit Knoten, an dem man bequem hinunterklettern kann. Das andere Ende ist am Fenster über uns befestigt. Der Angreifer hat sich aus dem oberen Stockwerk abgeseilt und sich dann hier unter euch gemischt.«

Sesem von Kraschow ging zu dem Fenster und zog kräftig an dem hängenden Seil, um sich zu überzeugen, dass es tatsächlich festgebunden war. Dann wandte er sich dem Burgvogt zu. »Sieh oben nach!«, befahl er. »Wir warten so lange hier.«

Hannes kam bald wieder zurück, verbeugte sich und zeigte dabei seinen gewohnt erschrockenen Gesichtsausdruck. »Da oben«, begann er mit zittriger Stimme, »da oben ist keine Menschenseele, und das Seil ist am offenen Fenster befestigt.«

Ulrich betrachtete unterdessen den Fensterladen vor ihnen, zeigte darauf und sagte: »Der Riegel ist beschädigt. Das bedeutet, dass der Angreifer die Läden von außen aufbrechen musste. Er hatte mich töten wollen, wurde aber von meinem Knappen überrascht. Um zu entkommen, musste er das Wagnis eingehen, hier draußen herunterzuklettern.«

»Wer ist vorhin aus diesem Zimmer gekommen?«, fragte Prior Severin scharf und blickte Otto an.

»Ich weiß es nicht«, sagte Otto betroffen. »Ich habe mich nur um meinen Herrn gekümmert.«

»Ich habe es auch nicht mitbekommen«, erklärte Johannides nach kurzem Nachdenken. »Es war ein schreckliches Durcheinander. Aber ich könnte schwören, dass jemand die Tür aufgemacht hat, denn ich erinnere mich, dass es ein paar Augenblicke lang starken Durchzug gab, der vom offenen Fenster kam.«

Ulrich wandte sich an Sesem. »Was für ein Zimmer ist das hier eigentlich?«

»Hier hat ein Dämon meinen armen Bruder Konrad umgebracht. Seitdem wagt niemand mehr, hier zu übernachten; deshalb lassen wir das Zimmer leerstehen«, erklärte der Burgherr. Er sah jetzt genauso verschreckt aus wie sein Burgvogt.

Ulrich nickte, ehe er wieder auf das Seil am Fenster deutete. »Wir wissen jetzt, was damals passiert ist. Hier hat kein Dämon gemordet. Wir haben endlich den Beweis, dass Konrad von einem Menschen aus Fleisch und Blut getötet wurde. Der Mörder ist auf die gleiche Weise aus diesem Gemach entkommen. Er verriegelte die Tür von innen, stieg aus dem Fenster und kletterte an dem Seil ins obere Stockwerk hinauf. Deswegen stand hier damals auch das Fenster offen. Womöglich hat der Mörder damals dasselbe Seil benutzt wie heute. Er hat die Knoten hineingemacht, um leichter klettern zu können. Und er hatte den Fluchtweg bestens vorbereitet. Konrads

Tod war ein sorgfältig geplanter Mord.« Ulrich hielt kurz inne und musterte die Männer um sich mit durchdringendem Blick. »Der Mann, der heute versucht hat, mich umzubringen«, fuhr er dann fort, »hat auch Euren Bruder auf dem Gewissen, Burgherr Sesem!«

XIX. KAPITEL

»Komm, Otto, gehen wir ein Weilchen hinaus. Ein Spaziergang an der frischen Luft wird mir guttun«, sagte Ulrich.

»Und was ist mit uns, königlicher Prokurator?«, meldete Bruder Beatus sich zu Wort. Er lehnte erschöpft an der Wand; vom Schlafmangel hatte er Ringe unter den Augen. Zuerst der lange Weg durch den Schneesturm, dann das Festbankett und nun dieser ganze Wirbel. Wenn er gekonnt hätte, wäre er im Stehen eingeschlafen.

»Ich werde weiter nach meiner Frau und meinem Sohn suchen. Offenbar kann man sich auf die Dienerschaft nicht verlassen«, sagte Sesem von Kraschow mit einem strengen Blick auf den Burgvogt. Der zog erschrocken den Kopf ein, als trüge er die Schuld an dem Überfall auf Ulrich. »Ich werde persönlich noch einmal alles absuchen. Vielleicht ist meinen Bediensteten ja irgendetwas entgangen. Meine Familie kann sich schließlich nicht in Luft aufgelöst haben.«

Ritter Lorenz wollte anmerken, dass auch er schon überall gesucht habe, überlegte es sich dann aber anders und schwieg.

»Bald wird es hell. Ich gehe in die Kapelle, um zu beten«, verkündete Prior Severin. »Der Eingang zur Krypta muss wieder verschlossen werden.«

»Mir wäre es lieber«, meldete Ulrich sich zu Wort, »dass ihr alle im Palas bleibt. Am besten, ihr kehrt in den Tafelsaal zurück. Bald wird dort das königliche Gericht tagen, und dann brauche ich euch als Zeugen.«

Prior Severin schüttelte energisch den Kopf. »Das Sankt-Barbara-Mysterium muss zu Ende gebracht werden«, erklärte er. »Bei Sonnenaufgang wird die Krypta wieder geflutet. Zuvor müssen noch Gebete gesprochen werden, sonst könnte diese Burg ein Unglück ereilen.«

»Und die vielen Mordfälle? Sind die kein Unglück?«, entgegnete Ulrich spöttisch. »Die Gerechtigkeit kann nicht warten!«

»Gott auch nicht«, erklärte der Prior mit stolz gestraffter Brust. »Ich bestehe darauf, das Mysterium so abzuschließen, wie die Liturgie es vorschreibt.«

»Gott wird sicher ausnahmsweise warten, wenn der Prokurator darauf beharrt, dass wir im Palas bleiben«, mischte sich Kaplan Bohuslav ein. »Unsere Leute müssen den Staudamm ja nicht unbedingt bei Sonnenaufgang öffnen. Dann wird die Krypta nicht überflutet, und die Gebete können ein wenig später gesprochen werden. Es wäre übrigens nicht das erste Mal.«

»Ich kann dem nicht zustimmen«, erklärte der Prior mit düsterer Miene. »Die Krypta muss noch vor Tagesanbruch mit Wasser gefüllt werden, damit die Kräfte des Bösen den Menschen nichts anhaben können.«

»Die Kräfte des Bösen walten eher nachts als tagsüber«, beharrte der Kaplan.

Sesem von Kraschow betrachtete beide Männer mit gerunzelter Stirn. Er wollte Gott nicht lästern, musste aber zugeben, dass ihm nach dem Angriff auf den königlichen Prokurator mehr an der Gunst König Ottokars gelegen war als an der Einhaltung des alten Sankt-Barbara-Rituals. Es war wichtig, dass er dem Monarchen gegenüber seinen guten Willen bezeugte. Im Übrigen hatte der Kaplan recht: Wenn er sich richtig erinnerte, hatte sein Bruder die Krypta fluten lassen, wann es ihm am besten passte. Und nie war ein Dämon erschienen. Entschlossen wandte er sich an Burgvogt Hannes: »Es wird noch nicht geflutet. Die Krypta bleibt vorerst offen. Das Mysterium beenden wir später.«

»Dann gebt aber nicht mir die Schuld, falls etwas Schreckliches geschieht«, sagte der Prior verschnupft und ließ beide Hände in den Ärmeln seiner Albe verschwinden. »Gottes Strafe ereilt alle Frevler.«

»Ich danke Euch«, würdigte Ulrich die Entscheidung des Burgherrn. »Und habt keine Sorge. Ich weiß ganz sicher, dass Eurer Gemahlin und Eurem Sohn nichts zugestoßen ist. Wir werden sie finden! Bleibt nun aber bitte im Palas.« Er bedeutete allen Gästen, sich in den Tafelsaal zu begeben, während er selbst zu seiner Schlafkammer ging. Dort warf er sich rasch den Umhang mit dem Wappen des böhmischen Königs über, gürtete sein Schwert um und stieg dann zusammen mit Otto hinunter ins Erdgeschoss. Als er nach draußen auf den Burghof wollte, wurde er von der Wache aufgehalten. »Im Namen des Königs, niemand darf hinaus! Ich...«

Der Wächter verstummte, als er Otto bemerkte, und trat hastig zur Seite. Er hatte schon einmal Prügel bezogen; das reichte ihm.

Draußen sorgte das fahle Licht der ersten Morgendämmerung dafür, dass man den Weg auch ohne Fackeln erkennen konnte. Ulrich atmete ein paar Mal tief durch. Dann strich er sich mit der Hand über den Bart und ging langsam in Richtung Torhaus.

»Warum sind wir nach draußen gegangen?«, fragte Otto

neugierig. »Sagt mir nicht, Ihr wolltet wirklich nur frische Luft schnappen.«

»Ich muss ein bisschen Zeit gewinnen«, antwortete Ulrich. »Und gleichzeitig etwas überprüfen.«

»Ihr wisst, wer es getan hat, nicht wahr?«

»Solange ich noch keine Beweise habe, die ein Gerichtsurteil ermöglichen, ist es sinnlos, jemanden zu beschuldigen«, wich Ulrich einer Antwort aus.

»Ihr bringt Kommandeur Diviš und mir stets bei, keine Geheimnisse voreinander zu haben, denn nur so könnten wir Fehler vermeiden«, protestierte der Knappe. »Also sagt schon, wen habt Ihr in Verdacht?«

Ulrich schüttelte den Kopf. »Ich brauche erst Beweise. Außerdem habe ich mehrere Theorien und weiß noch nicht, welche die richtige ist. Vor allem ist mir in Bezug auf Sesem von Kraschow etwas Interessantes in den Sinn gekommen. Aber es könnte ebenso gut Unsinn sein, und da ich es mir nicht erlauben kann, Fehler zu machen, möchte ich nicht darüber reden. Sobald ich mir sicher bin, erfährst du es als Erster.«

»Und der Silberschatz?«, fragte Otto gespannt.

Ulrich blieb stehen und musterte einen Moment lang das Gesicht seines jungen Knappen, ehe er ihn anlächelte. »Ich muss dir noch danken, dass du mir das Leben gerettet hast.«

Otto trat verlegen von einem Fuß auf den anderen. »Ich habe nur einen Teil meiner Schuld beglichen. Wie oft habt Ihr mich schon gerettet!«

»Meinst du vor Verbrechern oder vor betrogenen Mädchen?«

»Vor beidem«, antwortete Otto schmunzelnd. Er war froh, dass sein Herr zu Scherzen aufgelegt war; das war ein gutes Zeichen. Die Verletzung war offenbar nicht so ernst. Es zeigte aber auch, dass Ulrich mehr über die Morde herausgefunden hatte, als er zuzugeben bereit war, denn solange er im Dunkeln tappte, war er meist angespannt und mürrisch.

Sie gingen weiter durch die Vorburg, passierten das untere Tor und nahmen draußen vor der Burg den Weg, der hinunter ins Tal und zum Fluss führte. Anders als im Burghof war der Schnee hier noch nicht festgetreten und vereist. Man sank zwar ein, kam aber dennoch gut voran, da nicht die Gefahr bestand, auszurutschen und sich ein Bein zu brechen.

»Um auf deine Frage von vorhin zurückzukommen – das Geheimnis des Silberschatzes haben wir enthüllt«, meinte Ulrich. »Es gibt keinen Grund, den alten Urkunden nicht zu glauben. Hroznata hat nicht aus einer Laune heraus ein so verwirrendes Labyrinth unter der Krypta erbaut. Außerdem trägt die Tür, hinter der sich der Silberschatz vermutlich verbirgt, nicht von ungefähr sein Wappen. Das Problem ist eher technischer Natur. Wie kommt man gefahrlos an das Silber heran? Die Gebeine des Mannes, der dort unten gestorben ist, sprechen eine deutliche Sprache.«

»Wenn das Silber wirklich da unten versteckt ist, sollten wir darauf aufpassen. Ist es nicht riskant, dass wir uns von der Burg entfernen? Was ist, wenn der Verbrecher uns zuvorkommt?«

»Erstens liegt der Schatz seit vielen Jahren dort, sodass ein paar Stunden mehr oder weniger nichts mehr ausmachen. Zweitens weiß niemand, dass wir dieses alte Geheimnis enthüllt haben. Im Gegenteil – der Täter soll sich ruhig in Sicherheit wähnen. Unser Spaziergang wird ihn in diesem Glauben bestärken.«

Otto nickte. »Ich verstehe. Wir müssen ein bisschen abwarten, dann führt der Kerl uns von allein zum Silberschatz.«

»Ganz so einfach wird es nicht«, entgegnete Ulrich lächelnd. Er blieb einen Moment stehen, um zu verschnaufen, denn durch den Schnee zu stapfen war trotz allem anstrengend. Auch Otto hielt inne und ließ den Blick über den verschneiten Weg schweifen, der am Fluss entlangführte. Wenn man dort weiterging, gelangte man zur Furt und zum Fuß des Felsens, auf dem die Burg stand.

»Wohin gehen wir eigentlich?«, fragte Otto schließlich. »Wenn wir wollen, dass der Täter sich sicher wähnt, warum müssen wir uns dann durch den tiefen Schnee plagen? Ebenso gut hätten wir uns in der Vorburg in die Schenke setzen und anschließend zum Palas zurückkehren können, als wäre nichts gewesen.«

»In der Schenke machen wir auf dem Rückweg halt. Jetzt haben wir hier etwas zu tun. Ich muss den Palas von unten sehen. Vom Fluss aus, verstehst du?«

»Ehrlich gesagt, nein«, gestand Otto. »Was gibt es dort zu sehen?«

»Das weiß ich noch nicht«, antwortete Ulrich. »Aber kommen wir auf den Schatz zurück. Ich glaube nicht, dass der Täter uns einfach zu dem Silber führt. Schließlich versucht er schon seit ein paar Jahren, den Schatz zu finden, und bisher ist es ihm noch nicht gelungen. Damit hängen auch die Morde zusammen, die hier im Advent verübt wurden.«

»Auch wenn Ihr nicht darüber sprechen wollt, so weiß ich doch, dass Ihr ursprünglich Herrn Sesem verdächtigt habt. Er könnte alles eingefädelt haben, um seine Verwandten loszuwerden und die Burg zu bekommen. Und seine ablehnende Haltung gegenüber Euren Ermittlungen war verdächtig. Aber wie es jetzt aussieht, hat er doch nichts mit den Morden zu tun.«

»Wie kommst du darauf?«, fragte Ulrich überrascht.

»Warum sollte Sesem einen solchen Reichtum verschmähen? Fast jeder wäre zu einem Verbrechen bereit, wenn er dafür eine Burg und einen riesigen Schatz gewänne.« Er fegte ein wenig Schnee von seinen Schultern, der von einem verschneiten Zweig gefallen war, und stapfte weiter in Richtung Felsen.

»Aber es gibt noch andere Verdächtige«, meinte Otto. »Was ist mit diesem verschwundenen Studenten?«

»Ganz recht«, sagte Ulrich. »Und dann ist da noch Prior Severin. Schließlich dreht sich hier alles um den seligen Hroznata, und im Kloster Tepl gibt es womöglich mehr Informationen über ihn als hier auf der Burg. Auch die Mönche könnten von dem versteckten Silber erfahren haben.«

»Luthold wusste von dem Geheimnis und wollte den Schatz für sich haben«, spekulierte Otto. »Er tat sich mit dem Studenten zusammen, aber der brachte ihn um, weil er nicht teilen wollte.«

»Oder Prior Severin hat Luthold ermordet, damit der nichts verriet«, meinte Ulrich. Seine Augen funkelten, sodass Otto nicht recht wusste, ob sein Herr ihn bloß aufziehen wollte. »Dann haben wir noch die beiden Edelleute vom Lande. Dieser Johannides kommt mir nicht wie der Klügste vor, aber Ritter Lorenz ist ziemlich gewieft. Sein Vater besaß seinerzeit Verbindungen zum Kloster Tepl. Wer weiß, was er in Erfahrung bringen konnte. Und dann ist da noch die Chronik, die uns darauf brachte, dass unter der Krypta ein Schatz verborgen liegt. Diese Chronik haben wir von Kaplan Bohuslav. Vielleicht weiß er ja mehr, als er sagt. Er hasst die Mönche aus Tepl. Könnte doch sein, dass er sich an ihnen rächen will.«

»Meint Ihr das alles ernst?«, fragte Otto verwirrt. Sie waren nun am Zusammenfluss der Beraun mit dem Brodeslauer Bach angelangt und standen direkt unterhalb des Felsens, auf dem sich der Palas erhob.

»Natürlich«, antwortete Ulrich. »Alles ist denkbar. Es gibt sogar noch weitere mögliche Erklärungen, nur keine Beweise, die vor unserem König Bestand hätten. Denk daran, dass es sich um edle Herrschaften und einen hohen Geistlichen handelt. Die kann ich nicht einfach schwerer Verbrechen beschuldigen.«

Otto nickte. Das war stets der wunde Punkt bei ihrer Arbeit: Ging es um einen Untertanen, ließ sich leicht ein Geständnis erzwingen, auch wenn Ulrich es ablehnte, Verdächtige zu foltern. Handelte es sich jedoch um Edelleute, musste man äußerst behutsam vorgehen, um ihre Ehre nicht anzutasten, auch wenn es sich bei den adligen Herren oftmals um ausgemachte Gauner handelte.

»Zähl einmal mit, Otto«, sagte Ulrich und deutete hinauf zum Palas. Das Morgengrauen war mittlerweile so weit fortgeschritten, dass man auch von hier unten die Einzelheiten des stolzen Gebäudes erkennen konnte. »Die Fenster im ersten und zweiten Stock stehen immer genau übereinander. Demnach gibt es in jedem Stockwerk die gleiche Anzahl Fenster, nicht wahr?«

Otto nickte. »Ich kann sogar das Seil erkennen, über das Euer Angreifer sich davongemacht hat.«

»Du hast recht – ich sehe es jetzt auch. Aber zurück zu den Fenstern. Zähl einmal mit. Zwei, vier, sechs...« Ulrich zählte an den Fingern ab und kam bis vierzehn. Als Otto die Zahl bestätigte, lächelte Ulrich.

»Das ist der erste Beweis«, sagte er. »Im zweiten Stock sind acht Zimmer. Die ersten fünf sind Kammern, die jeweils zwei Fenster besitzen – macht also zehn. Die hinteren drei Räume sind Schlafkammern, in denen ich jeweils nur ein Fenster gefunden habe – das macht drei. Zehn und drei sind dreizehn. Das heißt, von innen betrachtet hat der Palas ein Fenster weniger als von hier draußen. Wem sollte so etwas schon auffallen, stimmt's? Vor allem, wenn das obere Stockwerk nur als Abstellort und Lager genutzt wird.«

»Es gibt also ein verborgenes Fenster?«

»So ist es.«

»Ist es das, aus dem das Seil hängt?«

»Nein, ich glaube nicht. Das verborgene Fenster hat nichts mit dem Überfall auf mich zu tun. Es spielt aber eine wichtige Rolle in einer anderen Angelegenheit. – Komm, gehen wir zurück.«

Noch einmal ließ Ulrich den Blick über die Mauer des Palas schweifen und ging im Gedächtnis die Reihenfolge der Zimmer durch. Nein, er täuschte sich nicht. Das geheime Fenster musste sich im obersten Stockwerk im zweiten Raum vom Ende des Gebäudes aus befinden. Er nickte zufrieden und machte sich auf den Weg zurück zur Burg. Dabei achtete er darauf, in die Fußspuren zu treten, die Otto und er auf dem Hinweg im tiefen Schnee hinterlassen hatten. So ging es sich bequemer.

XX. KAPITEL

Wie Ulrich vermutet hatte, herrschte in der Schenke der Vorburg noch immer fröhliches Treiben. Schon als sie das untere Burgtor passierten, hörten sie den lauten Gesang. Ulrich schüttelte den Kopf. »In keiner Stadt wäre so etwas möglich«, sagte er missbilligend. »Wenn dort ein Schultheiß mal ein Auge zudrückt und eine Taverne noch eine Stunde nach dem Abendläuten offen lässt, empfinden die Gäste es als etwas Besonderes. Und hier? Der Tag bricht an, und die Schenke ist immer noch rappelvoll. Nun ja, das ist Sesems Sache. Wenn es ihn nicht stört, dass seine Leute sich betrinken – von mir aus. Aber glaub ja nicht, dass der Burgherr ein so gutes Herz hat, Otto. Schließlich zahlt sein Gesinde in der Schenke für das Bier, das er auf der Burg braut und verkauft. Das heißt, je mehr seine Leute trinken, desto mehr bekommt er von dem zurück, was er ihnen für ihre Dienste zahlt. Das Geld stand immer schon höher als alle christliche Moral.« Ulrich spuckte verächtlich aus.

»Mir ist so kalt, dass es mir nichts ausmachen würde, wenn ein paar von meinen Kupferlingen in Sesems Kasse landen«, sagte Otto, dessen Zähne klapperten.

Ulrich vermutete stark, dass sein Knappe es mit dem Frieren übertrieb, sagte jedoch: »Dann komm, trinken wir einen kräftigen Schluck. Ich habe in der Schenke sowieso noch etwas zu erledigen.«

Da in der Schankstube seit dem vergangenen Nachmittag mit einem offenen Feuer geheizt wurde, war es im Innern völlig verräuchert. Man konnte von der Tür aus kaum bis auf die andere Seite schauen. Ulrich sah aber auch so, dass inzwischen alle gehörig betrunken waren. Auch die vier Studenten saßen noch auf ihren Plätzen am hinteren Tisch. Einer hatte den Kopf auf die Tischplatte gelegt und schnarchte, während die anderen tapfer weitertranken. Doch so eingehend Ulrich sich auch umsah, den Schmied konnte er nirgends entdecken. Er hatte es auch nicht anders erwartet.

Es wäre jedoch aufgefallen, hätte Ulrich auf der Schwelle kehrtgemacht. Außerdem hatte Otto bereits einen Krug warmes Bier beim Schankwirt geordert. Also ging Ulrich zu dem Tisch, an dem die Studenten saßen. Es war einfach, einen Platz zu bekommen: Otto verpasste dem schnarchenden Studenten einen Schubs, worauf der zu Boden rutschte, sich in einer Ecke zusammenrollte und weiterschlief.

Die anderen Jünglinge achteten gar nicht auf die Ankömmlinge. Ihr Blick war trüb, ihre Zungen so schwerfällig wie ihre Gedanken. Sie lallten irgendetwas, was keinen Zusammenhang ergab.

Ulrich trank schnell sein dünnes Bier aus. Es war nicht von der besten Sorte, aber es wärmte und machte ihn hungrig. Doch weil er hier nichts essen wollte, bezahlte er und stand auf, um zum Palas zurückzukehren.

»Warum so eilig?«, fragte Schankwirt Jakob mit einer Verbeugung. »Ich bringe Euch noch einen Krug. Auf meine Rechnung. Ich habe hinten ein herrliches Lagerbier, das müsst Ihr probieren.«

»Lagerbier? Das hast du sicher genauso gestohlen wie das Fleisch, stimmt's?«, versetzte Ulrich abfällig, riss die Tür der Schankstube auf und ging. Otto folgte ihm überrascht.

»Er hat es doch nicht böse gemeint«, sagte er vorwurfsvoll.

»Ich auch nicht«, entgegnete Ulrich gelassen. »Sieh mal dahinten in der Schmiede brennt noch Licht.«

»Ja. Ihr habt dieser Bademagd offenbar ganz schön den Kopf verdreht. So was sehe ich auf den ersten Blick. Bestimmt wartet sie auf Euch.«

»Bestimmt«, sagte Ulrich.

»Und wartet sie zu recht?«, fragte Otto, so beiläufig es ging, konnte sich ein schelmisches Grinsen aber nicht verkneifen.

»Natürlich«, antwortete der königliche Prokurator mit der gleichen unergründlichen Miene. Doch Otto kannte seinen Herrn gut genug, um zu wissen, dass er damit kein Liebesabenteuer meinte, sondern etwas anderes. Nur was? Von welcher Seite er den Fall auch ansprach, immer wich Ulrich einer Antwort aus. Das war ungewöhnlich für ihn.

Sie gingen durch das Torhaus und gelangten auf den oberen Burghof. Inzwischen war es ganz hell geworden. Ulrich blieb stehen und ließ den Blick über die umliegenden Gebäude schweifen. Er sah Einzelheiten, die er bisher nicht bemerkt hatte, und erst jetzt wurde ihm klar, dass er die Burg zum ersten Mal seit seiner Ankunft bei hellem Tageslicht betrachten konnte. Er deutete auf das obere Stockwerk der Vogtei.

»Der Burgvogt wird wohl in seiner Kammer sein. Hol ihn her, ich habe eine Aufgabe für ihn. Sag ihm, dass es sich um einen ganz normalen Dienst handelt, damit er es nicht gleich wieder mit der Angst zu tun bekommt. Der Mann ist furchtbar schreckhaft.«

Ulrich musste nicht lange warten. Kurz darauf kam der ergraute Burgvogt auf den Hof geeilt und verneigte sich. »Zu Euren Diensten. Ist etwas geschehen?«, fragte er unruhig.

»Hol die Frau des Schankwirts her. Ich muss sie verhören. Du findest mich im Palas.«

Hannes blickte ihn unsicher an. »In welcher Angelegenheit?«, fragte er vorsichtig.

»In genau der, an die du gerade denkst«, antwortete Ulrich. »Sie soll mir erklären, wie sie es geschafft hat, die Lebensmittel für ihren Mann aus der Burgküche zu schmuggeln.«

»Darum kann ich mich doch auch selbst kümmern«, jammerte der Burgvogt. »Will sich das königliche Gericht denn mit solchen Belanglosigkeiten aufhalten?«

»Tu, was ich dir befohlen habe«, antwortete Ulrich harsch, fügte dann aber ein wenig freundlicher hinzu: »In diesem Fall geht es mir um etwas anderes. Mit den Diebstählen selbst werde ich mich nicht befassen. Die Bestrafung der Langfinger überlasse ich dir.«

»Und wohin soll ich die Frau bringen? In den großen Saal?«, fragte Hannes, den die Antwort des Prokurators nicht wirklich zu beruhigen schien.

Ulrich schüttelte den Kopf. »Nein, ich warte im zweiten Stock des Palas auf euch. In einem der hinteren Zimmer. Bring sie dorthin.«

»Ins Dachgeschoss?«, stieß Hannes bestürzt hervor, drehte sich dann aber folgsam um und schlurfte mit hängenden Schultern zur Vorburg.

Otto schaute ihm aufmerksam hinterher. Nachdem die hagere Gestalt durch das Tor verschwunden war, fragte er seinen Herrn: »Haben die Diebstähle etwas mit dem verborgenen Fenster zu tun?«

»Auch«, antwortete Ulrich. »Gleichzeitig werden wir aufklären, warum hier immer wieder der Geist der toten Frau Anna erscheint. Komm, lass uns hinaufgehen. Wir müssen das geheime Fenster finden.«

Im Palas warf Ulrich erst einen schnellen Blick in den Tafelsaal, um sich davon zu überzeugen, dass Sesem und dessen Gäste sich an die Anweisung gehalten hatten und hierhergekommen waren. Tatsächlich befanden sich alle im Saal – bis auf den Burgherrn. Ulrich bat die Herren mit ein paar freundlichen Worten um etwas Geduld; dann machte er die Tür wieder zu.

»Wir nehmen keine Fackel mit«, sagte er zu Otto. »Sieh zu, dass du eine Lampe für uns auftreibst.«

Nachdem Otto das Gewünschte beschafft hatte, stiegen sie die beiden Treppen in die zweite Etage hinauf, wo es noch stockdunkel war, da hier sämtliche Fensterläden geschlossen waren. Bei seinem ersten Besuch war Ulrich gar nicht aufgefallen, wie düster dieser Ort war. Langsam bewegten er und Otto sich durch sämtliche Zimmer und besahen sich gründlich die Mauer auf der Fensterseite. Dabei fiel ihr Blick auch auf das Fenster mit den aufgebrochenen Läden, an dem das verknotete Seil befestigt war, das draußen herabhing. Doch Ulrich schaute es sich nicht näher an, sondern ging weiter, wobei er leise mitzählte. Als sie an das Ende des Gebäudes gelangt waren, hielt er inne, drehte sich um und kehrte in das vorhergehende Zimmer zurück.

»Hätte ich genauer hingeschaut, wäre ich gleich darauf gekommen«, murmelte er. »Wir hätten nicht mal nach draußen gehen müssen. Was bin ich für ein Dummkopf! Es hätte mir auf Anhieb auffallen müssen! Statt mit dem Burgvogt über Dämonen und ähnlichen Unfug zu reden, hätte ich meinen Verstand gebrauchen sollen.«

»Das geheime Fenster müsste sich irgendwo hier befinden«, meinte Otto und stellte die Lampe auf den wackligen Tisch, der mitten im Zimmer stand. »Es ist die zweite Kammer von der Ecke des Gebäudes aus – das stimmt überein. Nur, wie soll man hier etwas erkennen?«

»Es ist ganz einfach«, sagte Ulrich. »In den Zimmern, in denen es nur ein Fenster gibt, befindet sich dieses Fenster stets in der Wandmitte. Dort, wo wir es mit zwei Fenstern zu tun haben, sind sie nebeneinander, und zwar in der Regel gleich weit von den Zimmerecken entfernt. So ist es bei allen Räumen im zweiten Stock – außer in diesem hier. In der linken Hälfte gibt es ein Fenster, in der rechten nicht. Wäre dieser Raum aber eines von den Ein-Fenster-Zimmern, müsste das Fenster in der Mitte sein.«

Auf der rechten Wandhälfte hing eine bestickte Tapisserie. Es war kaum noch auszumachen, was auf dem Wandteppich dargestellt war, denn die Farben waren in ein rötliches Braun übergegangen. Nur eine verblichene Sonne aus ehemals goldenen Fäden war zu erkennen. Vor dem Wandteppich stand eine Truhe, an der zwei brüchige Schemel lehnten. Während auf den anderen Möbeln eine dicke Staubschicht lag, war auf der Truhe und den Schemeln kein Stäubchen zu sehen.

»Hilf mir, die Truhe anzuheben«, sagte Ulrich zu Otto. Doch sie erwies sich als nicht besonders schwer; anders als die übrigen Truhen schien sie leer zu sein, und die beiden Männer konnten sie leicht wegziehen. Dann raffte Ulrich den Wandteppich zur Seite. Dahinter tauchte ein verschlossenes Fenster auf. Anders als bei den übrigen Fenstern war der Riegel hier nicht vernagelt. Offensichtlich wurde dieses Fenster von Zeit zu Zeit geöffnet.

»Stellen wir alles wieder zurück an seinen Platz«, sagte Ulrich zufrieden. »Wirf trotzdem mal einen Blick in die Truhe.«

Otto tat wie geheißen. »Da ist nichts drin, nur ein alter Mantel«, meldete er. »Das heißt ... Moment mal, etwas ist merkwürdig. Der Mantel ist schmutzig, sogar feucht! Als hätte ihn jemand gestern während des Schneesturms getragen. Er kann noch nicht lange hier drin liegen.«

»Ich habe mir schon gedacht, dass wir so etwas finden«, sagte Ulrich lächelnd. »Damit sollten wir eines der Rätsel gelöst haben: Wir wissen jetzt, wer gestern Abend aus dem Fenster gestürzt ist, als wir auf dem Weg zum Badehaus gewesen sind. Es war jedenfalls nicht der Geist von Frau Anna!«

In diesem Moment ertönte ein Geräusch von der Treppe. Jemand stieg die steilen Stufen zum Dachgeschoss hoch. Schnell warf Ulrich den Mantel zurück in die Truhe und klappte den Deckel zu.

»Hör zu, Otto. Ich möchte einen Moment mit der Köchin alleine bleiben. Führe den Burgvogt unter irgendeinem Vorwand von hier weg. Nachher erkläre ich dir alles.«

Doch wie sich zeigte, war es unnötig, sich einen Vorwand einfallen zu lassen. Burgvogt Hannes zeigte die gewohnt unruhige Miene und presste die blassen Lippen zusammen, damit seine Zähne nicht klapperten. Kaum bemerkte Otto beiläufig, dass er etwas Bestimmtes benötige, wartete Hannes gar nicht erst ab, was es sein könnte, sondern wieselte davon. Ulrich sah ihm belustigt nach. Noch nie war er einem so schreckhaften Menschen begegnet.

Die Frau des Schankwirts war sichtlich aus anderem Holz geschnitzt. Groß und selbstbewusst stand sie vor ihm. Sie hatte ein rundes Gesicht mit Sommersprossen, einen schönen Mund und graue, wachsame Augen. Sie machte keine respektvolle Verbeugung vor Ulrich, wie es sich geziemt hätte, sondern grüßte nur. Dabei hielt sie den Kopf hoch erhoben und die Hüfte leicht gedreht, damit ihr hübscher Körper zur Geltung kam – doch weniger, um verführerisch zu wirken, sondern um zu zeigen, dass niemand ihr etwas anhaben konnte.

Ulrich wartete ab, bis der Burgvogt und Otto über die Treppe verschwunden waren; dann erst wandte er sich der Köchin zu, fuhr sich mit der Hand über den Bart und erkundigte sich freundlich: »Wie ist dein Name?«

»Hedda. Ich bin die Frau von Jakob, dem Schankwirt dieser Burg.« Sie hatte eine wohlklingende Stimme.

Ulrich nickte, verschränkte die Hände auf dem Rücken und wanderte nachdenklich durch das Gemach, schweigend, ohne Hedda weiter zu beachten.

Schließlich hielt die Köchin es nicht mehr aus. Mürrisch brachte sie hervor: »Wenn Ihr nicht mehr wissen wollt, hättet Ihr auch den Burgvogt fragen können. Er hätte Euch ebenso gut antworten können wie ich. Alle hier kennen meinen Namen.«

Ulrich nickte. »Das bezweifle ich nicht. Jeder Mann merkt sich den Namen einer schönen Frau.«

»Wenn es Euch um gewisse Dinge geht – dafür haben wir hier unsere Bademagd«, antwortete sie schroff. »Ich bin eine ehrbare, verheiratete Frau. Kann ich jetzt gehen?«

»Nicht so eilig, Hedda. Das Festessen heute war ausgezeichnet, und das ist vor allem dir zu verdanken. Du betreust doch die Burgküche?«

Sie nickte schweigend, wobei ihr Mund sich zu einem dünnen Strich verzog. Ihre Selbstsicherheit war für den Augenblick dahin.

»Was machst du normalerweise mit den Essensresten?«, fragte Ulrich, blieb dicht vor ihr stehen und musterte sie aufmerksam.

»Was für eine Frage«, entgegnete sie mit gespielter Verachtung. »Seit wann interessieren sich königliche Beamte für Küchenabfälle?«

Ulrich ließ sich nicht herausfordern. Er lächelte und antwortete ruhig: »Du würdest nicht glauben, wofür königliche Beamte sich so alles interessieren. Zum Beispiel für alte Mäntel.«

Hedda wurde blass und fragte angespannt: »Was für Mäntel?«

»Das weißt du selbst am besten!« Die Liebenswürdigkeit war aus Ulrichs Miene verschwunden. Er trat einen Schritt zurück und verschränkte die Arme vor der Brust – seine bewährte Amtshaltung. Kalt schaute er die Köchin an.

Hedda hielt seinem Blick nur kurz stand; dann senkte sie die Augen. Doch sie schwieg beharrlich. Sie hatte nicht die Absicht, ihre Haut billig zu verkaufen.

»Jetzt hör mal gut zu«, begann Ulrich mit schneidender Stimme. »Jemand hat versucht, mich umzubringen. Mich, einen Vertreter des Königs. Weißt du, was das bedeutet? Der Angreifer hat sich anschließend aus einem der Fenster hier oben an einem Seil hinuntergelassen. Deshalb könnte ich jeden, der heute hier ein Fenster geöffnet hat, auf die Folterbank bringen.«

»Mir ist das aufgebrochene Fenster ebenfalls aufgefallen. Aber ich habe nichts damit zu schaffen. Die Küche ist im Erdgeschoss. Hier oben bin ich schon so lange nicht mehr gewesen, dass ich mich an das letzte Mal kaum noch erinnern kann.«

Ulrich schüttelte den Kopf. »Mir geht es nicht um das aufgebrochene Fenster. Ich will wissen, was es mit dem Fenster in diesem Gemach hier auf sich hat.«

»In diesem Gemach? Aber die Läden sind doch verriegelt und vernagelt! Sie lassen sich nicht öffnen«, wandte sie mit fester Stimme ein und hob den Blick. Sie wusste, dass es um Kopf und Kragen ging.

Ulrich durchschaute sie. Nachsichtig blickte er in ihre kalten grauen Augen. »Warum diese Umschweife, Hedda? Du weißt sehr gut, dass ich von einem anderen Fenster spreche. Und komm gar nicht erst auf die Idee, mich zu fragen, von welchem. Du bist die Frau des Schankwirts. Du verstehst dich bestimmt aufs Würfeln, oder?«

»Ja«, brachte sie verwirrt heraus.

»Dann weißt du, dass jeder gute Spieler aufgibt, wenn er erkennt, dass er seinen Gegner nicht mehr schlagen kann. – Nun, wie ist es also?«

Hedda begann zu zittern und stützte sich auf dem Tisch ab. Trotzdem schüttelte sie den Kopf und wies alle Anschuldigungen von sich. Doch ihre eben noch so wohlklingende Stimme war nun schrill.

»Ich tue schönen Frauen nur ungern etwas zuleide«, sagte Ulrich freundlich. »Deshalb gebe ich dir eine letzte Gelegenheit, deinen Hals zu retten. Ich werde dir erzählen, wie sich die Sache verhält, und du hörst mir zu. Also: Schon seit längerer Zeit stiehlst du Speisen aus der Küche für das Wirtshaus deines Mannes. Doch es wäre zu riskant, die Lebensmittel über den Hof und durchs Torhaus zu transportieren, da der Burgvogt dich kontrolliert. Deshalb habt ihr euch etwas anderes ausgedacht, du und dein Mann: Alles wird in einen Sack gepackt, den du am Abend hier oben aus dem Fenster wirfst – jenem Fenster, das hinter dem Wandteppich verborgen ist. Es existiert im Grunde gar nicht; deshalb ist niemandem aufgefallen, dass die Läden nicht gesichert sind. Dieses Fenster ist schlicht und einfach nicht da.«

Ulrich ging zur Wand und lüpfte die Tapisserie, als würde er einen Vorhang heben. Während er auf das Fenster deutete, fuhr er mit ruhiger Stimme fort: »Für den Fall, dass jemand den fallenden Sack bemerken sollte, habt ihr ihn zur Sicherheit in einen Mantel gehüllt. Es war wohl nicht allzu schwer, das

Gerücht zu verbreiten, dass hier gelegentlich der Geist der toten Anna umgeht. Dein Gemahl musste dann nur noch behaupten, dass er regelmäßig die Fischreuse am Fluss kontrolliert. Wer würde schon überprüfen, was er von dort mitbringt? Allerdings war es sehr dumm vom Burgvogt, sich einreden zu lassen, dein Gemahl sei beim gestrigen Schneetreiben unten am Fluss gewesen, bei der Fischreuse. Meinen Knappen Otto konnte er nicht täuschen. Zusammen mit deinem Gemahl war auch der Schmied dort. Er hilft euch beiden, nicht wahr? Sicher, weil er Schnaps dafür bekommt. – Nun, was sagst du dazu?«

»Ihr habt von einer letzten Gelegenheit für mich gesprochen«, entgegnete sie seltsam ruhig. »Welche meint Ihr?« Sie richtete sich ein wenig auf, doch es lag kein Stolz mehr in ihrer Haltung. Sie bot sich ihm an.

»Wie ich bereits angedeutet habe, du gefällst mir. Es ist mir auch gleichgültig, ob du Herrn Sesem bestiehlst – das ist seine Angelegenheit. Ich will dich haben. Dann schweige ich.«

»Einverstanden«, sagte sie hastig. »Wollt Ihr gleich hier ...?«

»Aber Hedda!« Ulrich lächelte und fasste sie am Kinn. Sie zuckte nicht zurück. »Ich will dich auf eine Weise, wie es einem Mann meines Standes gebührt. In einem richtigen Bett. Bei dir in der Schenke. Sobald die Leute heute Morgen schlafen gegangen sind, komme ich bei dir vorbei. Sag deinem Mann, er soll uns nicht stören. Schließlich könnte ich auch ihn an den Galgen bringen. Verstanden?«

»Sehr wohl.« Hedda versuchte, die tiefe Verachtung aus ihrer Stimme herauszuhalten, aber es gelang ihr nicht allzu gut.

»Ich bleibe ungefähr eine Woche hier auf der Burg«, fuhr Ulrich unbarmherzig fort. »Du wirst mir die ganze Zeit zu

Willen sein. Wenn ich mit dir zufrieden bin, vergesse ich die Angelegenheit, das verspreche ich.«

»Ihr werdet zufrieden sein«, antwortete sie, fuhr sich mit den Händen über die Brüste und wandte sich zum Gehen, doch Ulrich hielt sie an der Schulter zurück.

»Noch etwas. War alles so, wie ich gesagt habe?«

Sie nickte.

Ulrich lächelte zufrieden und gab ihr einen Klaps auf den Hintern. »Sobald ich hier fertig bin, komme ich zu dir! Wo ist deine Schlafkammer?«

»Ihr werdet mich leicht finden. Es ist das zweite Gemach über der Treppe.«

»Gut. Ich verlaufe mich nicht gern. Außerdem möchte ich nicht mit deinem Gemahl zusammentreffen. Du bereitest alles vor, und ich werde draußen vor der Schenke wie ein Käuzchen rufen. Sollte dein Mann dann noch in der Schenke sein, schick ihn durch die Hintertür raus. Ich warte draußen, bis du alleine bist. Dann kommst du und machst mir die Tür auf. Verstanden? Schließlich muss ich auf meinen guten Ruf achten.«

XXI. KAPITEL

Hedda wiegte sich in den Hüften, als sie mit langsamen Schritten davonging. Von der ehrbaren Ehefrau, als die sie sich zu Beginn des Gesprächs ausgegeben hatte, war nicht mehr viel übrig. Da sie Ulrich den Rücken zuwandte, konnte er ihre heruntergezogenen Mundwinkel und ihre zornigen Blicke nicht sehen.

Wie dumm dieser aufgeblasene Prokurator doch ist, dachte Hedda bei sich. Na, umso besser! Jetzt ging es nur noch darum, dass er tatsächlich kam. Um sicherzugehen, drehte sie sich auf der Schwelle noch einmal um und schenkte ihm das verlockendste Lächeln, das sie zustande brachte, schickte einen Luftkuss hinterher und winkte ihm. Dann erst verschwand sie.

Ulrich schloss müde die Augen. Wie zermürbend es doch war, mit menschlichen Schicksalen zu spielen! Der Weg zur Gerechtigkeit war mitunter beschwerlich und voller Dornen.

Er stieg die alten, verwitterten Stufen hinunter und ging durch den Flur des darunterliegenden Stockwerks zu seiner Kammer. Vor Sesems Schlafgemach hielt er inne, hob den Riegel an und versuchte, die Tür zu öffnen, doch sie war noch immer verschlossen. Ulrich klopfte an, horchte. Er hatte das unbestimmte Gefühl, aus dem Zimmerinnern ein Geräusch zu hören, war sich aber nicht sicher. Also klopfte er ein zweites Mal, lauschte erneut. Diesmal hörte er nichts. Er zuckte die Schultern und ging in seine eigene Kammer.

In seinem Sessel sitzend dachte er nach. Er wusste nun schon eine ganze Menge. Mit so vielen Spuren und Hinweisen sollte er den Täter eigentlich überführen können. Aber so ausgiebig er die Ereignisse der vergangenen Stunden auch an sich vorüberziehen ließ – er fand immer noch keine eindeutige Antwort. Bestimmte Anhaltspunkte deuteten auf Sesem von Kraschow als Täter hin, andere auf Prior Severin. Wieder andere Hinweise entkräfteten den Verdacht gegen beide und ließen den Schluss zu, dass ein Dritter der Täter war. Ritter Lorenz möglicherweise, oder Landedelmann Johannides, oder Burgvogt Hannes, vielleicht sogar Kaplan Bohuslav. Ulrich spielte auch den Gedanken durch, ob sich zwei oder drei von ihnen womöglich miteinander verbündet hatten. Es würde manche Widersprüche erklären, auf die er gestoßen war, aber nicht alle.

Was ihn jedoch am meisten umtrieb, war dass er den Sinn hinter diesen Taten immer noch nicht verstand. Da war natürlich zuallererst der verborgene Schatz des Hroznata. Aber es musste noch um etwas anderes gehen. Um ein Erbe? Um Rache?

Ulrich seufzte und schloss die Augen. Noch immer schmerzte sein Kopf ein wenig, und er fühlte sich unendlich müde. Er versuchte sich zu konzentrieren, brachte aber keinen klaren Gedanken mehr zuwege. Wie sehr er sich auch abmühte, er kam nicht voran.

Irgendwann nickte er ein.

Er wusste nicht, wie lange er geschlafen hatte, als das Knarren der langsam aufschwingenden Tür ihn hochschrecken ließ. Er schlug die Augen auf und griff unwillkürlich zum

Dolch. Ein paar Schritte entfernt stand Sesem von Kraschow. Seine ganze Haltung drückte Empörung aus; offenbar war er gekommen, um sich zu beschweren. Seltsamerweise blieb er auf der Schwelle stehen, ohne Ulrich anzuschauen; stattdessen ruhte sein Blick auf irgendetwas in der Zimmerecke, wo die Truhe stand.

Ulrich schaute ebenfalls dorthin. Erst jetzt fiel ihm auf, dass auf dem Deckel der Truhe noch der Dolch lag, den er unter der Krypta bei dem Gerippe gefunden hatte. Doch er sagte nichts, beobachtete stattdessen seinen Besucher.

Sesem von Kraschow schien Ulrich völlig vergessen zu haben. Wie unter einem Bann ging er zur Truhe und nahm den Dolch in die Hand. Er betrachtete ihn eingehend, wendete ihn vorsichtig zwischen den Fingern. Es sah beinahe so aus, als würde er das kalte Stück Metall liebkosen.

»Wo habt Ihr das gefunden?«, brachte er schließlich hervor und drehte sich verwirrt nach Ulrich um.

»In der Krypta. Kennt Ihr diesen Dolch? Wem hat er gehört?«

»Meinem Vater Dietrich«, antwortete Sesem leise, ging zum Tisch und setzte sich Ulrich gegenüber auf den Schemel. Ulrich bemerkte erstaunt, dass Sesem Tränen in den Augen hatte. Schließlich legte der Burgherr den Dolch behutsam vor sich auf die Tischplatte.

»Ich habe gehört, dass Euer Vater vor Jahren verschwunden ist. Unter rätselhaften Umständen, heißt es«, sagte Ulrich mit teilnahmsvoller Stimme.

»Ich war damals noch ein Kind«, erinnerte sich Sesem. »Ich weiß es nur aus Erzählungen. Offenbar war mein Vater kein Muster an christlicher Tugend. Mutter sagte immer, Gott habe ihn bestraft. Mein Bruder hingegen meinte, Dämonen hätten unseren Vater zerfleischt, hier auf Burg Kraschow. Wir haben uns immerzu darüber gestritten. Mein Bruder war der Erbe, ich aber liebte meine Eltern. Den Dolch hier würde ich unter Tausenden erkennen, denn mein Vater erlaubte mir damals, damit zu spielen. Seht Ihr die kleine Rille in der Klinge? Die dicken Adern in dem Jaspis, mit dem der Griff verziert ist? Sie haben die Gestalt eines Ritters auf seinem Pferd. So etwas vergisst man nicht. Habt Ihr den Dolch wirklich in der Krypta gefunden?«

Ulrich nickte. Er musterte den Burgherrn interessiert. Sesems hässliches, meist finster dreinblickendes Gesicht hatte sich verwandelt. Es war weicher geworden, freundlicher. Seine Rührung angesichts des wiedergefundenen Dolchs schien echt zu sein.

»Wo genau lag er?«, wollte Sesem wissen. »Das Mysterium wird jedes Jahr vollzogen. Wie kann es sein, dass bisher niemand den Dolch entdeckt hat?«

»Ich fand ihn in einer Vertiefung im Boden«, antwortete Ulrich, denn er hatte nicht die Absicht, Sesem die ganze Wahrheit zu sagen. »Vielleicht lag er ursprünglich in dem Kanal und wurde vom Wasser nach oben gespült. Unterströmungen können sehr stark sein. Schließlich treiben sie sogar Mühlräder an.«

»Aber wie soll der Dolch dorthin gelangt sein?«, meinte Sesem zweifelnd.

»Wer weiß? Vielleicht hat Euer Vater sich in diesen unterirdischen Kanälen verirrt. Er könnte hinuntergestiegen sein und...«

Weiter kam Ulrich nicht, da Sesem mit der Faust auf den Tisch schlug und losbrüllte: »Ihr seid genau wie mein Bruder! Ihr habt vor nichts Respekt!«

Ulrich schüttelte verständnislos den Kopf. »Was habe ich denn Falsches gesagt?«

»Unter der Krypta ist ein Dämon gefangen, das weiß doch jeder! Deshalb hat unser erhabener Ahnherr Hroznata ja das Sankt-Barbara-Mysterium eingeführt. Kein aufrichtiger Christ würde in den Schacht unter der Krypta hinuntersteigen – er würde dort seine Seele verlieren! Mein Vater aber hat seine Seele nicht verloren. Wenn er verschwunden ist, muss es woanders geschehen sein.«

»Vielleicht verlor er den Dolch draußen am Fluss«, versuchte Ulrich ihn zu beschwichtigen. »Und das Wasser schwemmte ihn auf irgendeine Weise in die unterirdischen Kanäle und spülte ihn schließlich in die Krypta. Könnte doch sein?«

Sesem von Kraschow lächelte erleichtert und nickte. Leise sagte er: »Ich danke Euch, Herr Ulrich.«

Beide verfielen in Schweigen und hingen ihren eigenen Gedanken nach.

Plötzlich schien Sesem die alten Erinnerungen verscheucht zu haben, denn er richtete sich ruckartig auf und fragte, nun wieder mit düsterer Miene:

»Wie lange wollt Ihr meine Gäste eigentlich noch gefangen halten? Ich weiß, Ihr wollt zu Gericht sitzen. Ich war unserem König immer treu ergeben und habe nicht vor, mich seinen Dienern zu widersetzen, aber alles hat seine Grenzen. Meine Gäste sind müde und möchten sich schlafen legen. Ihr hindert sie daran, während Ihr selbst Euch hier dem Schlummer hingebt, wie ich vorhin sah!«

»Ihr könnt nicht leugnen, dass jemand versucht hat, mich umzubringen«, entgegnete Ulrich mit kalter Stimme. »Und es war einer von Euren Gästen. Die meisten von ihnen werden in ihrem Leben schon mehr Nächte durchwacht haben als diese, da wird ihnen eine mehr nichts schaden. Immerhin wurde ein Anschlag auf den königlichen Prokurator verübt, vergesst das nicht.«

»Das vergesse ich keineswegs«, sagte Sesem kühl. »Aber woher nehmt Ihr die Gewissheit, dass einer meiner Gäste den Anschlag verübt hat? Hat Euer Knappe den Angreifer erkannt? Was, wenn der Unbekannte über die Galerie in die Kapelle und von dort auf den Burghof geflohen ist?«

»Und wer soll das gewesen sein?«, fragte Ulrich spöttisch.

»Jemand von der Burgbesatzung. Vielleicht wollte er Euch ausrauben. Oder es war der gleiche Halunke, der gelegentlich in der Küche der Burg stiehlt. Wegen des Festbanketts gestern hatte er Angst, sich zu verraten, und hat Euch deshalb angegriffen. Womöglich wusste er nicht einmal, wer Ihr seid.«

»Selbst wenn es so wäre – für die Besatzung Eurer Burg seid Ihr vor dem König verantwortlich, Herr von Kraschow«, sagte Ulrich ungerührt. Er wusste, wie man widerspenstige Edelleute zur Räson rief.

Sesem öffnete den Mund wie ein Fisch, der nach Luft schnappt, fand aber keine passende Antwort. Er wollte schon wütend aufspringen, doch Ulrich hielt ihn zurück.

»Wartet! Wie ist Eure Suche ausgegangen? Habt Ihr Eure Gemahlin und Euren Sohn gefunden?«

»Noch nicht«, antwortete Sesem unwirsch. »Ich habe veranlasst, dass die Tore bewacht werden. Nicht mal eine Maus kann jetzt aus der Burg entwischen. Sobald der Morgen ein wenig vorangeschritten ist, werden meine Leute noch einmal alles durchsuchen und in jeden noch so kleinen Winkel kriechen. Wir werden sie schon finden, da bin ich ganz sicher.«

»Gut«, sagte Ulrich. »Geht nun in den Tafelsaal und richtet Euren Gästen aus, dass ich bald komme. Doch ehe ich die Gerichtssitzung beginne, möchte ich den Zisterziensermönch Beatus verhören. Bitte schickt ihn mir her. Und gebt meinem Knappen unauffällig Bescheid, dass er Beatus begleitet und im Auge behält.«

Sesem blickte erstaunt auf, sagte aber nichts. Auf der Türschwelle blieb er noch einmal stehen. »Herr Prokurator«, sagte er verlegen, »der Dolch, den Ihr gefunden habt ... benötigt Ihr ihn für Eure Ermittlungen?«

»Ihr möchtet gern wissen«, sagte Ulrich lächelnd, »ob Ihr ihn mitnehmen könnt.«

Sesem nickte schweigend und wartete auf Antwort. Als ihm klar wurde, dass er das Andenken an seinen Vater behalten durfte, schob er den Dolch rasch unter seinen Gürtel und ging mit einer Verneigung davon.

Nur wenige Minuten später erschien Otto mit Bruder Beatus. Dem Knappen standen Ungeduld und Neugier ins Gesicht geschrieben, während der Mönch mit weitaus weniger Begeisterung in die Kammer schlurfte. Die Müdigkeit und der Biergenuss hatten ihre Spuren hinterlassen und er sprach nicht mehr deutlich.

»Es wird Zeit, dass wir den Fall um Lutholds Tod abschließen«, begann Ulrich. »Was denkst du über den Mord, Beatus?«

»Der interessiert mich nicht besonders«, nuschelte der Zisterziensermönch.

»Das sollte er aber, schließlich wurde ein Diener Gottes getötet«, tadelte Ulrich ihn. »Dir ist es doch nicht gleichgültig, dass ein Mönch starb?«

»Von mir aus könnte auch dieser Wichtigtuer von Prior zum Teufel fahren!«, schimpfte Beatus. »Und Luthold? Ein widerlicher Trunkenbold, kein Diener Gottes.«

»Du bist auch nicht gerade nüchtern«, ermahnte Ulrich ihn.

»Das ist etwas anderes«, protestierte Beatus. »Ihr wisst selbst, welche Schrecken wir gestern durchleben mussten. Aber der Herrgott hat seine Hand über mich gehalten und ließ mich nicht im Schneesturm umkommen. Ich habe ein bisschen getrunken, um meine Rettung zu feiern. Um Gottes Gunst und Barmherzigkeit zu preisen.«

»Das ist natürlich etwas anderes«, räumte Ulrich ein. »Du magst die Prämonstratenserbrüder wohl nicht besonders?«

»Brüder!«, knurrte Beatus angewidert. »Ich begreife nicht, warum der Papst immer wieder neue Orden anerkennt. Als würden die alten nicht genügen. Wir Zisterzienser waren schon früher da. Doch in letzter Zeit erhalten in Böhmen nur noch diese neuen Orden Güter – wir bekommen nichts.«

»Ihr habt doch schon so genug«, wandte Ulrich ein. »Wenn ich mich recht erinnere, ist euer Orden auch nur dreißig Jahre älter. Was ist das schon.«

»Im italienischen Assisi«, ereiferte sich Beatus, »soll sogar ein Orden entstanden sein, der sich vom Betteln ernährt. Die Mitglieder gehen in Lumpen gekleidet und schlafen zwischen Abfällen. Igitt!« Er spuckte aus. »Was ist das für eine Art, Gott zu ehren!«

»Schon gut.« Ulrich stand auf und reckte sich. »Wie man sieht, hattest du ein Motiv, Bruder Luthold zu töten. Du hasst den Orden der Prämonstratenser, und Luthold hat dich beleidigt. Du bist doch ein Konverse, nicht wahr?«

»Was soll denn das bedeuten?«, rief Beatus aufgebracht und trat wütend gegen den Schemel, der in seiner Nähe stand. »Ich habe niemanden ermordet!«

»Das behaupte ich auch nicht.« Ulrich nahm wieder in seinem Sessel Platz. »Ich muss lediglich zu Gericht sitzen, dich anklagen und verhaften, nichts weiter.«

»Nichts weiter!«, wiederholte der Mönch zornig. »Warum schickt Ihr mich nicht gleich an den Galgen?«

»Ich werde kein Urteil sprechen«, versuchte Ulrich ihn zu beruhigen. »Du musst nicht mal ein Geständnis ablegen. Ich will nur zum Schein hier vor allen anderen den Mordfall abschließen.«

»Oh nein!« Bruder Beatus schüttelte vehement den Kopf. »Ich werde protestieren.«

»Das kannst du gerne tun«, sagte Ulrich kühl, »aber es wird dir nicht viel nützen.«

»Warum denn ich? Beschuldigt doch Euren Knappen. Wenn es doch sowieso nichts bedeutet, wie Ihr sagt.«

»Ich brauche seine Hilfe. Außerdem wäre das nicht sehr glaubwürdig. Hör zu, Beatus – wirst du dich immer noch weigern, mir zu helfen, wenn ich dir sage, dass ich den wahren Mörder anders nicht überführen kann?«

»Gott wird ihn bestrafen, das genügt. Dafür muss ich nicht erst in den Kerker.«

»Weißt du, warum ich den Täter ohne deine Hilfe nicht überführen kann?«, fuhr Ulrich eindringlich fort. »Weil ich glaube, dass es Prior Severin ist. Bist du auch in diesem Fall nicht bereit, eine Zeit lang Unannehmlichkeiten hinzunehmen? Es geht um eine gute Sache! Hast du nicht genug Vorbilder unter den Heiligen?«

»Ich hatte nie das Verlangen, Märtyrer zu werden«, murmelte Beatus, nicht mehr ganz so aufgebracht. Er fuhr sich mit der Hand über die Stirn, um die letzten Reste von Berauschtheit zu vertreiben, und dachte nach. »Welche Sicherheit habe ich, dass Ihr mich danach nicht im Stich lasst? Wenn es Euch zum Beispiel nicht gelingt, den Prior zu überführen, was wird dann aus mir?«

»Keine Bange. Wenn ich nicht den Prior überführe, dann jemand anders. Es gibt mehrere, die in Betracht kommen. Aber ich werde den Mörder entlarven, das versichere ich dir.«

»Wie lange wollt Ihr mich gefangen halten?«

»Ich möchte gerne noch heute nach dem Mittagessen nach Plaß weiterreisen. Und dabei brauche ich dich als unverzichtbaren Führer.«

»Besonders, nachdem du uns im Schneesturm so gut den Weg hierher nach Kraschow gewiesen hast«, warf Otto spöttisch ein.

Doch Ulrich wies ihn wegen seiner vorwitzigen Bemerkung zurecht: »Bruder Beatus verdient unseren Respekt, wenn er mir in dieser Sache hilft. Sich ohne Grund verhaften zu lassen, erfordert viel Tapferkeit.«

Schließlich wurden sie sich einig, und Bruder Beatus seufzte ergeben. »Euch zu dienen«, sagte er zu Ulrich, »ist wahrhaftig kein Zuckerschlecken.«

XXII. KAPITEL

Das königliche Gericht tagte nur kurz und beschränkte sich auf das Nötigste. Da alle am Ende ihre Kräfte waren, wollte niemand die Verhandlung unnötig in die Länge ziehen.

Beatus jammerte und schwor, er habe Luthold nicht ermordet, doch die Beweise sprachen gegen ihn. Otto von Zastrizl erinnerte sich, dass er Beatus aus dem Tafelsaal hatte kommen sehen, gleich nachdem Burgherr Sesem den Saal verlassen habe. Ulrich von Kulm berichtete, wie er auf dem Boden unter dem Tisch, wo der Ermordete gelegen hatte, eine Schnalle gefunden habe, die Beatus gehörte.

Anschließend ließ der königliche Prokurator den Sack des Mönchs durchsuchen, der in seiner Kammer in der Vogtei lag. Darin fand sich genau so eine Schnur wie die, mit der Luthold erdrosselt worden war.

»Es ist schon spät«, schloss Ulrich. »Da Bruder Beatus kein Geständnis abgelegt hat, auch wenn alle Beweise gegen ihn sprechen, vertage ich das Urteil. Da es sich um einen Bruder aus dem Zisterzienserorden handelt, muss ich ohnehin erst seinen Abt in Kenntnis setzen. Heute Nachmittag reise ich nach Plaß weiter und nehme Beatus mit. So lange werft ihn in den Kerker, Burgherr Sesem, damit er nicht fliehen kann.«

Der Burgherr zögerte. »Der Kerker ist schon belegt. Ich halte dort einen gefährlichen Räuber gefangen.«

Ulrich winkte ab. »Die beiden werden sich schon verstehen«, sagte er. »Aber lasst den Räuber zur Sicherheit fesseln, damit er Beatus nichts antut. Ansonsten sehe ich kein Problem.«

»Ich würde ihn lieber in eine Kammer einschließen und sie bewachen lassen«, schlug Sesem vor.

Ulrich schüttelte entschieden den Kopf. »Nur keine falsche Rücksichtnahme. Er ist ein Mörder! Und Ihr seid verpflichtet, eine Gefängniszelle für Verbrecher bereitzustellen, die das königliche Gericht für schuldig befunden hat. Aber wenn es Euch unangenehm ist, dass Beatus die Zelle mit einem Räuber teilt, dann schließt den Räuber in eine Kammer ein. Beatus jedenfalls muss in den Kerker.«

Schließlich gab Sesem nach, und so wurde der lautstark protestierende Beatus vom Burgvogt und einem Söldner abgeführt.

»Das hätten wir«, sagte Ulrich lächelnd. »Ich möchte euch um Verzeihung bitten, edle Herren, wenn ich euch länger warten ließ. Nun, da es Tag wird, denke ich, dass wir es uns alle verdient haben, uns ein wenig schlafen zu legen.«

»Und ob!«, meinte Ritter Lorenz. Auch er war nach der langen Nacht nicht mehr ganz nüchtern. Er legte seinem Freund Johannides den Arm um die Schultern, und die beiden gingen gemeinsam aus dem Saal, gefolgt von den anderen Herren.

»Wie ist das nun eigentlich mit der Schließung der Krypta?«, wollte Kaplan Bohuslav noch wissen, bevor er sich den Herren anschloss.

»Die verschieben wir auf später, wenn alle ausgeschlafen sind«, erklärte Sesem. »Wir treffen uns gegen Mittag in der Kapelle, beten gemeinsam und setzen die Steinplatte wieder an ihren ursprünglichen Ort. Gute Nacht, meine Herren.«

Schließlich blieben nur Ulrich und sein Knappe im Tafelsaal zurück.

»Wie geht es nun weiter?«, fragte Otto. Er hatte ein schlechtes Gewissen, weil Bruder Beatus ihm leidtat. Nach all den Strapazen würde er nun in einer kalten Zelle auf Stroh liegen müssen. Zwar sollte ein Mönch ungeheizte Klosterzellen gewohnt sein, doch Otto machte sich keine Illusionen, was die lasche Handhabung der klösterlichen Regeln seitens der Mönche betraf. Und Konversen wie Beatus, die außerhalb der Klostermauern lebten, nahmen diese Regeln noch weniger ernst.

»Wie es nun weitergeht?«, nahm Ulrich die Frage seines Knappen auf und rieb sich die kalt gewordenen Hände. Die Nacht war zwar vorüber, aber deshalb war es nicht weniger frostig, im Gegenteil: Im Winter war die morgendliche Luft sogar am eisigsten. Und das Feuer im Kamin war erloschen, die Steinmauern des Saales kalt. »Wir werden noch einmal in die Krypta hinuntersteigen. Wir müssen das Rätsel lösen, das der selige Hroznata uns hinterlassen hat und das da lautet: Wie kommt man an den unterirdischen Schatz?«

»Reicht es nicht, wenn wir einfach nur diese geheimnisvolle Tür mit dem Wappen öffnen?«

»Genau das scheint Dietrich von Kraschow einst versucht zu haben«, meinte Ulrich nachdenklich und klärte Otto kurz darüber auf, welches Ende Sesems Vater gefunden hatte. »Es wäre mir nicht recht, wenn spätere Besucher dort unten zwei Gerippe fänden, oder sogar drei.« Er lächelte Otto an. »Was sollen die Mädchen in Böhmen nur anfangen, wenn dir etwas zustößt, lieber Otto?«

»Bestimmt würde das ganze Land Trauer tragen«, antwortete der Knappe grinsend, wurde aber gleich wieder ernst. »Wenn wir uns in die Krypta begeben, besteht dann nicht die Gefahr, dass wir dort von jemandem überrascht werden?«

Ulrich schüttelte den Kopf. »Das glaube ich nicht. Alle, die nichts mit den Verbrechen zu tun haben, werden jetzt tief und fest schlafen. Deshalb habe ich sie ja so lange im Tafelsaal warten lassen – damit sie ordentlich müde werden und viel trinken. Was hätten sie sonst auch tun sollen? Und was unseren Mörder betrifft: Er wird so lange warten, bis ich mich in meine Kammer zurückziehe. Er wird kein Wagnis eingehen.«

»Richtig, ihr wohnt ja alle auf demselben Flur. Er kann es hören, wenn Ihr schlafen geht. Aber ... wer ist es?«

»Abwarten«, antwortete Ulrich lächelnd. »Mittlerweile stellt sich weniger die Frage, wer es ist. Es geht eher darum, wie er bestraft werden kann.«

»Wie meint Ihr das?«

»Das wirst du schon sehen. Und ehe ich es vergesse: Bevor wir in die Krypta steigen, hol mir aus deiner Kammer in der Vogtei einen Umhang mit dem Wappen des Königs. Du hast doch einen Ersatzumhang in deinem Sack?«

Otto nickte und eilte davon. Dabei schwirrten ihm die Gedanken nur so durch den Kopf. Wenn es seinem Herrn gelungen war, dank seiner untrüglichen Ahnungen und seiner unbestechlichen Logik einen Mörder zu entlarven, rühmte er sich normalerweise gerne damit. Diesmal aber erging er sich in Ausflüchten. Otto gelangte zu dem Schluss, dass Ulrich deshalb nichts verraten wollte, weil er sich noch nicht sicher war. Also beschloss er, ihn nicht weiter auszufragen. Es führte zu nichts, und er wollte seinen Herrn nicht unnötig verärgern.

Nachdem er den Umhang mit dem königlichen Wappen geholt hatte, eilte er erwartungsvoll zurück in den Tafelsaal.

»Erledigt«, meldete er. »Übrigens stehen vor dem Palas keine Wachen mehr. Burgherr Sesem hat sie abberufen.«

»Siehst du«, murmelte Ulrich bedeutungsvoll. »Alles bewegt sich auf sein Ende zu.«

»Auf ein gutes Ende?«

»Was sonst?« Ulrich reckte sich gähnend und fügte hinzu: »Darum geht es doch in allen Theaterstücken und Ritterliedern.«

»Nicht immer. Manchmal enden sie mit dem Tod des Helden«, widersprach Otto.

»Unsere Geschichte endet ebenfalls mit einem Tod. Das Gute siegt und das Böse wird bestraft. Gehen wir.«

Der Knappe schritt verwirrt hinter Ulrich her. Sie verließen den Palas, überquerten den Burghof und standen kurz darauf in der kalten Kapelle. Jetzt, bei Tageslicht, wirkte ihr Innenraum kleiner als während der nächtlichen Messe.

»Hast du an die Lampe gedacht, Otto?«

»Ja. Ich habe sie hinter dem Altar abgestellt.« Otto holte die Lampe und entzündete den Docht an dem Ewigen Licht, das in einem kleinen Lämpchen vor dem Hauptaltar brannte. »Wir können gehen«, verkündete er dann.

Sie stiegen die steilen Stufen in die Kluft hinunter. Da die Krypta nun schon seit dem Vortag geöffnet war und seither kalte Luft durch die Felsspalte wehte, war die Feuchtigkeit inzwischen fast weggetrocknet. Deshalb konnten sie diesmal zügiger gehen, ohne befürchten zu müssen, auf glitschigem Fels auszurutschen. Der Weg erschien ihnen obendrein kürzer als während der Nacht im Anschluss an die Messe.

»Lass uns gleich in den Schacht hinuntersteigen«, sagte Ulrich. »Dann schauen wir uns noch einmal diese seltsame Tür an.«

Auch der Kanal unter der Krypta kam ihnen trockener vor. Ebenso der höhlenartige Raum vor der geheimnisvollen Tür. Dann aber entdeckten sie eine Wasserpfütze auf dem Boden direkt davor. Sie wurde offenbar von einem Rinnsal gespeist, das unter dem Türblatt hindurchfloss. Solange ringsum alles nass gewesen war, war es nicht weiter aufgefallen, jetzt aber war es nicht mehr zu übersehen.

Ulrich kniete sich hin, nahm mit der Hand ein paar Wassertropfen auf, verrieb sie zwischen den Fingern und stellte fest: »Lauwarm.«

»Dann kommt es also nicht aus einer Quelle im Fels«, sagte Otto.

»Stimmt. Hinter dieser Tür ist ein mit Wasser gefüllter Raum. Irgendein riesiger Wasserspeicher. Hier hast du die Antwort auf die Frage, weshalb man die Tür von dieser Seite nicht einfach öffnen sollte. Wer weiß, wie viel Wasser sich dahinter aufgestaut hat. In diesem engen Stollen hier genügt vermutlich schon ein Teil davon, uns zu ertränken. So wie es offenbar Herrn Dietrich widerfahren ist.«

Otto betrachtete die Felswand, in die die Holztür eingelassen war. »Seht mal«, sagte er. »Rings um die Tür ist ein tiefer Einschnitt, eine Art Laibung. Der Türrand passt genau hinein.« Vorsichtig versuchte er, die Schneide seines Dolchs in den Spalt zwischen Tür und Fels zu schieben, kam aber nicht weit, denn die Klinge stieß augenblicklich auf Fels.

Ulrich nickte. »Auf der anderen Seite ist die Öffnung wesentlich kleiner als hier, sonst könnte die Tür nicht so gut abdichten. Es kommt kaum Wasser hindurch.«

»Dann kennen wir jetzt das Geheimnis der Tür.«

»Das ja, aber wie geht es nun weiter?«

»Ihr habt gesagt, dem Verlauf des Stollens nach müssten wir uns direkt unter der Krypta befinden.«

»Richtig. Das heißt, es gibt im Grunde nur zwei Möglichkeiten. Entweder lässt sich die Tür auch von oben öffnen, oder es gibt von der Krypta aus noch einen anderen Zugang in den Raum hinter der Tür.«

»Es müsste nicht mal ein Zugang sein. Schon ein kleiner verborgener Kanal könnte genügen. Andernfalls würde das Wasser nach der Überflutung der Krypta nicht hinter diese Tür gelangen«, meinte Otto.

»Du hast recht«, sagte Ulrich. »Lass uns umkehren.«

Kurz darauf befanden sie sich wieder im dunklen Felsenraum der Krypta. Vor ihnen stand Hroznatas Sarkophag auf seinem steinernen Podest. Otto schlug vor, ihn zu öffnen. »Zu zweit können wir den Deckel vielleicht bewegen«, meinte er.

»Also gut«, sagte Ulrich. »Aber ich bin mir fast sicher, dass wir nichts finden. Es wäre zu einfach. Schließlich sind wir nicht die Ersten, die nach dem Silberschatz suchen. Außer dem unglücklichen Dietrich von Kraschow gibt es da noch einen Menschen, einen der des Schatzes wegen mordet. Er hat uns gegenüber einen zeitlichen Vorsprung, war bisher aber noch nicht erfolgreich, obwohl er kein Dummkopf zu sein scheint.« Er verzog das Gesicht. »Das zeigt, dass es keine einfache Suche wird.«

Mit vereinten Kräften gelang es ihnen, die steinerne Platte so weit zu verschieben, dass sie in den Sarkophag schauen konnten. Wie erwartet war er leer. Otto kletterte ein Stück hinein und klopfte mit dem Finger Boden und Innenwände ab, fand aber nichts, was darauf hingedeutet hätte, dass man die geheimnisvolle Tür im Stollen von hier aus öffnen konnte. Schließlich schoben sie den Deckel wieder zurück.

»Nichts!«, sagte Ulrich mürrisch, wobei er den Blick durch den Raum schweifen ließ. »Komm, wir überprüfen die Wände und den Boden. Vielleicht gibt es irgendeinen losen Stein, hinter dem sich eine Öffnung befindet, oder ein versteckter Hebel, ein Seil – irgendetwas, was eine Verbindung nach unten herstellt.«

Otto stellte die Lampe auf dem Sarkophag ab; dann machten beide sich in unterschiedlichen Richtungen auf die Suche. Als sie beim Ausgang der Krypta wieder zusammentrafen, zuckte Otto ratlos mit den Schultern. Nirgendwo gab es auch nur die kleinste Spalte im massiven Fels.

»Durchsuchen wir noch die zugemauerte Wand hinter der Kanalöffnung«, schlug er vor.

Doch Ulrich schüttelte den Kopf. »Da kann es nicht sein. Zum einen habe ich dort schon nachgeschaut, zum anderen passt es von der Richtung her nicht, wenn wir berücksichtigen, wie der Gang verläuft. Wir sollten eher hier suchen, beim Durchgang zur Kapelle. Das dürfte die richtige Richtung sein.«

»Aber da ist nichts, nur Fels und noch mal Fels!«, sagte Otto verzweifelt. Dennoch ging er noch einmal durch die gesamte Krypta und trat an einigen Stellen wütend gegen die Wand, einmal so fest, dass er vor Schmerz scharf die Luft einsog.

»Immer mit der Ruhe«, versuchte Ulrich ihn zu besänftigen. »Der Morgen ist weiser als der Abend.«

»Aber es ist doch Morgen!«, stieß der Knappe hervor.

»So habe ich das nicht gemeint. Ärgere dich nicht vorschnell, wollte ich damit sagen. Nutze lieber deinen Verstand als deine Füße, dann kommst du weiter.«

»Was ist mit den Symbolen?«, fragte Otto.

»Über die denke ich gerade nach. Im Grunde sind sie der einzige Hinweis, den Hroznata uns hinterlassen hat, sieht man von der Inschrift auf dem Sarkophag ab.«

»Moses teilte mit einem Hirtenstab das Meer, und das Wasser wich vor den fliehenden Juden zurück«, erinnerte sich Otto. »Darin muss der Schlüssel zu allem liegen.«

»Ja. Auch wir brauchen einen wundersamen Stab, damit das Wasser vor uns zurückweicht«, murmelte Ulrich vor sich hin. »Die Spirale an der Wand über dem Schacht steht für einen Bischofsstab. Aber der hat eine andere Form als der Stab des Moses. Außerdem zeigt er an, auf welcher Seite der bischöfliche Geldschatz liegt. Das heißt, die Spirale hat nichts mit der Öffnung der Tür zu tun.«

»Und an der Wand über der Tumba befinden sich die drei Bogenlinien«, führte Otto diese Überlegungen fort. »Als Symbol für Wasser. Hroznata wollte damit vielleicht sagen, dass das Wasser den Unvorsichtigen umbringen kann. Weshalb sich vergleichbare Linien auch unten über der Tür befinden.«

»Oder es bedeutet, dass sich das Wasser von irgendwo hier oben ablassen lässt«, warf Ulrich ein. »Und wenn ich genauer darüber nachdenke, deutet alles auf die Tumba hin.«

»Aber dort haben wir doch gesucht, und da ist nichts. Ich kann zur Sicherheit noch mal nachschauen«, schlug Otto vor. Er wartete Ulrichs Antwort gar nicht erst ab, sondern eilte zum Sarkophag.

Ulrich blieb beim Ausgang der Krypta stehen und wiederholte in Gedanken noch einmal die Zeilen aus dem Alten Testament. Plötzlich rief er aus: »Das ist es!«

Otto, der auf dem Boden kniete und das steinerne Podest der Tumba untersuchte, fuhr erschrocken hoch und stieß sich den Kopf.

»So, nun haben wir beide eine Beule«, schimpfte er. »Was ist denn?«

»Mir ist etwas eingefallen«, sagte Ulrich. »Was, wenn das

Kreuz hier am Ausgang gar nicht den Weg zurück zur Kapelle bezeichnet? Vielleicht soll es ja Moses' Hirtenstab darstellen, vor dem das Wasser zurückweicht.«

»Aber zur Zeit der Flucht aus Ägypten wurde das Kreuz noch nicht verehrt«, wandte Otto ein.

»Natürlich nicht«, sagte Ulrich. »Aber die Hirtenstäbe besaßen damals oben einen kleinen Querstab, auf den der Hirte sich beim Gehen stützen konnte. Im Althebräischen gibt es für den Hirtenstab, wie er zu biblischen Zeiten verwendet wurde, sogar das gleiche Zeichen wie ein Kreuz. Verstehst du?«

»Ihr habt recht!«, rief Otto freudestrahlend. »Das muss es sein!« Er sah schon vor sich, wie sie gemeinsam den Schatz bargen.

Doch die erste Begeisterung war schnell verpufft: Die Suche an der Wand mit dem eingravierten Kreuz erwies sich als ebenso ergebnislos wie an allen anderen Stellen in der Krypta. Überall nur harter, kalter Fels.

»Wie geht es weiter im Buch Mose?«, grübelte Ulrich. »Wir müssen noch etwas übersehen haben.«

»Das Wasser trat auseinander, und das Volk Israel wandelte über den Grund des Meeres. Hinter ihnen schloss sich der Durchgang wieder, und die Soldaten des Pharaos wurden vom Wasser verschlungen«, fasste Otto zusammen.

»Der Durchgang, Otto!«, rief Ulrich aus. »Wir müssen im Durchgang suchen, nicht in der Krypta selbst! *Das* will uns die Inschrift sagen! Außerdem hat Hroznata es selbst erwähnt, in seiner Urkunde zur Kapellengründung. Am Ende des Pergaments stand irgendwas darüber, dass nur der aufrichtig Glaubende, der seine Schritte zur Kapelle lenkt, belohnt wird.«

Doch es war wie verhext. Auch in dem schmalen Durchgang, der die Krypta mit der Treppe zur Kapelle verband, konnten sie nichts finden. Allerdings fiel ihnen am Fuß der Treppe etwas auf: Sämtliche Stufen waren aus dem Felsen gehauen, nur die unterste bestand aus einem großen flachen Stein, den man dort eingesetzt hatte.

Die beiden Männer beugten sich hinunter und versuchten, den Stein zu verschieben. Doch sosehr sie daran rüttelten, sie konnten ihn keinen Zoll bewegen. Dabei war er ziemlich klein und wackelte obendrein auf dem harten Untergrund. »Hol die Lampe, Otto«, keuchte Ulrich mit vor Anstrengung rotem Gesicht. »Vielleicht gibt es hier einen geheimen Mechanismus.«

Erst im Lichtschein der Lampe erkannten sie, dass der Stein an beiden Seiten kleine Ausarbeitungen besaß, in die man bequem hineingreifen konnte. An der linken Wandseite der Kluft befand sich überdies eine spürbare Aussparung im Fels. Ulrich kniete sich hin und hakte die Finger in die Vertiefungen. Wider Erwarten konnte er die Stufe leicht bewegen. Sie ließ sich fast bis zur Hälfte in der Ritze im Fels versenken.

Unter der Stufe tat sich eine Öffnung auf, die sich konisch verjüngte und sich tief unter ihnen im Fels verlor. Ein dickes Seil, an einem massiven Bronzering befestigt, führte dort hinunter. Der von Grünspan bedeckte Ring sorgte dafür, dass das Seil nicht in den Schacht rutschte. Ulrich packte den Ring und zog daran. Erst war kein Widerstand zu spüren, und das Seil glitt beinahe wie von selbst nach oben; dann aber schien es sich irgendwo verklemmt zu haben. Ulrich nahm alle Kraft zusammen – und mit einem Ruck bewegte sich das Seil. Im gleichen Moment hörten sie in der Tiefe unter sich das Rauschen von Wasser.

»Hörst du das Wasser? Das hätten wir!«, sagte Ulrich zufrieden. Er wies Otto an, seinen Dolch in einer Felsritze neben der Treppe zu verkeilen und den Bronzering mit dem straff gespannten Seil daran zu befestigen. Dann schnappte er sich Ottos Lampe und eilte zurück in die Krypta, wo er die Leiter in den Schacht hinunterkletterte. Als er den Grund des Schachts erreicht hatte, bückte er sich und fuhr mit den Händen über den Boden. Zufrieden richtete er sich auf.

»Hier ist es überall nass!«, rief er Otto zu, der inzwischen oben an der Schachtöffnung aufgetaucht war.

»So wartet doch auf mich!« Otto kletterte schnell zu seinem Herrn hinunter. »Wer weiß, welche Gefahren hier unten lauern.«

Doch Ulrich zwängte sich bereits durch die Öffnung in den engen Stollen, der zur geheimnisvollen Tür führte. Auch Otto ging auf alle viere und folgte seinem Herrn. Das Gestein war nass, kalt und glitschig. Die beiden Männer krochen so schnell durch den Stollen, dass sie in ihrer Eile hin und wieder gegen vorstehende Steine stießen.

Endlich weitete sich der Gang, und sie erreichten den Höhlenraum vor der Tür. Der Zugang ins Innere des Felsens war nun frei: Das Seil, an dem Ulrich vorhin mit aller Kraft gezogen hatte, war offenbar an der Tür befestigt und hatte diese aufgezogen. Zwar gab es an der Rückseite rostige Federn, die die Tür zugezogen hätten, sobald das Wasser abgeflossen wäre, nun aber hielt das straff gespannte Seil den Durchgang offen.

Vorsichtig schlichen die beiden Männer weiter. Hinter der Tür beschrieb der Gang eine Kurve und führte aufwärts. Über ungefähr zwanzig Felsstufen gelangten sie in eine weitere Höhle, fast so groß wie die vor der Tür.

»Da!«, rief Ulrich triumphierend.

Ihnen gegenüber stand auf einem steinernen Podest eine große, eisenbeschlagene Truhe. Ulrich hob vorsichtig den

Deckel an. Er war von Wasser vollgesogen und schrecklich schwer. Otto hatte wieder die Lampe übernommen und leuchtete voller Erwartung in die Truhe hinein.

Enttäuscht stieß er die Luft aus. »Die Truhe ist leer.«

»Das ist doch nicht möglich!«, murmelte Ulrich, verstummte und dachte nach. »Machen wir den Deckel wieder zu«, sagte er dann ruhig, nahm Otto die Lampe ab und betrachtete eine Zeit lang die verschlossene Truhe. Schließlich nickte er und sagte: »Schon wieder so eine Hinterlist. Dieser Hroznata hätte ein arabischer Weiser sein können – auch die lieben Ratespiele.«

»Ist der Schatz also doch hier?«, fragte Otto aufgeregt.

»Oh ja«, antwortete Ulrich. »Auf dem Truhendeckel befindet sich ein Kreis – siehst du? Genau wie an der Wand der Krypta. Was bedeutet er? Oben in der Krypta weist er darauf hin, dass es nicht weitergeht, weil da kein Weg ist. Hier ist es im Grunde das Gleiche. Aber wenn du in die Truhe hineinschaust, findest du unten eine Spirale. Der Weg zum Schatz von Bischof Heinrich führt also unter der Truhe weiter. Ich vermute, es gibt darunter einen Hohlraum. Und darin befindet sich das, was wir suchen.«

»Dann schnell!«, sagte Otto ungeduldig. »Schieben wir die Truhe beiseite.«

»Auf keinen Fall!« Ulrich hielt ihn zurück. »Wir lassen alles so, wie es ist. Vergiss nicht, dass wir den Mörder immer noch nicht entlarvt haben. Im Grunde ist es mir ganz recht, dass die Truhe leer ist. Ich habe mir schon den Kopf darüber zerbrochen, wie ich alles in die Wege leiten soll ... aber es ist Gottes Wille, dass ich die Sache zu Ende bringe.« Otto stellte fest, dass die Stimme seines Herrn nicht so stolz klang wie sonst. In seinem Blick lagen eine merkwürdige Trauer und Bitterkeit.

Ulrich wandte sich um, um den Rückweg anzutreten. Otto folgte ihm mit der Lampe.

Sie befanden sich schon vor der Treppe, die durch die Felsspalte hinauf zur Kapelle führte, als Otto fragte: »Soll ich den Bronzering mit dem Tau wieder lösen?«

Ulrich schüttelte den Kopf. »Lass alles so, wie es ist«, sagte er. »So hat der Mörder es leichter. Wir haben nicht mehr viel Zeit. Bald werden auf der Burg alle aufwachen. Bis dahin müssen wir die Sache erledigt haben.«

XXIII. KAPITEL

Als sie oben in die Kapelle gelangten, blickte Ulrich sich wachsam um, ob in den Bänken nicht ein Gläubiger saß, der nicht mehr hatte schlafen können. Aber der Kirchenraum lag still und verlassen da. Durch die Fenster fiel das schwache Licht der Morgensonne und zeichnete bizarre Muster an die Wände. In zwei Leuchtern knisterten die Wachskerzen, die fast niedergebrannt waren. Ihre Flammen kämpften mit letzter Kraft um ihre Existenz.

»Setzen wir uns«, sagte Ulrich leise und bekreuzigte sich.

»Ich dachte, wir hätten es eilig«, erwiderte Otto ein wenig missmutig. Er löschte die kleine Lampe und versteckte sie wieder hinter dem Altar.

»Ja, und deshalb müssen wir uns jetzt aufteilen. Ich kümmere mich um die Krypta, du um Bruder Beatus.«

»Aber der ist doch im Kerker«, sagte Otto und fügte hinzu: »Und damit in Sicherheit – im Unterschied zu uns. Was ist denn mit ihm?«

»Du sollst ihm zur Flucht verhelfen«, sagte Ulrich mit einem boshaften Lächeln.

»Wenn's weiter nichts ist«, entgegnete der Knappe spöttisch. »Habt Ihr nichts Gefährlicheres für mich? Sonst wird es mir zu langweilig.«

»Du musst es so anstellen, dass keiner etwas bemerkt.

Zumindest nicht bis zum Frühstück«, fuhr Ulrich fort. »Am besten, du nimmst dir den Söldner vor, der den Kerker bewacht. Mach ihn betrunken. Das dürfte nicht schwer sein.«

»Warum habt Ihr Bruder Beatus überhaupt in den Kerker werfen lassen, wenn er fliehen soll? Das verstehe ich nicht. Es wäre doch gar nicht nötig gewesen. Nicht einmal Burgherr Sesem wollte ihn in den Kerker stecken.«

»Darum geht es ja gerade«, entgegnete Ulrich. »Sobald du dort unten bist, befreist du auch diesen Räuber.«

»Hat er denn mit unserem Fall zu tun?«

»Und ob«, antwortete Ulrich. »Unten im Kerker wirst du feststellen, dass dieser Räuber niemand anderes ist als unser verschollener Student. Darauf verwette ich meine Ritterehre und mein Amt als Prokurator.«

»Der? Wie heißt er noch gleich? Heinrich?«

»So hat er sich zumindest den anderen Studenten vorgestellt. Aber ich weiß inzwischen, wie er wirklich heißt«, fuhr Ulrich leise fort. »Jedenfalls befreist du auch ihn aus dem Kerker.«

Otto zog die Augenbrauen zusammen. »Könnt Ihr hellsehen? Wie seid Ihr überhaupt darauf gekommen, dass er dort ist? Und woher wisst Ihr, wer er wirklich ist?«

»Das zu erklären würde jetzt zu weit führen. Auch wenn es im Grunde ganz einfach ist. Kraschow ist eine große Burg, aber nicht so groß, dass in ihrem Innern gleich drei Menschen spurlos verloren gehen könnten. Wenn die gesamte Burgbesatzung nach ihnen sucht und in sämtliche Winkel und Löcher kriecht, ohne einen von ihnen zu finden, ist das doch sehr verwunderlich. Und der Torwächter behauptet felsenfest, niemand habe die Burg verlassen. Und selbst wenn er sich irrt und für einen Moment eingenickt ist – wohin hätte jemand in der Nacht fliehen sollen? Denk daran, wie der Weg ausgesehen hat, als wir heute früh zum Fluss gegangen sind. Der Schnee war unberührt, und dabei schneit es seit gestern Abend nicht mehr. Also ist seitdem niemand dort entlanggegangen. Hätte jemand die Burg verlassen, hätte es Spuren geben müssen. Daraus folgt, dass sowohl der verschwundene Student als auch Frau Jutta und ihr Sohn noch auf der Burg sein müssen. Auf der anderen Seite können sie sich unmöglich so gut versteckt haben, dass die Söldner sie nicht finden konnten. Was schließt du daraus?«

»Hm, ich weiß nicht recht«, murmelte Otto. Rasch fügte er hinzu: »Ich hatte natürlich auch nicht so viel Zeit wie Ihr, darüber nachzudenken. Gut, dieser Heinrich – oder wie dieser Student nun heißt – sitzt im Kerker. Aber wo sind die Frau und der Sohn von Herrn Sesem?«

»Ich bin ziemlich sicher, dass er sie in seinem Schlafgemach eingeschlossen hat. Er hat ihnen verboten, laut zu sprechen und auf ein Klopfen an der Tür zu reagieren. Sie sollen sich so lange ruhig verhalten, bis er selbst sie wieder hinauslässt.«

»Wie kommt Ihr darauf?«, fragte Otto verwirrt.

»Ich bin stutzig geworden, als ich mit ihm reden wollte. Vor der Mitternachtsmesse lud er mich noch ein, in sein Gemach zu kommen, wenig später war es ihm plötzlich unangenehm. Er hat die Kammer sorgfältig abgeschlossen und ist lieber mit zu mir gekommen. Obwohl das eigentlich sehr unhöflich war.«

Otto schüttelte ratlos den Kopf. »Und warum sollte er das tun?«

Ulrich lächelte. »Wie ich schon sagte, es würde zu weit führen, dir das alles darzulegen. Ich erkläre es dir später. Jetzt wird es Zeit, Bruder Beatus und Heinrich aus dem Kerker zu befreien. Sei vorsichtig! Unser vorgeblicher Student wird versuchen, dir zu entkommen. Behalte ihn aufmerksam im Auge.

Dann bringst du beide unauffällig in deine Schlafkammer in der Vogtei. Fessle den jungen Mann. Bruder Beatus soll auf ihn aufpassen. Sag den beiden, sie müssen mir vertrauen.«

»Na, dieser Heinrich wird begeistert sein. Von einer Haft in die nächste ...«, bemerkte Otto skeptisch.

»Ach wo. Im Burgverlies müsste er um sein Leben bangen, als mein Gefangener hingegen wird ihm Gerechtigkeit widerfahren – wie jedem anderen auch. Am Ende wird er mir danken!«

»Und was soll ich anschließend tun?«

»Achte auf einen Mann, der den Ersatzumhang mit dem Wappen des Königs trägt. Sobald ich mit diesem Mann in die Vorburg gehe, weckst du den Burgvogt, und ihr folgt uns zusammen mit ein paar Söldnern zur Schenke. Aber nicht zu schnell! Ihr müsst mir ein bisschen Zeit geben.«

»Wie viel?«

»Ein paar Minuten dürften reichen. Ihr dürft aber nicht kommen, bevor der andere Mann die Schenke betritt. Erst wenn er im Gebäude ist, kommt ihr nach.«

»Und dieser Mann im Umhang ...«

Ulrich nickte. »Er ist unser Mörder. Und nun beeil dich. Gehe noch rasch in der Burgküche vorbei und besorge dir dort einen Krug Schnaps. Viel Glück!«

Otto stand auf, strich seine Kleidung glatt und wischte die Schmutzreste vom Kriechen durch die unterirdischen Gänge ab. Schließlich rückte er seinen Gürtel mit dem Dolch zurecht. Als er Ulrichs spöttischen Blick bemerkte, murmelte er: »Ich gehe unter Leute, da darf ich Eurem Amt doch keine Schande bereiten!«

Dann verließ er die Kapelle, überquerte den Hof und betrat den Palas. In der Burgküche machte er einen halb vollen Krug mit einem scharf riechenden Wacholderschnaps ausfindig. Die

Menge reichte für einen Mann, befand Otto. Er verbarg den Krug unter seinem Umhang und kehrte in den Hof zurück. Zum unterirdischen Kerker gelangte man über den Bergfried. Als Otto den großen Turm erreicht hatte, öffnete er die Tür und trat ein. Innen befand sich zur Linken eine Holztreppe, über die es hinauf zum Wehrgang ging. Darunter führten steinerne Stufen hinunter ins Verlies. Gegenüber brannte an der Steinmauer eine Fackel in einem rostigen Halter; darunter stand eine Holzbank, auf der, zugedeckt mit einem schmuddeligen Mantel, ein laut schnarchender Söldner lag. Beim Quietschen der Türangeln warf er den Mantel von sich und sprang schwerfällig auf. Als er sah, dass es nicht der Burgvogt war, setzte er sich laut fluchend zurück auf die Bank.

»Was hast du hier zu suchen? Du störst mich!«, schnauzte er den Knappen an. Sein Atem roch säuerlich nach Bier, wie Otto zufrieden bemerkte; der Mann hatte schon ohne den Schnaps genug intus. Viel Zeit würde er also nicht vergeuden müssen.

»Mir war so trübsinnig zumute, Kamerad«, brachte Otto hervor und versuchte dabei, seine Zunge schwer klingen zu lassen. Er trat näher. Dabei stolperte er, als wäre er betrunken, und fing sich mit der Hand an der Mauer ab. Umständlich zog er den Krug unter seinem Umhang hervor.

»Hier gibt's nichts zum Aufheitern«, knurrte der Söldner, legte sich wieder auf die Bank und deckte sich mit dem Mantel zu, um weiterzuschlafen. Dann erst bemerkte er im flackernden Lichtschein der Fackel den Krug in den Händen des Knappen. Sofort setzte er sich wieder auf. »Ist da noch was drin?«, fragte er hoffnungsvoll.

Otto nickte. »Genug für zwei«, lallte er.

»Dann komm her«, sagte der Söldner mit gutmütigem Grinsen. »Aber mach die Tür zu, damit niemand uns sieht.«

Er rückte auf der Bank ein Stück zur Seite, um dem jungen Mann Platz zu machen. »Der Nachtdienst ist immer furchtbar lang. Schweinepech, das ich hab, ausgerechnet heute am Festtag...«, brummte er, doch der Anblick des Kruges vertrieb sichtlich seine schlechte Laune.

Otto setzte sich und sagte fröhlich: »Dann auf dein Wohl!« Er hob den Krug an die Lippen, tat so, als würde er trinken, wischte sich den Mund ab und reichte den Krug an den Söldner weiter. Der nahm sich Zeit, schnupperte zuerst neugierig am Inhalt und meinte dann: »Wacholder. Ist gut gegen Husten und gibt Kraft. Im Bett vollbringe ich wahre Wunder, wenn ich Wacholderschnaps getrunken hab, das sag ich dir!«

»Wirklich?«, staunte Otto mit aufrichtigem Interesse. Insgeheim nahm er sich vor, die Wirkung des Wacholders bei nächster Gelegenheit zu erproben.

Der Wächter nahm einen ordentlichen Schluck, stellte den Krug auf der Bank ab und rülpste zufrieden. Anschließend hielten die beiden sich nicht lange mit weiteren Trinksprüchen auf, und nach wenigen Minuten war der Söldner sturzbetrunken. Als er schlaff von der Bank rutschte und nicht mehr fähig war, den Krug alleine an die Lippen zu heben, goss Otto ihm den Rest direkt in den Schlund. Als der Söldner den Schnaps wieder ausspucken wollte, drückte Otto ihm kurzerhand den Kopf in den Nacken und hielt ihm die Nase zu. Der Betrunkene schnappte nach Luft und schluckte alles hinunter.

»So, jetzt müsstest du genug haben«, murmelte Otto, löste die Hand von der Nase des Mannes und wischte sie angewidert an dessen Joppe ab. Dann hob er den schweren Mann ächzend hoch, legte ihn auf der Bank ab, deckte ihn mit dem Mantel zu und überließ ihn seinem Schicksal. Bevor er die steinernen Stufen ins Verlies hinunterstieg, nahm Otto die brennende Fackel von der Wand.

Am Ende der Treppe fiel sein Blick auf eine massive Holztür, die mit einem dicken Riegel gesichert war. Otto schob ihn auf und öffnete die Tür. Die Kerkerzelle war winzig und stank nach Fäulnis und Exkrementen. Auf der einen Seite war Bruder Beatus an einen Eisenring in der Wand gekettet, auf der anderen der junge Bursche, der zusätzlich einen alten Sack über dem Kopf trug. Als Otto ihn davon befreite, stellte er fest, dass der Jüngling außerdem geknebelt war.

»Nicht einmal in der Hölle kann es schlimmer sein!«, jammerte der Mönch, kaum dass er den Knappen erblickt hatte. »Ich halte es hier nicht mehr aus! Es ist furchtbar kalt, und mein ganzer Körper ist ein einziger Krampf!«

»Deshalb komme ich dich ja holen«, meinte Otto freundlich und beugte sich zu ihm hinunter. Die Fesseln waren mit Eisenschrauben zugezogen, doch er sah nirgendwo eine Zange, mit der er die Schrauben hätte lockern können. Also kehrte er auf den Gang zurück und hob die Fackel hoch über seinen Kopf. Er musste nicht lange suchen: Über ihm, unterhalb des Gewölbes, entdeckte er eine Nische mit Werkzeugen zum Festketten der Gefangenen. Otto schnappte sich eine Zange und kehrte in die Zelle zurück.

Wenig später konnte Bruder Beatus sich frei bewegen und seine verkrampften Glieder strecken. Stöhnend rieb er sich die wunden Handgelenke und die blutenden Knöchel und benutzte dabei Ausdrücke, die nicht unbedingt ins Vokabular des Zisterzienserkonvents gehörten.

»Ist dieses alberne Spiel endlich vorbei?«, fragte er dann hoffnungsvoll.

»Noch lange nicht«, antwortete Otto mit einem Anflug von Boshaftigkeit. »Mein Herr hat beschlossen, dass wir zusammen fliehen, Ihr und ich. Unsere Verfolger sollen wir töten.«

Bruder Beatus bekreuzigte sich und seufzte ergeben.

»Jemanden umzubringen ist eine Todsünde, es wird meine Seele geradewegs in die Hölle befördern«, klagte er. »Doch in dieser Zelle zu sitzen ist noch schlimmer. Gibst du mir eine Waffe?«

»Nein.« Otto schüttelte den Kopf. »Wir werden unsere Gegner mit bloßen Händen erwürgen.«

Erst jetzt ging dem Mönch auf, dass der Knappe seinen Spaß mit ihm trieb. Otto staunte über die Ausdrücke, die der fromme Bruder daraufhin verwendete; sie hätten sogar einem notorischen Kneipengänger die Schamesröte ins Gesicht getrieben.

»Reg dich nicht auf«, versuchte er den Mönch zu besänftigen. »Du musst wirklich fliehen. Aber nicht weit, keine Bange. Ich soll dich in meiner Kammer in der Vogtei verstecken. Dort hast du es ziemlich bequem. Und jetzt hilf mir, ich muss auch deinem Leidensgefährten die Fesseln abnehmen.«

»Aber ... das ist ja einer dieser Studenten, die das Stück über den seligen Hroznata aufgeführt haben!«, stieß Bruder Beatus überrascht hervor. »Was hat er getan?«

»Das ist jetzt nicht wichtig. Wir müssen uns beeilen, sonst erwischen die uns noch«, antwortete Otto schroff.

Mithilfe des Mönchs bekam er auch den jungen Burschen von der Kette los. Kaum war dieser frei, sprang er auf und wollte zur Tür, doch Otto war vorbereitet: Er packte den Jüngling, legte ihm den Arm um den Hals, warf ihn zu Boden und hielt ihm seinen Dolch an die Kehle.

»Nur damit das klar ist«, sagte er kalt. »Ich bringe dich von hier fort. Aber keine Dummheiten! Wenn du mich reinlegen willst, bekommst du meinen Dolch zu schmecken. Mein Herr, der Prokurator des Königs, lässt dir ausrichten, dass dir Gerechtigkeit zuteil wird. Du musst ihm nur vertrauen.«

Der junge Bursche rappelte sich mühsam auf, als Otto seinen Griff löste. Nach dem langen Ausharren im Kerker schienen seine Glieder steif zu sein; Arme und Beine wollten ihm kaum noch gehorchen. Als sie die Zelle verließen, wandte er sich zu Otto um, der mit gezücktem Dolch hinter ihm ging. »Du hast Glück, dass wir uns nicht woanders begegnet sind, sonst hätte ich dich Mores gelehrt.«

»Ach ja? Sobald das hier vorbei ist, gebe ich dir Gelegenheit dazu«, antwortete der Knappe grinsend. »Aber nun sei schön brav!« Er verriegelte sorgfältig die Kerkertür, denn je später die Wache entdeckte, dass die Gefangenen entkommen waren, desto besser.

Im Eingangsraum des Turmes stellte Otto fest, dass der betrunkene Wächter von der Bank gefallen war. Er schnarchte auf dem Boden vor sich hin, machte aber nicht den Eindruck, als würde ihm etwas fehlen. Otto nahm den Mantel, der an einem rostigen Nagel hängen geblieben war, warf ihn über den Betrunkenen und steckte die Fackel zurück in die Halterung an der Wand. Dann legte er einen Finger auf die Lippen, um den anderen zu bedeuten, dass sie still sein sollten.

Vorsichtig öffnete er die Tür und blickte hinaus. Der Burghof lag verlassen da. Er gab den beiden anderen ein Zeichen, ihm zu folgen. Nacheinander traten die drei hinaus auf den Hof und schlichen zur Vogtei, wobei sie sich dicht an der Burgmauer entlangbewegten – unter dem hölzernen Wehrgang, der sie vor den Blicken der Turmwache verbarg.

Als sie am Gesindehaus vorbeikamen, erschien Lena und steuerte geradewegs auf Otto zu. »Ich habe die ganze Nacht auf dich gewartet!«, sagte sie vorwurfsvoll und fuhr mit der Hand durch sein welliges Haar. »Weißt du denn nicht mehr, was du versprochen hast?«

»Doch, doch«, murmelte er hastig, »aber ich muss erst etwas erledigen. Ich komme später.«

Sie schürzte trotzig die Lippen. »Das sagen alle Kerle, wenn sie einen loswerden wollen.« Dann erst bemerkte sie die beiden Männer, die hinter Otto standen. Lächelnd, mit lieblicher Stimme, sagte sie: »Ich könnte jetzt laut schreien, aber ein anständiges Mädchen verrät seinen Liebsten nicht. Wenn es denn ein Liebster ist!«

»Du wirst mit mir zufrieden sein«, versprach Otto. »Aber ich habe jetzt schrecklich wenig Zeit, glaub mir.«

»Mir würde schon eine kleine Weile genügen«, sagte sie mit anzüglichem Funkeln in den Augen. »Du kannst wählen. Entweder du widmest deine Zeit mir, oder ich melde alles dem Burgvogt.«

»Dem Flittchen würde ich eins mit dem Knüppel überziehen«, murmelte der Student.

»Na, das wäre doch schade«, entgegnete Otto. Dann seufzte er und sagte mit gespielter Resignation: »Also gut. Der Wille des Herrn geschehe!«

Bruder Beatus bekreuzigte sich hastig; er konnte sich nicht vorstellen, dass der Wunsch dieses sündigen Mädchens dem Willen des Herrn entsprach, enthielt sich aber eines Kommentars. Hauptsache, er kam schnell an einen sicheren Ort. Was der Knappe anschließend tat, war Beatus herzlich egal.

»Warte hier auf mich, Lena«, sagte Otto. »Ich bringe nur rasch diese beiden weg. Ich bin gleich wieder da.«

»Na gut«, sagte das Mädchen und fügte streng hinzu: »Aber dass es ja nicht zu lange dauert!«

In der Vogtei stiegen sie ohne Schwierigkeiten die Treppe hinauf bis zu Ottos Kammer. Sobald die Tür hinter ihnen zu war, fragte Otto den Studenten: »Lässt du dich freiwillig fesseln, oder willst du dich vorher mit mir prügeln?«

»Es würde wohl nur unnötig Lärm machen, würde ich dich jetzt die Treppe runterwerfen«, antwortete der junge Bursche hochmütig. »Außerdem brauchst du ja noch Kraft für deine kleine Dirne.« Er lachte auf. »Das wird mir niemand glauben, wenn ich einmal erzähle, dass meine Freiheit von den Launen einen einfachen Magd abhing.« Er streckte die Hände aus und ließ sich fesseln.

»Soll ich dir einen Segen mit auf den Weg geben, mein Sohn, und dafür beten, dass der Herr dir Standfestigkeit verleiht?«, fragte Bruder Beatus mit Unschuldsmiene, als Otto sich zum Gehen wandte. Der Knappe zog es vor, den Mönch zu ignorieren, und schloss behutsam die Tür hinter sich.

Unten angekommen, eilte er zu Lena, die noch vor dem Gesindehaus stand und auf ihn wartete. Er fasste sie um die Taille, und beide verschwanden im Gebäude.

Als Otto einige Zeit später wieder zum Vorschein kam und im Laufen seine Beinkleider richtete, murmelte er zufrieden vor sich hin: »Na also, das ging auch ohne Wacholder.«

XXIV. KAPITEL

Um von der Kapelle zu seiner Schlafkammer zu gelangen, ging Ulrich über den Hof. Es war zwar ein längerer Weg, als wenn er über die Empore und die Holzgalerie direkt in den ersten Stock des Palas gegangen wäre, doch er hatte seine Gründe.

In seiner Kammer angekommen warf er schwungvoll die Tür zu, dass es laut durch den stillen Flur hallte. Er fuhr bei dem Knall selbst zusammen und fragte sich bange, ob es nicht übertrieben gewesen war, denn er war überzeugt davon, dass der fragliche Mann sowieso nicht schlief, sondern schon darauf lauerte, dass er, der königliche Prokurator, endlich zurückkam. Ulrich vermutete allerdings, dass der Mann erst noch ein bisschen abwartete. Bestimmt wollte er sichergehen, dass der Prokurator eingeschlafen war.

Tatsächlich konnte Ulrich vor Müdigkeit kaum noch die Augen offen halten, so viel hatte sich an einem einzigen Tag und einer Nacht ereignet. Doch er durfte sich auf keinen Fall setzen und entspannen; die Wärme würde ihn sofort schläfrig machen. Zwar war das Feuer im Kamin längst erloschen, aber die dicken Steinmauern hatten die Wärme im Zimmer gehalten.

Wie lange würde er warten müssen?

Ulrich verschränkte die Hände hinter dem Rücken und

wanderte langsam vom Fenster zur Tür und wieder zurück. Im Geiste ging er noch einmal alles durch, was er im Lauf seiner Erkundungen herausgefunden hatte. Passte wirklich alles zusammen? Er konnte jedenfalls keine Lücke mehr finden.

Aber jener Mann rührte sich immer noch nicht. Allmählich befielen Ulrich Zweifel, ob er nicht doch irgendwo einen Fehler gemacht hatte. Denn er wusste, wenn der Mann auf seinem Zimmer blieb, waren all seine mühevollen Vorbereitungen für die Katz.

Dann endlich hörte er ein leises Geräusch. Wäre es nicht so früh am Morgen gewesen und der Hof nicht so menschenleer – er hätte es überhört. Es war ein beinahe unmerkliches Quietschen von Türangeln. Auf Zehenspitzen schlich Ulrich zur Tür, drückte ein Ohr ans Holz. Er hatte das unbestimmte Gefühl, dass der andere in diesem Augenblick das Gleiche tat.

Ulrich hielt den Atem an, wartete ab. Endlich vernahm er leise Schritte und das schwache Knarren der kleinen Tür, die vom Flur auf die Holzgalerie zur Kapelle führte. Erleichterung erfasste ihn. Also doch!

Ulrich wartete noch einen Moment. Jetzt gab es keinen Grund mehr zur Eile. Erst als er sicher sein konnte, dass der Mann inzwischen in die Krypta hinuntergestiegen war, verließ er sein Gemach. Er blickte sich ausgiebig um, ehe er durch den Flur eilte. Über die Galerie gelangte er zur Empore, dann das schmale Treppchen hinunter zum Altar der heiligen Barbara.

Wie nicht anders erwartet, hielt sich niemand in der Kapelle auf. Nur aus der Öffnung, die hinunter zur Krypta führte, drang schwacher Lichtschein. Dann, binnen weniger Sekunden, verschwand dieses Licht. Der Täter musste also unten angelangt sein und schickte sich jetzt an, in den Schacht hinunterzuklettern.

»Da kannst du mal sehen«, sagte Ulrich leise zur steinernen Statue der Heiligen, »was an deinem Festtag so alles geschehen kann.« Er holte das Lämpchen mit dem Ewigen Licht aus seinem Versteck hinter dem Altar und setzte sich auf die raue Holzbank unweit der Öffnung im Boden. Das Lämpchen stellte er behutsam auf die Fliesen unter der Bank.

»O Herr, stehe mir bei«, begann er leise zu beten. »Wenn ich deinen Diener auch auf eine Weise bestrafen muss, zu der mir kein Gesetz der Welt das Recht verleiht, so glaube ich doch, dass du die Reinheit meiner Seele erkennst. Deshalb bitte ich dich, segne mein Tun, so peinvoll es auch sein wird. Amen.«

Dann lehnte er sich an die steinerne Säule hinter ihm, streckte die Beine aus und wartete. Er wusste, es würde nicht allzu lange dauern. Zum Glück war es in der Kapelle so kalt, dass seine Schläfrigkeit verflogen war.

Wenig später hörte er ein Geräusch aus der Öffnung im Boden; es klang nach eiligen Schritten. Kurz darauf kam eine weiß gewandete Gestalt aus der Öffnung zum Vorschein.

»Hier bin ich, Prior Severin«, machte Ulrich auf sich aufmerksam.

Der Prior war von dem schnellen Aufstieg außer Atem. Er stutzte und starrte den königlichen Prokurator unfreundlich an. Sein Gesicht war blass, und er presste verärgert die Lippen zusammen.

»Herr von Kulm, was hat das alles zu bedeuten?« In seiner Stimme lag Neugier, nicht die gewohnte Überheblichkeit, aber auch eine leise Drohung schwang darin mit.

»Was meint Ihr?«, fragte Ulrich seelenruhig, reckte sich und lud den Prior mit einer Geste ein, neben ihm Platz zu nehmen. Der ließ sich nach kurzem Zögern schwer auf die Bank sinken, dass das Holz ächzte.

»Ihr wisst genau, was ich meine«, antwortete Severin. »Wo ist das Silber?«

»Verschwunden.« Ulrich zuckte die Achseln. Severin wollte schon wütend aufspringen, doch Ulrich hielt ihn zurück. »Augenblick. Ihr glaubt doch nicht wirklich, ich wäre imstande, in so kurzer Zeit ein paar Tausend Pfund Silber fortzuschleppen? Das ist eine ganze Wagenladung! Ich muss schon sagen, ich habe Euch für klüger gehalten.«

Jetzt war der hagere Prior wirklich gekränkt und rückte ein Stück von Ulrich ab. Doch seine Neugier ließ ihm keine Ruhe, und nach einem Moment des Schweigens fragte er: »Wer hat das Silber gestohlen?«

»Gestohlen? Gehört es denn Euch?«, fragte Ulrich ehrlich erstaunt. Dabei verschob er mit seinem Fuß unauffällig das kleine Lämpchen, das unter der Bank stand, in Richtung des Priors, sodass die Flamme am Saum seines langen Umhangs leckte.

»Das Silber ist die Hinterlassenschaft des seligen Hroznata und gehört deshalb unserem Kloster«, erklärte Severin. »Ich nehme an, Ihr wisst nicht viel darüber.«

»Oh, ich weiß eine ganz Menge«, entgegnete Ulrich. »Wahrscheinlich mehr, als Ihr denkt.«

»Schön. Dann vergeuden wir wenigstens keine Zeit mit unnötigen Erklärungen. Also, wer hat das Silber?«

»Geht die Möglichkeiten mit mir zusammen durch. Ihr seid zu spät zur Schatztruhe gekommen, genau wie ich. Wer bleibt da noch übrig?«

»Gewiss nicht Sesem von Kraschow. Er ist ein Dummkopf. Ihr könnt mir nicht weismachen, dass er den Schatz gefunden hat. Ich suche nun schon das dritte Jahr danach, und selbst ich war nicht auf den läppischen Dreh gekommen, wie man die fragliche Tür öffnet – da wird es Sesem erst recht nicht gelungen sein, oder?«

»Nicht direkt«, antwortete Ulrich, der aus dem Augenwinkel wahrnahm, dass der Umhang des Priors am Saum zu glimmen begann. »Kaplan Bohuslav hat Sesem davon erzählt. Vermutlich kannte schon sein Onkel Hans den Weg zum Schatz, und Bohuslav erfuhr aus dessen Chronik davon. Ihr wisst, dass der frühere Kaplan Hans eine Chronik geschrieben hat, nicht wahr? Ich rede von dem Hans, der im Kloster Tepl von Euch getötet wurde, nicht von Räubern. Habe ich recht?«

»Das gehört nicht hierher«, versetzte der Prior kalt. »Kaplan Bohuslav also! Wer hätte das gedacht?«

»Kam es Euch denn nicht seltsam vor, dass Sesem uns nach der Messe gezwungen hat, im Palas zu bleiben? Ihr glaubt doch nicht etwa an die Geschichte, dass Sesems Angehörige verschwunden sind und dass er sie sucht? Keineswegs! Er hat bloß Zeit gebraucht, um das Silber abzutransportieren, und wollte nicht dabei überrascht werden.«

»Potztausend, Herr von Kulm, Ihr habt recht! Ihr seid klüger, als es auf den ersten Blick den Anschein hat.«

»Danke«, sagte der königliche Prokurator mit einer leichten Verbeugung. »Ich weiß aber noch mehr. Ich könnte Euch sagen, wo sich das Silber in diesem Augenblick befindet.«

»Wo denn?«, stieß Severin voller Gier hervor. Wäre er nicht so aufgeregt gewesen, wäre ihm sicher aufgefallen, dass sein Umhang Feuer gefangen hatte. Doch seine Gedanken kreisten nur um den verlorenen Schatz.

»Warum sollte ich es Euch erzählen?«, entgegnete Ulrich mit überlegenem Lächeln. »Schließlich bekomme ich von Herrn Sesem genug ab.«

»Was sagt Ihr da? Ihr bekommt etwas? Warum sollte Sesem Euch etwas abgeben?«

»Was glaubt Ihr denn, was unser erhabener König Ottokar tun würde, wenn er von diesem Schatz erführe? Er würde ihn für sich selbst behalten! Nach dem Landrecht hätte er sogar Anspruch darauf. Es hängt alles nur davon ab, was ich ihm erzähle. Sesem weiß meine Verschwiegenheit sicher zu würdigen.«

»Oder er bringt Euch um«, meinte der Prior finster.

»Das ist möglich«, räumte Ulrich ein. »Doch einen Stellvertreter des Königs umzubringen erfordert großen Mut. Sesem würde in Ungnade fallen. Selbst wenn er nicht persönlich beschuldigt würde – der Mord wäre auf seinem Herrschaftsgebiet verübt worden. In solchen Dingen ist der König sehr empfindlich. Wenn Sesem also seinen neuen Reichtum genießen will, ist er auf die Gunst des Herrschers und auf Frieden angewiesen. Nein, zu einem Mord wird er sich nicht durchringen. Er hat keinen Grund, ein solches Wagnis einzugehen. Ich bin sicher, er ist zu teilen bereit. Es ist ja genug da.«

»Unser Kloster würde Eure Hilfe ebenfalls zu würdigen wissen«, brachte Severin hastig hervor. »Obendrein tut Ihr einen Dienst an Gott.«

In diesem Moment loderte an seinem Umhang eine Flamme auf. Rasch fraß sich das Feuer am Stoff nach oben.

»Um Gottes willen, Ihr brennt!«, rief Ulrich mit gespieltem Entsetzen, stürzte sich auf den Prior und riss ihm den brennenden Umhang vom Leib. Dann schleuderte er ihn auf den Boden und trampelte mit seinen Stiefeln darüber, um die Flammen zu ersticken. Der Prior tat es ihm gleich, und nach kurzer Zeit war das Feuer erloschen. Der Umhang aber war dahin.

»Eine schöne Bescherung«, meinte Severin, als er den zerrissenen Stoff vom Boden aufhob. »Und ich habe keinen anderen dabei. Wie werde ich da aussehen?«

»Ja, und das Ganze bei dieser schrecklichen Kälte«, sagte Ulrich voller Anteilnahme. Dann deutete er wie beiläufig in Richtung des Palas. »Ich besitze zwar keinen Umhang in der Farbe Eures Ordens, aber ich kann Euch gerne einen mit dem Wappen des Königs leihen.«

»Besser als nichts. Ich danke Euch«, antwortete der Prior hochmütig, als wäre Ulrichs Freundlichkeit selbstverständlich. »Aber kehren wir zum Thema zurück. Ich will dieses Silber. Und ich werde alles tun, damit unser Orden es bekommt!«

»Alles? Mich umbringen, zum Beispiel?«

»Zum Beispiel«, antwortete der Prior gleichmütig. Dann lächelte er und legte Ulrich eine Hand auf die Schulter. »Aber Ihr hängt am Leben; deshalb werdet Ihr mir helfen. Habe ich recht?«

»Vielleicht«, antwortete Ulrich. »Aber mein Preis ist hoch.«

»Ihr erhaltet jeden zehnten Silberling vom gesamten Schatz. Das ist eine fürstliche Belohnung, findet Ihr nicht? Sesem von Kraschow ist ein Geizhals. Er würde Euch ganz bestimmt nicht so viel abgeben.«

Ulrich ging nicht sofort darauf ein. »Ich muss darüber nachdenken. Gehen wir in meine Kammer. Dort bekommt Ihr von mir den Umhang und beantwortet mir in Ruhe ein paar Fragen. Erst dann werde ich meine Entscheidung treffen. Mein Preis ist ein Anteil am Schatz – und die Wahrheit über alles, was geschehen ist.«

»Was kümmert Euch die Wahrheit? Das Silber sollte doch wohl genügen.«

»Da täuscht Ihr Euch, Herr Prior. Ich liebe knifflige Rätsel, und dieses habe ich fast vollständig gelöst. Ich werde Euch die ganze Geschichte erzählen – Ihr müsst mir nur ein paar Einzelheiten verraten, über die ich mir noch nicht im Klaren bin. Wenn Ihr meine Wissbegier nicht stillt, wird Burgherr Sesem den Schatz behalten. Die Wahrheit erfahre ich auch so von Euch. Als Prokurator des Königs werde ich Euch mehrerer Morde bezichtigen.«

»Was sollte Euch das bringen?«, fragte der Prior gleichgültig. »Ihr seid ein kluger Mann, Herr Ulrich. Ihr glaubt doch nicht ernsthaft, dass unser Orden mich dem Gericht ausliefert. Und überhaupt – welche Beweise habt Ihr denn? Nichts als Vermutungen. Ich werde vor Gericht alles bestreiten. Selbst der König wird sich nicht hinter Euch stellen. Es sei denn, Ihr würdet ihm den Schatz verschaffen. Aber dann wiederum würdet Ihr um Euren Anteil kommen, und das wollt Ihr doch sicher nicht?«

»In der Tat«, räumte Ulrich ein. Er wusste, der König würde den Prior nicht einmal dann vor Gericht stellen, wenn er den Silberschatz bekäme. Kirchliche Amtsträger zu verurteilen war stets eine heikle Angelegenheit, und der König wollte es sich nicht mit dem Klerus verderben. Gerade erst hatte er den Papst um eine Dispens gebeten, damit ihm die Scheidung bewilligt wurde. Und die Prämonstratenser waren zu mächtig, als dass der König es wagen würde, einen hochgeschätzten Prior aufgrund von Mutmaßungen zu verurteilen. Selbst ein Geständnis würde Ulrich nichts bringen, solange der Prior es nur unter vier Augen machte. Nein, das weltliche Recht konnte Prior Severin kaum etwas anhaben. Und das wusste er nur zu gut.

»Also?«, fragte Severin ungeduldig. »Seid Ihr für oder gegen mich? Entscheidet Euch schnell. Es ist kalt hier, und bald wird das Gesinde aufstehen.«

»Ein Zehntel des Silbers für mich – und Ihr beantwortet mir alle Fragen. Einverstanden?«

»Ihr seid wirklich ein Dickkopf. Wo ist das Silber?«

»Heißt das, Ihr willigt ein?«

»Wenn es Euch Freude macht – ja.«

»Der Schatz ist derzeit in der Vorburg versteckt. Mein Knappe passt darauf auf. Er hat schon einen Wagen vorbereiten lassen. So können wir den Schatz fortschaffen, bevor Burgherr Sesem etwas bemerkt. Die Wege sind allerdings stark verschneit, und wir werden nicht allzu weit kommen, aber der Vorsprung wird reichen. Wir verstecken das Silber an einem sicheren Ort und holen es später dort ab. Also, sind wir Verbündete?«

»Wir sind Verbündete!«, bestätigte der Prior. Zum Zeichen des Einverständnisses umarmten die beiden Männer einander und küssten sich auf die Wange.

Anschließend stiegen sie schnell zur Empore hinauf und kehrten über die Galerie in den Palas zurück. In Ulrichs Kammer legte der Prior sich zuerst den Umhang mit dem königlichen Wappen um; dann nahm er im Sessel Platz, warf ungezwungen die Beine übereinander und fragte neugierig: »Nun, Herr von Kulm, erzählt mir einmal. Was habe ich Eurer Meinung nach getan?«

Ulrich lächelte. »Lassen wir zunächst die Vorgeschichte des Schatzes beiseite«, sagte er und ließ sich gegenüber dem Prior auf einem Schemel nieder. »Sprechen wir über die Morde, die Ihr begangen habt. Hauptmann Rutger aus Pilsen war ein Dummkopf, dass er nichts herausfand. Die Sache ist doch ganz einfach.«

»Hauptmann Rutger ist keineswegs ein Dummkopf«, sagte der Prior lächelnd. »Er weiß nur sehr gut, wann es keinen Sinn hat, gegen jemanden vorzugehen. Und für seine ›Dummheit‹ hat er eine ordentliche Summe erhalten.«

Ulrich winkte verächtlich ab. »Unnötige Ausgaben. Er hätte ohnehin nichts herausgefunden ...«

»Verzeiht, dass ich Euch noch einmal unterbreche«, sagte Severin, »aber warum verdächtigt Ihr nicht Herrn Sesem? Schließlich wurde er dank der Morde zum Burgherrn auf Kraschow. Wenn jemand ein ernsthaftes Motiv hatte, dann doch wohl er.«

»Zu Beginn meiner Ermittlungen dachte ich auch so«, erwiderte Ulrich. »Zum Beispiel, als Sesem mir verbieten wollte, mich mit den alten Vorfällen zu beschäftigen. Das war äußerst verdächtig. Aber dann sah ich seinen Blick, als er durch einen Zufall den Dolch seines verschollenen Vaters Dietrich in die Hände bekam. Ich konnte erkennen, dass Sesem seine Eltern geliebt hat. Er hätte seine Mutter Anna nie und nimmer aus dem Fenster gestoßen. Da wusste ich, dass ich ihn als Täter ausschließen konnte. Euch hingegen habe ich anfangs nicht verdächtigt, muss ich gestehen. Ich dachte, Ihr wärt zum ersten Mal auf dieser Burg. Erst als ich erfuhr, dass Ihr schon seit ein paar Jahren anstelle Eures kranken Abts hierher nach Kraschow kommt, wurde ich hellhörig.«

Der Prior nickte. »Interessant. Ihr würdet Euch bei unseren Disputationen großartig machen. Welches Urteilsvermögen, welcher Scharfsinn! Ihr habt meine Bewunderung, königlicher Prokurator.«

»Verbindlichsten Dank«, sagte Ulrich mit gespielter Eitelkeit. »Doch fahren wir fort. Über die genauen Todesumstände des früheren Kaplans Hans weiß ich nicht viel, aber Kaplan Bohuslav vermutet richtigerweise, dass Ihr seinen Onkel habt ermorden lassen. Ich vermute, Kaplan Hans fand heraus, dass unter der Burg ein Schatz verborgen liegt.«

»Ganz recht«, antwortete der Prior ruhig. »Dieses Verdienst gebührt ihm in der Tat. Wir wussten bereits, dass unser Patron Hroznata das Geld von Bischof Heinrich Břetislav an sich genommen hatte; wir wussten nur nicht, wo es sein könnte. Es war ein glücklicher Zufall, dass Kaplan Hans sich verplappert hat. Dann war es nur noch ein Kinderspiel. Einer unserer Ordensbrüder, ein geschickter Mann, der einst in Italien Gehilfe eines Henkers war und viel dabei gelernt hat, nahm sich seiner an. Hans hielt eine Menge aus, am Ende aber verriet er uns, was er wusste. Wir konnten ihn natürlich nicht am Leben lassen, das versteht Ihr doch sicher?«

»Natürlich«, antwortete Ulrich spöttisch. »Allerdings wusstet Ihr nicht genau, wie viel Hans bereits dem damaligen Burgherrn erzählt hatte. Und als Ihr vor zwei Jahren anlässlich der Sankt-Barbara-Feier auf die Burg kamt, habt Ihr gewissen Andeutungen entnommen, dass Herr Konrad ebenfalls von dem Schatz wusste.«

»Es waren nicht nur Andeutungen. Konrad von Kraschow hat sich bei mir rundheraus erkundigt, ob wir im Kloster eine Urkunde besäßen, in der ein verschwundener Silberschatz erwähnt würde. Konrad behauptete, er wolle sich über bestimmte Dinge aus dem Leben seines Ahnherrn informieren.«

»Also habt Ihr einen Mordplan entworfen und darauf geachtet, dass alles möglichst dunkel und ominös wirkte. Geistern und Dämonen kann man schließlich alles Mögliche in die Schuhe schieben. Aus dem Fenster im obersten Stock habt Ihr ein mit Knoten versehenes Seil heruntergelassen, dann habt Ihr Konrad in seinem Gemach erdolcht und die Tür von innen verriegelt. Anschließend seid Ihr an den Knoten nach oben geklettert, habt in aller Ruhe das Seil heraufgezogen und versteckt. Wer würde jemals darauf kommen? Auf die gleiche Weise seid Ihr heute Nacht durch das Fenster aus dem Dachgeschoss geflohen und habt Euch im ersten Stock unter die aufgeregten Gäste gemischt. Zuvor hattet Ihr allerdings versucht, mich umzubringen – nur kam Euch mein Knappe dazwischen. Also seid Ihr in der Eile auf die alte List verfallen, die Ihr schon einmal angewendet habt. Sonst hättet Ihr unter dem Dach in der Falle gesessen.«

»Nun, die Sache war ein kleines Missverständnis«, erklärte der Prior. »Ihr müsst schon verzeihen, aber Ihr wart einfach zu neugierig geworden. Wisst Ihr, Herr Ulrich, eigentlich bin ich froh, dass es mir nicht gelungen ist, Euch umzubringen. Es hat mir nicht gefallen, wie Ihr den Tod des unglückseligen Luthold untersucht habt. Andererseits – hätte ich den fabelhaften Trick mit dem Seil nicht notgedrungen wiederholen müssen, wärt Ihr wohl nie darauf gekommen, wie Herr Konrad starb.«

»Ihr täuscht Euch, Prior«, widersprach Ulrich dem hageren Geistlichen. »Ich bin schon früher darauf gekommen. Eine Magd hat mir erzählt, man habe damals das Fenster in Herrn Konrads Gemach offen vorgefunden – im Winter! Wisst Ihr, ich habe schon einmal einen ähnlichen Mordfall untersucht. Der Trick mit dem Seil ist nicht neu.«

»Sieh einer an.« Der Prior staunte auf beinahe kindliche Weise. »Und ich habe mir schon wer weiß was darauf eingebildet.«

»Schon vor Euch haben Verbrecher alle erdenklichen Kniffe angewandt. Es ist nicht einfach, heute noch eine ganz neue Methode zu finden.«

»Wisst Ihr, Herr Ulrich«, sagte der Prior beinahe träumerisch, »wie großartig es wäre, würde man über Protokolle zu all diesen Fällen verfügen? Welche Inspiration das wäre! Man müsste sich nur die jeweils beste Methode heraussuchen, und niemand würde einen je überführen.«

Allmählich wurde Ulrich bewusst, dass Prior Severin nicht nur ein skrupelloser Mörder war, sondern auch ein kranker Mensch. Seine Seele war auf Abwege geraten.

Am besten, sagte sich Ulrich, ich fahre schnell mit meinen Ausführungen fort.

»Konrads Mutter Anna muss etwas geahnt haben«, sagte er. »Oder sie hat etwas gesehen, was sie nicht sehen sollte. Deshalb habt Ihr sie aus dem Fenster gestoßen. Um die Ermittlungen zu verwirren, habt Ihr dann ein Fenster im Dachgeschoss geöffnet. In Wahrheit aber habt Ihr Anna aus ihrer Kemenate in die Tiefe gestoßen, nicht wahr?«

»So ist es. Wie seid Ihr darauf gekommen?«

»Gleich nachdem Anna hinabgestürzt war, ging zufällig jemand über den Weg unterhalb der Burg. Ihm fiel auf, dass das Fenster im zweiten Stock geschlossen war. Der Mörder hat es erst ein wenig später geöffnet.«

»Ganz richtig.« Prior Severin nickte eifrig. »Frau Anna hatte mich in das Gemach ihres Sohnes gehen sehen. Sie kam freilich nicht auf die Idee, mich, einen Mann des Klosters, zu verdächtigen. Sie fragte mich nur, ob ich etwas über den Mord wisse. Mir war das äußerst lästig; deshalb habe ich kurzen Prozess mit ihr gemacht.«

»Verstehe. Über den dritten Mord weiß ich bisher am wenigsten«, sagte Ulrich. »Ihr habt Sophia, Konrads Witwe, ausgerechnet in der Kapelle erwürgt. Das war ein Grund mehr, weshalb ich lange nicht daran dachte, dass ein Geistlicher der Mörder sein könnte. Eine Kirche zu entweihen!«

»Oh nein, ich würde niemals eine Kirche entweihen!«, rief Prior Severin ehrlich entsetzt. »Ich habe Sophia unten auf den Stufen der Felsenkluft erwürgt und die Leiche erst dann vor dem Altar abgelegt. Ich bin ein frommer Christ, Herr Prokurator, was denkt Ihr von mir? In einem Gotteshaus würde ich niemals morden!«

»Das beruhigt mich«, antwortete Ulrich trocken. »Aber warum musste Sophia sterben?«

»Ich weiß nicht, was die Burgherrin dazu brachte, jedenfalls stieg sie in der Nacht nach dem Sankt-Barbara-Mysterium in die Krypta hinunter und sah mich dort, wie ich gerade aus dem unterirdischen Schacht herauskletterte. Sie stellte mir aufdringliche Fragen. Ich gebe nicht gerne über Dinge Auskunft, die nur mich allein etwas angehen. Deshalb habe ich sie zum Schweigen gebracht.«

»Trotz all Eurer Bemühungen habt Ihr den Schatz in den letzten beiden Jahren nicht gefunden«, stellte Ulrich schadenfroh fest.

Prior Severin ärgerte sich über diesen Tonfall und antwortete gereizt: »Ich hatte nur wenig Zeit. Habt Ihr eine Vorstellung davon, wie mühevoll es war, alle unbequemen Zeugen aus dem Weg zu räumen und dann auch noch falsche Spuren zu legen?«

»Und dieses Jahr habt Ihr wieder den gleichen Fehler begangen! Statt Euch auf das mögliche Versteck des Schatzes zu konzentrieren, habt Ihr abermals einen Mord verübt«, sagte Ulrich düster. »Warum habt Ihr Bruder Luthold umgebracht?«

»Schon dieses Theaterstück hat mich aufgeregt«, erklärte Severin erbost. »Dann trank Luthold über den Durst, und ich hörte, wie er vor Euch zu schwatzen anfing. Ich hatte ja keine Ahnung, dass er etwas von dem Schatz wusste! Er muss im Kloster wohl etwas aufgeschnappt haben. Deshalb befürchtete ich, er könne noch mehr verraten. Er musste sterben, das ist doch offensichtlich.«

»Was auch sonst? Alles in allem ergeben das fünf Morde. Eine beachtliche Leistung«, schloss Ulrich zynisch. »Wie vereinbart Ihr das mit Eurem Gewissen?«

»Alles, was ich tat, geschah zum größeren Ruhm der Kirche«, antwortete der Prior feierlich und warf sich in seine magere Brust. »Denkt nur, was sich von diesem Schatz für unser Kloster alles kaufen ließe! Nein, werter Herr Ulrich, mein Gewissen ist rein. Ich habe das alles schließlich nicht für mich getan!«

XXV. KAPITEL

»Sollten wir nicht endlich gehen?«, fuhr Prior Severin ungeduldig fort. »Wir haben schon genug Zeit mit unnötigem Geplauder vergeudet. Das Gesinde wird jeden Moment ans Tagewerk gehen, und ich hätte ungern weitere Zeugen.«

Die würdest du wohl auch noch aus dem Weg räumen, dachte Ulrich wütend, während er sich erhob. Laut sagte er: »Erzählt mir den Rest unterwegs. Wartet einen Moment, ich nehme mein Schwert mit. Man weiß ja nie...«

Der Prior stand auf und musterte Ulrich scharf. Es wollte ihm nicht gefallen, dass sein Begleiter eine Waffe hatte. Doch Ulrich kam ihm so gelassen vor, dass er sich gleich wieder etwas entspannte.

»Ihr vertraut mir wohl nicht, Prior?«, fragte Ulrich lächelnd. »Wenn Ihr möchtet, machen wir unten im Tafelsaal halt. Da gibt's genug Schwerter, von denen Ihr Euch eins nehmen könnt. Ich bin sicher, Ihr versteht es, damit umzugehen.«

»Selbstverständlich!«, erwiderte Severin in einem Tonfall, der jede Möglichkeit ausschloss, er könne etwas *nicht* beherrschen. Nach kurzem Schweigen fügte er versöhnlicher hinzu: »Ihr seid ein ehrenhafter Mann. Das gefällt mir. Ich glaube, am Ende werden wir gute Freunde.«

»Ja, Geld verbindet«, pflichtete Ulrich ihm bei, während er bereits die Tür öffnete.

Kurz darauf waren beide Männer unterwegs zum Torhaus, um von dort in die Vorburg zu gelangen. Der Schnee war über Nacht härter geworden und knirschte unter den Schuhen. Der Sturm aber war vorüber, und es schien ein schöner Tag zu werden. In der Ferne war über den Baumspitzen die leuchtende Sonne aufgegangen. Normalerweise wäre das Gesinde um diese Zeit längst auf den Beinen gewesen, um das Vieh zu füttern und alles für den anstehenden Tag vorzubereiten, aber nach der langen Festnacht durften sie heute allesamt ausschlafen.

»Eines verstehe ich nicht«, sagte Ulrich nachdenklich. »Warum habt Ihr dem Burgherrn eigentlich Bohuslav als neuen Kaplan empfohlen? Wo Ihr doch seinen Onkel umgebracht habt.«

»Aber Herr Ulrich.« Der Prior schüttelte über so viel Unverständnis den Kopf. »Hier auf Burg Kraschow stellte er keine Gefahr für uns dar. Woanders hätte er unser Kloster womöglich in Verruf gebracht. Er hat sich nämlich in den Kopf gesetzt, dass wir die Schuld tragen am Tod des früheren Kaplans.«

»Aber das stimmt doch auch«, sagte Ulrich.

»Was spielt das für eine Rolle? Außerdem gab es einen gewichtigeren Grund: Bohuslav kann kaum Latein. Deshalb konnte er auf der Suche nach Hroznatas Schatz nicht weiterkommen.«

»Ihr habt wirklich an alles gedacht«, sagte Ulrich mit einer gewissen Bewunderung. »Erinnert Ihr Euch übrigens an den Studenten, der den seligen Hroznata gespielt hat?«

»Er ist mir aufgefallen. Was ist mit ihm?«

»Angeblich ist er gar kein Student. Ihr wisst nicht zufällig, wer er wirklich ist?«

»Bruder Luthold hat ihn zusammen mit den anderen jungen Männern aus Pilsen mit hergebracht, um mit ihnen das Stück einzustudieren. Mehr weiß ich nicht. Höchstens ...« Er hielt inne, dachte kurz nach. »Eines hat mich an dem Jüngling überrascht. In unserem Klosterspital liegt ein Kranker, ein Pilger, der aus dem Heiligen Land zurückgekehrt ist. Er und dieser Student kamen gleich lebhaft miteinander ins Gespräch. Ich hörte sie sogar darüber streiten, wie viele Türme die Festung von Jerusalem habe. Offenbar war der junge Bursche ebenfalls schon im Heiligen Land. Das ist für einen Studenten recht ungewöhnlich, nicht wahr?«

»Allerdings«, räumte Ulrich ein, während sie ungehindert die Pforte passierten. Der Wächter schlief im Torhaus; sein Schnarchen war sogar durch die geschlossene Tür zu hören. Sie gingen über den abschüssigen vereisten Boden und kamen an den ersten Holzhäusern vorbei. Dort blieb Ulrich stehen und atmete tief durch.

»Ein frischer Morgen, in der Tat«, sagte der Prior. »Nun, wo habt Ihr den Silberschatz untergebracht?«

»Mein Knappe Otto bewacht ihn in der Schenke. Den Schankwirt und seine Frau hat er zuvor gefesselt. Außerdem hat er die Tür von innen verriegelt, damit er nicht unliebsam überrascht wird. Wir haben verabredet, dass ich bei meiner Ankunft wie ein Käuzchen rufe, dann macht er uns auf.«

»Wie schlau von Euch«, bemerkte Prior Severin. »Aber noch schlauer ist, dass Euer Knappe und Ihr in der Schankstube zwei gegen einen sein werdet. Welche Gewähr gebt Ihr mir, dass Ihr mich nicht tötet?«

»Ich habe Euch doch vorgeschlagen, ein Schwert mitzunehmen. Ist das nicht Gewähr genug?«, antwortete Ulrich mit beleidigter Miene.

»Das war großzügig von Euch. Aber gerade deswegen ist es besonders verdächtig«, sagte der Prior. »Sicher ist Euer

Knappe ein guter Kämpfer. Und gegen Euch beide hätte ich allein keine Chance.« Seine Überheblichkeit war dahin. Nun, da Severin seinem ersehnten Ziel näher kam, kehrte auch seine Besonnenheit zurück.

Ulrich dachte fieberhaft nach. Es wäre zu dumm, wenn im letzten Moment noch alles schiefging. Letztlich aber hing es vom Willen des Herrn ab, ob der Prior seine Strafe erhielt oder nicht. »Gut, dann machen wir es anders«, sagte er scheinbar gekränkt. »Ihr geht alleine in die Schenke, und ich warte hier draußen. Dann könnt Ihr Euch davon überzeugen, dass ich nicht lüge.« Kaum hatte Ulrich diese Worte ausgesprochen, schämte er sich. Aber das Lügen gehörte nun einmal zu seiner Arbeit. Warum sollte nur die Kirche scheinheilig sein?

Prior Severin nickte. »Gut. Welches Gebäude ist die Schenke?«

»Das letzte, kurz vor dem Tor.« Ulrich zeigte darauf.

Nach wenigen Schritten waren sie dort und blieben vor dem Eingang stehen. Das Dach überragte die Mauer des Hauses, wodurch ein kleiner Pfad entstand, der darunter verlief. Ein ziemlicher Gestank wehte von dort herüber.

»Wartet einen Moment vor der Tür, sie ist ja verschlossen. Ich mache den Käuzchenruf«, sagte Ulrich leise. Er begab sich unter das vorkragende Dach, legte die Hände um den Mund und ahmte ein paar Mal geschickt den Ruf einer Eule nach. Eine Zeit lang regte sich nichts. Dann ging im oberen Stockwerk ein kleines Fenster auf, und Hedda schaute hinaus. Sie hatte ihr Haar zu zwei Zöpfen geflochten und war geschminkt, wodurch sie jünger aussah, als sie in Wirklichkeit war.

Ulrich trat unter dem Dach hervor, damit sie ihn sehen konnte, und deutete mit einer Geste an, dass er ins Gebäude wollte. Die Köchin schaute sich misstrauisch um. Dann legte sie verschwörerisch einen Finger an die Lippen, zwinkerte ihm verheißungsvoll zu und schloss das Fenster.

Ulrich kehrte zu dem wartenden Prior zurück. Der hatte schon ungeduldig versucht, die Tür zur Schankstube zu öffnen, und festgestellt, dass sie tatsächlich von innen verriegelt war, wie der königliche Prokurator gesagt hatte.

»Mein Knappe kommt bereits herunter«, flüsterte Ulrich ihm zu. »Hört Ihr?«

Selbst durch die verschlossene Tür war das Knarren der Treppenstufen zu hören, als jemand sie schnell hinunterlief. Aber es dauerte noch eine ganze Weile, bis das Scharren des Riegels zu hören war. Dann öffnete sich quietschend die Tür. Ulrich trat rasch zur Seite, damit man ihn von innen nicht sah, doch Prior Severin stürmte ungeduldig ins Zimmer. Im nächsten Moment schloss jemand hinter ihm die Tür und schob den Riegel wieder vor. Dann waren das Poltern eines umgeworfenen Möbelstücks und ein lautes Stampfen zu hören. Gleich darauf schrie der Prior laut und schmerzvoll auf. Die Schreie wiederholten sich, bis Ulrich nur noch ein Röcheln vernahm, gefolgt von tiefer Stille.

Ulrich bekreuzigte sich voller Demut. »Barmherziger Gott, du hast entschieden. Der Mörder hat seine Strafe erhalten.« Er drehte sich um und blickte unruhig zum oberen Tor. Niemand war zu sehen. Wo blieb Otto mit dem Burgvogt? Sicherheitshalber zog er sein Schwert. Er durfte den Schankwirt nicht davonkommen lassen. Aus dem Dieb war ein Mörder geworden.

Eine Zeit lang horchte er an der Tür der Schenke, doch in der Stube war alles still, als wäre nichts geschehen. Plötzlich vernahm er ein leises Rascheln. Jemand zog irgendetwas Schweres über den Boden. Als er wieder zum Torhaus blickte, sah er Otto, der mit schnellen Schritten auf ihn zukam, gefolgt von Burgvogt Hannes und zwei mit Lanzen bewaffneten Söldnern. Staksig stolperten sie über den vereisten Weg.

»Wo warst du so lange?«, brummte Ulrich und musterte seinen Knappen streng.

»Ihr würdet es nicht glauben«, antwortete Otto mit einem spitzbübischen Blick. »Sind wir noch rechtzeitig gekommen?«

»Nein, ihr seid zu spät«, entgegnete Ulrich kalt und fing gerade noch einen der Söldner ab, der ausgerutscht war und nun mit vorgehaltener Lanze auf ihn zuschlitterte. »Hör zu, Burgvogt, ich befürchte, wegen Eurer Verspätung ist eine weitere Person zu Tode gekommen. Lasst uns hineingehen.«

»Die Tür ist verriegelt«, stellte einer der Söldner fest.

»Und? Wisst ihr euch nicht zu helfen?«, fragte Ulrich ungehalten. »Es wundert mich nicht, Burgvogt, dass hier auf Kraschow jeder tut, was er will. Brecht die Tür auf, und zwar schnell! Vielleicht können wir ihn ja noch retten.«

»Wen?«, fragte der Burgvogt verwirrt. »Den Schankwirt? Hat man ihn überfallen?«

»Prior Severin ist da drin!«, rief Ulrich mit gespielter Verzweiflung. Er fing Ottos Blick auf, der besagte: *Der war es?*

Die Söldner traten einen Schritt von der Tür zurück und warfen sich dann mit voller Wucht dagegen. Der nicht sehr feste Riegel gab sofort nach, und die Söldner purzelten ins Haus, fielen über eine umgeworfene Bank und rollten über den Boden. Hinter ihnen stürmte Otto mit erhobenem Schwert in die Schenke.

In der Ecke neben dem erkalteten Ofen stand die kleine Tür zum Keller offen. Jakob, der Schankwirt, war gerade dabei, zusammen mit dem Schmied einen leblosen Körper hinunterzutragen, der in den Umhang mit dem königlichen Wappen gewickelt war. Doch als die Söldner die Tür aufbrachen, hielten die beiden Männer überrumpelt inne. Sie versuchten nicht einmal, Widerstand zu leisten. Stattdessen ließen sie die Arme sinken und warteten ergeben, dass der Burgvogt sie fesselte.

Otto wickelte unterdessen den Körper aus dem Umhang. Prior Severins Schädel war mit einem schweren Gegenstand eingeschlagen worden, und mehrere blutige Stichwunden verunstalteten seinen Leib. In seinem Gesicht lag noch immer der gierige Ausdruck, mit dem er hinter dem Silberschatz her gewesen war. Nun aber war er mausetot.

»Warum habt ihr ihn umgebracht?«, fragte der Burgvogt erregt und blickte sich um, doch der königliche Prokurator war verschwunden. Er hatte gar nicht bemerkt, dass Ulrich, kaum dass sie die Schankstube gestürmt hatten, die Treppe ins obere Stockwerk hinaufgerannt war.

Hedda gehörte die zweite Kammer, erinnerte sich Ulrich.

Als die Schankwirtin ihn hereinkommen sah, wurde sie leichenblass. Mit zwei Fingern bildete sie ein Kreuz, das sie ihm entgegenstreckte. Dabei stammelte sie: »Tu ... tu mir nichts, Geist ... «

»Du hast gewusst, dass sie mich ermorden wollten«, sagte Ulrich düster. »Dennoch hast du mich ins Haus gelassen! Hast dich sogar noch hübsch zurechtgemacht. Hedda, du bist eine Mörderin, genau wie dein Mann, selbst wenn deine Hand keinen Dolch geführt hat.«

»Wie ... wie seid Ihr entkommen?«

»Ein anderer wurde getötet.«

»Aber ich habe Euch doch vom Fenster aus gesehen! Und der Mann, der hereinkam, trug den Umhang mit dem königlichen Wappen!«, schrie sie.

»Also bist du sogar in der Schankstube dabei gewesen, als der Prior umgebracht wurde«, sagte Ulrich und schüttelte den Kopf. »Auch wenn du mir letztlich geholfen hast – deine

Absichten waren böse. Deshalb wirst du unter der Hand des Henkers enden, genau wie dein Mann.«

Hedda löste hastig die Schnüre an ihrem Ausschnitt. »Ich gebe Euch, was Ihr gewollt habt. Nur lasst mich leben!«, flehte sie mit Tränen in den Augen.

»Wenn alles auf der Welt doch nur so einfach wäre, wie du es dir vorstellst.« Ulrich seufzte. »Glaubst du ernsthaft, ich würde mit dir ins Bett gehen und dabei vergessen, dass du ein Menschenleben auf dem Gewissen hast? Komm mit!«

»Aber Ihr habt mich doch gewollt!«, rief Hedda verzweifelt und umklammerte den Balken, der den Dachstuhl stützte.

Mit einem Mal kam es Ulrich zu grausam vor, sie über seine Lüge aufzuklären. Er hatte Hedda getäuscht, weil er wollte, dass sie und ihr Mann genau das taten, was nun geschehen war. In gewisser Weise war also auch er schuldig. Auch er hatte ein Menschenleben auf dem Gewissen. Dennoch war er überzeugt davon, dass es nicht das Gleiche war. Sein Gewissen war rein. Es handelte sich um ein Gottesurteil! Hätte Gott es anders gewollt, hätte Hedda ihrem Mann nichts von Ulrichs Angebot erzählt. Und Jakob und der Schmied hätten den Prior nicht getötet. Selbst wenn dies Ulrichs Plan war – es hätte auch anders kommen können. Allerdings hatte Ulrich ein sicheres Gespür, was die Absichten der Menschen betraf, besonders, wenn es um Schlechtigkeiten ging. Nein, auch er trug seinen Teil an der Schuld.

»Na komm schon«, sagte er und streckte die Hand aus. »Ich verspreche dir einen schnellen und gnädigen Tod. Wir werden dich nicht quälen.«

»Ich will aber leben!«, wimmerte sie.

Ulrich packte sie grob an der Schulter, riss sie vom Balken los und zerrte sie die Treppe hinunter in die Stube. Gern tat er es nicht.

»Er behauptet, er habe eigentlich Euch töten wollen«, stammelte der Burgvogt erschrocken, als er Ulrich erblickte.

»Hat er auch gesagt, warum?«, fragte Ulrich neugierig und übergab die jammernde Köchin einem der Söldner zum Fesseln.

»Angeblich befürchtete er, Ihr könntet ihn an Herrn Sesem verraten«, antwortete Hannes. »Wie dumm. Dabei wusste doch auch ich von seinen Diebstählen.«

»Was würde der Burgherr mit ihm machen, wenn er erführe, dass Hedda Speisen aus der Küche stiehlt und ihr Mann sie als Essen verkauft?«

»Er würde beide hinrichten lassen«, antwortete der Burgvogt. »Was ich aber noch nicht verstehe – warum hat Prior Severin Euren Umhang getragen? Und was habt Ihr hier eigentlich gewollt?«

»Der Umhang des Priors hat an einer Kerze in der Kapelle Feuer gefangen. Die Stoffreste liegen noch dort. Deshalb habe ich ihm einen Umhang von mir geliehen – ich hatte einen zweiten dabei. Allerdings besitze ich nur Umhänge mit dem königlichen Wappen. Deshalb hat Schankwirt Jakob uns verwechselt. Wir kamen eigentlich nur her, um etwas zu trinken, da im Palas alles noch schlief und wir Hunger und Durst bekommen hatten.«

»In der Burgküche hättet Ihr doch genug zu essen gefunden«, jammerte Hannes. Ihm war plötzlich der Gedanke gekommen, Burgherr Sesem könnte ihm am Ende noch irgendeine Schuld zuweisen.

»Es spielt ja nun keine Rolle mehr«, sagte Ulrich betrübt. »Schafft den Leichnam des Priors in die Kapelle. Und diese drei hier...« Er verstummte. Eigentlich hatte er anordnen wollen, sie in den Kerker zu bringen, doch im letzten Moment war ihm eingefallen, dass dadurch die Flucht des Mönchs und des Studenten entdeckt würde. Die aber musste noch eine Weile geheim bleiben.

»Schließt alle drei erst mal hier im Keller ein«, fuhr er fort. »Ein Söldner soll sie bewachen, das wird genügen. Ich werde Herrn Sesem empfehlen, sie noch heute hinrichten zu lassen.«

XXVI. KAPITEL

»Und was nun?«, wollte Otto wissen, als sie langsam an den Holzhäusern vorbei zurück zum oberen Torhaus gingen. »Wollt Ihr mir jetzt endlich erzählen, wie Ihr darauf gekommen seid, dass Prior Severin die Morde begangen hat?«

Ulrich lächelte. »Im Grunde war es ganz einfach. Nachdem ich festgestellt hatte, dass der Burgkaplan des Lateinischen kaum mächtig ist, wurde mir klar, dass Sesem von Kraschow nicht von Hroznatas Schatz erfahren haben konnte. Er selbst kann nämlich nicht lesen, und alles Wesentliche stand in lateinisch geschriebenen Urkunden. Anfangs sah es zwar so aus, als würde es bei den Mordfällen um das Familienerbe gehen, aber das war ein Irrtum. Schließlich konnte es kein Zufall sein, dass Sesems Mutter, sein Bruder und seine Schwägerin jeweils während der Sankt-Barbara-Feierlichkeiten im Advent starben. Ginge es nur um das Erbe, hätte er sie auch zu anderen Zeiten töten können, das wäre weniger verdächtig gewesen. Also musste es um etwas anderes gehen.«

»Aber es könnte doch auch sein, dass Sesem deshalb während der Sankt-Barbara-Feier mordete, weil so viele Gäste anwesend waren und der Verdacht auf jeden von ihnen fallen konnte«, warf Otto ein.

»Das stimmt. Auch über diese Möglichkeit habe ich nachgedacht. Aber die Todesfälle waren zu verzwickt und rätselhaft. Hätte Sesem seinen Bruder loswerden wollen, hätte er einen Jagdunfall inszenieren können, und niemand hätte ihn verdächtigt. Aber was haben wir hier? Dämonen! Eine Tote vor einem Altar! Ein Ritter käme nicht auf eine solche Idee. Deshalb erkannte ich, dass jemand mit einer anderen Denkungsart dahinterstecken musste.«

»Ein Geistlicher?«

»So ist es, Otto. Die Hölle, heidnische Dämonen, die unreinen Kräfte des Bösen ... das alles sind Themen der Kirche. Manche Kleriker sind besessen davon. Ein normaler Mensch – und sei er von edler Herkunft –, würde ein Verbrechen anders tarnen.«

»Und wann habt Ihr erkannt, dass es Prior Severin war?«

»Einen leisen Verdacht hatte ich schon von Anfang an. Aber sicher konnte ich erst sein, als ich mich davon überzeugt hatte, dass Sesem es nicht gewesen war. Er mag ein rücksichtsloser und rüpelhafter Kerl sein, aber er hängt an seiner Familie. Er mochte seine Eltern; er hätte niemals seine Mutter umgebracht. Genauso sehr hängt er an Frau und Sohn.«

Sie stapften an der Schmiede vorbei. Ulrich blickte sich unwillkürlich um, aber niemand hielt aus dem kleinen Fenster nach ihnen Ausschau, und es kam auch niemand herausgelaufen. Die Bademagd Else war also schlafen gegangen und wartete nicht auf ihn. Obwohl es Unsinn war, verspürte er einen kleinen Stich verletzter Eitelkeit.

Otto bemerkte Ulrichs Miene und wandte diskret den Blick ab, als würde ihn der schwarze Rabe interessieren, der vor einem Stall hockte und Körnchen aufpickte.

Plötzlich stutzte Ulrich. Etwas stimmte nicht, und das hatte nichts mit seinem Stolz zu tun.

»Warte hier, Otto«, sagte er kurz entschlossen, drehte sich um und ging in die Schmiede hinein. In der Stube schaute er sich um. Sein Gefühl hatte ihn nicht getrogen: Else lag auf der Schlafpritsche, aber sie schlief nicht. Sie war mit einem groben Seil gefesselt; in ihrem Mund steckte ein schmutziger Lumpen, der als Knebel diente. Als sie Ulrich erblickte, wand sie sich, als wollte sie sich befreien – was natürlich sinnlos war, denn das Seil saß straff und fest.

Ulrich nahm seinen Dolch, schnitt vorsichtig die Fesseln durch und zog ihr den Knebel aus dem Mund.

Die Bademagd begann heftig zu husten, bevor sie das durchschnittene Seil abstreifte und von der Pritsche aufsprang. Sie fiel vor Ulrich auf die Knie, umschlang seine Beine und brach in Tränen aus. »Ich hatte schreckliche Angst um Euch!«

»Was ist hier passiert?«, fragte Ulrich.

»Das war mein Mann. Ich habe mitbekommen, dass er und der Schankwirt Euch etwas antun wollen. Ich hörte, wie sie darüber redeten, dass Ihr sie nicht an Herrn Sesem verraten dürft. Geht bloß nicht in die Schenke! Und bleibt meinem Mann fern! Er hat mich eigens gefesselt, damit ich Euch nicht warnen kann.«

»Du bist eine gute Seele«, sagte Ulrich, beugte sich zu ihr hinunter und half ihr auf. »Du brauchst keine Angst mehr zu haben. Dein Mann ist ein Mörder. Er wird am Galgen enden.«

Else wischte sich die Tränen ab und fragte bange: »Und was geschieht mit mir?«

»Nichts. Du hast ja nichts von seinen Verbrechen gewusst.«

»Aber er war mein Mann! Er hat mich ernährt! Nun wird ein anderer Schmied auf die Burg kommen und mich von hier vertreiben. Und was soll dann aus mir werden? Edler Herr, könnt Ihr ihm nicht vergeben?«

»Nein, Else. Es war der Wille Gottes, und die irdische Gerechtigkeit muss alle Menschen nach dem Gesetz gleich behandeln.«

»Bitte lasst ihn frei. Ich will nicht, dass man mich von hier fortjagt. Ich will nicht Hungers sterben! Es ist immer noch besser, einen schlechten Mann zu haben als gar keinen«, jammerte sie, Tränen in den Augen. Diesmal aber hatte sie kein Glück.

Ulrich schwieg verlegen und dachte kurz nach. Dann sagte er: »Ich verspreche dir, Else, dass ich einen neuen Ehemann für dich finden werde. Einen besseren. Er wird dir zu essen geben und dich nicht schlagen. Und nun lass mich gehen. Wir sehen uns noch.«

»Das hoffe ich«, sagte Else mit einem zärtlichen Lächeln. Wieder überlief Ulrich ein gewisses Kribbeln. Ihm war lange keine so außergewöhnliche Frau mehr begegnet. Auf der Schwelle blieb er noch einmal stehen und drehte sich um. Else stand inmitten der Stube, wischte sich die Tränen aus dem Gesicht und schien glücklich zu sein. Wie einfach die Welt der kleinen Leute doch ist, dachte Ulrich.

Dann fiel ihm etwas ein. »Könntest du mir doch noch bei einer anderen Sache helfen, Else?«

»Aber gern!«, rief sie erfreut und wollte schon auf ihn zulaufen, doch er brachte sie mit einer Geste zum Stehen und fuhr fort:

»Mein Knappe wird zwei Männer herbringen. Du musst sie hier verstecken. Niemand darf sie sehen, verstehst du?«

»Ihr könnt Euch auf mich verlassen, edler Herr. Aber verzeiht mir meine Dreistigkeit – wer wird mich denn zur Frau nehmen?«

»Das wirst du schon sehen.« Ulrich hob die Hand und eilte aus der Tür.

Draußen saß Otto auf einer wackeligen Bank vor der Schmiede und erklärte rigoros: »Ich werde nicht heiraten.«

»Du hast gelauscht«, sagte Ulrich verärgert.

»Kein bisschen!«, protestierte der Knappe. »Ich habe mich hier nur ein wenig hingesetzt. Ich konnte ja nicht die ganze Zeit auf dem Weg stehen bleiben. Und ... na ja, zufällig konnte ich alles hören.«

»Du verdienst eine Tracht Prügel. Aber damit du's weißt, diese Bademagd ist eine sehr liebe Frau. Ich würde nie zulassen, dass ein so elendes Schlitzohr wie du sie heiratet«, sagte Ulrich.

»Wer dann?«, fragte Otto neugierig und stand auf. »Ich weiß nicht, was Ihr immer mit dem Heiraten habt. Seit unser Kommandeur Diviš diese Marta zur Frau hat, ist es überhaupt nicht mehr lustig mit ihm. Dabei war er immer so ein guter Kamerad! Wer soll der nächste Unglückliche sein?«

»Das muss jetzt nicht deine Sorge sein«, versetzte Ulrich knapp. »Und wenn du schon gelauscht hast, bist du dir hoffentlich im Klaren darüber, dass du noch andere Dinge zu tun hast, als immer nur an Frauen zu denken.«

»Schon verstanden«, entgegnete Otto. »Ich werde unauffällig Bruder Beatus und den Studenten hierherbringen.«

»Das hätte mir schon früher einfallen sollen«, meinte Ulrich. »Hier in der Schmiede sind sie in Sicherheit, und ich kann mich in Ruhe dem letzten Schritt widmen.«

»Ihr meint Elses Vermählung?«, konnte Otto sich nicht verkneifen, doch Ulrich überging seine Ironie.

»Ich meine die Angelegenheit mit dem Studenten. Also beeil dich. Ich gehe noch mal in die Schenke und versuche, den Burgvogt und die Söldner dort hinzuhalten, damit sie nicht mit euch zusammentreffen, denn das wäre ungünstig.« Er wandte sich ab und ging wieder in Richtung des unteren Tores.

Kaum hatte er die Schankstube betreten, fragte der Burgvogt erschrocken: »Ist alles in Ordnung, edler Herr?« Die beiden gefangenen Männer saßen gefesselt auf einer Bank; Hannes war gerade dabei, sie zu verhören, während die Söldner im Ofen Feuer machten. Auf einem der hinteren Tische lag Köchin Hedda. Offenbar war sie vor Angst ohnmächtig geworden.

Ulrich musterte den Burgvogt mit ernstem Blick; dann gab er ihm einen Wink, mit ihm zu kommen. Sie stiegen die Treppe in den oberen Stock hinauf und zogen sich in die Kammer der Schankwirtin zurück. Ulrich setzte sich bequem auf die Bettstatt, faltete die Hände und fragte trocken: »Was ist mit dir?«

»Mit mir?« Hannes erbleichte. »Habe ich etwas falsch gemacht?«

»Allerdings!«, rief Ulrich wutentbrannt.

Der Burgvogt zuckte heftig zusammen, verlor alle Farbe und schnappte nach Luft. Er schien einer Ohnmacht nahe zu sein. »Ich wüsste nicht, was«, beteuerte er.

»Habe ich dich nicht darauf aufmerksam gemacht, dass der Wirt hier in der Schenke Speisen verkauft, die aus dem Palas gestohlen wurden?«

Hannes nickte demütig. »Das ist wahr.«

»Und was hast du getan? Du bist hier einmal kurz nachschauen gekommen, das war alles.«

»Ich sagte Euch doch, dass ich heute Vormittag alles Herrn Sesem erzähle und den Schankwirt und seine Frau verhören lasse«, protestierte Hannes.

»Du hast den Schankwirt aber nicht überwachen lassen und dadurch Prior Severins Tod verschuldet«, fuhr Ulrich kalt fort.

»Ihr habt mir nicht gesagt, dass ich die Schenke überwachen lassen sollte. Jakob wusste ja gar nichts von meinem Verdacht. Wohin hätte er denn in der Nacht fliehen sollen?«

»Er soll nichts davon gewusst haben? Also, *ich* habe es ihm nicht gesagt. Aber von wem wusste er dann, was ihm bevorstand? Denn er wollte mich töten – mich, den Prokurator des Königs!«, redete Ulrich sich in Rage. »Du musst dich ihm gegenüber verplappert haben.«

»Ich habe ihm nichts gesagt!«, rief Hannes, fiel auf die Knie, verbarg das Gesicht in den Händen und schluchzte.

»Ich klage dich an, durch deine Unachtsamkeit den Tod eines Menschen auf dem Gewissen zu haben!«, stieß Ulrich hervor.

»Ich kann nichts dafür! Habt Gnade!«, flehte der Burgvogt. »Ich werde Euch mein Leben lang ehren und preisen!«

»Ach ja? Du weißt ja, wie es im Leben so geht«, entgegnete Ulrich. »Ich entscheide über Schuld und Unschuld...« Er verstummte, fiel in beredtes Schweigen.

Der zitternde Burgvogt glaubte zu verstehen. »Ich gebe Euch alles, was ich habe! Alles, was Ihr wollt! Wenn Ihr nur gnädig mit mir seid!«

»Ich will nichts von dir, im Gegenteil. *Ich* werde *dir* etwas geben.« Ulrich stand auf. »Nichts bereitet einem Mann größere Freude im Leben als ein gutes Eheweib. Hättest du ein Weib, wärst du nicht ständig so verängstigt. Du hättest angenehmere Dinge im Kopf als deine Furcht. Was sagst du dazu?«

»Gewiss habt Ihr recht«, antwortete der Burgvogt vorsichtig. »Aber ich bin nicht mehr jung und auch nicht schön oder reich.«

»Trotzdem sollst du heiraten«, sagte Ulrich im Befehlston. »Sobald Burgherr Sesem den Schmied hinrichten lässt, wirst du Else zur Frau nehmen!«

»Die Bademagd?«, stieß Hannes mit leiser Verachtung aus. Dann aber sah er die herrische Miene des Prokurators und begann wieder zu zittern. »Vielleicht hat sie ja nichts dagegen«, fügte er rasch hinzu.

»Bestimmt nicht«, sagte Ulrich. »Du bittest den Burgherrn noch heute um die Erlaubnis, Else zu ehelichen. Gleich nach der Hinrichtung des Schmieds. Dann werde ich deine Schuld vergessen. Gehorchst du nicht, kommst du vor das königliche Gericht. Nun?«

»Ihr wisst doch, wie das mit den Badehäusern ist ...«, protestierte Hannes schwach. »Die Frau des Schmieds hat wohl schon mit jedem Mann auf der Burg geschlafen.«

»Auch mit dir?«, wollte Ulrich wissen.

Burgvogt Hannes zierte sich eine Weile; dann nickte er stumm.

»Nur einmal?«

»Mehrere Male.«

»Na siehst du. Es hat dir gefallen. Von nun an wirst du diese Wonne so oft erleben, wie du es fertigbringst«, sagte Ulrich lächelnd. »Als Burgvogt wirst du doch wohl darauf achten können, dass Else nur dir allein gehört. Ein junges Mädchen sollte tugendhafter sein, aber Else ist eine erwachsene Frau, und der Schmied war ein elender Kerl. Das rechtfertigt natürlich nicht, dass sie den ehelichen Eid gebrochen hat, aber es lässt sich verstehen. Ich bin sicher, du wirst sie besser behandeln. Dann wird sie dir eine gute Frau und dir treu sein, das verspreche ich.«

»Aber in ihrem Beruf als Bademagd ...«, setzte Hannes an.

»Du kannst ihr eine andere Arbeit geben. Und überhaupt – wie du es einrichtest, ist deine Sache. Also, ich möchte eine klare Antwort: Hochzeit oder Gericht?«

»Ich werde sie heiraten«, murmelte Hannes. »Vielleicht wird es ja gar nicht so übel«, fügte er nach einer Weile hinzu, und ihm war anzusehen, dass er sich allmählich für den Gedanken erwärmte.

Ulrich ging zum Fenster, öffnete die Läden und schaute hinaus. Draußen vor der Schmiede stand Otto und gab ihm durch einen raschen Wink zu verstehen, dass alles erledigt sei. Bruder Beatus und der Student waren also in Sicherheit. In der Schmiede würde niemand nach ihnen suchen.

Ulrich wandte sich wieder dem Burgvogt zu und ermahnte ihn: »Und dass du mir ja nicht versuchst, dich aus deinem Versprechen herauszuwinden. Ich werde Else selbst Bescheid geben. Bis dahin unternimmst du nichts und gehst auch nicht zu ihr – auf keinen Fall.«

»Gibt es einen besonderen Grund dafür?«, fragte Hannes misstrauisch.

»Keinen, der dich etwas anginge«, antwortete Ulrich trocken. »Noch ist sie nicht deine Frau, und so lange kann sie tun, was sie will. Ist das klar?«

»Sicher«, antwortete der Burgvogt. Er konnte sich vorstellen, warum der königliche Prokurator Else selbst Bescheid geben wollte. Und weshalb er nicht dabei gestört werden wollte. Hannes seufzte und fragte leise: »Kann ich jetzt gehen?«

»Ja. Aber merke dir: Sei gut zu ihr, denn sie verdient es. Sie wollte mir das Leben retten!«

Hannes nickte ohne große Überzeugung. Dann begab er sich wieder nach unten in die Schankstube zu seinen Söldnern. Er musste sich eingestehen, dass es schlimmer hätte kommen können. Ein Eheweib zu haben war letztlich keine schlechte Sache. Im Grunde freute er sich darauf. Hedda, die Frau des Schankwirts, würde vermutlich nicht vom Burgherrn begnadigt werden. Sie würde wie ihr Mann und der Schmied am Galgen enden. Vielleicht konnte Else dann die Burgküche übernehmen. Er musste herausfinden, ob sie gut kochen konnte.

XXVII. KAPITEL

»Wirf die drei Galgenvögel in den Kerker«, befahl Ulrich dem Burgvogt, als er durch die Schankstube schritt.

»Aber Ihr habt doch gesagt, ich soll sie hier bewachen«, entgegnete der Burgvogt. »Ist etwas vorgefallen?«

Ulrich fiel auf, dass Hannes nicht so verschreckt dreinblickte wie sonst, eher neugierig.

»Ich habe es mir anders überlegt. Es ist einfacher und schneller. Ich möchte die Verbrecher noch heute verurteilen und hinrichten lassen. Schließ die Schenke, bring dein Siegel an der Tür an und lass das Gebäude bewachen, damit das Gesinde nicht alles plündert. Burgherr Sesem soll entscheiden, wie es mit der Schenke weitergeht. Das fällt nicht in meine Zuständigkeit.«

»Wie Ihr wünscht.« Hannes verneigte sich. »Sobald die drei in ihrer Zelle sind, spreche ich mit dem Burgherrn«, fügte er vielsagend hinzu.

»Erledige das so rasch wie möglich. Berichte ihm vom traurigen Ende des Priors und bitte ihn, den Tafelsaal für eine Sitzung des königlichen Gerichts vorbereiten zu lassen.« Er lächelte Hannes aufmunternd zu und verließ die Schenke.

Sieh mal einer an! Was eine Frau doch auszurichten vermag, ging es Ulrich durch den Kopf. Beinahe war er geneigt, dem

Ausspruch der alten Kirchenväter zu glauben, der Teufel habe die Weiber gezeugt. Sie besaßen eine beunruhigende Macht, die einen vollkommen anderen Trost spendete als ein Gebet. Ulrich erschrak ein wenig über seine gottlosen Betrachtungen, doch im Grunde war er zufrieden. Wenn er jetzt den Burgvogt sah, hatte er kein schlechtes Gewissen mehr, den Mann erpresst zu haben.

Otto, der vor der Schmiede auf Ulrich wartete, begrüßte ihn mit den Worten: »Habt Ihr schon einen Hochzeiter für Else gefunden?«

»Du wirst dich wundern – das habe ich tatsächlich. Und nicht nur irgendeinen. Burgvogt Hannes hat mir gestanden, dass er die Bademagd schon seit Jahren heimlich liebt. Er hat mich sogar gebeten, dass ich mich bei Herrn Sesem für ihn einsetze.«

»Was für ein unfassbarer Zufall«, sagte Otto mit gespieltem Erstaunen. Dann fügte er leise hinzu: »Die beiden sind drinnen im Haus. Niemand hat uns gesehen. Was soll ich als Nächstes tun?«

»Warte ab, bis Hannes die Verbrecher in die Oberburg gebracht hat. Dann hole dein Pferd und das von Bruder Beatus aus den Ställen und verstecke sie in der Schmiede. Hinter dem Haus gibt es einen größeren Schuppen, da sind sie gut untergebracht. Und vergiss die Sättel nicht.«

»Soll ich schon aufsatteln?«

»Nein. Es soll nur so aussehen, als wären Bruder Beatus und der Student auf den Pferden entkommen.«

»Wie soll das unbemerkt gehen, mein Herr? Das Gesinde ist längst wach.«

»Hauptsache, der Burgvogt sieht euch nicht. Die restliche Besatzung wird euch nicht bemerken oder es gleich wieder vergessen. Sieh dir die Leute doch an! Die meisten können sich noch immer kaum aufrecht halten. Tja, der heiligen Barbara die Ehre zu erweisen verlangt allen Christen große Opfer ab«, fügte er spöttisch hinzu. »Ich werde inzwischen hier in der Schmiede etwas erledigen. Anschließend treffen wir uns in der Kapelle. Sollte der Kaplan dort sein, musst du ihn unter irgendeinem Vorwand loswerden. Und falls er die Beendigung des Mysteriums anspricht, mach ihm eindringlich klar, dass keiner es wagen möge, die Krypta zu fluten, ich hätte dort noch etwas zu erledigen. Was, bleibt selbstverständlich geheim. Dir wird schon irgendetwas einfallen.«

Ulrich verschwand in der Schmiede. Der angebliche Student saß auf einer Bank am Tisch und machte einen ruhigen Eindruck, obwohl er an Händen und Füßen gefesselt war. Bruder Beatus wirkte viel angespannter. Aufmerksam beobachtete er die Bademagd Else, die vor der Feuerstelle stand und in einem Kessel Suppe kochte. Es roch gut, und Ulrich bekam Hunger.

»Bald ist die Suppe fertig, edler Herr«, sagte Else lächelnd, als sie Ulrich erblickte. »Möchtet Ihr mit uns essen?«

Ulrich bemerkte den enttäuschten Gesichtsausdruck des Mönchs. Ein weiterer Kostgänger bedeutete weniger in der Schüssel für ihn. Umso lieber nickte er.

»Zuerst muss ich aber mit diesem jungen Burschen hier sprechen«, sagte er. »Unter vier Augen.«

»Ich kann nicht von hier weg«, erklärte Else. »Ich muss erst fertig kochen.«

»Gibt es hier einen anderen Raum, in dem wir ungestört sind?«

»Nur im Keller«, antwortete sie verlegen. »Hinten gibt es zwar noch die eigentliche Schmiede mit der Esse, aber das ist nur ein offener Unterstand. Andere Räumlichkeiten haben wir nicht.«

»Der Keller reicht für den Zweck«, sagte Ulrich. »Wo kommt man hinunter?« Er ging zu der Bank, kniete sich auf den Boden und löste dem jungen Mann das Seil von den Füßen und den Händen. Als er den überraschten Blick des Jünglings bemerkte, sagte er schroff: »Denk daran, ich bin Prokurator des Königs, und soviel ich weiß, wirst du die Gunst des Herrschers bitter nötig haben. Also mach keine Dummheiten!«

Inzwischen hatte Else eine Holzplatte im Boden weggeschoben, die die Kelleröffnung verdeckt hatte. Sie deutete auf eine wacklige Leiter, über die man in den kalten, feuchten Raum unter der Erde gelangte. Muffig-faule Luft drang aus dem Gewölbe nach oben. Ulrich zögerte einen Moment, sagte sich dann aber, dass er ohnehin die halbe Nacht unterirdisch verbracht hatte, also konnte er es noch ein bisschen länger aushalten.

Else reichte dem Studenten, der als Erster die Leiter hinunterstieg, eine brennende Kerze. Sobald sein Kopf verschwunden war, flüsterte sie Ulrich zu: »Habt Ihr schon jemanden für mich gefunden?« Sie stellte im Grunde die gleiche Frage wie zuvor Otto, doch bei ihr klang es ganz anders.

Ulrich lächelte. »Sobald Burgherr Sesem aufgestanden ist, wird Hannes ihn um die Erlaubnis bitten, dich zu ehelichen.«

»Hannes?«, sagte sie erstaunt. Dann nickte sie. »Bei ihm werde ich es gut haben. Er wird mir genug zu essen geben und mich nicht allzu oft schlagen.«

»Das hängt auch von dir ab. Wenn du ihm treu bist, wird er keinen Grund dazu haben«, meinte Ulrich, während er den Fuß vorsichtig auf die erste Sprosse der Leiter setzte.

»Ich werde ihn mir schon zu einem guten Ehemann erziehen. Er ist ein lieber, wenn auch ein etwas unglücklicher Mensch. Und ich werde ihm treu sein«, sagte Else mit ernster Miene. »Sobald die Suppe fertig ist, rufe ich.« Sie beugte sich noch einmal zu Ulrich vor und flüsterte: »Aber bei Euch würde ich gern eine Ausnahme machen.«

»Schließe die Öffnung über uns«, sagte Ulrich schnell und stieg die Leiter hinunter.

Else schob die Holzplatte zurück an ihren Platz im Boden. Du entkommst mir schon nicht, dachte sie mit einem Lächeln. Noch nie hatte sie bei einem Mann so viele Überredungskünste aufwenden müssen. Sie ging zu ihrem Kessel zurück.

»Nun, worüber wollen wir reden, wenn wir dafür schon in so ein stinkendes Loch kriechen mussten?«, fragte der junge Bursche und setzte sich auf ein Fass, aus dem der intensive Geruch von Sauerkraut drang.

Ulrich blieb vor ihm stehen und lächelte freundlich. »Willkommen zu Hause, Dietrich von Kraschow.«

Der Jüngling fuhr überrascht von dem Fass hoch und hätte dabei um ein Haar die Kerze umgeworfen, die er neben sich abgestellt hatte. »Was sagt Ihr da?«

»Ich habe Euch nur bei Eurem richtigen Namen genannt, junger Herr«, antwortete Ulrich ernst. »Und damit wir nicht unnötig Zeit verlieren, will ich Euch gleich darüber aufklären, dass nicht Euer Onkel Sesem Euren Vater Konrad ermordet hat. Auch Eure Frau Mutter hat er nicht umgebracht. Jemand anders war der Täter. Mit Gottes Hilfe habe ich ihn bereits seiner Strafe zugeführt.«

Der junge Bursche schüttelte den Kopf. »Das glaube ich Euch nicht. Ihr lügt meinem Onkel zuliebe.«

»Ein königlicher Prokurator lügt nicht«, widersprach Ulrich ihm scharf. »Ihr solltet niemals einen Beamten Eures Königs beleidigen, das könnte Euch in der Zukunft schaden. Ihr wollt doch an den Hof zurück?«

»Wer hat meine Eltern umgebracht?«

Ulrich fuhr sich verlegen mit der Hand über den Bart.

Er wusste, dass er die Wahrheit nicht zurückhalten konnte. Jedenfalls nicht die ganze. Zuerst nahm er dem jungen Mann das Versprechen ab, über die Sache Stillschweigen zu bewahren; dann erzählte er ihm in knappen Worten von den verbrecherischen Taten des Prior Severin, erwähnte aber mit keinem Wort den Schatz des seligen Hroznata und was dem Tod des Priors unmittelbar vorausgegangen war.

»So sieht es aus«, schloss er. »Übrigens hatte ich den Eindruck, dass Ihr selbst schon den Gedanken hattet, Euer Onkel könnte unschuldig sein. Und zwar während der Aufführung des Schauspiels, als Ihr dem Burgherrn mit dem Prolog einen Schrecken einjagen wolltet. Doch der Einzige, der bei den fraglichen Versen zusammenzuckte, war Prior Severin.«

»Ich erinnere mich. Er warf einen Weinbecher um, der zu Bruch ging. Es hatte mich überrascht, aber dann sagte ich mir, dass der Prior wohl nur ein bisschen ungeschickt sei. Ich kam nicht auf den Gedanken, dass ausgerechnet er ... Warum hat er die Morde überhaupt begangen?«

»Das würde jetzt zu weit führen. Alter Groll, offene Rechnungen, Streit um die Besitztümer des Klosters ... Es gab vielerlei Gründe. Wenn wir uns einmal unter anderen Umständen begegnen, werde ich Euch alles ausführlich erzählen. Aber jetzt fehlt mir die Zeit dazu, denn ich muss noch etwas Wichtiges erledigen – in Eurem Interesse, Herr Dietrich.«

»Auch wenn mein Onkel nicht der Mörder meiner Eltern war, so hat er mich doch um meinen Besitz gebracht. Ich hätte Burg Kraschow erben sollen!«

»Das ist richtig. Unter der Voraussetzung, dass Ihr Euch im Böhmischen Königreich aufgehalten hättet. Aber es wusste ja niemand etwas über Euren Verbleib. Man erklärte Euch für tot. Der König tat, was er tun musste, und überließ Kraschow Eurem Onkel.«

»Zu Unrecht«, beharrte der junge Mann.

»Es ist müßig, darüber zu streiten. Es ist nun mal geschehen, und man kann weder Herrn Sesem noch unserem erlauchten König deshalb einen Vorwurf machen. Warum hat Euer Vater Euch damals eigentlich verbannt?«

»Er hat mich nicht verbannt! Ich zog ins Heilige Land, um für den christlichen Glauben zu kämpfen«, sagte der junge Dietrich mit stolzer Stimme.

»Ihr wisst selbst, dass das auf das Gleiche herauskommt«, sagte Ulrich gutmütig. »Also – warum?«

Dietrich seufzte und schlug die Augen nieder. »Habt Ihr das Frauenzimmer oben bemerkt?«

»Ihr meint Else, die Bademagd?«

»Ihr kennt also auch schon ihren Namen?« Der junge Dietrich hob vielsagend die Augenbrauen. »Umso besser. So muss ich Euch nicht erklären, wie leicht man ihren Reizen erliegt. Mich hat es Burg Kraschow gekostet.«

Ulrich schüttelte den Kopf. »Das kann nicht sein. Nur weil Ihr eine Liebelei mit ihr hattet, hat Euer Vater Euch verjagt?«

»Es ist in der Kapelle passiert«, murmelte der junge Dietrich widerstrebend. »Sie war meine erste Geliebte. Ich war im Grunde noch ein Junge. Wir sind nach der Messe länger dort geblieben, und ich habe sie mir genommen. Direkt vor dem Altar. Abt Markus von Tepl ertappte uns dabei. Er war wegen dieser dummen Sankt-Barbara-Feier auf der Burg. Er sagte meinem Vater, er werde die gesamte Burg mit dem Bann belegen, wenn er mich nicht davonjagte.«

»Und das Mädchen nicht?«

»Er hatte nur mich erkannt. Ich war aufgesprungen und ihm nachgelaufen, während sie davonhuschte. Er wusste nicht, wer sie war, und ich habe es niemandem erzählt.«

Ulrich nickte. »Ihr habt Euch wie ein Ritter verhalten.«
Dietrich widersprach wütend: »Beileibe nicht! Ich habe es niemandem verraten, weil ich mich schämte. Ich, der Sohn des Burgherrn, mit dem ärgsten Flittchen der ganzen Burg! Ich...«

»Ach, das war schon damals so?«, staunte Ulrich. Mit einem Lächeln erinnerte er sich an einen Nürnberger Bürger, der zwei Freudenhäuser besaß und immer behauptete, ausgediente Huren seien die besten Ehefrauen. »Hat sie Euch wenigstens dafür gedankt?«

»Sie hat mich gar nicht wiedererkannt. Als ich noch bei meinen Eltern lebte, hier auf Burg Kraschow, trug ich so einen kläglichen Flaum ums Kinn. Ich sah schrecklich damit aus. Und bei der Belagerung von Akkon wurde mir die Nase gebrochen. Seht Ihr, wie krumm sie ist? Außerdem trage ich mein Haar jetzt anders, und die Jahre unter den Kreuzfahrern haben mich kräftiger gemacht. Das Muttermal auf der Wange habe ich mir allerdings selbst aufgemalt. Nicht einmal mein Onkel Sesem hat mich wiedererkannt.«

»Das mag alles sein, und die meiste Zeit, die Ihr Euch im Palas aufgehalten habt, habt Ihr die Theatermaske getragen. Doch in einer Sache täuscht Ihr Euch. Euer Onkel hat Euch sehr wohl erkannt. Was glaubt Ihr, weshalb er Euch in den Kerker werfen ließ?«

»Darüber habe ich noch nicht nachgedacht«, murmelte der junge Mann.

»Als ich heute Nacht nach der Messe mit Herrn Sesem in seinem Gemach saß, um ihm ein paar Fragen zu stellen, platzte jemand ohne Ankündigung zur Tür herein. Euer Onkel bekam einen fürchterlichen Schreck, doch als ich mich umsah, war der Unbekannte bereits verschwunden. Ich konnte nur noch ein Stück seines Mantels sehen. Sesem behauptete, es sei sein Burgvogt gewesen, aber er sagte nicht die Wahrheit. Ihr seid es gewesen – diesmal ohne Maske. Habe ich recht?«

»Ihr seid sehr scharfsinnig«, bemerkte der junge Dietrich finster.

»Ich will Euch nicht weiter darüber ausfragen, was Ihr bei Eurem Onkel wolltet«, fuhr Ulrich fort. »Das müsst Ihr mit Eurem Gewissen ausmachen. Gottlob ist nichts passiert. Doch Burgherr Sesem hatte Euch erkannt. Er ist nicht so dumm, wie Ihr glaubt. Kurz darauf erzählte er allen, jemand habe ihm Frau und Sohn entführt. Und da Ihr inzwischen verschwunden wart, lag es nahe, Euch zu verdächtigen. Vor allem, nachdem ich von Euren Gefährten gehört hatte, dass Ihr ihnen Geld gezahlt hattet.«

»Von der Familie meines Onkels weiß ich nichts, das schwöre ich Euch!«, stieß Dietrich hervor. »Nachdem ich Euch bei meinem Onkel gesehen hatte, musste ich verschwinden, denn ich war mir nicht sicher, ob Ihr mich erkannt hattet. Ich habe mich in einer Heuscheuer versteckt. Dort fanden mich die Burgwächter und schleppten mich in den Kerker.«

»Ja, das erscheint mir glaubhaft. Aber kehren wir zu Eurem Familienerbe zurück. Seid Ihr bereit, Eure Erbtümer mit Eurem Onkel zu teilen?«

»Sesem wird mir keinen Heller geben. Er ist ein Geizhals.«

»Das überlasst nur mir. Wärt Ihr mit dem Teilen einverstanden?«

»Natürlich. Alles ist besser, als in der Verbannung zu leben.«

»Ihr seid in der weiten Welt weise geworden«, sagte Ulrich anerkennend. »Nun kommt es allerdings darauf an, wie wir beweisen, dass Ihr wirklich Dietrich von Kraschow der Jüngere seid. Denn ich rechne damit, dass Burgherr Sesem Euch als Betrüger hinstellen wird.«

»Meine Herkunft lässt sich nachweisen. Aber nur ich kann das tun.«

»Und wie?«

»Im Palas befindet sich ein Beweis. Im Gemach meines verstorbenen Vaters.«

Ulrich zögerte. »Sollte ich ihn nicht lieber beschaffen? Für Euch könnte es sehr gefährlich sein.«

Der junge Bursche schüttelte den Kopf. »Ich bin es nicht gewohnt, mich hinter anderen zu verstecken.«

»Also gut. Nur noch eine Frage: Hat Bruder Luthold ebenfalls im Heiligen Land gekämpft? Ihr kanntet euch doch von dort, nicht wahr?«

»Wir reisten gleichzeitig nach Ägypten. Allerdings interessierte er sich mehr fürs Trinken und Essen als für den Kampf gegen Ungläubige. Und nachdem er erkannt hatte, dass er dort nicht reich werden würde, ging er nach Böhmen zurück. Als ich in die Heimat zurückkehrte, sind wir uns zufällig in Pilsen begegnet. Eigentlich war er es, der auf die Idee kam, dass ich verkleidet in dem Schauspiel über den seligen Hroznata mitwirken sollte, denn der Prior hatte ihn mit der Aufführung betraut.«

»Und was genau habt Ihr auf Burg Kraschow gewollt? Außer in die Rolle Eures berühmten Vorfahren zu schlüpfen?«

»Nun, hier hatten sich während des Advents ja schon oft allerlei Dinge ereignet...«, antwortete der junge Dietrich unbestimmt.

Doch Ulrich wusste, was Dietrich meinte. Ruhig sagte er: »Es ist gut, dass Ihr Euren Onkel nicht getötet habt.«

In diesem Moment wurde die Öffnung über ihren Köpfen aufgeschoben, und gedämpftes Licht fiel von oben in den Kellerraum. »Die Suppe ist fertig«, rief Else nach unten.

»Gehen wir? Ich denke, wir haben ohnehin alles besprochen«, meinte der junge Dietrich ein wenig verlegen. »Fesseln müsst Ihr mich jetzt nicht mehr. Ihr wisst, wer ich bin. Ich hoffe, Ihr setzt Euch dafür ein, dass ich wenigstens einen Teil meines Erbes zurückbekomme – auch wenn ich nicht glaube, dass es Euch gelingt. Für Blutvergießen bleibt immer noch genug Zeit. Ich verspreche Euch, nicht zu fliehen und auch sonst nichts ohne Euer Wissen zu tun.«

XXVIII. KAPITEL

Otto war schon vor seinem Herrn in der Kapelle. Er holte die kleine Lampe hinter dem Sankt-Barbara-Altar hervor und stellte fest, dass nur noch wenig Öl darin war. Er ging hinüber in die Sakristei, wo er nicht lange suchen musste. Gleich in der ersten Truhe fand er eine große tönerne Flasche, die mit einem zusammengerollten Stoffläppchen verschlossen war. Sie war noch fast voll. Er goss Öl in die Lampe, zündete sie an und setzte sich dann auf die Bank neben der Bodenöffnung.

Eine Zeit lang saß er nur da und betrachtete den Altar. Allmählich erlag er der feierlichen Stille des Kirchenraums, und die Frage nach dem Sinn des Lebens drängte sich ihm auf. Er verfiel ins Grübeln, dachte angestrengt darüber nach. Zu welchem Schluss er gelangte, wusste er später selbst nicht mehr.

Er kam erst wieder zu sich, als jemand ihn rüttelte.

»In einer Kirche einzuschlafen!« Ulrich lächelte nachsichtig. »Unser Kaplan in der Heimat wäre nicht sehr angetan. Ich weiß, du hast die ganze Nacht nicht geschlafen, aber ein Weilchen musst du noch durchhalten, dann kannst du deinen Schlaf nachholen.«

»Ich habe nur nachgedacht«, rechtfertigte sich der Knappe betreten und warf einen schnellen Blick auf die Lampe, die immer noch brannte. Er nahm sie hoch, stand auf und stieg eilig die ersten Stufen in die Felsenkluft hinunter. Da er sicher war, den Weg nun gut genug zu kennen, passte er nicht auf – mit dem Ergebnis, dass er stolperte und beinahe kopfüber die steilen Stufen hinuntergestürzt wäre.

»Wach auf!«, schimpfte Ulrich. »Ich will nicht, dass du dir den Hals brichst. Zwei Tote bei einer Adventsfeier sind mehr als genug.«

In der Krypta angekommen, stiegen sie den Schacht zu den unterirdischen Gängen hinunter und standen wenig später am Ende des Stollens vor der leeren Truhe.

»Schau dir noch einmal die Zeichen an, Otto«, sagte Ulrich. »Jetzt, wo wir wissen, wie Hroznata dachte, lassen sie sich leicht entschlüsseln. Der Kreis auf dem Deckel der Truhe besagt, dass sie leer ist. Und die Spirale auf ihrem Boden weist darauf hin, dass der Silberschatz des Bischofs sich darunter befindet.«

»Könnte sich hier nicht noch eine Falle verbergen?«, fragte Otto mit einem unruhigen Blick auf die Wände ringsum.

»Ausschließen lässt sich das nicht, aber es erscheint mir unwahrscheinlich. Hroznata hat den Schatz zwar überaus fintenreich gesichert, wollte aber gleichzeitig, dass seine Nachfahren ihn finden können – vorausgesetzt, sie sind klug genug. Nirgendwo sonst ist hier ein Zeichen zu sehen. Würde hier noch irgendeine Gefahr lauern, hätte Hroznata – wenn auch unauffällig – darauf hingewiesen.«

»Wollen wir hoffen, dass Ihr recht habt«, meinte Otto. »Wie geht es nun weiter?«

»Versuchen wir, die Truhe zu verrücken«, schlug Ulrich vor.

Doch sosehr sie sich abmühten, die Truhe ließ sich kein Quäntchen bewegen. Es schien, als wäre sie mit dem Felsen verwachsen.

»Sieh mal einer an.« Ulrich lachte bitter auf. »Ein neues Problem. Wie gelangen wir unter die Truhe?«

»Ich gehe ein Beil holen, dann schlagen wir den Boden ein«, meinte Otto ungeduldig. Seine Zweifel und Ängste waren längst der Neugier gewichen.

»Das wäre eine Möglichkeit. Aber es muss einen anderen Weg geben. Wir wollen die Lösung des Rätsels doch nicht mit etwas so Barbarischem wie einem Beil verderben«, sagte Ulrich gut gelaunt.

Also kletterte Otto in die Truhe, und Ulrich reichte ihm die Lampe. Der Knappe klopfte mit der Faust den Boden ab. Er klang hohl. »Da scheint tatsächlich etwas darunter zu sein!«, stieß er aufgeregt hervor. Er besah sich gründlich die Innenwände und fuhr vorsichtig mit dem Finger einen Spalt zwischen Boden und Seitenwänden entlang.

»Die Truhenwände sind nicht ganz dicht zusammengefügt.«

Ulrich nickte und rieb sich die Hände, denn in diesem Moment hatte er begriffen. »Otto, es ist der gleiche Trick wie bei der Stufe oben. Der Boden lässt sich nicht anheben – man muss ihn zur Seite schieben. Schau noch einmal nach, ob da unten nicht irgendwo ein kleines Kreuz oder ein anderes Zeichen zu sehen ist.«

»Hier!«, rief Otto triumphierend. »In dieser Wand ist ein kleines Kreuz. Es ist schon ziemlich verwittert, deshalb habe ich es nicht gleich bemerkt.«

»In diesem Fall muss sich auf der gegenüberliegenden Seite eine kleine Vertiefung oder ein Loch befinden, in das man hineingreifen kann.«

»Ja! Ihr habt recht. Es sieht aus wie ein Astloch.«

»Dann komm wieder heraus«, befahl Ulrich.

Sobald Otto aus der Truhe geklettert war, zog Ulrich sein Schwert und schob die Spitze in das Astloch. Er musste nicht einmal besondere Kraft aufwenden: Der Boden verschob sich mit leisem Knirschen und verschwand, bewegte sich unter der Seitenwand hindurch nach außen. Darunter tat sich ein Hohlraum auf, der mit einem Vermögen an Silbermünzen gefüllt war. Auch wenn die oberen Münzen von der Nässe schwarz angelaufen waren, glänzte der Schatz im Schein der Lampe und brach das Licht des Flämmchens in tausend Facetten, die über den feucht schimmernden Fels tanzten.

»Du bist größer als ich, Otto«, sagte Ulrich. »Beug dich hinunter und hol mir ein paar Handvoll Münzen heraus.« Als Otto der Bitte nachgekommen war, wog Ulrich das Silber fachmännisch in der Hand und besah es sich neugierig.

»Ich gehe nach oben und ordne an, dass die Flutung der Krypta aufgeschoben wird!«, sagte der Knappe aufgeregt. »Es wird mindestens einen Tag dauern, das Silber nach oben zu befördern, wenn nicht länger.«

»Nein, auf keinen Fall«, bremste Ulrich den Tatendrang seines Knappen. Er warf die Handvoll Münzen zurück, dass sie klimpernd auf die anderen fielen. Dann schob er den Boden der Truhe mit der Schwertspitze an seinen ursprünglichen Ort zurück. Jetzt sah die Truhe wieder leer aus. »Du darfst niemandem ein Wort von dem Schatz erzählen, hörst du? Sesem von Kraschow würde ihn für sich behalten wollen. Aber mir wäre es lieber, wenn unser König das Silber bekäme. Recht und Gesetz spielen hier keine Rolle. Der Wert dieses Schatzes ist so groß, dass er sich jeglichem Gesetz entzieht. Wer sich seiner bemächtigt, der wird der Besitzer sein. Und Přemysl Ottokar II. braucht das Geld. Seine Herrschaft ist sehr kostspielig. Ruhm gibt es nicht umsonst.«

»Gut, soll der König das Geld bekommen«, meinte Otto. »Wo liegt das Problem?«

»Verstehst du denn nicht? Wenn Sesem das Silber in die Hände bekäme, würde er in Windeseile ein Heer an Verbündeten gewinnen. Er könnte unzählige Söldner anwerben. Der König kann zwar rebellische Adelige bestrafen, aber nur die mittellosen. Gegen einen reichen Sesem könnte er sich nicht behaupten. Der Silberschatz in Sesems Händen würde dem Land große Schwierigkeiten bringen.«

Otto blickte entmutigt drein. »Und was tun wir?«

»Wir lassen die Krypta fluten, als wäre nichts geschehen. Im Grunde wissen vorerst nur wir beide über den Schatz Bescheid. Der Burgkaplan ahnt vielleicht etwas, aber viel ist es nicht. Er würde den Schatz niemals finden. Vor allem nicht, wenn wir die Tür mit dem Wappen wieder verschließen. Sobald ich dem König von dem Silber berichte, wird er einen Trupp herschicken, und dann überraschen wir Herrn Sesem! Unter Aufsicht der königlichen Soldaten werden wir den Schatz bergen und fortschaffen. Nur so kann es gehen.«

»Ja, gut.« Otto lächelte im Stillen, stolz darauf, dass niemand seinem Herrn beikommen konnte. Er nahm die Lampe hoch, und beide Männer machten sich auf den Rückweg aus dem unterirdischen Labyrinth.

Sie waren bereits die halbe Treppe durch die Kluft zur Kapelle hinaufgestiegen, als Kaplan Bohuslav, der mit einer Fackel in der Hand nach unten stieg, ihnen entgegenkam. Verdutzt hielt er inne und musterte die beiden misstrauisch.

»Ich habe mir noch einmal die Krypta angesehen«, sagte Ulrich.

»Und ich gehe nachschauen, ob nicht noch jemand unten ist«, antwortete der Kaplan ernst. »Denn bald wird das Wasser wieder in die Krypta gelassen. Wir wollen ja nicht, dass sich hier ein Unglück ereignet.«

»Unten ist niemand«, versicherte ihm Ulrich. »Du kannst dir den Weg sparen.«

Der Kaplan zögerte kurz, bevor er erwiderte: »Es ist aber

meine Pflicht.« Er drückte sich gegen die Felswand, um die beiden vorbeizulassen; dann stieg er langsam die Stufen hinunter.

»Ob er etwas findet?«, flüsterte Otto besorgt.

»Nichts, was ihn zu dem Schatz führen könnte«, antwortete Ulrich ebenso leise. »Das Gitter liegt ja wieder auf der Kanalöffnung über dem Schacht, und die Stufe befindet sich an ihrem ursprünglichen Platz. Aber zur Sicherheit warten wir in der Kapelle auf ihn.«

Sie mussten nicht lange warten. Kaplan Bohuslav tauchte schon kurze Zeit später wieder in der Kapelle auf, außer Atem zwar, aber sichtlich beruhigt.

»Und? Hatte ich recht?«, fragte Ulrich ihn lächelnd.

Der Kaplan nickte schweigend und ging hinaus auf den Burghof. Sie hörten, wie er jemandem zurief, der Damm könne jetzt geöffnet werden. Gleich darauf kam er zurück, gefolgt von Burgvogt Hannes.

»Es stellt sich nun ein gewisses Problem«, sagte der Kaplan verlegen. »Normalerweise schließen der Burgvogt und ich gemeinsam mit den zur Feier angereisten Geistlichen die Krypta. Doch nun bin ich der einzige Kleriker, der verblieben ist. Die beiden Tepler Mönche sind tot, und der Zisterzienser aus Plaß sitzt im Kerker.«

»Von wegen!«, stieß der Burgvogt hervor. »Der Kerl ist ausgebrochen! Und ich denke, es ist offensichtlich, wer ihm dabei geholfen hat. Sobald Burgherr Sesem aufgestanden ist, wird er sich mit der Sache befassen.« Er maß den königlichen Prokurator mit einem strengen Blick.

Ulrich beachtete ihn nicht; stattdessen wandte er sich freundlich an den Kaplan. »Ich verstehe, dass ihr den schweren Stein nicht zu zweit bewegen könnt. Mein Knappe und ich helfen euch gern, die Platte an ihren Ort zurückzusetzen.«

Kaplan Bohuslav dachte kurz nach. »Das entspricht zwar nicht ganz den Regeln«, sagte er dann, »aber es ist die einzige vernünftige Lösung. Also los.«

Kurz darauf lag die schwere Steinplatte auf der Öffnung im Boden, und der Zugang zur Krypta war wieder verschlossen. Alle vier Männer bekreuzigten sich und sprachen ein rasches Gebet.

Anschließend sagte Ulrich tadelnd: »Ich finde, Burgvogt, du hättest Herrn Sesem längst wecken sollen. Ich möchte nicht länger warten.«

»Ich bin noch nicht dazu gekommen«, antwortete der Burgvogt und blickte Ulrich ruhig in die Augen. »Zuerst musste ich ja die Mörder aus der Schenke in den Kerker bringen, und dann habe ich alles nach den beiden entflohenen Häftlingen abgesucht. Was Bruder Beatus betrifft, den hat wohl der Teufel geholt ...«

»Ich muss doch sehr bitten, Burgvogt!«, unterbrach der Kaplan ihn entrüstet. »Ihr seid in einer Kapelle!«

»Verzeihung«, murmelte Hannes und bekreuzigte sich, fuhr aber gleich darauf fort: »Was den anderen Gefangenen betrifft, sieht die Sache ärger aus. Burgherr Sesem hat mich heute Nacht eigens angewiesen, ihn gut bewachen zu lassen, da er ein gefährlicher Verbrecher sei. Sesem wird außer sich sein.«

»Ich werde ihm alles erklären«, sagte Ulrich gelassen. »Weck ihn jetzt gleich. Ich bin in meiner Kammer. Jemand soll mir ein Frühstück dorthin bringen. Und lass den großen Saal für die Gerichtssitzung vorbereiten.«

Ulrich bekreuzigte sich noch einmal. Dann ging er mit Otto, ohne den Burgvogt weiter zu beachten, am Altar der heiligen Barbara vorbei, durch die kleine verborgene Pforte und das Treppchen hinauf zu der Galerie, die in den Palas führte.

XXIX. KAPITEL

Burgvogt Hannes erledigte seine Aufgabe gewissenhaft. Er ließ den Tafelsaal rasch so umbauen, dass er den wichtigsten Anforderungen eines Gerichts genügte. Über einen Sessel und einen schweren Tisch warf er jeweils ein rotes Tuch. Auf den Tisch stellte er obendrein ein versilbertes Kreuz, das er aus der Kapelle hatte holen lassen, und legte behutsam das Siegel des königlichen Prokurators daneben, das Ulrich ihm anvertraut hatte. Dem großen Tisch stellte er einen kleineren zur Seite. An diesem Tisch saß der Burgkaplan, der alles Wichtige zu Protokoll nehmen sollte.

Als der königliche Prokurator hereinkam, entrollte Kaplan Bohuslav gerade mit gewichtiger Miene ein frisches Pergament und beschnitt geschickt seine Gänsefederkiele. Am Eingang des Saals hatte Hannes zwei mit Schwertern bewaffnete Söldner postiert; zwei weitere standen mit Lanzen hinter dem Sessel des Prokurators.

Ulrich fühlte sich ein wenig unwohl, weil er sein violettes Gewand nicht dabeihatte, das er bei seinen Amtshandlungen als Prokurator normalerweise überstreifte. Jetzt trug er die gleichen Sachen, in denen er gekommen war. Immerhin wies ihn die dicke Goldkette, die um seinen Hals lag, als Prokurator aus. Er ließ den Blick durch den Saal schweifen und nickte zufrieden. Ja, so war alles angemessen.

Der Burgvogt begleitete Sesem von Kraschow in den Saal, der sich als Beisitzer neben Ulrich niederließ. Auf einer Bank vor der Wand nahmen Ritter Lorenz und Landedelmann Johannides Platz. Beide hatten aufgedunsene Gesichter und Ringe unter den Augen; wäre es nach ihnen gegangen, hätten sie gar nicht erst ihre Schlafkammern verlassen. Otto schließlich stellte sich hinter den Sessel seines Herrn.

Die Verhandlung über den Schankwirt, dessen Frau und den Schmied war eine unkomplizierte Angelegenheit. Da sie ihre Taten nicht leugneten, konnte Ulrich den Prozess zügig zu einem Ende bringen. Nach kurzer Rücksprache mit Sesem verurteilte er alle drei zum Tod am Galgen.

»Das Urteil wird heute nach dem Mittagessen vollstreckt«, verkündete er den Delinquenten laut, aber nicht so resolut wie sonst in solchen Situationen. Seiner Stimme war die Müdigkeit anzuhören. »Ihr werdet an dem großen Baum vor dem unteren Tor erhängt. Da wegen der festgefrorenen Erde noch keine Gräber ausgehoben werden können, bleiben eure Leichen zur Abschreckung aller bis zum Frühjahr hängen. Erst dann werdet ihr ordentlich beigesetzt.«

Während der Schankwirt und seine Frau das Urteil aufrecht stehend und mit ergebener Miene entgegennahmen, wich dem Schmied bei den Worten des Prokurators alles Blut aus dem Gesicht, und er sank ohnmächtig zu Boden. Der Burgvogt wollte schon veranlassen, dass man ihn mit ein paar Ohrfeigen wieder zu sich brachte, doch Ulrich hielt ihn mit einer Geste zurück.

»Herr Sesem«, wandte er sich dann an den Burgherrn. »Habt Ihr einen Henker auf der Burg?«

»Das nicht, aber einer meiner Männer versteht sich auf solche Dinge. Er hat einst dem Henker von Tachau als Gehilfe beigestanden. Ein fähiger Bursche.«

Und gewiss verlangt er dafür nicht so viel wie ein erfahrener Henker, dachte Ulrich spöttisch. Dann nickte er und verkündete laut, der Fall um die Ermordung des Tepler Priors sei damit abgeschlossen. Die Söldner hoben den ohnmächtigen Schmied vom Boden auf und brachten die drei Verurteilten aus dem Saal.

Ulrich blieb noch eine Zeit lang stehen und wartete, bis die Tür sich hinter den Söldnern schloss. Johannides rutschte ungeduldig auf seiner Bank herum; er konnte es kaum erwarten, wieder ins Bett zu kommen. Doch Ulrich machte keine Anstalten, die traditionelle Formel zu sprechen, die besagte, dass die Sitzung des königlichen Gerichts beendet sei. Schließlich hielt selbst der Burgherr es nicht mehr aus und platzte heraus: »Habt Ihr noch etwas auf dem Herzen, königlicher Prokurator?«

»Oh ja«, antwortete Ulrich. »Zuerst möchte ich hier vor allen Anwesenden verkünden, dass der Mönch Beatus keine Schuld am Tod Bruder Lutholds trägt. Ich habe inzwischen das glaubwürdige Zeugnis eines Bediensteten, dass Luthold noch am Leben war, als Beatus den Tafelsaal verließ.«

»Wer hat ihn dann ermordet?«, fragte Sesem voller Unruhe.

»Es gibt mehrere Verdächtige«, antwortete Ulrich. »Dieses Gericht bekennt sich jedoch als unfähig, den wahren Schuldigen zu finden, da alle, die in Betracht kämen, ehrenhafte Edelleute sind. Unter ihnen lässt sich nur schwer jemand beschuldigen. Dessen ungeachtet weiß Gott, wer seinen Diener ermordet hat, und er wird den Täter bestrafen. Die menschliche Gerechtigkeit ist nur ein Abglanz der Weisheit des Herrn.«

»Amen«, sagte der Kaplan und schrieb freudig die frommen Worte des königlichen Prokurators nieder. Nein, er würde keine Tränen darüber vergießen, dass der Tod des Tepler Mönchs ungesühnt blieb.

»Eine merkwürdige Entscheidung«, meinte Sesem von Kraschow. »Umso merkwürdiger, als Bruder Beatus aus dem Kerker entflohen ist, wie mir gerade mein Burgvogt gemeldet hat. Hätte dieser Mönch ein reines Gewissen, bräuchte er doch nicht zu fliehen.«

»Bruder Beatus ist nicht geflohen«, erklärte Ulrich mit ruhiger Stimme. »Ich habe ihn freigelassen. Genau wie den anderen Gefangenen. Der ist nämlich kein Räuber, wie Ihr uns weisgemacht habt.«

Sesem presste wütend die Lippen aufeinander und zischte: »Auf meiner Burg entscheide ich, wer freigelassen wird und wer nicht! Wo ist der Kerl?«

»Weit weg«, sagte Ulrich lächelnd. »Gleich im Morgengrauen ist er mit Bruder Beatus davongeritten.«

»Burgvogt, schau in den Ställen nach!«, schrie Sesem den erschrockenen Hannes an.

Als der Burgvogt zurückkehrte, war er außer Atem, so hatte er sich beeilt. Schon in der Tür verkündete er: »In der Tat fehlen zwei Pferde. Das Pferd des Zisterziensers und das vom Knappen des Herrn Prokurators.«

Der Burgherr schlug mit der Faust auf den Tisch. »Wie ist es möglich, dass keiner sie aufgehalten hat!«, tobte er.

»Es muss ... sehr früh gewesen sein«, stammelte der Burgvogt. »Die Wächter haben sich abgewechselt und ...«

»Das ist erst einmal unwichtig«, unterbrach Ulrich ihn ungeduldig. »Viel wichtiger ist etwas anderes. Nämlich, wer der verhaftete junge Mann in Wirklichkeit war.«

»Was wollt Ihr damit sagen?«, fragte Sesem argwöhnisch. »Habt Ihr mit ihm gesprochen?«

»Erst als ich mir sicher war, dass es sich um Euren Neffen

Dietrich handelt«, antwortete Ulrich. »Lasst uns nicht weiter Versteck spielen. Ihr wisst es ebenso gut wie ich.«

»Mein Neffe!«, stieß Sesem verächtlich hervor. »Ich gebe zu, dass es da eine gewisse Ähnlichkeit gibt. Aber dieser Mann ist ein Betrüger. Mein Neffe ist auf dem Kreuzzug ums Leben gekommen.«

»Ich habe den jungen Dietrich gekannt«, meldete Ritter Lorenz sich zu Wort. »Er war ein schmächtiger Kerl, ein richtiger Hänfling. Ihr wollt uns doch nicht weismachen, Herr Prokurator, dass der stattliche junge Bursche gestern Abend Dietrich gewesen ist?«

»Nun, er behauptet es zumindest«, antwortete Ulrich mit gespielter Unsicherheit. »Also könnt nicht einmal Ihr bestätigen, dass Dietrich der ist, als der er sich ausgibt?«

»So ist es«, sagte Lorenz von Koschlan entschieden und Ulrich fing den triumphierenden Blick des Burgherrn auf.

Daraufhin wandte der Prokurator sich mit ernster Miene an den Landedelmann aus Netschetin. »Und Ihr, Johannides? Ihr müsst ihn doch ebenfalls gekannt haben.«

Johannides kratzte sich an seinem spärlich behaarten Kinn. »Nun ja«, meinte er zögernd, »eine gewisse Ähnlichkeit lässt sich nicht leugnen ...«

»Eine Ähnlichkeit bedeutet noch nicht, dass dieser Betrüger mein verstorbener Neffe ist!«, polterte Sesem von Kraschow dazwischen.

»Gut«, räumte Ulrich ein. »Aber angenommen, er könnte einen glaubwürdigen Beweis vorlegen – was wäre dann?«

»Ich bin ein gerechter Mann«, sagte Sesem würdevoll. »Wenn es wirklich ein glaubwürdiger Beweis wäre ... Nur weiß ich nicht, woher er den bekommen will. Und von wem.«

»Seid Ihr bereit, Euer Versprechen zu beschwören?«, fragte Ulrich freundlich.

»Wozu? Der junge Mann ist doch ohnehin fort.«

»Aber er könnte wiederkommen. Oder eine Beschwerde beim König einlegen«, sagte Ulrich mit Nachdruck.

»Ich glaube nicht, dass irgendjemand sich auf die Seite eines so offenkundigen Lügners stellen würde!«, ereiferte sich Sesem. »Ich ...«

»Wisst Ihr, Herr von Kraschow, ich bin müde, ich habe die ganze Nacht nicht geschlafen«, unterbrach Ulrich ihn kalt. Er zeigte auf das Silberkreuz aus der Burgkapelle, das vor ihm auf dem Tisch stand. »Nun schwört also, dass Ihr Euch mit Eurem Neffen versöhnen wollt, sofern ich mit den ehrwürdigen Zeugen hier«, er wies auf Ritter Lorenz und Johannides von Netschetin, »zu dem Urteil gelange, dass er eindeutige Beweise für seine edle Abstammung vorlegen konnte.«

Sesem legte zwei Finger auf das heilige Kreuz und sagte widerstrebend: »Ich schwöre es. Aber es ist ohnehin müßig, denn er ist ja nicht mehr da.«

»Des Weiteren«, fuhr Ulrich unerbittlich fort, »schlage ich eine Vereinbarung vor, die für beide Seiten annehmbar ist. Sollte der junge Mann nämlich nachweisen können, dass er der Sohn Eures älteren Bruders ist, würde das gesamte Erbe ihm zufallen, nicht Euch. Doch er ist zu einer gütlichen Einigung bereit. Ihr behaltet Burg Kraschow für Euch, da Ihr der Ältere seid. Außerdem hat der König Eure Ansprüche schon einmal bestätigt. Im Gegenzug für seine Großzügigkeit übereignet Ihr Eurem Neffen Euren Herrschaftssitz in Kraschowitz mit den dazugehörigen Dörfern. Das ist ein vernünftiges Angebot, findet Ihr nicht?«

Rasch wägte Sesem von Kraschow im Stillen das Für und Wider ab. Er glaubte nicht daran, dass der junge Mann seine vornehme Abstammung nachweisen konnte. Und falls doch, besaß Burg Kraschow einen wesentlich höheren Wert als sein alter Sitz. Und wer wusste schon, ob die Dinge sich nicht weiter verkomplizierten. Sesem nickte. »Einverstanden.«

»Schwört«, forderte Ulrich ihn auf.

»Ich habe doch schon einen Schwur geleistet«, murrte der Burgherr.

»Aber nicht in Bezug auf die Aufteilung der Güter.«

Nachdem schließlich alles eidlich beschworen und schriftlich niedergelegt und die Urkunden mit den Siegeln der anwesenden Herren versehen waren, beauftragte Ulrich seinen Knappen, den jungen Herrn Dietrich zu holen.

»Was? Aber Ihr sagtet doch, er sei davongeritten, und die Pferde waren ja auch fort!«, bemerkte Sesem aufgeregt.

»Habe ich nicht erwähnt, dass er zurückgekehrt ist?«, entgegnete Ulrich verwundert. »Es kommt nun darauf an, ob sich alles aufklärt. Sollte sich herausstellen, dass er ein Betrüger ist, gehört er Euch, das verspreche ich.«

Otto eilte also los, um Dietrich zu holen. Als die beiden wenig später zusammen im Saal erschienen, blieben sie respektvoll ein paar Schritte vor dem Tisch stehen, hinter dem der königliche Prokurator und der Burgherr saßen. Sie verneigten sich und warteten schweigend ab.

Auch Ulrich schwieg und beobachtete aufmerksam Sesems Miene. Eine Zeit lang herrschte Stille; dann durchbrach eine gedämpfte Stimme das allgemeine Schweigen.

»Wenn ich ihn mir so aus der Nähe ansehe, scheint mir der junge Herr tatsächlich Dietrich zu sein«, meinte Ritter Lorenz zögernd. »Er ist viel männlicher geworden, aber er ist es.«

Sesem hielt die Anspannung nicht mehr aus. »Wo hast du deinen Beweis?«, herrschte er den jungen Mann an.

Der junge Dietrich griff zu dem Beutel an seinem Gürtel und holte etwas daraus hervor. Es war die Hälfte eines Medaillons, auf dem die heilige Barbara abgebildet war. Nachdrücklich sagte er: »Es gehörte meinem Vater. Auch mein Onkel besitzt einen solchen Anhänger. Ihr könnt euch davon überzeugen.« Er deutete auf die Kette um Sesems Hals. Doch der Anhänger war nicht zu sehen; er steckte unter der Tunika.

»Erlaubt Ihr, dass ich es mir anschaue?« Ulrich streckte die Hand aus. Blass vor Wut zog Sesem das Medaillon unter dem Stoff hervor, streifte es von der Kette und legte es auf den Tisch neben das andere.

Ulrich verglich sie flüchtig miteinander und nickte. »Tatsächlich. Es sind die gleichen Medaillons.«

»Er könnte es meinem toten Neffen gestohlen haben!«, rief Sesem zornig. »Das ist noch kein Beweis.«

»Hätte ich das Stück gestohlen, lieber Onkel«, sagte Dietrich düster, »wüsste ich wohl nicht, wo sich die andere Hälfte dieses Medaillons befindet. Ich weiß es aber. Kommt mit mir.«

Gemeinsam verließen sie den Tafelsaal, gingen durch den Flur und stiegen die Treppe in den ersten Stock hinauf. Zielstrebig steuerte Dietrich auf die Tür zu, hinter der sich das Schlafgemach seines Vaters befunden hatte. Er wartete, bis alle eingetreten waren; dann schob er mit Ottos Hilfe das Bett beiseite. Aus der Wand dahinter zog er einen Stein, der ein kleines Stück vorstand und nicht festgemauert, sondern lose in der Lücke zwischen größeren Quadern eingefügt war. Dietrich langte in die Öffnung und tastete darin herum. Dann zog er triumphierend einen Lederbeutel heraus, der mit Staub und Schimmel bedeckt war.

Er ging damit zum Tisch, band die Schnur auf und schüttete den Beutel aus. Heraus fielen die zweite Hälfte des Medaillons und ein gefaltetes Pergament.

Ulrich öffnete das Schreiben und überflog es. Ein Lächeln erschien auf seinem Gesicht.

»Mit diesem Dokument, Burgherr Sesem«, verkündete er, »bestätigt Konrad von Kraschow, Euer verblichener Bruder, dass er sein Medaillon in zwei Hälften geteilt hat, damit sein Sohn sein Erbrecht geltend machen kann, falls ihm selbst etwas zustoßen sollte. Habt Ihr immer noch Zweifel?«

»Wir jedenfalls nicht«, sagte Johannides für die beiden Zeugen.

»Ich auch nicht mehr«, murmelte Sesem von Kraschow. »Offensichtlich handelt es sich bei dem jungen Mann um meinen Neffen. Komm her, damit ich dich umarmen kann.«

»Erst wenn wir untereinander alles geklärt haben«, entgegnete Dietrich kalt.

»Wie ich sehe, sind Eure Familienbande nicht die innigsten«, bemerkte Ulrich trocken. »Die Zeit wird zwar die Wunden heilen, aber es wäre mir keineswegs recht, würde einem von euch beiden etwas zustoßen. Aus diesem Grunde wird Herr Dietrich mit mir nach Prag reisen. Sobald unser erhabener König seinen Anspruch auf den Sitz in Kraschowitz anerkennt, komme ich mit ihm und einem Trupp Soldaten wieder hierher. Erst dann übergebt Ihr ihm sein Herrschaftsgebiet.«

Otto, der ein wenig im Hintergrund stand, musste lächeln. Sein Herr hatte einen geeigneten Vorwand gefunden, um mit Söldnern zurückzukehren und bei dieser Gelegenheit Hroznatas Schatz zu bergen.

»Ich kann vor Müdigkeit kaum noch aus den Augen sehen«, beklagte sich Ulrich. »Doch bevor ich mich schlafen lege, Herr Sesem, möchte ich mich bei Euch für Euren Burgvogt verwenden. Hat er mit Euch schon über seine Heiratspläne gesprochen?«

Der Burgherr hob seinen klobigen Kopf. »Ja, in der Tat«, sagte er. »Und ich habe gern eingewilligt. Ich wusste nur nicht, dass Ihr Euch ebenfalls für diese Angelegenheit interessiert.«

»Nun, die königlichen Beamten sorgen sich um das Wohl aller Menschen in diesem Land, nicht nur um das der edlen Herrschaften«, antwortete Ulrich ein wenig gekünstelt. »Aber jetzt ist es höchste Zeit, sich auszuruhen.«

»Ganz meine Rede!«, pflichtete Johannides ihm erleichtert bei.

»Das Mittagessen wird heute ein wenig verschoben«, verkündete Sesem von Kraschow, wandte sich um und wollte gehen, doch Ulrich hielt ihn zurück.

»Nur noch eine Kleinigkeit. Ihr müsst nicht mehr vortäuschen, dass Eure Familie entführt wurde. Ihr könnt Eure Gemahlin und Herrn Nickel aus Eurer Kammer lassen. Ihnen droht ja nun kein Ungemach mehr. Übrigens – sie waren die ganze Nacht nicht in Gefahr.«

»Da bin ich mir nicht so sicher«, murmelte Sesem mit einem scharfen Blick auf seinen Neffen Dietrich. Dann verbeugte er sich rasch und verließ den Gerichtssaal. Die anderen folgten ihm.

Ulrich wandte sich leise an seinen Knappen: »Otto, ich schlafe gleich im Stehen ein. Halte bitte ein Auge auf Dietrich, auch wenn ich nicht glaube, dass Sesem ihm etwas antut. Eher könnte der junge Herr selbst eine Dummheit begehen.«

»Verlasst Euch ganz auf mich«, sagte Otto und fügte mit fröhlichem Augenblitzen hinzu: »Da fällt mir ein ... Ihr erinnert Euch doch an die pausbackige Magd, die uns so hilfreich war?«

»Natürlich. Was ist mit ihr?«

»Ich soll Euch fragen, ob Ihr nicht auch für sie einen braven Bräutigam habt.« Geschickt wich er der Ohrfeige aus, die auf ihn zuflog, und rannte lachend hinaus auf den Flur.

Einen Moment lang schaute Ulrich ihm hinterher. Wieder einmal wurde ihm bewusst, wie gern er seinen Knappen hatte. Otto mochte ein Schlitzohr sein, aber man hatte niemals Langeweile mit ihm und konnte sich stets auf ihn verlassen. Wenn er nur die Mädels in Ruhe lassen könnte!

Ulrich schlurfte todmüde durch den Flur und suchte gähnend seine Schlafkammer auf. Seine Lider waren so schwer, dass er sie einfach zufallen ließ. Er zog sich im Dunkeln aus, tastete nach seinem Bett und legte sich hinein. Im gleichen Augenblick spürte er unter der Decke etwas, was nicht dorthin gehörte. Erschrocken zuckte er zusammen. Im nächsten Moment legten sich zwei warme, weiche Frauenarme um seinen Hals.

Die Bademagd Else lachte ihn an. »Hier habt Ihr mich nun also«, sagte sie und hob die Decke an, damit er sich an ihren nackten Körper schmiegen konnte. Ulrich zögerte nur einen kurzen Moment. Schließlich war er auch nur ein Mann.

Er strich ihr über die Wange und rückte näher an sie heran. Else küsste ihn. In ihrem Kuss, so schien ihm, lag glühende Leidenschaft, aber auch die sanfte Zärtlichkeit einer liebenden Ehefrau, was Ulrich zur Besonnenheit brachte.

»Du hast doch gesagt, du willst dem Burgvogt treu sein«, protestierte er lahm.

»Noch sind wir nicht verheiratet. Außerdem seid Ihr die große Ausnahme, edler Herr.«

»Verstehe«, murmelte Ulrich, ließ den Kopf ins Kissen sinken und streichelte zärtlich den weichen Körper, der sich an ihn drängte.

Was weiter geschah, bekam er nicht mehr mit, denn er fiel in tiefen Schlaf.

Else betrachtete ihn eine Zeit lang lächelnd; dann schmiegte sie sich an ihn und strich ihm das Haar aus der Stirn. Seufzend schloss sie die Augen, dachte an ihr bisheriges Leben zurück und träumte davon, was sie in der Zukunft erwartete.

Und auch wenn sie wusste, dass der Mann neben ihr der Erste war, den sie nicht bekommen würde, war sie glücklich.

Die Welt war schön – trotz allem.

Ein Mörder im Pilgergewand

Vlastimil Vondruska
DIE TOTEN VOM
JAKOBSWEG
Historischer
Kriminalroman
Aus dem Tschechischen
von Sophia Marzolff
384 Seiten
ISBN 978-3-404-17433-1

Prag im 13. Jahrhundert: Ulrich von Kulm, königlicher Prokurator, hat wahrlich Wichtigeres zu tun, als nach Santiago de Compostela zu pilgern. Doch der König besteht darauf, dass er die ehrwürdige Äbtissin Agnes von Böhmen dorthin begleitet. Ursprünglich hätten drei Ritter die Pilgergruppe anführen sollen, aber diese wurden einer nach dem anderen ermordet. Auch unterwegs reißt die rätselhafte Mordserie nicht ab. Die vermeintliche Wallfahrt scheint alles andere als religiöse Motive zu verfolgen. Doch was hofft die Äbtissin in Santiago zu finden? Und warum geht einer der Pilger über Leichen, um zu verhindern, dass sie ihr Ziel erreicht?

Bastei Lübbe